HANNA MOLDEN

Amelie und die Liebe unterm Regenschirm

Buch

Amelie Lenz ist eine junge Frau, die in der Wiener Josefstadt einen kleinen Laden für altes Spielzeug betreibt: Puppen, Teddybären, Kasperlfiguren. Ihre Geschäfte gehen mehr schlecht als recht, aber dank ihrer Stammkundschaft, etwa dem »Wirklichen« Hofrat Julius Hofeneder, der in seiner hochherrschaftlichen Etagenwohnung die Leipziger Völkerschlacht mit Zinnsoldaten nachstellt, kann sie sich über Wasser halten. Liiert ist sie seit einigen Jahren mit dem Germanisten Hermann Söhnke, doch die Beziehung plätschert dahin. Eines Tages stößt sie im strömenden Regen vor der Hofburg mit einem Unbekannten zusammen. Eine Begegnung von Sekunden – aber für Amelie der Wink des Schicksals. Denn seither ist sie von der fixen Idee heimgesucht, dem Mann ihres Lebens begegnet zu sein. Doch wie soll sie in der Millionenstadt Wien einen Unbekannten finden, von dem ihr einzig in Erinnerung blieb, dass er Gamaschen trug? Erste Anlaufstelle ist für Amelie ihre »beste Freundin«, der schwule Bühnenbildner Uli Hahn. Er soll ihr bei der Suche nach Mister X helfen. Nach zahlreichen Fehlversuchen stößt Amelie schließlich durch Zufall in einem Second-Hand-Laden auf ein paar Gamaschen. Sie führen sie zu einem jungen, ausgesprochen gut aussehenden Mann – und schon bald ist sie mit ihm in eine heiße Liebesaffäre verstrickt. Doch je besser sie sich kennen lernen, umso mehr spürt Amelie, dass er nicht der Mann aus dem Regen sein kann... In der Zwischenzeit führt ihr Stammkunde und väterlicher Freund Julius Hofeneder Amelie in die aristokratische Gesellschaft Wiens ein. Und schließlich findet Amelie, die junge Spielzeughändlerin mit den veilchenblauen Augen, den Mann, der wirklich zu ihr passt und den sie so lange gesucht hat. Allerdings da, wo sie ihn gar nicht erwartet hätte.

Autorin

Hanna Molden, geboren in Wien, arbeitet als Schriftstellerin, Übersetzerin und Journalistin. Sie veröffentlichte Sachbücher und Romane, darunter »Ein Hauch von Glück«, »Bloß nicht stören!« und »Der Tarzan-Effekt«. Die Autorin lebt in Alpbach/Tirol und Wien.

Bei Blanvalet von Hanna Molden außerdem lieferbar:
Der Tarzan-Effekt (35735)

Hanna Molden

Amelie und die Liebe unterm Regenschirm

Roman

blanvalet

Umwelthinweis:
Alle bedruckten Materialien dieses Taschenbuches
sind chlorfrei und umweltschonend.

2. Auflage
Originalausgabe Januar 2006 bei Blanvalet,
einem Unternehmen der Verlagsgruppe
Random House GmbH, München.

Umschlaggestaltung: Design Team München
Umschlagcollage: zefa u. mauritius-images
Lektorat: Linda Walz
LW · Herstellung: Heidrun Nawrot
Satz: Uhl + Massopust, Aalen
Druck: GGP Media GmbH, Pößneck
Printed in Germany
ISBN-10: 3-442-36100-1
ISBN-13: 978-3-442-36100-7

www.blanvalet-verlag.de

1

Wettersturz!

Angesichts der milden Herbsttage hatte Amelie mit dem plötzlichen Einsetzen von Sturm und Regen nicht gerechnet. Es goss in Strömen. Nicht vertikal, sondern horizontal. Das Wasser trommelte an das große Fenster ihrer Wohnung, im Hof bildeten sich kleine Seen zwischen den Steinen, die Tauben hockten mit eingezogenen Hälsen in den Mauernischen und hatten das Gurren eingestellt.

Amelie verwünschte ihre Verabredung. Die Expertin für altes Spielzeug im weltberühmten Wiener Auktionshaus Dorotheum, Burgi Wechsler, hatte sie zu einem Gespräch gebeten, das Amelie aus geschäftlichen Überlegungen nicht verschieben wollte. Da das Dorotheum von Amelies Wohnhaus am schnellsten zu Fuß zu erreichen war, hieß das: laufen.

Auch das noch! Missmutig kramte sie aus dem Kasten, was sie als ihr »Kanalräumer-Outfit« bezeichnete: Jeans, Gummistiefel, die bis ans Knie reichten, eine Öljacke, die sie für gewöhnlich beim Segeln im Salzkammergut trug, und einen tunlichst tief in die Stirn zu ziehenden Regenhut. In ihren Rucksack steckte sie für alle Fälle noch den brandroten Knirps.

»Jessas Fräu'n Lenz, wo woin S' denn hi' bei den Sauweda«, rief ihr die Hausmeisterin Josefine Zadrazil aus der Hofeinfahrt nach. Statt einer Antwort wedelte Amelie mit beiden Händen einen Gruß und hüpfte über den Rinnstein auf die Gasse.

Schon das Überqueren der Baustelle auf der Lastenstraße gestaltete sich zu einem Abenteuer. Köcheltiefe Pfützen hatten sich gebildet, der Sturm hatte die hölzernen Absperrungen verweht und zu barrikadenartigen Hindernissen aufgetürmt. Laut schimpfend turnte Amelie darüber hinweg, erreichte die schützenden Arkaden neben dem Rathaus und atmete kurz durch. Als sie den Rathauspark ansteuerte schlug ihr der Regen wieder voll ins Gesicht. Der Park war menschenleer, Blätter wirbelten durch die Luft, abgerissene Äste lagen auf den Wegen. Amelie erreichte die Ringstraße an einer für das Überqueren derselben nicht vorgesehenen Stelle, blinzelte aus halb zugekniffenem Auge in die Richtung der heranrollenden Verkehrslawine und rechnete sich aus, dass sie es mit ein paar kühnen Sprüngen noch schaffen würde. Sie sprang. Eine heftige Bö lupfte ihren Regenhut, wirbelte ihn hoch und trieb ihn dem nahenden Autostrom unter die Räder.

»Mist«, schrie Amelie in den Wind und lief zum Volksgarten hinüber. Ihr schweres regennasses Haar hing ihr in die Augen und ließ Rinnsale ihren Nacken hinunterfließen. Im Schutz einer Seitenallee fischte sie den Knirps aus dem Rucksack und versuchte ihn im Laufen zu öffnen, doch es misslang. Während sie immer noch den Schirm manipulierte, rannte sie auf das Parktor am Ballhausplatz zu. Zwischen Bundeskanzleramt und Hofburg schien der Sturm von allen Seiten zu kommen, Regenfahnen vernebelten die Sicht, keine Menschenseele war zu sehen. »Trampel! Keine Sau geht bei so einem Wetter vor die Tür«, ging Amelie zähneknirschend mit sich ins Gericht. Sie visierte den Durchgang zum Inneren Burghof an und setzte über ein von nassem Herbstlaub verstopftes Kanalgitter.

In diesem Augenblick sprang der Knirps unerwaretet

auf. Amelie erinnerte sich später genau, dass es dieser Augenblick war, weil sie ihn und die folgenden Momente wieder und wieder nachvollziehen würde.

Wie ein Schild hielt sie den Schirm vors Gesicht und stemmte sich derart gegen den Sturm, dass ihr Körper eine schiefe Ebene bildete. Plötzlich kam eine der Böen von hinten, erfasste das heftig knatternde Schirmchen und drehte es um. In der nächsten Sekunde prallte Amelie mit voller Wucht gegen einen Menschen. Der Mensch umschlang sie mit beiden Armen, sagte »Hoppla« und hielt sie ein, zwei Atemzüge lang fest an seine Brust gedrückt. »Nicht behütet und schlecht beschirmt«, stellte er ruhig fest, und seine Stimme lachte.

Der Mensch war ein Mann. Seine Brust war breit, und sein Kopf befand sich offenbar ein gutes Stück über dem von Amelie. Sein Gesicht konnte sie nicht sehen, weil der Mann damit beschäftigt war, den umgedrehten Schirm von oben her in Form zu drücken. Sie sah bloß den triefenden Saum eines hellen Regenmantels, zwei durchweichte Hosenbeine und zwei Füße, die in höchst ungewöhnlichen schwarzen, grün umrandeten Galoschen steckten.

»So. Bis auf weiteres ist dieser Schirm wieder ein Schirm«, sagte der Mann, nachdem er den Schaden behoben hatte. Auf Amelies Dankesgestammel antwortete er, bereits im Weitergehen begriffen, aber wieder mit dieser lachenden Stimme: »Es war mir ein Vergnügen.«

In Sturm und Regen hektisch pirouettierend versuchte Amelie, sich und den Schirm in eine Position zu bringen, die es erlaubte, das Gesicht des Mannes zu sehen. Vergebens. Sie sah ihn nur mehr von hinten. Groß, kräftig, gebeugte Schultern, dunkles regennasses Haar, das bis in den Nacken reichte.

Weshalb sie im *Café Bräunerhof* statt wie geplant im Dorotheum gelandet war, hätte sie nicht zu sagen vermocht. Wie eine Somnambule musste sie nach dem Zusammenprall hier eingekehrt sein, Platz genommen und Tee bestellt haben, denn letzterer stand vor ihr und hatte längst zu dampfen aufgehört.

Langsam fand sie wieder zu sich. Ihre Zehen in den Gummistiefeln waren klamm, ihre Wangen glühten, und ihr Herz klopfte dumpf wie eine indianische Kriegstrommel. Ein Körpergefühl, das ihr bis dato unbekannt gewesen war. Von ihrem aufs Höchste erregten Gemüt erst gar nicht zu reden.

Es lag an dem Mann ohne Gesicht. Dem Zusammenprall mit ihm. Den wenigen Augenblicken überwältigenden Lebendigseins, die sie in seiner Gegenwart verspürt hatte.

Sie schloss die Augen und versuchte das Geschehene zurückzuholen: die Nässe in ihrem Gesicht, der Sturm, der an ihr zerrt, der Kampf mit dem verflixten Schirm, der unerwartete Zusammenstoß. Der breite Brustkorb, der sich anfühlt wie eine federnde Wand. Die beiden Arme die sich um sie schließen wie ein Wall. Nicht beengend. Beschützend, sichernd, wie ein Rettungsring. Der Geruch von feuchtem Textil und durchlüfteter Haut und frischem Rasierwasser. Und dann die Stimme. Gelassen trotz Sauwetter und schusselnder Weibsperson, die den Eigner der Stimme rammt. Als könnte ihn, den Eigner nichts erschüttern. Als hätte er alle Zeit der Welt. Eine Stimme, die lacht. Über sie, über Amelie, aber nicht spöttisch, sondern voll Wohlwollen. Eine erotische Stimme. Wie Seeufer und Julisonne und Liebe am Nachmittag.

Amelie öffnete die Augen, schüttelte heftig den Kopf und gab, weil in Gedanken versunken, zum dritten Mal

Zucker in den erkalteten Tee. Die Galoschen fielen ihr ein. Seltsame Dinger. Kennt man nur mehr vom Hörensagen. Wer trägt denn heutzutage noch Galoschen. Auffallend jedenfalls, rabenschwarz, giftgrün eingerandelt.

Sie schloss die Augen von neuem und versuchte sich das Bild des entschwindenden Unbekannten zu vergegenwärtigen: die Rückenansicht. Der flatternde Regenmantel. Das lange, dunkle, nasse Haar. Als er das Bundeskanzleramt betritt, hebt der Wachbeamte grüßend die Hand an die Kappe, der Portier reisst einen Diener. Der Mann wendet dem Portier sein Gesicht zu, aber die Entfernung ist zu groß und die Sicht zu schlecht, als dass Amelie seine Züge ausmachen könnte.

Jäh entschlossen schob Amelie die Teetasse von sich und winkte dem Ober. Ich muss wissen, wie er aussieht, dachte sie, ich will ihn wiedersehen. In einem Haus wie dem Kanzleramt wird man doch herauskriegen können, wer er ist. Ich kann ihn fast beschreiben.

Plötzlich stutzte sie. Etwas war da noch an ihm gewesen, das ihr augenblicklich nicht einfallen wollte. Etwas, das wesentlich zur Erscheinung des Unbekannten gehörte. Noch einmal kniff sie die Augen zusammen, rief das Bild des sich entfernenden Mannes noch einmal ab, ließ beide Handflächen auf die kalte Marmortischplatte fallen, dass es klatschte, und sagte laut und triumphierend: »Jetzt weiß ich's wieder: Er hinkt!«

Es lag an dem immer noch wolkenbruchartig niedergehenden Regen, dass sie nicht gleich zum Ballhausplatz ging, um nach dem Hinkenden mit den Galoschen zu forschen. Ein Versäumnis, das sie später bereuen sollte. Sie watete bloß um die Ecke ins Dorotheum, um Burgi Wechsler wie vereinbart zu treffen.

Die Spielzeugexpertin war eine kleine, blonde, hübsche

Frau, deren Fachwissen vor allem in Bezug auf Puppen in einschlägigen Kreisen fast legendär war. Sie und Amelie standen seit etlichen Jahren beruflich in Verbindung und waren mit der Zeit Freundinnen geworden. Wäre Burgi nicht gewesen, hätte Amelie möglicherweise ihren Laden für altes Spielzeug niemals eröffnet. Ein Schritt, den Burgi übrigens nie restlos gutgeheißen hatte. Sie schätzte Amelie in erster Linie als Mensch, in zweiter Linie als Sachverständige, von der Geschäftsfrau Lenz hielt sie wenig. »Zu verträumt, zu verspielt, wenn die Familie nicht hinter ihr stünde, könnte sie sich den Laden nie leisten«, hatte sie einmal in Kollegenkreisen geäußert. Amelie hatte Wind von der Bemerkung bekommen und Burgi damit konfrontiert.

»Aber ja meine Liebe, ich stehe dazu, ich sage es dir auch ins Gesicht«, hatte Burgi ihr in aller Ruhe mitgeteilt. »Du führst dein Geschäft wie ein Hobby. Für deine Art von Spezialkunden bräuchtest du keinen Laden, PC und Telefon in deinem süßen Salettl würden genügen.« Die anschließende Diskussion über die Entbehrbarkeit von Läden für altes Spielzeug hatte der Freundschaft der beiden Frauen keinen Abbruch getan, im Gegenteil, sie hatte sie gefestigt.

»Zwei Simon-und-Halbig-Puppen! Eine schielende Handspielpuppe mit Stupsnase aus dem Böhmischen, cirka 1905, hinreißend, sage ich dir! Und – halt' dich fest – eine Barockpuppe! Wahrscheinlich Spanien oder Portugal, ausgehendes 17. Jahrhundert.« Burgis Augen schillerten vor Erregung, als sie Amelie über die Schätze informierte, die sie für die Weihnachtsauktion des Dorotheums im Talon hatte. Amelie beglückwünschte sie, zeigte sich interessiert, gab sich locker, verhielt sich unauffällig. Aber während ihre linke Gehirnhälfte überlegte, für welche ihrer Kunden das Gebotene in Frage käme, tickte in der rechten stetig wie der Pulsschlag ein einziger Gedanke: Ich will den Galoschenmann wieder finden!

2

Am Wochenende hatte sich das Wetter wieder beruhigt, die Sonne war hervorgekommen und hatte den letzten Rest der Sintflut aufgetrocknet, die Tage wurden noch einmal warm, der Herbst begann noch einmal zu leuchten. »Sandalen und keine Strümpfe«, murmelte Amelie erfreut vor sich hin, als sie gegen neun Uhr dreißig aus dem Haus trat, um sich auf den Weg zu ihrem Laden zu machen.

Die Strecke war so kurz, dass Amelie sie nach Schritten zählte. Wie weit entfernt der Laden von ihrem Wohnhaus sei, hatte die Mutter wissen wollen, als Amelie ihr berichtete, dass sie das Passende gefunden habe. Ein paar Schritte bloß, hatte sie der Mutter versichert, sie werde sie zählen. Seither zählte sie. Nicht täglich, aber oft. Rund vierhundert Schritte, wenn sie ausgeruht, ohne Eile, bei trockenem Wetter da hinging. Bei Nässe, Schnee oder Glatteis war diese Anzahl nicht zu halten. Sie steigerte sich mitunter auf vierhundertdreißig und mehr, was an der Kopfsteinpflasterung in ihrem Viertel lag. Dann nämlich entfalteten die alten Granitbuckel ihre Tücken, denen man mit äußerster Vorsicht – trippelnd, schleifend oder stapfend – begegnen musste, wenn man sie heil hinter sich bringen wollte. Andererseits hatte es Amelie, wenn sie unter Zeitdruck stand und sprintete, auch schon mit dreihundertsiebzig geschafft.

Am Montag nach dem Wettersturz war das Kopfsteinpflaster knochentrocken. Beschwingt ging Amelie durch die kurze, stille, menschenleere Gasse. In ihr gab es kein einziges Geschäft. Und wer in ihr wohnte, war stockbürgerlich und frönte einem geregelten Tagesablauf, das heißt, war längst zur Arbeit oder zur Schule oder zum Einkauf gegangen oder rumorte haushaltsbeflissen in seinen vier Wänden. Wohlgefällig betrachtete Amelie die Fassaden der Biedermeierhäuser, die in den drei Jahren, in denen sie in der Gasse wohnte, fast durchwegs frisch verputzt worden waren. Sie umrundete die erste von drei zu umrundenden Ecken, hörte von fern die Tram durch die Josefstädterstraße rattern und passierte lächelnd die griechisch-blau gestrichene Eingangstür der Hemdenwäscherei. Ein einziges Mal bloß hatte sie deren Dienste in Anspruch genommen; Hermann, ihr Freund, war weggefahren und hatte ihr einen Binkel Schmutzwäsche hinterlassen, die zu waschen Amelie widerstrebte. Sie trug sie in den blauen Laden und bekam sie, feinsäuberlich in raschelndes Seidenpapier verpackt, retour. Um das Paket eine weiße Schleife mit blauem Aufdruck: *Ihr Oberhemd gepflegt wie nie, wir danken sehr und grüßen Sie.* Seither schenkte Amelie der Wäscherei mindestens einmal täglich ihr Lächeln.

Zweihundertneunzig Schritte, die zweite Ecke, Amelie bog in die belebte Josefstädterstraße ein. Sie grüßte in die Bäckerei und winkte dem Iraker zu, der nach Wien gekommen war, um hier Medizin zu studieren und nun den kombinierten Blumen- und Zeitungsstand an der Straßenbahnhaltestelle betrieb. Dann nahm sie die dritte Ecke und stand nach dreihundert und sechsundneunzig Schritten vor ihrem Laden.

Nie versäumte sie es, kurz innezuhalten und ihn wohlgefällig zu betrachten. Über der schmalen Auslage und dem gleichfalls schmalen Eingang das weiße, von einer schwarz-braun-rot gestrichenen Holzleiste eingerahmte

Geschäftsschild: *Altes Spielzeug – Amelie Lenz.* In der Auslage ein kindsgroßer, verrupfter Teddybär, den sie August nannte. Ihn nahm sie jeden Morgen heraus, um die Auslage neu zu arrangieren, wobei die Wahl der Exponate nicht nur von merkantilen Überlegungen, sondern auch von Amelies Stimmungen diktiert wurde. Jeden Abend nach Geschäftsschluss räumte sie die Auslage leer und setzte August wieder hinein. Freilich nie ohne schmückende Beigabe. Mal band sie ihm eine Masche um den Hals, mal setzte sie ihm einen Hut auf den Kopf. Zu Beginn der großen Sommerferien hatte August einen bunten Ball zwischen seinen Tatzen gehalten und eine Sonnenbrille auf seiner Nase getragen. Zu Schulanfang hatte er in einer Schultasche gewühlt. Im Augenblick hielt er einen Strauß Herbstlaub vor seinem räudigen Bauch. »Schäbig, das Laub, was Neues muss her«, sagte Amelie halblaut und zückte den Schlüssel, um den Rollbalken vor der Eingangstür aufzuschließen.

»Unsinn«, hatte ihr Vater gefunden, als er aus Salzburg nach Wien gekommen war, um der Tochter bei der Übernahme und der Einrichtung des Ladens zu helfen. Amelies Vorgänger war ein Flickschuster gewesen. Er sei der Letzte im Bezirk mit Rollbalken, hatte er der neuen Pächterin glaubhaft versichert und Vater Lenz zugestimmt, als dieser die Vorrichtung als anachronistisch und unnütz kräfteverschleißend einstufte. Aber Amelie beharrte auf der Beibehaltung des Rollbalkens. Das Gerumpel beim Öffnen und beim Schließen sei akkustisch stimulierend und die damit verbundene körperliche Anstrengung mache ihr Anfang und Ende ihres Tagewerks bewusst.

Amelie schob den Rollbalken hoch und streckte dabei ihren Körper durch. Sie öffnete die gläserne Eingangstür, was ein zwitscherndes Spielwerk auslöste, und betrat mit einem zufriedenen Seufzer ihr Geschäft. Ein einziger, großer, quadratischer Raum. Sämtliche dem Flickschuster dienlich gewesenen Trennwände hatte sie einreißen lassen, denn Amelie liebte große Räume, nur in solchen fühlte sie sich wohl, in kleinen empfand sie sich gefangen. Ringsum an den Wänden hüfthohe Kästen, darüber gläserne Regale, auf denen sie ihre Ware zur Ansicht aufgebaut hatte. Im Hintergrund eine Tür, die in einen von einer zausigen alten Linde beherrschten Hinterhof und weiter zu Amelies Lagerraum und WC führte. In der Mitte des Verkaufsraums stand ein wuchtiger Schreibtisch aus den Dreißigerjahren, den sie bei einer Auktion im Dorotheum erstanden hatte. Als *Vormals Redaktionsschreibtisch der »Neuen Freien Presse«* war er angeschrieben gewesen. Auf der ausladenden Schreibfläche stand eine lauschige Leselampe mit grünem Glasschirm und eine ultramoderne Halogenleuchte, die zum Einsatz kam, wenn Amelie Spielzeug restaurierte. Links vom Tisch: ein schwarzer Thonetstuhl für Besucher. Hinter dem Tisch: Amelies ergometrisch als letzter Schrei bei *Gea* erworbener Schreibtischsessel. Rechts vom Tisch: ein Kinderstühlchen aus Korbgeflecht.

Amelie holte August aus der Auslage, setzte ihn in das Stühlchen und überlegte, wer oder was heute ins Schaufenster sollte. Sie warf einen Blick auf die nahezu leeren Seiten ihres Vormerkkalenders. Montag, 11.30 Uhr: *W. H. J. Hofeneder* – das machte ein längeres Überlegen hinfällig, sie würde die für ihren Lieblingskunden bestimmte Kompanie des Wiener Hausregiments No. 4 *Hoch- und Deutschmeister* aufmarschieren lassen.

W. H. J. Hofeneder stand für Wirklicher Hofrat Julius Hofeneder. Amelie liebte diesen seltenen, nur für Beamte im österreichischen Landesdienst gebräuchlichen Titel. Sie sprach den alten Herrn zwar immer nur mit »Herr

Hofrat« an, aber wenn sie über ihn sprach, unterließ sie es nie, sich den »Wirklichen Hofrat« auf der Zunge zergehen zu lassen.

Eigentlich war Hofeneder ein Kunde ihrer Eltern. Josef und Lizzi Lenz, Inhaber der *Offizine Lenz*, einer in Salzburg beheimateten Zinngießerei. Seit drei Generationen fertigten die Lenzens kleine Figürchen, bemalten sie von Hand und verkauften sie teuer. Christbaumanhänger; Szenen wie die Fronleichnamsprozession am Hallstättersee, die Landpartie der Familie K. oder Adam und Eva im Paradies. Und historiengetreu nachgebildete Zinnsoldaten. Ganze Regimenter. Die Zinnsoldaten waren beliebte Sammelobjekte und daher sichere Renner. Als Amelie ihr Spielzeuggeschäft eröffnete, hatte ihr der Vater vorgeschlagen, die Vertretung der *Offizine Lenz* für Wien zu übernehmen. Sie bereute nicht, das Angebot angenommen zu haben, einen beachtlichen Teil ihrer Fixkosten trugen die Produkte aus dem Elternhaus.

Mit Hingabe brachte Amelie die hundert Hoch- und Deutschmeisterchen auf dem verspiegelten Boden der Auslage in Formation. Dann bürstete sie die Herbstlaubreste aus Augusts Fell, wischte seine glitzernden Glasknopfaugen mit einem weichen Lappen blank, knipste die grüne Schreibtischlampe an, holte *Der Meister und Margarita* aus der Schreibtischlade und begann zu lesen. Als sie merkte, dass die Buchstaben vor ihren Augen tanzten und sie den Sinn der Worte nicht erfasste, ließ sie das Buch sinken.

›Hoppla. Nicht behütet und schlecht beschirmt. Bis auf weiteres ist dieser Schirm wieder ein Schirm. Es war mir ein Vergnügen.‹ Quasi aus dem *Off* hörte sie die lachende Stimme des Unbekannten. Seit sie in den Mann hineingerannt war, seit drei Tagen, hörte sie dies immer wieder. Sie überlegte, ob sie den Laden über Mittag zusperren sollte, um im Bundeskanzleramt nach dem Hinkenden zu fragen. Wer weiß, vielleicht meinte es der Zufall gut mit ihr und er hinkte auch heute über den Ballhausplatz. Sie würde sein Gesicht sehen…

Die Tür zur Josefstadt stand offen, die Luft war lau, nichts und niemand störte die in ihre Gedanken verstrickte Amelie, bis zunächst der Briefträger um 11.15 Uhr erschien, ihre Post auf den Schreibtisch legte und ihr das Neueste aus dem Viertel berichtete. Das renovierte Restaurant oben an der Ecke werde noch in dieser Woche aufsperren, die Frau des Irakers sei mit einem vier Kilo schweren Buben niedergekommen, und die wunderbare Grünzeughandlung in der Langegasse, die beste der Stadt, habe Meraner Kurtrauben von einer Güte, die in ganz Wien ihresgleichen suche. Amelie und der Briefträger waren sich einig wie stets: Was für ein Vorzug es doch sei, just im achten Wiener Gemeindebezirk, der Josefstadt, zu siedeln. Ereignislos, friedlich, keine Morde, keine Überfälle, keine Einbrüche…

Um exakt 11.30 Uhr betrat der Wirkliche Hofrat das Geschäft. »Küss die Hand, meine Gnädigste.« Er beugte sich über Amelies schmale Finger mit den kurzgeschnittenen Nägeln, ohne dieselben mit seinen Lippen zu berühren. Dann sah er ihr ins Gesicht. »Schön wie der junge Morgen.« Er sagte immer das Gleiche, aber so, als hätte er die Erkenntnis eben gewonnen, was seinen Worten das Floskelhafte nahm.

Amelie mochte den Wirklichen Hofrat und schenkte ihm ihr Lächeln, von dem sie wusste, dass es einen besonderen Zauber besaß, das sie jedoch nicht nach Belieben aufsetzen konnte, denn es kam nur auf Grund einer ehrlichen Empfindung zustande. Sie fand, dass Julius Hofeneder ein angenehmer Mensch und für seine siebzig ein immer noch attraktiver Mann war.

Warum der Hofrat nie geheiratet habe, hatte sie ihren Vater einmal gefragt. »Weil er sich das gar nicht leisten könnte«, hatte Josef Lenz scherzend geantwortet. »Der gibt, was er hat, für seine Zinnsoldaten aus.« Ein Vermögen stecke in Hofeneders Sammlung, die er im Übrigen testamentarisch dem Heeresgeschichtlichen Museum vermacht habe. Was im Hinblick auf die martialische Herkunft des Hofrats durchaus Sinn mache.

Schon der Urgroßvater des Zinnsoldaten-Narrs hatte die militärische Laufbahn eingeschlagen. Im Range eines Oberstleutnants hatte er unter dem genialen Strategen Graf Radetzky 1848 bei Custoza gekämpft und gesiegt und den alten Feldmarschall fortan wie einen Heiligen verehrt. Auch der Großvater des Wirklichen Hofrats war Offizier geworden. Er hatte sich bei der Okkupation von Bosnien und der Herzegowina derart ausgezeichnet, dass Seine Majestät geruhte, ihn in den Adelsstand zu erheben. Er und seine Nachkommen durften vor dem schlichten *Hofeneder* in Hinkunft das bekömmliche *von* tragen. Der frisch gebackene Ritter hatte von seinem Vater die Radetzky-Verehrung übernommen und sie seinerseits an Sohn beziehungsweise Enkel weitergegeben. Julius ritt als Kleinkind nicht wie andere Kleinkinder zu *Hoppa hoppa Reiter, wenn er fällt, so schreit er*, sondern ausschließlich zur gepfiffenen Melodie des Radetzky-Marsches auf den väterlichen beziehungsweise großväterlichen Knien. Wie von einem Hofeneder nicht anders zu erwarten, war auch Julius' Vater in die Armee eingetreten, wechselte aber nach einer im Ersten Weltkrieg erlittenen schweren Verwundung in den niederösterreichischen Landesdienst. Eine Karriere, die Julius quasi in Erbpacht fortsetzte. Die Verehrung der Hofeneders für den volkstümlichen Feldmarschall Radetzky sei, so Amelies Vater, im Wirklichen Hofrat bereits genetisch fixiert gewesen.

»Reizend, meine Liebe, dass Sie meiner Kompanie die Ehre erwiesen haben.« Hofeneder deutete auf die Hoch- und Deutschmeister, die Amelie nun sorgfältig aus der Auslage nahm, einen um den anderen, um sie in eine eigene von der *Offizine Lenz* mitgelieferte Spanschachtel zu betten.

»Woran arbeiten Sie derzeit, Herr Hofrat?« Amelie wusste von ihrem Vater, dass Hofeneder in seiner geräumigen Altbauwohnung die bedeutenden Siege Radetzkys, beginnend mit den Schlachten von Marengo und Hohenlinden 1800 über die Völkerschlacht bei Leipzig 1813 bis zu Custoza 1848 und Novara 1849, feldzugsplanmäßig nachgestellt hatte. Jahre hatte es ihn gekostet, und als Spiel hatte er es nie betrachtet, weshalb Amelies Frage keineswegs ironisch gemeint war.

»Ich schwanke noch«, antwortete der Wirkliche ernsthaft, »Radetzky scheint mir erschöpft. Ich denke an Königgrätz.«

»Ojegerl, das wird aber düster, da haben wir doch verloren«, meinte Amelie und zog ihre helle, immer noch kinderglatte Stirn kraus. Sie war in Geschichte nicht beschlagen und hätte in Bezug auf jede andere Schlacht den Mund gehalten, aber dass die k.u.k. Armee bei Königgrätz eine schauderhafte Niederlage hatte einstecken müssen, wusste in Österreich jedes Kind.

»Von Ihnen, Verehrteste, ließe ich mich jederzeit umstimmen.« Hofeneder suchte Amelies Augen, deren tiefes Violett ihn stets aufs Neue fesselte. »Kommen Sie doch endlich einmal bei mir vorbei, ich würde Ihnen von Herzen gern meine Schlachten zeigen. Sie haben es mir schon oft versprochen ...«

»... und nie gehalten, ich weiß, Herr Hofrat«, sagte Amelie und lächelte eine Entschuldigung. »Wenn mein Vater wieder nach Wien kommt und Sie aufsucht, werde ich ihn begleiten.« Sie überreichte ihm die mittlerweile in mehrere Lagen Seidenpapier verpackte Spanschachtel.

»Darf ich meine Schuld begleichen?« Der Hofrat tat den gewissen Griff in die Innentasche seines Sakkos.

»Bitte nicht«, wehrte Amelie ab, »ich schicke Ihnen die Rechnung zu.« Geld entgegenzunehmen war ihr stets peinlich – dumme Kuh, aber so bin ich halt – rechtfertigte sie diese für eine Geschäftsfrau ungewöhnliche Macke vor sich selbst. Überdies war ihr die Vorstellung, größere Summen oder Schecks in ihrer kleinen grünen Handkassa zu wissen, nicht ganz geheuer. Die Josefstadt mochte noch so friedlich sein – wer konnte wissen, ob die einsame Spielzeughändlerin nicht doch von einem Räuber belauert wurde.

Amelie sah dem Hofrat nach, der sich mit Handkuss verabschiedet hatte und eben mit seiner sorglich im Arm geborgenen Schachtel Zinnsoldaten um die Ecke verschwand. »Wir sind vom k.u.k. Infanterieregiment/ Hoch- und Deutschmeister/ Numero vier, aber stier« – summte sie den alten Wiener Gassenhauer vor sich hin. Sie starrte in die leere Auslage und setzte, von plötzlicher Unruhe gepackt, ohne zu überlegen, die kürzlich aus einem Nachlass erworbene und noch nicht restaurierte Puppenküche eher lieblos ins Fenster. Ist eh egal. Es tut sich ja eh nichts. Keine Kundschaft außer dem Hofrat, kein Anruf, kein Räuber… und draußen geht nicht einmal der Wind, dachte sie bei sich.

Neben der Tür zum Hof hing ein schmaler Spiegel. Amelie trat davor und sah hinein, ohne sich zu betrachten. Mechanisch strich sie die dunklen Fransen aus der Stirn. Als sie die Hände wegnahm, schwang das Haar wieder zurück. Dreiunddreißig, bald werde ich dreiunddreißig und bin noch immer ohne Ziel. Sie dachte nicht darüber nach, was sie sich damit sagen wollte und wandte ihrem Spiegelbild den Rücken.

Ein Trupp Schulkinder bog, von der lauten Josefstädterstraße kommend, in die stille Gasse mit Amelies Spielzeuggeschäft ein. Die Kinder blieben regelmäßig vor der Auslage stehen, weil man ja nie wissen konnte, was an Augusts Stelle mittags im Schaufenster sein würde. Sie blieben auch heute stehen, pressten ihre Nasen und schmierigen Hände an die Scheibe, kommentierten die Puppenstube, aber ihr Interesse erlahmte schnell, sie trabten weiter.

»Fratzen«, murmelte Amelie, ging mit Glasreiniger und Putzlappen nach draußen, um die Scheibe zu reinigen und fragte sich, was mit ihr los war. Ihre Unrast wuchs. »Verheerend, wie ich mir auf die Nerven falle.« Sie ging ans Telefon und rief in Salzburg an. »Hallo, Mutter…«

»Servus Kind, kannst du später anrufen, ich hab die Suppe am Herd, die kocht über.« Lizzi Lenz wartete die Antwort ihrer Tochter nicht ab und hängte ein.

Wer oder was jetzt? Bundeskanzleramt? Die Vorstellung, den Portier nach einem ihr völlig unbekannten Hinkenden zu fragen, erschien ihr plötzlich absurd. »Also gut, den Hermann halt«, seufzte Amelie und wählte die Büronummer ihres ständigen Liebhabers.

Sie und Hermann waren seit bald neun Jahren, was man in Wien »verbandelt« nennt.

»Doktor Söhnke ist zum Mittagessen verabredet und wird erst gegen vierzehn Uhr wieder da sein«, flötete die Sekretärin. Ob sie etwas bestellen könne. ›Mittagessen – und wird ständig fetter!‹, dachte Amelie und flötete ihrerseits, der Herr Doktor möge so nett sein und sie zurückrufen.

Sie selbst aß fast nie zu Mittag. Nicht der Linie wegen,

das hatte sie nicht nötig, denn Amelie gehörte zu jenen glücklichen Wesen, die keine Gewichtsprobleme kannten. Mittelgroß, perfekt proportionierte Gliedmaßen, kein Gramm Fett. »Cellulitis kennt die Lenz nicht einmal vom Hörensagen«, hatten schon die Studienkolleginnen auf der Kunstschule in München neidvoll festgestellt.

Die warme Herbstsonne beschien die oberen Reihen der gegenüberliegenden Häuserfront. ›Man müsste etwas Verrücktes tun. Das Geschäft zusperren, in den Wienerwald fahren und durch das raschelnde Laub gehen. Oder im Prater übers Heustadlwasser rudern.‹

»Gehst du mit mir Schifferl fahren?«, bat sie, als Hermann zurückrief.

»Wann«, fragte er sachlich. Als sie »jetzt« sagte, schien er zunächst fassungslos, dann lehnte er besänftigend ab. »Aber Schatzi, ich kann doch hier nicht weg. Außerdem haben wir Montag, das heißt abends bei dir. Du wolltest Hühnchen für mich braten.«

»Sag nicht Schatzi zu mir«, schnauzte Amelie, »und Hühnchen brate ich nie, ich brate höchstens Hendln!« Sie hängte ein und ärgerte sich, dass sie die Fasson verloren hatte. Heftig drückte sie die Eingangstür ins Schloss, um den verführerisch lauen Tag auszusperren, so heftig, dass das melodische Zwitschern des Spielwerks sich zum Ratschen verknappte.

Kaum war die Türe zu, wurde sie langsam wieder aufgetan. Kundschaft! Die erste seit dem Hofrat, ›Gott segne Sie‹, dachte Amelie und lächelte der alten Dame entgegen.

»Nehmen Sie auch Spielzeug in Kommission?«, wollte die Dame wissen. Umständlich wickelte sie eine Puppe aus mehreren Tüchern.

Amelie verging das Lächeln. »Eigentlich nicht«, sagte

sie, während sie das Porzellanköpfchen der Puppe nach einer Marke absuchte. »Keine Markenpuppe. Und sehen Sie, am Kopf ist ein Sprung, irgendwann geklebt…«.

Das Gesicht der alten Dame legte sich in Abwärtsfalten. ›Wie ein trauriger Dackel‹, dachte Amelie und brachte es nicht über sich, die Frau ungetröstet wegzuschicken. »Lassen Sie sie halt da. Unverbindlich. Ich werde es versuchen.«

›Scheißtag. Dabei hat er so gut begonnen, warum ist er nicht geblieben, was er war?‹ Amelie versuchte es wieder mit Bulgakow, aber neuerlich vermochten weder der *Meister* noch *Margarita* sie so zu fesseln, dass sie ihr Unbehagen vergaß. Sie pfefferte das Buch in die Schreibtischlade, stand auf und ging zu dem gläsernen Regal, auf dem ihre Lieblinge wohnten: pickende Vögel, hüpfende Frösche, ein wackelndes Zebra. Ein Clown, der im Handstand vorwärts trippelte, ein anderer, der radelte. Ein Reiter auf einem Schaukelpferd, ein Äffchen mit einer Trommel, ein Püppchen mit gelbem Chinesenhut auf einem Schwan. Ein Kettenkarussell, eine Mondrakete, eine winzige Lokomotive… Mechanisches Blechspielzeug. Ihm galt Amelies eigentliche Sammelwut. Von gewissen Stücken würde sie sich um keinen Preis trennen. Sie nahm einen Kanarienvogel und einen Frosch in die linke Hand und versuchte mit der rechten beide aufzuziehen. Immer wieder stellte sie sich vor, wie es sein würde, wenn alle in ihrem Besitz befindlichen Figuren gleichzeitig aufgezogen und gleichzeitig losgelassen würden. Das Durcheinander, die vielen verschiedenen Geräusche… Trotz Scheißtag lächelte sie bei dem Gedanken. Also lächelte sie, als die Tür aufging und sie sich umdrehte. »Uli! Dass du wieder da bist! Jö bin ich froh!« Sie stürzte dem Eintretenden entgegen und fiel ihm um den Hals.

Der Umhalste war einige Wochen verreist gewesen. Er drückte sie an sich und wiegte sie in seinen Armen. »Ami, mein Liebling, da bin ich, und ich bleibe auch.« Dann schob er sie von sich, hielt sie an den Schultern und sah ihr in die Augen. »Bist du okay?«

Ihre beste Freundin nannte Amelie den Bühnenbildner Uli Hahn. Uli war schwul und lebte seit Jahren in einer festen Beziehung mit dem Theaterregisseur Ludwig Berger. Wenn Freunde oder Bekannte sich über das Paar mokierten, geriet Amelie in Rage. Sie kenne keine bessere Ehe, verteidigte sie die beiden hitzig.

Ulis und ihre Freundschaft hatte vor acht Jahren begonnen. Damals war Amelie in einem Altwarenladen beschäftigt gewesen und hatte Uli bei der Suche nach einer möglichst kitschigen, möglichst billigen, möglichst lebensgroßen Nackten unterstützt, die er für eine Bühnendekoration brauchte. Sie hatten in völliger Eintracht so lange gustiert und gelacht, bis sie gefunden hatten, was er suchte: ein scheußliches gipsernes Weib, das sie später scherzhaft die Muse ihrer Freundschaft nannten. Eine Freundschaft, die Uli, wenn man ihn darauf ansprach, als Liebe auf den ersten Blick bezeichnete.

»Ich bin okay.« Amelie machte sich von Uli los, trug Kanari und Frosch zum Regal zurück und rückte eine Weile an ihnen herum. Als sie sich dem Freund neuerlich zuwandte, blies sie die Luft aus und lachte. »Ja, doch, ich bin wieder okay. Erzähl mir was aus der weiten Welt.«

»Weder weit noch groß, mein Liebling«, grinste Uli. »Falls du es vergessen haben solltest – ich komme aus Zürich.«

Etliche Wochen war er mit Ludwig in der Schweiz gewesen. Ludwig hatte als Gastregisseur am Zürcher Schauspielhaus inszeniert, und Uli war für das Bühnenbild engagiert worden. In der Branche galten Berger & Hahn längst als erfolgreicher *Package-Deal.*

»Das Leben war teuer, das Essen fett, die Arbeit ein Tschoch, die Premiere rauschend, die Kritiken lausig.« Uli hatte sich auf Amelies Schreibtischsessel niedergelassen und hielt eine Zigarettenpackung in die Höhe. »Darf ich?« Amelie nickte. Versonnen sah sie dem Rauch nach, der von der Zigarette aufstieg, forschend betrachtete der Freund die Freundin, eine Weile schwiegen beide. »Also was ist los mit dir, wo drückt der Schuh?«, fragte Uli schließlich.

Amelie machte ein paar unentschlossene Schritte, dann hockte sie sich vor Uli auf die Schreibtischplatte und ließ die Beine baumeln. »Ich warte, Madame.«

Sie streckte ihm ein Bein entgegen, die labbrige schwarze Leinenhose rutschte zurück und gab den Blick auf eine schlanke Fessel und einen durch kein Hühnerauge verunzierten schmalen Fuß in einer breiten schwarzen Gesundheitssandale frei. »Der Schuh kann nicht drücken, weil er keiner ist.«

Uli haschte nach dem Fuß, hielt ihn fest und betrachtete Amelies Schuhwerk mit einer Grimasse. »Igitt, was Scheußlicheres hast du nicht gefunden?« Er ließ den Fuß fallen, die Ferse bumste gegen das Holz, Amelie begann wieder mit den Beinen zu baumeln.

»Du kennst doch mein Credo: Morgengymnastik, Müsli, Mummus.« Mummu leitete sich von dem Begriff Vermummung ab und war die von ihrem Vetter Lorenz geprägte Bezeichnung für Amelies hauptsächlich auf Bequemlichkeit ausgerichtete und daher schlotternde Garderobe.

Uli verzog sein hübsches Gesicht und mimte Ekel. »Grauenhaft. Eine Frau wie du…« Unvermittelt kam er auf seine Frage von vorhin zurück. »Also mein Täubchen, wenn's der Schuh nicht ist, was ist es dann?«

Amelie hörte auf, mit den Beinen zu pendeln. Sie versuchte, Ulis helles Haar zu zausen, das sich seines perfekten Schnitts wegen nicht zausen ließ. Sie hopste von der Tischplatte und lupfte die Schultern.

»Gar nix ist. Ich habe einfach einen schlechten Tag.« Sie überlegte ein paar Augenblicke, ehe sie hinzufügte: »Ich bin rastlos und unzufrieden.« Uli schwieg. »Draußen ist es so schön, ich wollte raus aus dem Laden ... Ich wollte mit Hermann Boot fahren, zum Heustadlwasser wollte ich ...« Sie brach ab, weil sie sich anhörte wie ein weinerliches Kind.

»Und er fuhr natürlich nicht, der unsensible Tropf!«, fauchte Uli. Als Amelie schwieg, schlug er mit der flachen Hand auf den Tisch. »Seit Jahren predige ich, dass dieser Cherusker zu dir passt wie die Faust aufs Auge.«

»Cherusker« hatte Uli den aus Nordrhein-Westfalen stammenden und in Wien hängen gebliebenen Hermann, bald nachdem er ihn kennen gelernt hatte, genannt. »Wieso Cherusker«, hatte sie verständnislos gefragt, und Uli hatte gegrinst. »Ami, du Banause! Hermann der Cherusker, Germanenfürst rund um das Jahr Null, Varusschlacht und so.« Beschämt hatte Amelie im Lexikon nachgelesen und Oberwasser gekriegt: Der als Hermann bekannte Schlachtenschläger habe in Wahrheit Armin geheißen. Wurscht, meinte Uli, auf Hermann Söhnke, den Mann von der Ruhr, passe Cherusker perfekt.

Noch immer sagte Amelie nichts. Sie verschränkte die Hände im Nacken, schloss die Augen und beugte den Kopf zurück. Ihr halblanges Haar breitete sich schwer über ihre Schulterblätter. Uli sah, wie das dunkle Braun im Fallen glänzte.

»Du verschwendest dich an den falschen Mann. Was würde eine andere Frau mit deinen Augen, deinem Haar und deinem Gesicht alles anstellen«, sagte er fast anklagend.

Die Erinnerung an die federnde Brust des Mannes mit den Galoschen überkam sie, sie hob den Kopf und seufzte. »Uli, mein Alter, hör auf mit dem Unsinn, ich bin eine Durchschnittsfrau mit einem Allerweltsgesicht.«

»Unsinn, sagst du?« Uli sprang auf, fasste sie an den Schultern, sah sich nach dem Spiegel um und schob sie davor. »Schau gefälligst hinein. Was siehst du?«

Amelie begegnete Ulis Augen in ihrer beider Spiegelbild. Sie musterte seine ebenmäßigen, ein wenig weichen Züge, ehe sie sich selbst betrachtete. Das helle, fleckenlose Oval ihres Gesichts. Die gerade mittelgroße Nase. Den schwungvollen Mund. Starke kühne Augenbrauen, die auch in ein Knabengesicht passen würden. Große gewölbte Lider, durch deren dünne Haut ganz leicht das Violett ihrer Augen schimmerte. Aufs Neue begegnete ihr Ulis Blick.

»Du hast eine Figur wie eine Ballettelevin, einen Hals wie ein Tulpenstängel und ein Gesicht wie Anne Bennent. Damit könntest du die Welt aus den Angeln heben.« Er schüttelte den Kopf und ließ sie los.

»Du und deine Bennent«, murmelte Amelie und verzog das Gesicht. Sie wusste von Ulis Bewunderung für die Schauspielerin und zog ihn gerne damit auf. »Phänomenale Bühnenpräsenz, glasklarer Intellekt, ich habe noch nie ein besseres *Käthchen von Heilbronn* gesehen…«, äffte sie ihn nach.

»Haargenau. Und sie ist eine Schönheit«, trumpfte Uli auf. »Sie ist wie du, und du bist wie sie: eine Schönheit auf den zweiten Blick.«

Die Sonne hatte die gegenüberliegende Häuserfront

verlassen. Mit ihr war Amelies Unrast verschwunden. Aber die Heiterkeit des Morgens stellte sich deshalb nicht wieder ein, und das Gespräch, das Uli mit der für ihn typischen Intensität führte, hatte sie seltsam müde gemacht. »Schönheit hin, Schönheit her, mein Aussehen hat mit meinem Verhältnis zu Hermann Nullkommajosef zu tun. Hermann legt auf Aussehen keinen Wert.«

»Eben, eben! Das ist ja die Tragödie!« – Uli schraubte seine Stimme höher, wodurch sie schriller wurde. »Er sollte dich anbeten. Nicht nur weil du bist, *was* du bist, sondern weil du bist, *wie* du bist. Den Boden, auf dem du wandelst, müsste er küssen, auf Händen müsste er dich tragen, wie eine Königin …«

Amelie verzog das Gesicht. »Hör auf, mein Alter, du wirst theatralisch. Laienbühne. Schlechtes Stück.« Uli sah verletzt drein, augenblicklich lenkte sie ein. »Was hast du eigentlich gegen Hermann?«, fragte sie.

Mühelos ließ Uli sich ablenken. »Nichts habe ich gegen ihn, nicht das Geringste. Ich würde nicht mit ihm auf Urlaub fahren wollen, aber ich finde ihn nicht unnett. Bloß: Er ist nicht gut genug für dich.«

»Jetzt mach aber halblang«, schnaubte Amelie verärgert, Hermann war ihre Wahl, in ihm fühlte sie sich selbst angegriffen. »Immerhin ist er Doktor der Germanistik und Chef eines der wichtigen Archive der Stadt. Und wenn sein Roman fertig sein wird …« Sie brach ab, ging zu dem Regal mit den alten Kinderbüchern und nahm eines zur Hand. »Ich hab heute außer dem Wirklichen Hofrat nicht eine einzige Kundschaft gehabt. Willst du mich nicht subventionieren, indem du mir das abkaufst? Eine alte Ausgabe vom *Struwwelpeter*. Als Mitbringsel für Ludwig.«

Verdutzt sah Uli sie an. »Was soll der Ludwig mit dem *Struwwelpeter,* glatzig, wie er ist?«

»Mensch, Uli, die Geschichte von den Tintenbuben! Kannst du dich an die Bilderbücher deiner Kindheit nicht mehr erinnern«, ereiferte sich Amelie. »Da kommt doch ein Ludwig drin vor!«

Als Uli sichtlich nichts dämmerte, begann Amelie zu rezitieren. »›Es ging spazieren vor dem Tor ein kohlpechrabenschwarzer Mohr. Die Sonne schien ihm aufs Gehirn, da nahm er einen Sonnenschirm. Da kam der Ludwig hergerannt und trug sein Fähnchen in der Hand …‹« Na? Uli begann zu schmunzeln, erfreut fuhr Amelie fort. »Du weißt doch, zum Schluss taucht der große Niklas mit dem Rauschebart den Ludwig und seine Freunde ins große Tintenfass, weil sie den Mohren verlacht haben. »›Er packte gleich die Buben fest, beim Arm, beim Kopf, bei Rock und West', den Wilhelm und den Ludewig …‹«

»Der Ludewig …« Uli grinste, trat zu Amelie, nahm ihr das Buch aus der Hand und wog es, als wollte er sein Gewicht prüfen. »Toller Bestseller, das.« Sein Gesicht wurde wieder grimmiger. »Der Söhnke muss erst noch einen schreiben.« Verärgert griff Amelie nach dem *Struwwelpeter*, doch Uli hielt ihn fest und fuhr unbarmherzig fort. »Seit zehn Jahren schreibt er an seinem Roman, der Cherusker. Vielleicht schreibt er noch weitere zehn Jahre dran. Bis dahin seid ihr beide, Gott behüte, verheiratet, habt zwei Kinder und ödet euch an. Er ist immer noch im selben Archiv, hat vielleicht ein Verhältnis mit seiner Sekretärin, weil die im Gegensatz zu dir weder bitter noch grau geworden ist und ihn toll findet …«

»Hör doch endlich auf, warum musst du ihn mir noch madiger machen, als er eh schon ist!« Erschrocken schlug Amelie die Hand vor den Mund. Und Uli hakte nach.

»Siehst du, genau das meine ich.« Seine Stimme war wieder ruhig und sein bewegliches Gesicht ernst geworden. »Der Mann geht dir auf den Geist. Du bist unzufrieden, du willst raus aus der Fadesse.« Sanft nahm er ihr den *Struwwelpeter* aus der Hand. »Ami, mein Hühnchen, mach dieser lauen Liaison endlich den Garaus. Die Zeit bleibt nicht stehen, mach dich frei, jetzt oder nie. Glaub mir, du hast Tolleres verdient.«

Amelie strich über seinen Arm. »Uli, mein Hähnchen«, das Lächeln, das sie zustande brachte, geriet schief, »ich weiß, dass der Hermann nicht das Gelbe vom Ei ist und dass die Zeit rennt.« Sie widerstand der Versuchung, ihm vom Mann mit den Galoschen zu erzählen und fuhr fort: »wenn du mir sagst, wo ich was Tolleres finde …?«

Uli stand vor ihr, den *Struwwelpeter* wie ein Gebetbuch zwischen beiden Händen. »Erst mach Schluss, mein Mädel, dann geh' ich mit dir auf Brautschau …« Er verstummte, wusste sichtlich nicht mehr, was er noch sagen sollte. »Ich hab mein Pulver verschossen«, gestand er, »ich gehe jetzt heim zu Ludwig. Koffer auspacken. Du weißt ja, ich bin fürs Subalterne in unserem Haushalt zuständig.« Er blätterte im *Struwwelpeter* bis er fand, was er suchte – die Seite, auf der die tintenschwarzen Buben hinter dem weitaus helleren Mohren einhermarschieren, mitten drin der schieche Ludwig mit seinem Fähnchen – und lachte vergnügt wie ein Kind. »Pack's mir bitte ein. Du hast Recht, es wird ihn freuen, den Ludewig.«

Als Uli gegangen war, blieb Amelie an der Eingangstür stehen, presste die Nase gegen das Glas und versuchte nachzudenken. »Schluss machen, Schluss machen«, sagte sie vor sich hin und horchte den lang gezogenen Zischlauten nach. Sie ging zu ihrem Schreibtisch, fuhr mit den Fingerkuppen über die Platte und ertastete die Maserung des Holzes. »Die Kette durchbrechen, alles andere ergibt sich.« Sie räusperte sich und sah auf die Uhr. »Viertel vor sechs. Heute kommt keiner mehr. Zusperren und Hendl kaufen«, befahl sie sich laut.

Als Amelie sich streckte, um den Rollbalken herunterzuziehen, fiel ihr Blick auf die Auslage. Sie hatte August vergessen. Schnell sperrte sie noch einmal auf, nahm die Puppenstube aus dem Fenster und hob den Bären aus seinem Stühlchen. »Was gebe ich denn dir heut mit für die Nacht?« Sie hielt den massigen Teddy vor sich hin und sah in seine runden goldbraunen Glasaugen. »Augustle, ich bin durcheinander, und mein Schädel brummt«, seufzte sie. Plötzlich begann sie zu kichern. Liebevoll setzte sie den Bären ins Schaufenster, holte den Brummkreisel, den sie kürzlich bei einer Auktion in Heidelberg ersteigert hatte, und positionierte ihn gefällig zwischen Augusts Vorderpfoten.

3

Das Huhn war missglückt. Die Haut war weder knusprig noch braun, sie war milchkaffeefarben und blieb wie ein alter Lappen am Gaumen kleben. Der Reis war gatschig. Und der Salat litt schon im Laden an Altersschwäche. Amelie hatte nach wenigen Bissen ihren Teller fortgeschoben. Hermann hingegen futterte mit Hingabe. Amelie sah ihm schweigend zu. Enorm, was der Mensch verdrücken kann, dachte sie und betrachtete ihn kritisch. Magen, Bauch und Hüften leicht schwellend, Schultern langsam sackend, Wangen tendenziell hängend. Haar fliehend, das Blau der Augen wässriger als früher, nur die Hände schön wie einst...

Hermanns Hände waren das Erste gewesen, was sie an ihm gefesselt hatte. Einsam, schüchtern, aber zu einem neuen Anfang finster entschlossen hatte Amelie vor neun Jahren das Wiener Künstlercafé *Hawelka* betreten. Alle Tische waren besetzt gewesen. Rauchschwaden, Stimmengewirr, hier schien jeder jeden zu kennen. An einem einzigen Tischchen saß ein Einzelgänger. Groß, hager, hohlwangig, dichtes, helles, kühn gewelltes Haar. Der Einzelgänger schrieb mit einem altmodischen Füllfederhalter in ein schwarzes Buch. »Ist hier noch frei bitte?«, hatte Amelie gemurmelt und auf den Stuhl neben dem Einzelgänger gedeutet. Der Mann hatte aufgesehen. Intensiv blaue Augen, freundlicher Blick, »bitte sehr, gerne«, hatte er mit deutschem Akzent und tiefer, voller Stimme geantwortet. Irgendwie hatte Amelie sich in dieser Stimme geborgen gefühlt.

Im Kielwasser von Max Klinger, einem mittelmäßigen Maler, war sie eben erst von München nach Wien gezogen. Max war der zweite Mann in Amelies jungem Leben gewesen. Kaum in Wien, hatte er sie sitzen gelassen. Weidwund wie sie war, hatte Amelie sich dennoch entschlossen, in Wien zu bleiben. Der bewundernde Blick des Einzelgängers vom *Hawelka* tat ihr wohl. Hermann Söhnke, von der Ruhr an die Donau gekommen, um hier sein Studium der Germanistik zu be- und seinen historischen Roman aus der Zeit der Völkerwanderung zu vollenden. Junger Dichter. Von Romantik umwittert. Wunderschöne Hände…

Er ist erst achtunddreißig und sieht schon jetzt pensionsreif aus, dachte Amelie, fand sich gleich darauf unnett, rief sich innerlich zur Ordnung und fragte den immer noch kauenden Hermann bemüht freundlich: »Bist du noch nicht satt?«

Statt einer Antwort deutete Hermann auf Amelies

kaum berührten Teller. »Schmeckt großartig, Amelie. Falls du deines nicht zu Ende isst, tue ich es für dich.« Er lächelte sie an, sie lächelte nicht zurück. Hermann hatte die Angewohnheit, ihren Namen auf der ersten Silbe zu betonen. Im Gegensatz zu ihrer Familie und ihren Freunden, die sie Ameliè nannten, sagte er beharrlich Amelie, wobei er auch noch das erste »e« verschluckte und sie derart zu einer »Amlie« machte. Früher hatte sie das nicht gestört, erst in letzter Zeit verursachte es ein Gefühl, das sie als »Knopf im Magen« bezeichnete.

Wortlos stand sie auf, ging in die Küche und begann das Geschirr zu waschen. Heftig rieb sie den Boden der Bratpfanne. Der »Knoten im Magen« löste sich. ›Du bist ein Sauviech, Amelie, er kann ja nix dafür, dass er dir auf die Nerven geht. Er ist lieb. Also reiß dich zusammen.‹

Hermann betrat die Küche, stellte die leer geputzten Teller auf die Tropftasse und strich über Amelies Nacken und Rücken. Sie gab sich Mühe, die Hand nicht abzuschütteln. »Setz dich draußen hin, bitte, ich bin gleich fertig«, sagte sie und seufzte erleichtert, als er ging.

Hermann hatte den Fernsehapparat angeschaltet. Sowie sie den Raum betrat, schaltete er ihn wieder ab. »Was ist, schlechtes Programm?«, fragte sie und spürte die innere Anspannung wiederkehren.

Genüsslich räkelte Hermann sich in dem einzigen Lehnstuhl, den es in Amelies Wohnung gab. »Ich dachte an ein Hauptabendprogramm da oben.« Er deutete mit dem Daumen auf den Hängeboden, der über eine Art Hühnerleiter zu erreichen war und Amelies Bettstatt barg. »'n Stündchen Liebe?«, schlug er vor, stand auf, trat auf sie zu und nahm sie in die Arme, als hätte sie ja gesagt.

Amelie schob ihn von sich. »Weshalb nicht zwei oder drei«, biss sie ihn an und fand sich abscheulich.

Hermann trug es mit Fassung, griff neuerlich nach ihr,

zog sie an sich und rieb sein Kinn, das auf Amelies Scheitel zu liegen kam, sachte in ihrem Haar. »Weil ich Reich-Ranicki sehen will, Schatzi, und der geht in eineinhalb Stunden auf Sendung.«

Die Zärtlichkeit in seiner Stimme erreichte Amelie nicht. Sie machte sich so heftig von ihm los, dass der große, kompakte Mann ins Schwanken geriet.

»'n Stündchen Liebe und dann Reich-Ranicki«, äffte sie ihn nach. Als er die Hände nach ihr ausstreckte, wich sie weiter zurück. »Eine schwere Konkurrenz für eine Frau wie mich, der Reich-Ranicki. Und was kommt nach ihm? *Sex and the City*?«

Hermanns Augen waren vor Erstaunen rund geworden, tonlos klappte er den Mund auf und wieder zu. »Schnapp nicht nach Luft wie ein Fisch auf dem Trockenen«, fuhr Amelie unbarmherzig fort. »Einmal muss es raus aus mir: Dein deutscher Ordnungssinn im Alltag und in der Lebensplanung hängt mir zum Hals heraus.«

Hermann fand noch immer keine Worte, er sah mittlerweile drein wie ein verletztes Kind. Und Amelie setzte noch eins drauf. »Liebe, wenn's das Fernsehprogramm erlaubt. Gemeinsame Wohnung erst nach der Heirat. Heirat erst, wenn der Roman fertig ist. Kinder erst, wenn der Roman erschienen ist.« Ihre an sich sanfte Stimme war schrill geworden, und das Gesicht des eher phlegmatischen Hermann wurde langsam rot vor Wut. Er setzte zu einer Erwiderung an, aber Amelie gab ihm keine Chance.

»Nein, mein Bester, so kann es mit uns beiden nicht weitergehen. Ich bin zweiunddreißig plus, und du wirst demnächst achtunddreißig. Wir sind in unseren besten Jahren und führen ein Leben wie fallweise zueinander findende Frührentner. Ich will das nicht mehr. Ich will endlich was Neues, ich will Abenteuer erleben, will Wind um die Ohren ... ich will am Heustadlwasser Schifferl fahren ... ich ... «, sie stockte, holte ein paarmal Luft und begann trocken zu schluchzen.

Hermann sah sie fassungslos an, jäh verrauchte seine Wut, er suchte nach den passenden Worten und fand sie schon wieder nicht. »Nun ja, ich stelle fest, du bist ein wenig hysterisch. Unter diesen Umständen gehe ich besser.« Amelie nickte heftig. Während sie immer noch stoßweise Atem holte, ging sie zur Tür und hielt sie weit für ihn auf. »Rufe mich an, wenn es dir besser geht«, sagte er mit ruhiger, allzu gelassener Stimme und ging.

Sobald die Tür hinter Hermann zugefallen war, begann Amelie endlich nass zu weinen. Um der Wahrheit die Ehre zu geben: Sie weinte nur kurz, wischte sich die Augen trocken, schnäuzte sich, sah sich in ihrer Wohnung um und lächelte wie die Abendsonne nach einem Sommergewitter. »Ich liebe dich«, sagte sie laut und meinte den Raum, in dem sie stand.

Er war weit und hoch und nur mit dem Notwendigsten möbliert. Wer ihn betrat, war von ihm bezaubert, und der Zauber lag in seinem Licht. Kühles, schattenloses, durch das nach Norden gerichtete Atelierfenster einfallendes Licht.

In Wahrheit war der Raum ein ganzes Haus. Besser gesagt eines dieser Gartenhäuser, die in Wien Salettl heißen. Ende des 19. Jahrhunderts war es im weitläufigen Hof eines Josefstädter Zinshauses errichtet worden und war – im Hinblick auf das eine ganze Wand umfassende Atelierfenster – wohl schon damals für einen Maler oder Bildhauer gedacht gewesen.

Zum ersten Mal hatte Amelie das Haus im Schlepptau von Max Klinger betreten. Es war kurz nach ihrer beider Ankunft in Wien gewesen. Eine Trennung lag bereits in der Luft, denn Klinger legte einen besorgniserregenden

Freiheitsdrang an den Tag. Er wollte Amelie loswerden, ohne sie dabei allzu sehr zu verletzen. In diesem Zusammenhang dürfte er auf die Idee verfallen sein, sie einem Berufskollegen anzuhängen. Der Mann seiner Wahl war weit über vierzig und noch erfolgloser als Klinger. Aber er bewohnte das Salettl, das damals zwar eine Bruchbude war, die er möglichst bald verlassen wollte, in das sich Amelie jedoch auf den ersten Blick verliebte. Obwohl sie an dem Salettlbewohner selbst nicht das geringste Interesse hatte, besuchte sie ihn immer wieder, um den Zeitpunkt seines Auszugs nicht zu verpassen. In Verfolgung eines Ziels vermochte Amelie eine beachtliche Zähigkeit an den Tag zu legen. Zwei Jahre lauerte sie auf »ihr« Häuschen. Als der Maler endlich auszog, hatte sie längst die Übernahme des Objekts mit der Hausverwaltung abgesprochen.

Schliff und Pfiff hatte freilich erst Uli dem Salettl verliehen. Sein Entwurf integrierte Bad, WC, eine winzige Küche und eine Garderobe in die südseitig gelegene Pawlatschen, den biedermeierlichen Laubengang des Häuschens. Der Atelierraum selbst wurde bis auf die nackten vier Wände gestrippt und bekam einen hellen Holzboden verpasst. In seiner Mitte stand ein großer Allzwecktisch aus Glas und Chrom und vier Thonetstühle; rechts ein wandfüllender flämischer Prachtschrank, den Amelie von ihrer Großmutter geerbt hatte und der ihren gesamten Hausrat barg, links ein gewaltiger Lese-Liege-Lederstuhl und eine kombinierte Fernseh- und Musikanlage. Das war's. Und die Hühnerleiter natürlich, die zu dem drei mal drei Meter großen Hängeboden führte, auf dem Amelie schlief.

Hermann hasste die Hühnerleiter und fand die Bettstatt exaltiert; er sehe nicht ein, weshalb er sich beim Beischlaf fühlen müsse wie ein Akrobat ohne Netz, da er das Gefühl nicht loskriege, dass jeder Liebes- zum Trapezakt werde. Amelie hingegen empfand die Leiter und das Hängebett als Tüpfel auf dem i ihrer ungewöhnlichen Behausung und zelebrierte jeden Auf- und Abstieg.

In einem ihrer überweiten Herrenpyjamas stand sie am Fuß der Leiter und betrachtete die efeuüberwucherte Feuermauer, die dem Atelierfenster gegenüberlag und deren Blattwerk im Mondlicht schimmerte. Dann erklomm sie langsam die Leiter, legte sich auf ihrem Futon zum Schlafen zurecht, vergegenwärtigte sich die lachende Stimme des regennassen Unbekannten und war überzeugt, dass sie von Hermann weder gut noch schlecht, sondern gar nicht träumen werde.

»Der Herr Dokta is scho fria gangen, gestern auf d'Nocht«, bemerkte die Frau Pepi, als Amelie am nächsten Morgen das Haus verließ. Es war das gute Recht der Frau Pepi derlei Bemerkungen zu machen, denn sie war die Hausmeisterin des Hauses, in dessen Hof Amelies Salettl stand. Wie alle anderen Mieter unterstand somit auch das »Fräu'n Lenz« ihrer territorialen Oberhoheit. Amelie hatte bloß insofern eine Sonderstellung, als sie die Einzige war, die die Frau Pepi Frau Pepi nennen durfte. Alle anderen mussten Frau Zadrazil zu ihr sagen. Josefine Zadrazil. Böhmisch bis ins Mark, obwohl ihre Familie in der dritten und die ihres Mannes in der vierten Generation in Wien ansässig waren.

Die Werteskala der Josefine Zadrazil war von bestechender Einfachheit. Es gab auf ihr nur gut und schlecht, dazwischen gab es nichts. Amelie etwa war gut. Die Zadrazil liebte sie besitzergreifend und warf sich zu ihrer Schutzpatronin auf. Hermann Söhnke hingegen war schlecht. An sich schlecht, weil sie als gewiegte Lauscherin einmal gehört hatte, wie er sie als reinstes Klischee einer

Wiener Hausmeisterin bezeichnete. »Wos hot der gsagt, der Ruabnzuzler aus Tschermany? I bin a Klischee?«, hatte sie sich ereifert und den »Dokta« für alle Zeiten in die Kategorie »Schlecht« einsortiert. Überdies schlecht, weil er in den Augen der Frau Pepi schlecht für Amelie war. Keine Gelegenheit ließ sie ungenutzt verstreichen, diese ihre Meinung der Betroffenen kundzutun. »Der Marmeladinger, der passt do net zu Ihna, Fräu'n Lenz. Nemman S' den Herrn Uli, des is ein netta Mensch«, hatte sie einmal angeregt und mit Bedauern zur Kenntnis genommen, dass Uli bereits vergeben sei. »A nette Frau?«, hatte sie wissen wollen, und nach kurzem Bedenken hatte Amelie die Wahrheit gebogen und die Frage mit »ja« beantwortet.

Der lauernde Unterton in der Stimme der Frau Pepi, als sie Hermanns baldigen Aufbruch am vorigen Abend erwähnte, war Amelie keineswegs entgangen. Sie tat, als hätte sie die Bemerkung nicht gehört, und sprach übers Wetter. »Was sagen Sie, Frau Pepi, wie warm es wieder geworden ist, ein richtiger Altweibersommer ist das.« Obwohl die Hausmeisterin Amelies Finte erkannte, ließ sie sich auf das stets dankbare, weil uferlose Thema Wetter ein. Auf ihren Besen gestützt stand sie breitbeinig in der Tür zur Gasse, und es gelang ihr, »die Fräu'n Lenz« gute sieben Minuten festzunageln, ehe es Letzterer glückte, in ihren Laden zu entkommen.

In ihrem Bemühen, den gestrigen Abend zu verdrängen, nur ja nicht über ihr Verhalten gegenüber Hermann nachdenken zu müssen, legte Amelie an diesem Morgen eine fast hektische Geschäftigkeit an den Tag. Ohne viel zu überlegen, ersetzte sie August und den Brummkreisel durch eine von etwa 1935 stammende Schildkröt-Mädchenpuppe in einem simplen weißen Baumwollkleid. Allzu armselig, fand sie. Und da sie nicht weiter mit Auslagendekoration befasst sein wollte, nahm sie den bunten Missonischal, den einzigen Farbklecks ihrer sonst einheitlich schwarzen Bekleidung, von den Schultern und ließ ihn auf das Spiegelglas des Auslagenbodens sinken. Schlangenartig legte sich das Textil um die Puppe. »Guter Effekt«, sagte Amelie laut und wandte sich dem Schreibtisch zu. Aus seinen tiefen Laden holte sie Kataloge und Kundenkarteien hervor, setzte sich vor dem Telefon zurecht und konzentrierte sich darauf, die Gesichter derer, die sie anrufen würde, vor sich zu sehen.

Amelies Klientel bestand in der Hauptsache aus Sammlern. Von der Laufkundschaft hätte sie nicht leben können. Und wenn sie mit den Begehrlichkeiten von Kindern gerechnet hätte, wäre sie längst verhungert. Denn für Kinder fiel Amelies Angebot im Allgemeinen in die Kategorie »alter Plunder«. Die erwachsene Laufkundschaft zog sich meist verschreckt zurück, sobald sie die Preise erfragt hatte. Sammler hingegen waren in gewisser Weise Süchtige und somit dem Lieferanten ihrer »Droge« ausgeliefert.

Zu Amelies Stammkundschaft zählten unter anderen: ein nahezu professioneller Sammler von Teddybären; eine junge Frau, die ein Vermögen für Puppen ausgab; eine musikalische Familie, die sich auf das Sammeln von Musikinstrumenten, auch solche für Kinder, spezialisiert hatte und sich neuerdings auch für Lärminstrumente wie Rasseln und Ratschen interessierte; ein Architekt, der auf Baukästen stand; und eine alte Kammerschauspielerin, die sich von der Bühne zurückgezogen hatte, ihre still gewordene Welt mit Marionetten bevölkerte und sich die Bretter, die die Welt bedeuten, mit Hilfe von kostbaren Papiertheatern neu erschuf.

Der Spätherbst war die entscheidende Jahreszeit für die bedeutenden Spielzeugauktionen. Kataloge von verschiedenen Auktionshäusern und Börsen lagen bereits vor. In den kommenden Wochen würde Amelie viel reisen müssen, davor wollte sie sich allerdings des Interesses ihrer Kunden an den vorhandenen Angeboten versichern. »Nicht schlecht, Frau Specht«, schnurrte sie, nachdem sie die Telefonate erfolgversprechend hinter sich gebracht hatte, »vom Ladenschwengel ins Spitzenfeld der Branche.«

Die zwei Jahre, die sie als ihre »Ladenschwengelzeit« bezeichnete, hatte Amelie in guter Erinnerung. An sich war sie ja nach Wien gekommen, um an der hiesigen Akademie Malerei zu studieren. Denn Max, der Maler, hatte ihr – durchaus zweckorientiert – eingeredet, dass sie ein überragendes Talent sei. Der flotte Klinger, der sich gerne Professor nennen ließ, unterrichtete Malerei an just jener Münchner Kunstgewerbeschule, die Amelie besuchte. Er, um den die schwülen Gedanken sämtlicher seiner Schülerinnen kreisten, hätte jede haben können. Aber ausgerechnet auf die zurückhaltende Amelie hatte er es abgesehen. Auf dem Umweg über »kostenlosen Privatunterricht für eine ausgesprochene Begabung« war Amelie schließlich da gelandet, wo er sie von Anfang an hatte haben wollen, nämlich in seinem Bett.

In Wien hatte sich bald herausgestellt, dass Amelies Zeichenmappe nicht einmal für die Zulassung zur praktischen Aufnahmeprüfung an die Akademie reichte. Hoffnung hin, Klinger weg – was nun? Unter das schützende Dach des Salzburger Elternhauses zu kriechen, ließ Amelies Stolz nicht zu. Also suchte sie einen Job und fand ihn als Verkäuferin in einer riesigen, Insidern wohl bekannten Altwarenhandlung in einem Wiener Außenbezirk. Eine beinharte Lehrzeit, die ihr viele Kontakte verschaffte. Unter anderem auch zu Burgi Wechsler, die Amelies Gespür für Spielzeug und ihren Sinn für Qualität erkannte und sie zunächst als Hilfskraft, später als Assistentin zu sich ins renommierte Dorotheum holte. Beobachten, lernen, beurteilen. Und selber sammeln. Nach vier Jahren konnte sich Amelie ohne Überheblichkeit als Expertin für altes Spielzeug bezeichnen und mit den dank ihrer eigenen Sammelwut angehäuften Stücken ihr Geschäft eröffnen.

Zufrieden mit sich und ihrer Umgebung wippte Amelie in ihrem ergometrischen Sitzmöbel sachte auf und nieder. Alles hier passt mir – der Raum, der Schreibtisch, August, der Rollbalken, meine Ware, meine Kunden ... alles passt zu mir, »nur Hermann nicht«, sagte sie laut. »Sagt Uli«, fügte sie rasch hinzu. Ob sie Hermann anrufen sollte? Gehören würde es sich schon. Gestern war sie wirklich ekelhaft gewesen. Eine Überreaktion ... worauf? Egal, Hermann hatte sie nicht verdient. Sie würde sich entschuldigen und ein ruhiges, klärendes Gespräch vorschlagen ...

Ihre Hand lag schon auf dem Hörer, als der Briefträger eintrat. Er schimpfte auf die Baustelle an der Lastenstraße. Ein Verkehrschaos auf Wochen, ja Monate sei vorprogrammiert. Lauter Minderbegabte im Rathaus. Keine Planung, keine straffe Organisation, »an Preußen täten's brauchen, Frau Lenz«.

Preuße, brauchen, Hermann! Die Assoziation lag nahe. Wieder griff Amelie nach dem Hörer. Sie war dabei, Hermanns Nummer zu wählen, als Uli hereinstürmte. »Gnädige Frau, sind Sie bereit, sich mit mir zu betrinken?« Er grinste über das ganze Gesicht, ließ seine Handgelenke kreisen wie ein Zauberer vor Kunststückbeginn und holte zwei Fläschchen Sekt aus seinen Jackentaschen.

»Was ist los, bist du in der Schweiz zum Alkoholiker verkommen?« Amelie lächelte ihn liebevoll an, sein Charme erreichte immer ihr Herz.

»Nein, Madame, ich möchte mit Ihnen auf meinen

Vertrag anstoßen«, flötete er betont tuntig und dann, wieder ganz Alltags-Uli, »hast du Gläser, oder sollen wir aus der Flasche trinken.«

Amelie sprang auf, beugte sich über den Schreibtisch und japste, »Ulitschek, hast du ihn? Den Vertrag für die Josefstadt?!« Als Uli breit grinsend nickte, schwang sie sich im Sitz über die Schreibtischplatte und fiel ihm um den Hals.

Seit Monaten war Uli in Verhandlungen mit dem Theater in der Josefstadt für eine Neuinszenierung von Nestroys *Lumpazivagabundus* gestanden. Amelie wusste wie viel es Uli bedeutete, einmal ohne Ludwig engagiert zu werden. Glücklich wie ein Kind schnatterte er vor sich hin. »Gestern beim Nachhausekommen habe ich die Nachricht vorgefunden, eben komme ich von der Vertragsunterzeichnung. Du weißt ja, Ludwig fährt nächste Woche nach Hamburg, beginnt mit Proben für diese Shakespeare-Collage. Da habe ich Zeit für mein Projekt. Und für dich, mein Liebling! Ich sage dir: Während der Proben wird hier bei dir Lager eins errichtet. Vielleicht sollten wir einen Eiskasten für den Proviant anschaffen, denn deine Art der asketischen Ernährung halte ich auf die Dauer nicht aus.«

Sie lachten und blödelten und tranken den Sekt aus den Fläschchen. Als Uli schließlich ging, war es Mittag und Amelie leicht beschwipst. Hermann, erinnerte sie sich und stakste zum Schreibtisch, um ihn endlich anzurufen. Und just da ging das Telefon. »Hermann *himself*«, sagte sie laut. Aber es war nicht Hermann, sondern ihre Mutter.

»Servus, Herzerl, ich hab dich gestern nicht mehr zurückgerufen, du weißt schon, erst die Suppen und dann der Vater und das Mittagessen, und dann ist der Vater wieder gangen und ich auch, Bridge bei der Ida …«

Wer immer mit Lizzi Lenz telefonierte, musste sich um den Gesprächsstoff keine Sorgen machen, denn er kam sowieso nicht zu Wort. Lizzi hasste Telefonieren. Um die Länge eines Telefonates selbst bestimmen zu können, sprach sie schnell, ohne Punkt und Komma und kam, ohne dem Gesprächspartner die Gelegenheit zu einer Antwort gegeben zu haben, abrupt zum Schluss. »Jaso, was ich eigentlich sagen wollt: Der Vater kommt heut um zwei Uhr in Wien an, du sollst ihn vom Bahnhof abholen, er freut sich schon auf dich, also habt's es schön, ihr zwei, servus Herzerl, servus, servus.« Weg war sie. Und vor Freude über den angekündigten Besuch des Vaters vergaß Amelie, dass sie Hermann anrufen wollte.

Josef Lenz sah genauso alt aus, wie er war, nämlich sechzig. Er war mittelgroß und schlank und wirkte völlig unsportlich. Letzteres entsprach den Tatsachen, denn seit seinen Kindertagen war er nicht mehr auf Schiern gestanden, niemals hatte er einen Fuß auf einen Tennis- oder Golfplatz gesetzt, und ein Fitness-Studio hätte er nicht einmal betreten, wenn man ihn dafür bezahlt hätte. Selbst dem Wandern in der Natur konnte er nicht viel abgewinnen. Wenn schon Spaziergänge, dann durch Altstadtgassen. Josef Lenz las gerne, er liebte Musik und spielte selbst recht gut Geige. Er dachte gerne nach. Wer sich mit Menschen auskannte, sah ihm das an. Seine braunen Augen blickten sanft, und seine helle unverwitterte Stirn, die seiner Halbglatze wegen kein Ende zu nehmen schien, ließ ihn verletzlicher erscheinen, als er war. In der Tat sagte man dem Lenz im Geschäftsleben nicht nur Kompetenz, sondern auch beinerne Härte nach. In der Innung genoss er größten Respekt, man wusste es zu schätzen, dass er zwar den persönlichen Vorteil nicht aus den Augen verlor, niemals jedoch um den Preis seiner

Ehre und seiner Selbstachtung. Ein Geschäftsmann vom alten Schlag, hieß es von ihm.

Wiewohl politisch ein Konservativer, war Lenz seiner Veranlagung nach liberal. Ein Wesenszug, der sich auch auf die Erziehung seines einzigen Kindes ausgewirkt hatte. Seit sie denken konnte, war Amelie von ihrem Vater als eigenständige Persönlichkeit mit dem Grundrecht auf Selbstbestimmung behandelt worden. Tendenziell lag auch die Mutter auf seiner Linie. Aber das Verhalten des Vaters wurde zusätzlich noch durch ein tiefes Verständnis für Amelies Wesen bestimmt.

Der Zug, mit dem Josef Lenz am Wiener Westbahnhof ankam, hatte kaum Verspätung. Er war voll gewesen, die Masse der Passagiere quoll aus ihm heraus und wälzte sich auf die wartende Amelie zu. Sie nahm den Vater schon von weitem aus, unter all den Hastenden ging er als Einziger gemessen dahin. Ebenso gemessen ging Amelie ihm entgegen. Vater und Tochter liefen nie aufeinander zu, denn im Gegensatz zur quirligen Mutter Lizzi war Unaufgeregtsein ihnen beiden ein Anliegen. Aber ihre Augen trafen sich lächelnd und froh, lange ehe sie einander umarmten.

»Was machst du in Wien, Vater«, wollte Amelie wissen. Von klein auf hatte sie die Eltern Vater und Mutter genannt. Josef Lenz liebte die deutsche Sprache und litt, wenn man sie verstümmelte. Zur Verstümmelung zählte er auch sämtliche Formen der Verzärtelung. Vater und Mutter seien die klarsten und schönsten Wörter für zwei der stärksten Begriffe im Leben eines Menschen, also: Vater und Mutter.

»Rotary Meeting«, antwortete Josef Lenz. Morgen halte der Wirtschaftsminister im *Hotel de France* einen Vortrag über die Einführung des Euro und die Auswirkungen derselben auf Klein- und Mittelbetriebe. Es sei zwar noch eine Zeit lang hin, aber man setze sich doch besser mit dem unaufhaltsam Kommenden rechtzeitig auseinander. Er sah sie sorgfältig an. »Du siehst gut aus. Alles beim Alten?«

»Ja, Vater«, sagte sie automatisch. Und dann rutschte ihr völlig ungewollt ein »Leider« heraus.

Falls Josef Lenz aufhorchte, ließ er es sich nicht anmerken. Er nahm Amelies »Leider« kommentarlos zur Kenntnis und fragte ruhig und sachlich: »Kannst du dich am Nachmittag freimachen? Ich habe dem Hofeneder zugesagt, zu ihm zum Tee zu kommen. Er hat mich beschworen, dich mitzubringen, er sagt, du hättest es ihm versprochen.«

Amelie nickte. »Ich fahre jetzt mit dir ins Hotel und hole dich ab, wann es dir passt.« Der Vater wohnte nie bei ihr, wenn er in Wien war. Hausgäste zu haben, war ihm ebenso ein Gräuel wie selbst Hausgast sein. Jeder Mensch habe ein Recht auf seine Privatsphäre und seine Unabhängigkeit, auch die eigenen Kinder. Aber sie selbst wohne ja auch bei den Eltern, wenn sie nach Salzburg komme, hatte sie einmal argumentiert, und Josef Lenz hatte ihr Argument prompt entkräftet. Das Elternhaus sei die eine, einzige Ausnahme, weil es das Urzuhause eines jeden Menschen sei und bleibe.

Sie fuhren mit dem Taxi in das gemütliche alte Hotel in der Josefstadt, in dem Josef Lenz abzusteigen pflegte. Amelie besaß kein Auto, was Uli einmal als eine ihrer »anachronistischen Marotten« bezeichnet hatte. Keine Marotte, sondern Ergebnis budgetärer Überlegungen, hatte Amelie lachend gesagt. Sie besitze ein Fahrrad, das zu alt und schäbig sei, um gestohlen zu werden. Und »Öffis« seien nicht nur billiger, sondern unendlich viel kurzweiliger als Autos, weil man in ihnen Menschen beobachten könne. Und das Geld, das sie für ein eigenes

Auto nicht ausgebe, erlaube ihr, Taxi zu fahren wie eine Diva.

Nachdem sie den Vater abgesetzt hatte, ging sie zu Fuß in den Laden. Sie malte ein Schild, *Wegen dringender Familienangelegenheiten heute Nachmittag geschlossen,* hängte es August um den Hals und tauschte ihn gegen die Schildkrötpuppe aus. Sie nahm ihren Missionischal aus der Auslage, drapierte ihn um Hals und Schultern und gönnte sich ausnahmsweise einen Blick in den Spiegel, um die Wirkung zu prüfen. Unternehmungslustig sehe ich aus, dachte sie, weil das Violett im Schal die gleiche Farbe hatte wie ihre Augen.

Die Wohnung des Wirklichen Hofrats Julius Ritter von Hofeneder war, was man in Wien »großbürgerlich« nennt. Ein gut zweihundertfünfzig Quadratmeter umfassendes Labyrinth von Repräsentations- und Nebenräumen. In der Beletage eines Ende des 19. Jahrhunderts im Ringstraßenstil erbauten Wohnhauses gelegen. Eine breite Straße, fast ein Boulevard im dritten Wiener Gemeindebezirk, gute Gegend, früher noch besser, weil noch nicht unter dem Lärm des modernen Großstadtverkehrs erzitternd. Herrenzimmer, Damenzimmer, Salon und Speisezimmer in einer Flucht. Lange dunkle Gänge, die vom Entré vermutlich zu Schlafzimmern, Küche, Bad und wer weiß was sonst noch führten. Definitiv gab es da hinten auch ein Dienerzimmer und einen Klopfbalkon, denn beides hatte Hofeneder im Gespräch erwähnt.

»Mein Gott, Herr Hofrat, so viel Raum für einen einzigen Menschen, was fangen Sie denn ganz allein hier an«, sagte Amelie mit runden Augen und nahm sich ihre Bemerkung im selben Augenblick übel. Taktlos und indiskret, ärgerte sie sich.

Aber für Hofeneder war Amelie in jedem Fall ohne

Fehl. Beglückt über ihre Anwesenheit strahlte er sie an. »Ich schlage meine Schlachten, Verehrteste«. Er deutete auf die großen, Billardtischen nicht unähnlichen Schaukästen, in denen seine Zinnsoldaten aufmarschierten. »Hier Marengo und Hohenlinden. Dort drüben meine Gesellenstücke: Custoza und Novara. Und im Herrenzimmer darf ich sie ersuchen, mein Meisterstück zu betrachten: die Völkerschlacht bei Leipzig.«

Während ihr Vater und der Wirkliche Hofrat eine Sandkastenversion der Schlacht bei Königgrätz diskutierten und über etwaige Liefermodalitäten der *Offizine Lenz* in diesem Zusammenhang sprachen, wanderte Amelie von Tisch zu Tisch, von Schlacht zu Schlacht. Momentaufnahmen aus einer längst vergangenen Wirklichkeit. Gestaltete Miniaturlandschaft. Hügel und Ebenen, Büsche, Wälder, Flüsse und Bäche, Brücken. Vorrücken und Verharren der zinnernen Regimenter. Infanterie, Kavallerie, Artillerie. Offiziere zu Fuß und zu Pferde. Vorwärts stürmende Fahnenträger. Trommler und Trompeter. Wenn drunten auf der Straße ein Lastwagen vorüberdonnerte, erzitterte, was auf dem Schlachtfeld stand. Amelie kniff die Augen zusammen und versuchte den kriegerischen Minimundus im Geiste zu vergrößern, dumpfes Trommeln und schrille Trompeten zu hören, Infanterie und Kavallerie aufeinander zurasen zu sehen bis zum unvermeidlichen Zusammenprall…

Sie schüttelte das Bild ab und sah sich in Hofeneders Herrenzimmer um. Wie alle Räume hier war auch dieser gut vier Meter hoch. Dunkle, abgenützte Tapeten. Die schweren Ledermöbel und der Schreibtisch waren wegen der Völkerschlacht bei Leipzig aus ihrer eigentlichen Position an die Wand gerückt. Auf dem Kaminsims eine Anzahl von Fotografien in matten angelaufenen Rahmen. Aha, keine da, die das Silber putzt, dachte Amelie und trat näher, um die Fotografien zu betrachten. Bärtige Herren, die alt aussahen, obwohl sie noch jung waren. Eine hübsche, elegische Frau in einer Abendrobe im Stil der Zwanzigerjahre. Ein Bub mit halblangem Haar im Matrosenanzug. Ein forscher Hofeneder in Jagdausrüstung, neben ihm ein hoch gewachsener, ausnehmend eleganter Mann, ebenfalls in Jagdkleidung. Daneben die Porträtaufnahme eines Mannes, dessen Gesicht Amelie derart fesselte, dass sie das Bild in die Hand nahm, um es näher anzusehen. Kein schöner, aber ein ausgesprochen attraktiver Mensch. Um die fünfzig vielleicht, kantige Züge, große Nase, tief liegende Augen, die so lebendig wirkten, dass Amelie flüchtig glaubte, tatsächlich in sie hineinzusehen. Es war übrigens derselbe Mann, der neben dem Jäger Hofeneder abgebildet war. Amelie strich mit dem Ärmel über das Foto, um den Staub davon zu entfernen und versuchte, mit dem Ende ihres Schals das Silber zum Glänzen zu bringen. Vergebens. Sie stellte das Foto wieder an seinen Platz und kehrte zu den beiden Herren in den Salon zurück.

»Nun, meine Liebe, wie gefallen Ihnen meine Schlachten«, fragte Hofeneder und sah Amelie nahezu zärtlich entgegen.

»Beeindruckend«, seufzte sie. »Es muss eine unglaubliche Müh gewesen sein, das alles aufzubauen. Wenn ich mir vorstelle, dass jetzt auch noch Königgrätz drankommt...« Ehe der Hofrat etwas erwidern konnte, fuhr sie fort: »Ich habe übrigens ein bissl spioniert und mir die Fotos am Kaminsims angesehen. Darf ich fragen, wer der Herr ist, der auf dem Jagdfoto neben Ihnen steht? Ich glaube, es gibt da auch ein Porträt von ihm.«

»Ahh«, Hofeneder zog den Laut in die Länge, als hätte er auf diese Frage gewartet. »Das ist mein alter Freund Leopold Bartenberg. Die Aufnahme ist übrigens gut zwanzig Jahre alt, wir sind ein und derselbe Jahrgang.« Er räusperte sich, es klang ein wenig verlegen, so als wäre ihm seine letzte Bemerkung peinlich, und fuhr rasch fort. »Wir haben acht Jahre lang gemeinsam die Schulbank im Theresianum gedrückt. Bartenberg ist später Anwalt geworden, ein großartiger Anwalt. Seine berufliche Situation war und ist brillant – seine persönliche hingegen ...« Der Hofrat sah in das erwartungsvoll gespannte Gesicht von Amelie. »Er hat seine Jugendliebe geheiratet, zu ihrer Zeit eines der schönsten Mädchen Wiens, eine überaus glückliche Verbindung. Leider ist seine junge Frau zwei Jahre nach der Hochzeit tödlich verunglückt. Sie war damals in guter Hoffnung ...«

»Wie schrecklich.« Amelie schien vom Schicksal des Unbekannten fasziniert. »Und er hat nicht wieder geheiratet, ihr Freund?«

Der Hofrat schüttelte den Kopf. »Keine zweite Ehe, keine Kinder, eine Tragödie eigener Art.« Er unterbrach sich, um gleich darauf fortzufahren. »Verstehen Sie mich nicht falsch, Amelie, Bartenberg ist keineswegs ein Kind von Traurigkeit. Er genießt sein Leben, er geht auf Reisen und auf die Jagd. Er ist gesellig, er liebt Musik, und seine Hauskonzerte gehören zu den gesuchtesten der Stadt. Es wäre mir übrigens eine Freude, wenn Sie mich zu einem dieser Konzerte begleiten würden.«

Später, als Vater und Tochter beim Abendessen saßen, kam Josef Lenz noch einmal auf Bartenberg zu sprechen. Er sei dem Anwalt einmal begegnet, eine äußerst eindrucksvolle und liebenswürdige Persönlichkeit.

»Eine Zinnfiguren-Connection?«, fragte Amelie interessiert.

»Nein. Bartenberg ist nicht der Typ des Sammlers, jedenfalls nicht von Zinnsoldaten.« Es liege schon ein paar Jahre zurück, da habe der Hofrat ihn aufgefordert, zum Todestag Radetzkys mit auf den Heldenberg zu kommen. Und Bartenberg sei mit von der Partie gewesen.

»Huh«, machte Amelie, und wie immer, wenn sie etwas stutzig machte, bewegten sich ihre dichten, starken Augenbrauen wie Vogelschwingen auf und nieder. »Heldenberg. Klingt nach Eichenlaub und Schaftstiefel.«

»Da liegst du falsch, mein Kind«, korrigierte der Vater sie lächelnd. »Der Heldenberg ist eine Art Ruhmesstätte, die von einem Freund und Verehrer Radetzkys, einem Heereslieferanten namens Pargfrieder, Mitte des 19. Jahrhunderts errichtet wurde. Ein eher scheußliches Mausoleum in der Nähe von Wien. Radetzky hat diesem Pargfrieder auf dessen Bitte seinen Leichnam auf den Todesfall quasi vermacht.«

»Ich glaub es nicht!« Amelie lachte hingerissen. Sie liebte es, wenn ihr Vater ihr historische Schnurren erzählte, und Josef Lenz fand Freude am Erzählen, weil Amelie eine dankbare Zuhörerin war.

»Du musst dir das vorstellen: Der Kaiser wollte Radetzky in der Kapuzinergruft bestatten lassen, wo sonst nur Mitglieder des Erzhauses liegen dürfen. Aber Pargfrieder hatte die erste Hand auf den Feldmarschall. Also liegt der arme Teufel jetzt in dieser kitschigen Grabstätte in einem Ort namens Kleinwetzdorf begraben.«

Das Innenstadtbeisl in dem Vater und Tochter saßen war uralt und berühmt für seine Wiener Küche. Josef Lenz, ein Liebhaber derselben, war der Ansicht, dass es nirgendwo besseres Kalbsbeuschl gab als gerade hier. Amelie wiederum mochte das Lokal des hölzernen Drachens wegen, der hechelnd auf einer Wandkonsole lauerte und dessen Augen rot aufleuchteten, sobald man an der Schnur zog, die von der Konsole herunterhing. Versonnen sah sie zu dem Drachen hinüber, während sie darüber nachdachte, weshalb ihr das Gesicht des Leopold Bartenberg noch immer ganz deutlich vor Augen stand. »Und dieser Bartenberg«, fragte sie den Vater, »ist der auch so ein Radetzky-Freak wie der Wirkliche Hofrat?«

»Scheint so«, meinte Lenz, »wenngleich aus anderen Motiven.« Er habe den Eindruck gewonnen, dass der Anwalt ein hervorragender Historiker sei, der die österreichische Geschichte nicht nur aus dem Effeff beherrsche, sondern sich mit ihr irgendwie eins fühle.

»Ein viel umfassenderer Intellekt als Hofeneder, der Bartenberg.« Er schwieg, plötzlich schien ihm etwas einzufallen, das ihn erheiterte. »Übrigens …«, er lachte seine Tochter an, »dem Hofeneder gefällst du, er flirtet mit dir.«

Amelie zuckte die Achseln. »Jaja, ich weiß, ich bin ein altmodischer Typ, auf mich fliegen nur alte Herren.« Es klang ein wenig bitter.

Josef Lenz hob aufmerksam den Kopf. »Wie geht es Hermann?«, fragte er scheinbar übergangslos.

Amelie wedelte mit beiden Händen vor ihrem Gesicht, als wollte sie eine Fliege verscheuchen. »Gut. Glaub ich wenigstens«, sagte sie etwas spitz und dann, wieder ganz sachlich, »wir hatten gestern Streit.«

Josef Lenz fragte nicht, warum. Er wartete bis Amelie sprechen würde. Und sie sprach: »Es gab eigentlich keinen Anlass. Irgendwie hat es angefangen … wahrscheinlich aus einem Unbehagen heraus, das ich nicht begründen kann … es ist noch nicht alt, dieses Unbehagen, ein bisschen mehr als vierundzwanzig Stunden vielleicht … ja genau, so alt ist es. Dabei bin ich gar nicht sicher, ob es mit Hermann zusammenhängt … doch, natürlich hängt es mit ihm zusammen. Weil unsere Beziehung mir so lau, so abgestanden vorkommt, wenn du weißt, was ich meine ...«

Amelie brach ab, weil der Kellner das Essen brachte. Trüb starrte sie auf ihren Teller Specklinsen, während Josef Lenz sich mit bedächtiger Lust an sein Beuschl machte. »Ich mag Hermann«, sagte er nach einigen Bissen. »Er ist ein anständiger Mensch und ein kluger Kopf.« Amelie schwieg, gelassen aß Lenz weiter. Nach einer Weile unterbrach er sein Mahl, um seine Überlegungen fortzuführen. »Neun Jahre seid ihr jetzt zusammen. Eine lange Zeit. Wolltet ihr nicht heiraten?«

Amelie gab keine Antwort. Sie rührte gedankenverloren in den Linsen, versuchte sich Hermann als Bräutigam vorzustellen und sah statt seiner die schwere Gestalt des Hinkenden im Bundeskanzleramt verschwinden.

»Verzeih, Vater, ich war in Gedanken, was hast du eben gesagt?«

Lenz suchte Amelies Augen. »Irgendetwas scheint sich zwischen euch zu spießen. Das kommt vor und ist bei gutem Willen reparabel.« Als Amelie wieder nicht antwortete, fuhr er energisch fort. »Wenn dem nicht so ist, scheint mir ein Ende mit Schrecken besser als ein Schrecken ohne Ende.«

Amelie machte einen hilflosen Eindruck und schwieg weiter. Worauf Josef Lenz noch etwas nachdrücklicher wurde. »Auf jeden Fall sollte Klarheit zwischen euch herrschen. Wenn du dich von Hermann lösen willst, tue es, aber tue es rasch und mit Anstand. Er hat Ehrlichkeit verdient.«

Amelie wich dem Blick des Vater aus. Sie presste die Hände an die Schläfen, kniff die Augen zu und sagte mit gequälter Stimme, die leicht theatralisch klang: »Lösen sagst du, von Hermann lösen ... Will ich das? Ich weiß es ja selbst nicht genau.«

»Dann sieh zu, dass du es weißt«, antwortete Josef Lenz, und diesmal war sein Ton an Bestimmtheit nicht zu übertreffen.

Noch am selben Abend rief sie Hermann an. »Es ist schon spät«, sagte er vorwurfsvoll.

»Ich weiß, Hermann, verzeih, ich wollte nicht noch einmal über unseren Streit schlafen. Ich wollte mich für gestern Abend entschuldigen, es war meine Schuld, ich war überdreht.« Er machte es ihr nicht leicht. Er schwieg. Also blieb ihr nichts anderes übrig, als fortzufahren. »Ich finde, wir sollten uns möglichst bald sehen und uns aussprechen.«

»Soll mir recht sein.« Es klang kühl. »Wann und wo?«

»Schlag etwas vor.«

»Morgen Abend, neunzehn Uhr, bei mir?«

Eine Unterredung auf neutralem Boden wäre Amelie lieber gewesen. Andererseits wollte sie nicht pingelig erscheinen, also stimmte sie zu. »Soll ich am Weg etwas zum Abendessen einkaufen«, fragte sie und hörte mit Bedauern, dass er das übernehmen wollte.

Hermann wohnte in jenem Teil des 17. Wiener Gemeindebezirks, der sich im Wienerwald verlor. Am Weg zur Straßenbahn kaufte Amelie beim Iraker ein paar zerzauste Astern. Besseres habe er nicht mehr, »dafür halber Preis für schöne Frau«, sagte der Blumenhändler mit schimmerndem Blick. In der Tram ergatterte sie einen Fensterplatz. ›Ich liebe die Unbeirrbarkeit von Schienenfahrzeugen‹, dachte Amelie während des Dahinratterns und freute sich am eigenen Einfall.

Die Gasse, in der Hermann wohnte, war auf beiden Seiten baumbestanden und dementsprechend düster. Er hatte die untere Etage einer kleinen Villa gemietet. Keine Gartenbenützung. Und weil ebenerdig, feucht. Außerdem hatte er es zustande gebracht, bei IKEA, einem Unternehmen, das für seine hellen Holzmöbel berühmt wurde, ausschließlich dunkles Mobiliar zu erwerben.

Er hatte den Tisch im Wohnzimmer gedeckt. Es gab kalte Platte. Kümmelbraten, Ripperl, Blutwurstscheibchen, Schmalz und scharfen Senf. Hermann liebte die Wiener Heurigenkost, Amelie nahm kaum davon, sie konnte Fettes nicht ausstehen. »Wir sollten über uns reden, Hermann«, startete sie durch.

Aber Hermann winkte ab. Er genoss das schwere Essen und war glücklich, dass seine zarte, weiße Amelie vor ihm saß wie eh und je. »Lass nur, Schatzi, du hast dich entschuldigt, alles ist wieder gut.«

Aufs Neue versuchte Amelie, dem Gespräch einen Drall in die beabsichtigte Richtung zu geben. »Ich meine, wir sollten über unsere Zukunft reden. Wie es mit uns beiden weitergehen soll. Doch nicht ewig so: du hier, ich dort, zusammen und doch wieder nicht …«

Da wischte sich Hermann das Fett vom Mund, sprang lachend auf und entschwand mit einem triumphierenden »Warte ab! Überraschung!« in seinem Arbeitszimmer. Als er wiederkehrte, hielt er einen Brief in der Hand. »Bitte sehr, ein Schreiben vom Verlag Kurz & Wagner aus München. Sie haben das bisher vorliegende Manuskript meines Romans gelesen und mir einen Vertrag angeboten. Noch zwei Kapitel, dann bin ich fertig, dann werden wir heiraten, Schatzi, und wenn du möchtest, unverzüglich Nachwuchs produzieren.«

Nichts lief so, wie Amelie es geplant hatte. Sie brachte es nicht über sich, in Hermanns strahlendes Gesicht von Trennung zu sprechen. Es waren ihr plötzlich alle Argumente fürs Schlussmachen abhanden gekommen. Er war doch eigentlich lieb, der Hermann. Und gescheit. Und möglicherweise bald Erfolgsautor. Auch der Vater hatte gesagt, dass er Hermann schätze. Und schließlich verband sie eine jahrelange Beziehung, nach so vielen Jahren glich eine Trennung ja fast einer Scheidung. »Komm ins Bett«, hörte sie Hermann sagen. Und die Macht der Gewohnheit siegte.

»Hier grabelt's«, murmelte Amelie, als sie das Schlafzimmer betrat. Sie sagte es jedes Mal, wenn sie hier eintrat, seit dem Tag, da sie zum ersten Mal hier geschlafen hatte. Hermann hatte sie erst erklären müssen, dass man in Wien unter »grabeln« modrig riechen versteht. Mit Widerwillen betrachtete sie Hermanns breite Bettstatt, die er Lotterbett nannte und von der Amelie wusste, dass sie bei Gebrauch höllisch quietschte. Sehnsuchtsvoll dachte sie an ihren Hängeboden während sie aus den Kleidern schlüpfte und zwischen die klammen Laken kroch. Ohne jede Erregung, eher mit klinischem Interesse betrachtete sie den nackten Hermann, der aus dem Bad kam und sich ihr siegesgewiss näherte. ›Nein, fett ist er nicht, er ist bloß fest. Gute lange Beine, annehmbare Hüften, eigentlich ein fescher Mann.‹ Sie fragte sich, weshalb die im Werden begriffene Erektion ihres Liebhabers sie kalt ließ. ›Er brauchte mich nur ansehen, der Rest ergibt sich von selbst‹, dachte sie freudlos. Als Hermann sich unter unwirschen Lauten des Lotterbetts neben sie legte und sie an sich zog, seufzte sie gottergeben. Sein Vorspiel war bemüht – ›wahrscheinlich hat er sich einen Ratgeber gekauft‹ –, auch das dachte Amelie immer wieder – aber nicht wirklich erfolgreich. Um es abzukürzen, simulierte Amelie Erregung. Desgleichen, als er sie bestieg. Nur keine Diskussionen über nicht stattgefundene Orgasmen. Das Lotterbett quietschte immer rhythmischer und heftiger, um bald darauf zu verstummen. »Halleluja«, wisperte Amelie, weil es vorüber war.

Am nächsten Morgen brachte Hermann sie im Auto nach Hause. Sie war blass, hatte dunkle Augenringe und zwei winzige Fältchen um den Mund. Er sah frisch und rosig aus und war aufgekratzt. »Schatzi, vor lauter Liebe habe ich vergessen, dir zu sagen, dass ich an Allerheiligen zu meinen Eltern fahren werde. Daran schließe ich eine Besuchstour durch norddeutsche Bibliotheken an. Und auf dem Rückweg mache ich in München Station. Autorengespräche, du verstehst.«

Er lachte stolz. ›Ja richtig, Allerheiligen steht vor der Tür‹, dachte Amelie und nahm emotionslos zur Kenntnis, dass ihr Liebhaber etwa zwei Wochen von ihr fern sein würde. Ebenso emotionslos ließ sie seinen feuchten Abschiedskuss über sich ergehen. Letzteres bereits unter dem wachsamen Blick der Frau Pepi, die in der Hauseinfahrt stand und das Paar unverhohlen beobachtete.

»Weg is' er«, sagte sie zufrieden, als Hermanns Auto um die Ecke verschwand. Sich auf ein längeres Gespräch einrichtend, wandte sie sich an Amelie. »Weans seg'n, Fräul'n Lenz, z'Ollaheilign kriag ma an ondas Weda. Mei Ischias ...«, verkündete sie düster und griff sich an die Hüfte. Aber mit Amelie war heute nicht zu rechnen. »Nicht bös sein, ich hab's eilig, Frau Pepi«, sagte sie und verschwand im Salettl.

Lange stand sie unter der heißen Dusche und sah dem Wasser zu, das an ihrem schmalen, hübschen Körper hinunterlief. Dann wickelte sie sich in ein großes, weißes Badetuch und patschte mit nassen Füßen vor das Atelierfenster. Draußen war es noch immer warm. Im Efeu an der Feuermauer raschelten die Vögel. ›So wie jetzt war es doch nicht immer, es war doch einmal gut‹, dachte Amelie und versuchte die Bilder aus der vergangenen Nacht loszuwerden. »Das kann's doch nicht gewesen sein«, murmelte sie vor sich hin.

Eine Weile stand sie so. Dann ließ sie das Badetuch entschlossen fallen und ging zu ihrem Kleiderschrank. »Es muss anders werden«, sagte sie laut, »und weil's von selber nicht anders wird, werde ich es ändern.«

4

Allerheiligen und Allerseelen beging Amelie nicht gerne: Pflichtgedenken, Pflichtgebete. Wie Pflichtjubeln und Pflichtschenken am Muttertag. Amelie besuchte Kirchen und Gräber vorzugsweise antizyklisch und schenkte lieber aus heiterem Himmel.

Zu Allerheiligen lümmelte sie daheim in ihrem Leder-Lesestuhl, las *Der Meister und Margarita* zu Ende und war in erster Linie froh, nicht in Salzburg zu sein, wo sie aus Anstand ja schließlich doch Teil der blumen- und kränzebehafteten Völkerwanderung Richtung Friedhof geworden wäre.

Zu Allerseelen indes holte sie plötzlich ein Foto ihrer Großmutter mütterlicherseits aus einer Lade, stellte es auf den Tisch und zündete daneben ein Räucherstäbchen an. In Amelies Wohnung standen keine Fotos herum. Wenn sie darauf angesprochen wurde, sagte sie immer das Gleiche. »Die Gesichter von Menschen, die ich liebe, habe ich im Kopf, die brauch ich mir nicht auf Fotos anzusehen. Und die mir wurscht sind, brauchen mich erst recht nicht vom Bild anzuglotzen.«

Sie starrte in das Gesicht der Verstorbenen, deren Namen sie trug.

Amelie Diedrichs, geborene Schouten, aus einer flämischen Familie stammend, hatte an den Niederrhein geheiratet und war später mit Mann und Tochter Lizzi nach München gezogen, wo Lizzi dem Josef Lenz begegnet war. Nachdem Amelie die Ältere verwitwet war, zog sie zu Lenzens nach Salzburg. Josef hatte den Witz seiner Schwiegermutter gemocht, aber ihre Schnatterhaftigkeit war ihm auf die Nerven gefallen. Lizzi Lenz hatte das Problem für sich gelöst, indem sie gleichzeitig mit ihrer Mutter sprach, wobei die beiden Damen für gewöhnlich aneinander vorbeiredeten. Atonale Duette hatte Josef diese Art von Kommunikation genannt. Die kleine Amelie hingegen fand die alte Amelie vorbehaltlos wunderbar. Kein anderes Kind hatte eine Großmutter wie diese. Außerdem hieß es, dass sie ihr ähnlich sehe.

Mit untergeschlagenen Beinen hockte Amelie in einem ihrer weiten Mummus auf einem harten Thonetstuhl. Sie sei gelenkig wie eine Zirkusartistin, fand Hermann. In zärtlichen Stunden hatte er sich dann und wann sogar dazu verstiegen, sie sein Gummipüppchen zu nennen.

»Warum bist du ausgerechnet jetzt tot«, sagte Amelie und starrte die porträtierte Großmutter vorwurfsvoll an. Das üppige dunkle Haar im Stil der späten Vierzigerjahre aufgesteckt, darauf thronte ein mit einem Schleier garniertes, schrägsitzendes Hütchen. Ein Pelzkragen um schmale Schultern. Der Kopf auf dem langen, graziösen Hals halb zum Beschauer gedreht. Starke Augenbrauen, riesige Augen, ein bloß andeutungsweise ironisches Lächeln um den geschwungenen Mund. Ein elegantes Gesicht, fand Amelie. »Ich würde dich jetzt dringend brauchen«, fuhr sie laut fort. »Du hast immer etwas für Veränderungen übrig gehabt.« Schweigend lächelte die Erblasserin des flämischen Prachtschranks und einiger schöner alter Schmuckstücke ihrer einzigen Enkelin zu. »Was meinst du, soll ich Hermann abtreiben?«

Leicht beschämt ob der Metapher nahm sie das Foto

und legte es in die Schachtel zurück. »Amelie Lenz, keine Sau nimmt dir die Entscheidung ab«, seufzte sie und sah dem Räucherstäbchen zu, wie es herunterbrannte. Dann war plötzlich diese Unrast wieder da. ›Kommt anfallsartig‹, dachte Amelie, ›nur nicht aufkommen lassen. Uli anrufen, Kino gehen.‹ Aber Uli und Ludwig hatten den Anrufbeantworter eingeschaltet. ›Eh klar: ein dunkler Nachmittag im Spätherbst, kluge Lover kuscheln jetzt im Bett.‹ Amelie trat ans Fenster. Zwischen Salettl und Efeuwand waberten Herbstnebel. ›Die Zadrazil hat Recht. Das Wetter wird anders. Wenigstens irgendwas Neues.‹ Und als sie etwas später erste Regentropfen gegen die Scheiben schlagen hörte, entspannte sie sich, als hätte sich ihr Problem von selbst gelöst.

Am Tag darauf gingen Amelie und Uli dann doch ins Kino. Diesmal war es Uli, der Ablenkung brauchte. Ludwig sei wieder nach Hamburg abgereist, ein schrecklicher Herbst mit ewigem Hin und Her liege vor ihnen, er brauche Amelies Mitgefühl, und er brauche Kintopp, jammerte er ins Telefon.

»Uli, mein Hähnchen, alles wird gut, wonach steht dir der Sinn: Tragödie? Komödie? Edles oder Schund? Neues oder Altes?«, fragte Amelie aufgekratzt. Sie kannte Ulis Vorliebe für alte Filme.

Einen Klassiker wollte Uli. Die Auswahl war zur Zeit nicht groß, sie mussten sich zwischen *Der große Gatsby*, *Der Dritte Mann* und *Ein Fisch namens Wanda* entscheiden. Sie entschlossen sich zu Letzterem und trafen sich zur Abendvorstellung in einem für Reprisen bekannten verstaubten Vorstadtkino. Tief ließen sie sich in die knarrenden Plüschsessel sinken, Amelie knabberte Popcorn, Uli zerbiss Rumkugel auf Rumkugel und raschelte dabei mit dem Säckchen, was keinen Anstoß erregte, weil außer ihnen beiden nur noch vier andere Besucher im Saal saßen. Offenbar hatten auch sie den Film bereits gesehen, weil sie schon lachten, ehe eine Pointe fiel.

»Lachen tut gut, ich bin getröstet«, sagte Uli, als sie das Kino verließen. Es regnete sacht, Amelie streckte ihre Arme dem Regen entgegen. »Und dir geht's scheint's auch besser«, stellte Uli fest, Amelie nickte. »Eh klar, weil der Cherusker in der Ferne weilt. Kaum ist er runter von der Bühne, wirst du wieder dein wahres Selbst.« Als Amelie nichts erwiderte, zuckte er die Achseln. »Also noch immer keine Entscheidung? Tststs.« Amelie lächelte bloß, da hakte Uli sie liebevoll unter. »Komm, mein Hühnchen, dort drüben steht mein Wagen, ich bringe dich heim.« Als sie vor Amelies Haustor hielten, fragte Uli: »Und? Was hast du alles vor in dieser Woche?«

»Nicht viel, Herbstreisen vorbereiten.« Sie küsste Uli auf die Wange, stieg aus und sperrte das schwere Eingangstor auf. Ehe sie verschwand, drehte sie sich noch einmal zu ihm um. »Ich bin so glücklich, dass es regnet«, rief sie ihm zu.

Immer noch heiter gestimmt stand sie in der Küche, um sich Pfefferminztee aufzubrühen, als sie quasi aus dem *Off* die lachende Stimme des Mannes mit den Galoschen vernahm – ›Hoppla. Nicht behütet und schlecht beschirmt‹ –, es erstaunte sie kaum, die Erinnerung an die Ballhausplatzszene fiel sie immer wieder überfallartig an. Was ihr erst jetzt zum Bewusstsein kam und sie erstaunte, war die Tatsache, dass sie Uli kein Wort davon erzählt hatte.

Sie starrte auf den Dampf, der dem Wasserkessel zischend entwich. »Eigenartig. Warum hab ich nicht?«, fragte sie sich laut. Weil es verrückt klingt? Unwirklich ist? Nicht zu mir passt, dass ich einen dummen Zufall nicht aus dem Kopf kriege und mit dem Gedanken spiele, einen Hinkenden ohne Namen und Gesicht ausfindig zu machen?

Sie goss das Wasser über den Teebeutel. Auf den Duft der Pfefferminze war Verlass – er machte klar im Hirn. ›Uli ist mein bester Freund. Er wird über die Sache lachen und mich verstehen. Wenn ich ihn einbeziehe, wird das Ganze realer. Er könnte statt meiner zum Bundeskanzleramt gehen und sich beim Portier erkundigen.‹

Königsidee! Sie würde Uli unverzüglich anrufen und ihm alles erzählen. Als sie mit ihrer Teetasse im Wohnzimmer stand und nach dem Telefon griff, zögerte sie. Nicht telefonisch, nein. Aug in Aug mit ihm würde sie ihm die absurde Geschichte erklären.

Sie wählte Ulis Nummer, fragte, ob er gut nach Hause gekommen sei, und sprach ein paar Sätze über den Film, ehe sie ihn fragte, ob er am nächsten Tag bei ihr vorbeikommen könne, sie wolle etwas mit ihm besprechen.

»Schlecht, mein Hühnchen, morgen ist ganz schlecht, ich bin morgen den ganzen Tag im Theater.« Er wartete auf eine Erwiderung, aber Amelie schwieg. »Ist etwas geschehen?«, fragte er, und erst als Amelie nur »hmmm« machte, wurde er neugierig. »Ha, ich weiß! Beflügelt von *Wanda* hast du den Cherusker angerufen und mit ihm Schluss gemacht!«

Jesus, Hermann, den hab ich ganz vergessen, dachte Amelie, und ihr Gewissen regte sich dabei kein bisschen. »Nein, mein Hähnchen, mit Hermann hat es nichts zu tun. Ich möchte dich um einen Gefallen bitten, davor muss ich dir eine Geschichte erzählen. Aber es hat keine Eile«, sagte sie ruhig, als handelte es sich um etwas nicht allzu Dringendes. Sie wusste, dass Uli neugierig war wie eine Bergziege. Er würde kommen.

Und prompt biss Uli an. »Also gut, warte im Geschäft auf mich. Aber es kann spät werden.«

Amelie trank ihren Tee, schaltete den Fernsehapparat an und gleich wieder ab und verzog sich in ihre hängende Schlafstatt. Rund um den Futon war ein Wall aus Kuschelpolstern in sanften Farben aufgeschichtet. Mit einem gehauchten »Orient« pflegte Amelie sich zum Nichtstun in selbige sinken zu lassen. »Orient«, seufzte sie genüsslich, ließ sich fallen und schloss die Augen, um die Begegnung mit dem Galoschenmann im Geiste wieder zu erleben. Nach einer Weile versuchte sie, dem Phantom ein Gesicht zu geben. Das misslang. Aber sein Geruch? Nasse Ballonseide – der Mantel. Wind und Sauberkeit – die Haut. Das Rasierwasser – vielleicht Acqua di Parma, ja doch, sicher! Sie lachte siegreich, um gleich darauf zu murmeln: »Oder ich hab mich selbst gerochen, ich verwende es ja auch.« Und dann hörte sie dem Regen zu, der sachte an die große Scheibe des Salettls klopfte.

Der nächste Morgen war kalt und trocken. Josefine Zadrazil war aus dem Waldviertel wiedergekehrt, wo sie ein paar Friedhöfe besucht hatte. »Ui, Fräu'n Lenz, heit hot's an Fod'n, boid wird's Winter«, rief sie Amelie aus der Geborgenheit ihrer ebenerdig gelegenen Wohnung zu. Amelie schmunzelte. Wieso Faden, hatte der des Österreichischen damals noch gänzlich unkundige Hermann vor Jahren gefragt, als die Frau Pepi ihm mit »Faden haben« mitzuteilen versuchte, dass sie es ausnehmend kalt fand.

An Augusts Stelle traten heute zwei so genannte »Pimperln« den Tagesdienst in der Auslage an. Amelie liebte diese Art von unbeholfenen, weil an einem Draht statt an mehreren Schnüren geführten Marionetten. Zwölf Stück davon hatte sie vor Jahresfrist in Prag für teures Geld erworben. Ihrer seit dem vergangenen Abend beharrlich anhaltenden romantischen Stimmung entsprechend, wählte sie einen Ritter und eine Prinzessin aus und mühte sich lange, die beiden so zu befestigen, dass sie, einander zugewendet, frei im Raum zu schweben schienen.

Drei Laufkundschaften. Und die alte Dame von unlängst, die anfragte, ob Amelie schon einen Käufer für ihre Puppe gefunden hätte. Und Lizzi Lenz per Telefon aus Salzburg mit der Mitteilung, dass Amelies gleichaltrige Kusine Inge wieder in der Hoffnung sei, bereits zum dritten Mal, während Amelie … Naja, es sei halt leider so, dass sie, Lizzi, wohl nie mehr Großmutter werden würde, was besonders grotesk sei im Hinblick darauf, dass ein Amelie-Kind schon vor seiner Empfängnis über das tollste Spielzeug der Welt verfüge … »Naja, kann man nix machen, servus Herzerl, servus.«

Amelie war sicher, dass Lizzi weder ihr »hallo Mutter« eingangs noch ihr »Bussi Mutter« ausgangs vernommen hatte. Sie saß da und sann darüber nach, wie es wäre, wenn sie ein Kind bekäme. Nicht von Hermann. Ein Söhnke-Baby hatte sie sich im Grunde nie recht vorstellen können. Nein, vom Galoschenmann. Ein rosiges, feistes, entzückendes Baby, das ihr entgegenlachte und mit gepolsterten Händchen nach ihrem Zeigefinger griff … »Amelie Lenz, du bist nicht ganz dicht«, kicherte sie und nahm den Hörer vom Telefon, welches schon die längste Zeit geläutet hatte.

»Amelie Lenz, Altes Spielzeug, Grüß Gott.«

»Hallo Schatzi.«

»Wie bitte?«

»Hier Hermann.«

»Wer? – Mein Gott, Hermann, du bist's. Verzeih, ich war so in Gedanken versunken, dass …«

Sie versicherte dem besorgten Hermann, dass mit ihr

alles in Ordnung sei, nein, nicht übermüdet, nicht krank, nur eben sehr beschäftigt. Sie nahm zur Kenntnis, dass er zum kommenden Wochenende wieder in Wien sein werde. »Und wie geht es dir? Und deinen Eltern?«, fragte sie pflichtschuldig und hatte seine Antwort Minuten später vergessen.

Uli kam erst nach neunzehn Uhr. Er schlüpfte unter dem zur Hälfte heruntergelassenen Rollbalken durch und deutete auf den Auslagen-August, Griffel in der Pfote, vor sich ein gelbes DIN-A4-Kuvert, darauf in Amelies schwungvoller Handschrift in schwarz schraffiertem Grün: *An einen Unbekannten.* »Romantisch«, spöttelte er und erklärte im selben Atemzug, er sterbe vor Hunger. Wenn Amelie nicht stehenden Fußes mit ihm zum Wirt gegenüber gehe, könne er sich nicht anhören, worum sie ihn bitten wolle.

Das Gasthaus war nahezu leer. Amelie begann erst zu erzählen, nachdem Uli seine Suppe ausgelöffelt hatte. Sie erzählte gut, gespannt vollzog Ulis bewegliches Gesicht das morgendliche Unwetter und das Geschehen am Ballhausplatz nach. Auch ihre im Kaffeehaus angestellten Überlegungen legte Amelie ihm dar. Die entlockten ihm freilich nur ein nachsichtiges Lächeln.

»Also gut. Der wohlriechende Übermensch mit der erotischen Stimme ist hinkend im Bundeskanzleramt verschwunden. Was könnte ich in diesem Zusammenhang für dich tun?«

»Du sollst zum Portier gehen und fragen, welcher der Herren im Amt hinkt.«

»Ich soll – was? Warum? Wozu?«

»Weil ich ihn gerne sehen will, diesen Mann. Ich will wissen, wie sein Gesicht aussieht. Und wie er aussieht, wenn er lacht.«

Uli schüttelte den Kopf. »Ami, Liebling, du hast einen

Schuss! Selbst wenn wir herausfinden sollten, wer der Typ ist – was willst du denn dann tun? Hingehen und sagen: mein Herr, wir sind kürzlich zusammengestoßen, schenken Sie mir ein Lachen, drücken Sie mich an Ihre Brust, ich will wissen, ob sie wirklich federt und ob ihre Galoschen nicht vielleicht Gamaschen sind?«

Amelie lächelte schief. »Ich weiß nicht, was ich dann tun werde. Aber tun werde ich etwas. Weil … der Tag, an dem ich in den Menschen hineingelaufen bin, hat alles irgendwie verändert … Ich kann's dir nicht erklären Uli – etwas in mir ist seither anders. Mein Bewusstsein hat sich – irgendwie erweitert.«

Uli fuhr mit beiden Händen über sein kurz geschnittenes Haar, zurück und vor und wieder zurück. »Schräg, das Ganze, sehr schräg … Und warum bringst du dein erweitertes Bewusstsein in diese absurde Geschichte nicht ein und gehst selber hin und fragst den Portier?«

»Weil ich mich ein bissl genier«, gab Amelie ehrlich zur Antwort.

Am Ende gab Uli nach. Also gut, er werde vorbeischauen und fragen. Das Kanzleramt liege ja am Weg von seiner Wohnung zum Theater. »Aber ich kann dir nicht versprechen, wann. Morgen sicher nicht. Es kann ein paar Tage dauern.«

»Das macht nichts«, lächelte Amelie versonnen. »Er wird mir schon nicht davonrennen, mein Galoschenmann.«

Erst am übernächsten Tag begann sie auf Ulis Anruf zu warten. Sie rechnete nicht damit, dass er vorbeikommen würde, er war momentan so beschäftigt, aber anrufen würde er gewiss. Sie ertappte sich dabei, wie sie erwartungsfroh zu lächeln begann, sobald das Telefon ging.

Auch der dritte Tag ging vorbei, ohne dass Uli angerufen hätte. Dennoch wurde Amelie nicht zappelig. Sie malte sich aus, was das Hähnchen über den Unbekannten in Erfahrung bringen würde. Vielleicht war er Botschafter, im Bundeskanzleramt war ja auch das Außenministerium untergebracht... Andererseits – Botschafter pflegten verheiratet zu sein, Gesandter oder Legationsrat wäre besser. Er könnte auch im Kanzleramt selbst beschäftigt sein ... am Ende Sekretär des Bundeskanzlers, nein, lieber Pressesekretär, das war irgendwie flotter, weltoffener. Oder er war einfach Beamter. Irgendeiner. Hofrat am Ende. Nein, hoffentlich nicht, dann wäre er ja alt, obwohl der »Wirkliche« trotz seiner siebzig Jahre...

Am Morgen des vierten Tages rief Hermann an. Er sei eben mit dem Schlafwagen in Wien eingetroffen, er gehe jetzt direkt ins Büro, nachsehen, was während seiner Abwesenheit alles liegen geblieben sei, aber am Abend müsse er Amelie unbedingt sehen.

Ohne lange zu überlegen, begann Amelie zu husten und zu krächzen. »Lieber nicht, Hermann. Ich habe schreckliches Halsweh, wir hatten einen teuflischen Temperatursturz in den letzten Tagen, ich war geschäftlich unterwegs und habe mich wohl verkühlt.«

»Hast du Fieber?«, fragte Hermann besorgt.

»Ja, hab ich auch, steigt wohl noch«, log Amelie forsch darauf los.

Hermann neigte zu Hypochondrie und hatte geradezu lächerliche Angst vor jeder Art von Ansteckung, er würde mit Sicherheit nicht weiter auf ein Stelldichein drängen. »Schade, Schatzi«, sagte er enttäuscht. »Ich habe tolle Neuigkeiten. Seitens des Verlages und auch sonst...« Er wartete ab, bis Amelie einen neuerlichen Hustenanfall hinter sich gebracht hatte. »Nein, nein, es ist sicher vernünftiger, wenn du abends gleich zu Bett gehst. Ich kann mir eine Grippe zur Zeit nicht leisten, nachdem ich so lange vom Büro fort war… Vielleicht fühlst du dich ja morgen besser… Rufe mich an, wenn du etwas brauchst…«

›Amelie, du falsches Aas.‹ Plötzlich war sie unzufrieden mit sich. Lügen und Halbwahrheiten waren sonst nicht ihr Stil. Morgen würde sie Hermann anrufen und ihm wahrheitsgemäß sagen, dass sie sich ausgezeichnet fühle und dass sie sich mit ihm aussprechen müsse. Es war an der Zeit, reinen Tisch zu machen, ja.

Gegen Mittag zwitscherte das Spielwerk über der Eingangstür und ein hoch gewachsener Mann betrat den Laden. Teuflisch elegant, war das Erste, das Amelie zu ihm einfiel. Grauer, leicht taillierter Tuchmantel; rehlederne Handschuhe; Kaschmirschal; zu mattem Glanz polierte Schuhe, die verflixt nach Maßanfertigung aussahen. Kein Hut. Eisgraues, etwas schütteres Haar. Nicht mehr ganz jung… Amelie sah ihm ins Gesicht und stutzte. Sie hatte diesen Mann schon irgendwo gesehen! Als er sich leicht verbeugte und ihr einen guten Morgen wünschte, starrte sie ihn schweigend mit weit aufgerissenen Augen an, und plötzlich wusste sie, wer er war. »Leopold Bartenberg«, rief sie und ärgerte sich, dass sie zu laut geworden war.

Bartenberg verneigte sich noch einmal. Er lächelte. Gewinnend, fand Amelie und lächelte zurück. Die Augen des Mannes verengten sich interessiert, ehe er mit ausnehmend klarer Stimme im typischen Ton der im Aussterben begriffenen Wiener Patrizier zu sprechen begann.

»Es ist eine Freude, erkannt zu werden, wo man gern erkannt sein möchte. Wobei ich nicht weiß, wie ich zu diesem Vergnügen komme.«

»Ich habe Ihr Foto bei Hofrat Hofeneder gesehen.« Amelie hätte was drum gegeben, wenn sie statt des flachen Satzes eine brillant formulierte Erklärung zustande gebracht hätte.

Wieder lächelte Bartenberg. ›Noch ein solches Lächeln, und ich bin dem Menschen verfallen‹, dachte Amelie und fragte sich, was ihn wohl in ihren Laden verschlagen hatte.

»Es war mein Freund Hofeneder, der mich auf Ihre Spur gesetzt hat«, sagte Bartenberg, als könnte er ihre Gedanken lesen. »Kein Lokalaugenschein seiner Schlachtfelder, ohne dass er von Ihnen oder Ihrer Familie spräche.«

›Warum fällt mir denn nichts Gescheites ein, etwas Nettes, er ist ja auch so nett‹, dachte sie. Sie rückte den Thonetstuhl für ihn zurecht und sagte artig wie ein Schulmädchen: »Bitte setzen Sie sich doch. Was kann ich für Sie tun?«

Bartenberg tat, als hätte er auf diese Aufforderung gewartet. Er setzte sich, und da war wieder dieses Lächeln, das seine Augen erreichte, ehe es seine Mundwinkel nach oben bewegte. Er lockerte seinen Schal ein wenig. »Ich danke Ihnen, ein Mann in meinen Jahren ist froh um jede Rast.«

Amelie, die normalerweise nie rot wurde, wurde rot. »Ich … nein, so habe ich das nicht gemeint, ich wollte bloß …«

Worauf Bartenberg in Lachen ausbrach. »Meine Liebe, auch ich habe es nicht ernst gemeint. Aber ich sitze gerne eine Weile hier.« Er sah sich um.

»Ihr Geschäft ist bezaubernd.« Dann sah er sie an. »Es passt zu Ihnen. Es würde zu keinem anderen Menschen passen.«

›Keine Floskel, das, der sieht sich wirklich um. Der nimmt alles wahr. Dem entgeht nichts … Klar, Rechtsanwalt, Strafverteidiger vielleicht …‹ Amelie beobachtete

Bartenberg quasi im Gegenzug. So lange, bis er sich räusperte und zur Sache kam.

»Hofeneder feiert demnächst ein Jubiläum. Aus diesem Anlass möchte ich mich als Sponsor an der Schlacht bei Königgrätz beteiligen.« Er knöpfte seinen Mantel auf, setzte sich bequem, offenbar in der Absicht, länger zu bleiben, und fügte schmunzelnd hinzu: »Obwohl es mir als österreichischem Patrioten zutiefst widerstrebt, habe ich dabei an preußische Artillerie gedacht.«

Die folgende halbe Stunde genoss Amelie restlos. Sie blätterte mit Bartenberg in den Katalogen der *Offizine Lenz* und nahm seine Bestellung entgegen. Preußische Artillerie zu Pferde – Offizier, Fahne, Trompeter und sieben Mann – und ein Geschütz in Feuerstellung mit Bedienungsmannschaft. Temperamentvoll beantwortete sie seine Fragen in Bezug auf den Handel mit altem Spielzeug. Und mit Vergnügen registrierte sie, dass sie ihm ganz offensichtlich gefiel. Darüber vergaß sie sogar den Galoschenmann. Vorübergehend.

Bartenberg war aufgestanden, richtete Schal und Mantel für den Abgang zurecht und ergriff ihre Hand. »Ich würde mich ungemein freuen, Sie bei meinem nächsten Hauskonzert begrüßen zu dürfen«, sagte er und sah ihr in die Augen. Als sie nichts erwiderte, fuhr er mit dem ihm eigenen Charme fort. »Ich weiß, dass mein Freund Julius Hofeneder begeistert wäre, wenn er Sie in mein Haus begleiten dürfte. Er würde Sie mit Sicherheit bestens behüten.«

Er beugte sich über ihre Hand und küsste ihre Finger in der Manier des »Wirklichen« – indem er sie nicht wirklich küsste.

Sie war mittags nur einen Sprung weg gewesen. Als sie zurückkam, hatte Uli auf ihren Anrufbeantworter gesprochen. »Hallo Ami, ich komme heute noch zu dir ins

Salettl. Es wird spät werden. Ich war im Kanzleramt und habe nachgefragt. Alles Nähere später.«

Den ganzen Abend tigerte sie unruhig durch die Wohnung. Auf und nieder, auf und nieder, rund um den Tisch, ans große Fenster und wieder zurück. Uli erschien erst nach zweiundzwanzig Uhr.

»Ich musste die Zadrazil rausläuten, das Tor war schon zugesperrt«, jammerte er.

»Und?«, fragte Amelie.

Er ging auf ihre Frage nicht ein. »Ich bin völlig fertig, hast du ein Bier im Eisschrank?«, wollte er wissen und ging gleich selbst, um nachzusehen. Als er wiederkam, hatte er die Flasche angesetzt und trank in tiefen Zügen. Sein Adamsapfel hüpfte auf und nieder.

»Und?« Amelie schrie nahezu. »Uli, du bist gemein, du machst das absichtlich, ich finde das nicht witzig.«

Uli sah sie an. Er lachte nicht. Er rieb sich den Rücken. »Ist auch nicht witzig. Ich habe mir das Kreuz verrissen. Ich muss in die Liegelage. Sei lieb und wirf mir ein paar von deinen Kuschelpolstern runter«, sagte er und sah Amelie nach, die behände wie ein Affe die Leiter zum Hängeboden erklomm. »Das Weib ist beweglich wie eine russische Leichtathletin«, seufzte er neiderfüllt.

Amelie sah über die Kante ihrer Bettstatt auf ihn nieder. »Jeder Wurf ein Treffer«, rief sie und schleuderte ein paar Kissen in seine Richtung. »Wenn du im Liegen immer noch nicht redest, kündige ich dir die Freundschaft auf.«

Uli bettete sich ächzend zwischen die Polster. Schließlich lag er auf dem Rücken und sah zu Amelie auf. Wie ein Vorhang umrahmte das Haar ihr Gesicht. Ihre violetten Augen waren radrund, und ihre dunklen Brauen hoben und senkten sich erregt. »So eine schöne Frau, schade, dass sie verrückt ist«, seufzte er. Dann sagte er laut und bestimmt: »Du kannst mir glauben, ich war im

Bundeskanzleramt und habe nachgefragt. Ich habe den Portier gelöchert und bin dem Wachmann mit meinen Fragen auf den Geist gegangen. Ich wollte ihnen nicht glauben, dass sie sich an den Kerl mit den Galoschen nicht erinnern können und habe Angestellte des Hauses aufgehalten und mich nach einem Mann mit einem Gehfehler und ungewöhnlicher Beschuhung erkundigt. Rundum Fehlanzeige. Vergiss die Geschichte, Amelie. Du rennst einer Schimäre nach. Die haben weder einen Hinkenden noch einen Galoschenträger im Haus.«

5

»Gnä' Frau! Wenn ich Ihnen sage, bei uns hatscht kaana, dann hatscht bei uns kaana!«

»Ich habe nicht gesagt, dass der Mann hatscht, sondern dass er hinkt.«

»Hinken oder Hatschen, des macht doch kan Unterschied. Schau'n Sie, gnä' Frau, bei uns im Haus sind rund dreihundert Leute beschäftigt und i' kenn' an jeden. Sie könn' mir glauben: Wir haben keinen mit einer Gehbehinderung!«

Nachdem Uli am vorigen Abend gegangen war, hatte Amelie beschlossen, den Portier des Bundeskanzleramtes selbst zu befragen. Vielleicht hatte Uli den Galoschenmann nicht richtig beschrieben, vielleicht hatte man Uli nicht ernst genommen, vielleicht hatte der Portier etwas gegen Schwule. Obwohl Uli seine Homophilie bedeckt hielt, gab es Menschen, vor allem Männer, die sie zehn Meter gegen den Wind rochen und negativ darauf reagierten.

»Es könnte ja auch sein, dass der Mann nur zu Besuch

gekommen ist, dass er irgendwo im Haus eine Besprechung gehabt hat«, bohrte Amelie weiter, was den Torhüter in steigendem Maß ergrimmte.

»Also des is jetzt wirklich a Witz! Glauben denn Sie, liebe Frau, dass i' mir jeden Fremden merken kann, der aus und ein geht bei uns? Bei so viel Menschen? Den hätten's miassn im Rollwagerl oder auf einer Tragbahre bringen, dann vielleicht... Wann, sagen Sie, soll das gewesen sein? Am Tag nach dem Staatsfeiertag? Da war i' ja gar net im Dienst.«

Der Mann hatte sich anfangs freundlich und hilfsbereit gezeigt. Erst als Amelie sein wiederholtes »Bedaure« nicht zur Kenntnis nehmen wollte, war er sauer geworden. Die junge Frau verletzte ihn in seinem Berufsstolz. Sie zweifelte an seiner Wachsamkeit – oder etwa nicht? Als sie nun auch noch wissen wollte, wann der Kollege vom Tag nach dem Staatsfeiertag wieder im Dienst sein würde, grunzte er ein ärgerliches »Übermorgen« und wandte sich grußlos von ihr ab.

Auch die Recherche beim Diensthabenden vom 27. Oktober wurde eine Pleite. Der Mann erinnerte sich weder an einen Hinkenden noch an Galoschen, nur an das Sauwetter, das an dem Tag geherrscht hatte.

Nicht verzagen, Amelie, auch in Heuhaufen werden zuweilen Nadeln gefunden, versuchte sie sich einzureden. Ihre Suche nach dem Unbekannten bedurfte eines Systems. Ein solches würde sie entwickeln. Und fortan würde sie niemandes Hilfe bei der Suche in Anspruch nehmen. Ihr eigener Spürsinn genügte. Ihre Antennen für den Mann waren ausgefahren und hochgradig empfindlich. Sie würde ihn finden.

Zunächst freilich verabredete sie sich mit Hermann für den nächsten Samstag. Sie sei wieder gesund, ja, so gesund, dass sie gern einen Spaziergang machen würde. Hermann, kein Freund von körperlicher Ertüchtigung, zeigte sich zögerlich. Müsse das denn sein, nun, da das Wetter so unfreundlich sei. Schließlich gab er nach. »Wann und wo?«

»Prater Hauptallee. Treffpunkt Lusthaus um vierzehn Uhr. Bei jedem Wetter.« Amelie sprach forsch darauflos und ließ eine Diskussion erst gar nicht aufkommen. Sie war fest entschlossen, an diesem Nachmittag mit Hermann Schluss zu machen. Im Gehen würde ihr das leichter fallen. Im Gehen musste man gradeaus schauen, das war gut, denn Augenkontakt erschwerte das Mitteilen unangenehmer Dinge. Auch mit Zärtlichkeiten würde es Hermann im Freien kaum versuchen, weil er in der Öffentlichkeit grundsätzlich nicht schmuste. Überdies brauchte sich das Gespräch nicht ewig hinzuziehen. Sobald gesagt war, was gesagt sein musste, würde Amelie behaupten, ihr sei kalt, sie wolle jetzt nach Hause, und zwar allein, um zu sich selbst zu finden. – Der Plan schien ihr sinnvoll. Und fair. Nun, da sie von der flüchtigen Begegnung mit einem Unbekannten so erfüllt war, wäre es eine Gemeinheit, Hermann weiter vorzugaukeln, dass er nach wie vor der Mann ihres Lebens sei.

So glatt wie Amelie es sich vorgestellt hatte, lief die Sache freilich nicht. Am Samstag regnete es. Fein, aber beharrlich. Hermann rief an und meinte, er würde sie mit dem Wagen abholen, alles andere sei Unsinn. Angesichts der grauen Feuchtigkeit vor ihrem Fenster war Amelie froh darum und sagte ja. In Hermanns altem VW Käfer war es angenehm warm. Hermann war gut gelaunt. Er chauffierte mit der linken Hand und hielt mit der rechten Amelies Knie umfasst. Eine alte Gewohnheit. Ausführlich erzählte er von seinem Besuch im Münchner Verlag. »Denk nur, Schatzi, die wollen zehntausend Stück

Startauflage drucken«, sagte er und drückte vor Begeisterung Amelies Knie. Hätte sie seine Hand fortschieben sollen? Ausgerechnet jetzt, da er so stolz und zuversichtlich schien? Sie war schließlich kein herzloses Schwein.

Als sie am Lusthaus hielten, regnete es stark. Hermann betrachtete die unwirtliche Natur. »Abscheulich hier draußen. Man sieht ja kaum die Hand vor den Augen. Kein Mensch geht spazieren bei dem Wetter, und auch wir werden uns nicht den Tod holen. Wir gehen ins Restaurant und trinken Kaffee.«

Amelie zuckte die Achseln und folgte Hermann gottergeben ins Lusthaus. Es war ziemlich still, bloß zwei Tische besetzt, man hörte jeden Löffel klappern und jedes Glas klirren. Keine günstige Geräuschkulisse für Geständnisse. Amelie starrte auf den Topfenstrudel, den der Kellner vor den gut unterfütterten, kompakten Hermann hingestellt hatte. Den Stier bei den Hörnern packen, assoziierte sie automatisch und sagte laut: »Ich glaube, wir sollten Schluss machen.«

Hermann führte die Gabel zum Mund, sein Blick war auf den Bissen gerichtet, er nahm ihn auf, kaute, schloss die Augen genussvoll und fragte eher beiläufig: »Was hast du eben gesagt?«

»Wir sollten Schluss machen!«

»Womit?«

»Mit uns.«

Er war nicht bestürzt. Er lachte.

Alles hatte Amelie erwartet, nur das nicht. »Findest du das so witzig?«, sagte sie spitz.

»Nicht witzig, sondern absurd«, antwortete Hermann und schaufelte einen weiteren Bissen Topfenstrudel auf die Gabel. »Ich nehme jedoch an, dass du eine Erklärung folgen lassen wirst.«

Seine Gelassenheit ärgerte Amelie außerordentlich.

»Ich warte damit, bis du fertig gegessen hast«, fauchte sie.

Als Hermann den letzten Rest Topfenfülle und die allerletzte Rosine aufgepickt hatte, lehnte er sich zurück und sah sie erwartungsvoll an. »Ich bin so weit«, sagte er ruhig, »du kannst beginnen.« Die erste Runde war eindeutig an Hermann gegangen.

Amelie mühte sich redlich, schlagkräftige Argumente für eine Trennung zu liefern, aber was sie sagte und wie sie es sagte, klang nicht überzeugend. Ihre Beziehung ziehe sich nun schon über Jahre hin, und alles Feuer sei raus. Abgestanden. Schal. Seltsam bindungslos und doch beengend. Darauf lasse sich doch keine gemeinsame Zukunft aufbauen, oder?

Das »oder« war schlecht gewesen. »Doch. Falls kein anderer Mann dahinter steckt«, hakte Hermann rasch ein. Als Amelie heftig den Kopf schüttelte, fuhr er in dem belehrenden Ton, den sie so gar nicht mochte, fort: Sie hätten eine gute gemeinsame Vergangenheit, auf der sich eine sichere gemeinsame Zukunft aufbauen lasse. Man kenne Fehler und Meriten des anderen. Überraschungen seien nicht sehr wahrscheinlich. Freilich, eine gewisse Routine habe sich breit gemacht, dennoch seien sie ein gutes Team. Auch im Bett stimme es, das habe sich bei ihrem letzten Beisammensein wieder eindeutig bewiesen. Und dann schoss er quasi aus der Hüfte noch einmal nach: »Es gibt doch keinen anderen?!«

»Nein, nein, nein«, log Amelie verzagt.

»Bestens.« Er schien befriedigt. »Dann schlage ich zur Beruhigung deines in letzter Zeit etwas labilen Gemütszustandes vor, dass wir Karenz einlegen. Einmal wöchentlich ein Treffen an neutralem Ort. Kein Sex. Sagen wir – drei Monate lang. Danach wird sich zeigen, ob wir einander sehnsüchtig in die Arme fallen oder uns als gute Freunde trennen.«

›Aufgelegter Blödsinn‹, dachte Amelie. Statt es zu sagen, sagte sie gar nichts. Sie sah zu, wie Hermann zahlte, stieg zu ihm ins Auto, ließ sich von ihm nach Hause bringen und zum Abschied flüchtig auf die Wange küssen. Er stieg nicht aus, sie huschte ins Haus, noch ehe er wieder anfuhr. Sie schlich am Fenster der Zadrazil vorbei und schlug die Tür des Salettls hinter sich zu. »Gerettet«, sagte sie laut und wusste im selben Augenblick, dass das Gegenteil der Fall war. Nichts war so gelaufen, wie sie es geplant hatte. Nicht sie, sondern Hermann hatte die Marschroute festgelegt. Nun saß sie da und hatte ihn noch immer am Hals. »Irgendetwas mache ich falsch«, seufzte sie und fügte erbittert hinzu: »nicht einmal verzweifelt ist er gewesen!«

Am Sonntag ging Amelie in den Laden, kramte in ihren Papieren und versuchte über Internet ihre anstehenden Reisen zu buchen. Schweiz und England. Die wichtigsten Auktionen. Als es ihr nicht gleich gelang, ins Netz zu kommen, holte sie einen Zeichenblock und Buntstifte hervor und begann zunächst absichtslos, später zielgerichtet, Männergesichter zu zeichnen. Bärtige, faltige, glatte, schmale, vierschrötige. Sie probierte Hakennasen und Knollennasen, hohe und niedrige Stirnen, Hamsterbacken und hohle Wangen. Sah er so aus, der Galoschenmann, oder so…? Versuche ohne Anhaltspunkte, sie mussten unbefriedigend bleiben. Anders die rasch skizzierten Rückenansichten. Durchwegs große Männer, flatternde Mäntel, langes, dunkles Haar. Mit der grafischen Darstellung der Galoschen hatte sie allerdings Schwierigkeiten, und mit dem Hinken kam sie gar nicht zurande.

Irgendwo in den Tiefen ihres ladenreichen Schreibtisches musste es Transparentpapier, rote Tusche und Federn in verschiedenen Breiten geben – jawohl! Sie legte die Zeichnungen zur Seite und begann auf den durchscheinenden Bögen Listen zu kalligrafieren.

Erster Bogen: Anhaltspunkte. Größe: Groß! Sicher 1,80 Meter, wahrscheinlich mehr. Brustbreite: Breit, wie Hermanns zirka, fühlt sich aber besser an. Stimme: Angenehm. Dunkel. Lacht. Geruch: Acqua die Parma. Mantel: Beige, könnte Ballonseide gewesen sein. Hosen: Nass, aber ziemlich sicher grau. Galoschen: Schwarzgrün. Zweiter Bogen: Grundsatzfragen: Will ich X wirklich finden? Warum will ich X finden? Habe ich eine Chance, X zu finden und wenn ja, welche? Dritter Bogen: Wo suche ich? Wann suche ich? Wie lange suche ich?

Das Erstellen der Listen nahm Amelie restlos gefangen. Mit rosigen Wangen betrachtete sie die fertigen Schriftstücke. Hübsch sahen sie aus, wäre schade, sie in einer Lade abzulegen … Auch aus praktischen Gründen besser, sie vor Augen zu haben … Sie sah sich um. Kein geeigneter Platz? Doch, die Wand vor der Tür, welche auf den Hof führt, gegenüber vom kleinen Spiegel. Nicht für jedermann ersichtlich, dennoch leicht einzusehen. Mit Reißnägeln befestigte Amelie die Listen, darüber heftete sie jene Rückenansicht des X, die sie für die gelungenste hielt. Ehe sie den Laden verließ, trat sie vor den Spiegel, um ihre Mütze aufzusetzen. Hinter ihrem Gesicht leuchteten die Listen. Rot auf Weiß. »Ich seh Spiegelschrift«, kicherte sie. Ihre Geschäftsreisen hatte sie über all dem vergessen.

Am Montag gegen Mittag stürzte Uli in den Laden herein. »Hühnchen, ich muss dringend aufs Häusl, bis ins

Theater schaff ich es nicht mehr, darf ich auf deins?« Er schnappte sich den Kloschlüssel und verschwand wie der Blitz im Hof. Sichtlich erleichtert kehrte er wieder, blieb vor dem Spiegel stehen, strich sich übers Haar, betrachtete sich zufrieden und stutzte. »Was ist das«, fragte er argwöhnisch und drehte sich auf den Absätzen um. Amelie zuckte mit den Achseln und gab keine Antwort. Uli trat dicht an die Wand, las die Listen rauf und runter, deutete auf die Zeichnung und sagte ohne Wärme: »Was soll das werden, eine Rasterfahndung?«

»Blödsinn«, schnappte Amelie und tat, als suche sie nach etwas auf ihrem Schreibtisch. »Ist doch bloß eine Spielerei.«

»So. Eine Spielerei. Und die hängst du dir an die Wand?«

»Warum nicht, ist ja meine Wand«, fauchte sie, während sie Laden hektisch aufriss und wieder zuschmiss.

Uli trat auf sie zu, fasste sie an beiden Schultern und rüttelte sie sanft. »Amelie Lenz, lass den Unsinn mit dem Galoschenmann. Du verrennst dich in etwas, das zu nichts führen kann. Noch bist du den Cherusker nicht los, und schon tappst du in die nächste Falle.«

Amelie schüttelte seine Hände ab. »Da irrst du dich aber!«, sagte sie heftig. »Hermann bin ich seit vergangenen Samstag los – naja, so gut wie los. Und der Galoschenmann ist ... ist ... ist bloß ein Kopfabenteuer. Du selbst hast mir doch immer wieder vorgehalten, dass es in meinem Leben nichts Spannendes gibt. Also gut, ich finde die Geschichte mit Mr X spannend. Sie lenkt mich ab und hilft mir über Hermann hinweg.«

»Als ob du dafür Hilfe bräuchtest. Über Hermann Söhnke warst du schon hinweg, als ihr noch beisammen wart.« Mit hängenden Armen stand Uli vor ihr und sah sie sorgenvoll an. »Ami, mein Hühnchen, ich will dich doch nur davor bewahren, dass du dir wegen einem Hirngespinst die Wirklichkeit versaust. Ich will nicht, dass du sonderbar wie eine alte Jungfer wirst.«

Amelies Brauen schossen erschrocken in die Höhe, gleich darauf wurden ihre Augen verdächtig feucht. »Das war gemein«, sagte sie leise.

»Nicht *eine* alte Jungfer, *wie* eine alte Jungfer habe ich gesagt.« Er streckte die Arme aus und zog sie an sich. »Ich wollte dich nicht kränken, ich mach mir bloß Sorgen um dich und will dich vor dir selbst beschützen. Ich hab dich doch lieb.«

»Ich dich auch«, murmelte Amelie in die edle Wolle seines Pullovers. »Du darfst mir auch alles sagen. Du bist doch mein einziger Freund.«

Nachdem Uli gegangen war, saß sie lange am Schreibtisch und starrte Löcher in die Luft. Es ging gegen Mittag, eine trübe Spätherbstsonne hellte die gegenüberliegende Häuserfront ein wenig auf, als Amelie einer plötzlichen Eingebung folgend an die Wand mit den Fragebogen trat. »Akte X«, sagte sie laut, kniff die Augen zu und tippte mit dem Finger auf eines der Transparentpapiere. Als sie die Augen öffnete, sah sie, dass sie auf Bogen drei, Punkt eins gelandet war: Wo suche ich?

Entschlossen nahm sie Mantel und Mütze vom Haken und suchte nach dem Schildchen *Komme gleich*. Als sie es an die Tür hängen wollte, bemerkte sie, dass sie vergessen hatte, August am Morgen aus dem Schaufenster zu nehmen. »Schlunze«, sagte sie zu sich selbst, legte dem Bären das Schild zwischen die Pfoten, schloss ohne Gewissensbisse ab und ging.

Sie glaubte, ohne Ziel zu gehen. Nur rasch ausschreiten wollte sie, in der Hoffnung, dass Luft und Bewegung sie von dem Wirrwarr in ihrem Hirn befreien würden. Erst als sie den Volksgarten durchquert hatte und vor sich den Ballhausplatz sah, realisierte sie, wohin es sie gezogen hatte. »Zwanghaftes Handeln«, murmelte sie und lachte leise.

Sie blieb stehen, lehnte sich mit dem Rücken gegen das Parkgitter und begann die Passanten zu beobachten. Lag es am windstillen Wetter oder an der Mittagsstunde, dass kaum welche in Eile schienen? Stadtauswärts ein paar Damen, die schwer an den roten Säcken aus Wiens renommiertestem Delikatessengeschäft schleppten. Stadteinwärts eine nicht enden wollende Kette von Touristen hinter einer zwergenhaft kleinen Fremdenführerin. Junge Leute mit Rucksäcken und Hundebesitzer kreuz und quer. Einige Herren in dem gewissen stets und überall passenden Grau auf dem Weg vom und ins Bundeskanzleramt. Keiner hinkte.

Amelie wandte sich nach rechts und nahm den Durchgang zum Inneren Burghof aufs Korn. Da war er hergekommen. Wenn sie es sich fest genug wünschte, dass er käme – würde er kommen? Und wenn er käme – was würde sie tun? Wie hypnotisiert starrte sie auf die Passage. Plötzlich fühlte sie, dass sie ihrerseits beobachtet wurde. Suchend sah sie sich um.

Der Wachmann, der am Eingang der in der Hofburg untergebrachten Präsidentschaftskanzlei Dienst tat, starrte zu ihr herüber. Amelie sah rasch weg. Aus den Augenwinkeln nahm sie wahr, dass der Mann seinen Posten verließ und die paar Schritte zu ihr herüberkam. Grüßend hob er die Hand an die Kappe und fragte höflich: »Darf ich Ihren Ausweis sehen, gnädige Frau?«

»Ja… bitte sehr… warum?« Amelie wurde rot wie Mohn und begann ungeschickt in ihrer Tasche zu wühlen. »Ich hoffe, ich habe ihn bei mir… gleich… hier, mein Personalausweis.« Sie reichte ihn dem Polizisten und hoffte vergeblich, dass die Erde sich auftun und sie verschlingen würde. Vorübergehende verlangsamten ihre Schritte und streiften sie mit neugierigen Blicken.

»Mama, was hat die Frau angestellt?«, schrie ein kleiner Bub und zerrte an der Hand seiner Mutter, weil er stehen bleiben und zuschauen wollte.

»Komm weiter, das geht uns nix an«, zischte die Mutter und zog ihn fort.

Der Polizeibeamte hatte Amelies Ausweis kontrolliert und reichte ihn ihr zurück. »Nichts für ungut, gnädige Frau«, sagte er freundlich. »Alles in Ordnung.«

Das half nicht, Amelie fühlte sich bekleckert. »Okay«, erwiderte sie scharf, »trotzdem wüsste ich gern, warum Sie unbescholtene, friedfertige Staatsbürger auf diese beschämende Weise anhalten und sich ausweisen lassen. Wir sind ja schließlich nicht mehr unter Metternich!«

Ob der Polizist wusste, wer Metternich gewesen war? Jedenfalls schien er den Namen nicht mit Polizeistaat zu assoziieren, denn er mahnte Amelie bloß milde ab: Ausweispflicht bestehe nun mal für jeden, Inländer oder Ausländer. Schon gar, wenn die betreffende Person eine geschlagene halbe Stunde am Ballhausplatz Aufstellung nehme und sowohl das Regierungsgebäude als auch den Sitz des Staatsoberhauptes beobachte.

Eine halbe Stunde. War sie tatsächlich so lange hier gestanden? Amelie bedachte den Polizisten mit einem angedeuteten Nicken und machte sich aus dem Staub.

Ins Dorotheum, ja. Sie brauchte ein klar umrissenes Ziel. Sicheren Boden. Burgi Wechsler. Aber an Montagen war Burgi Wechsler nicht im Haus. Pro forma drehte Amelie eine Runde durch ein paar Ausstellungsräume und verließ das Auktionshaus.

Die fahle Sonne hatte sich verzogen, obwohl der

Nachmittag kaum begonnen hatte, herrschte ein Licht, als wollte es Abend werden. Amelie nahm ein Taxi und fuhr zurück zum Laden. Als sie in Augusts immer frohes Teddygesicht sah, wurde ihr leichter ums Herz. »Servus, mein Patscherl, da bin ich wieder.«

Sie sperrte auf, machte Festbeleuchtung und holte August aus der Auslage. Sie setzte sich hinter ihren Schreibtisch, hielt den Bären auf dem Schoß und wiegte ihn, als wäre er ein kleines Kind. »Was meinst du: Soll ich aufhören mit dem Suchen?«, flüsterte sie in sein Fell. Ein paar Augenblicke später ließ sie ihn auf ihren Knien hopsen und lachte. »Nein, Augustle, gelt? Jetzt erst recht!«

In den folgenden Wochen stürzte sich Amelie in eine Art Doppelleben. Sie tat es mit Umsicht. Ging zur gewohnten Stunde ins Geschäft und schloss dasselbe zur gewohnten Stunde. Aber zwischendurch hängte sie immer öfter das *Komme gleich*-Schild beziehungsweise ein neues mit der Aufschrift *Wegen dringender auswärtiger Geschäfte von ... bis ... geschlossen* an die Tür. Das *von ... bis* umfasste niemals mehr als zwei Stunden. Und nie versäumte sie es, in den Stunden ihrer Abwesenheit den Anrufbeantworter anzustellen und dem Anrufer in lebensbejahendem Tonfall zu versichern, sie werde sofort nach Erledigung ihrer dringenden Geschäfte zurückrufen. Was sie auch gewissenhaft tat. Sie gab sich Mühe mit den Auslagendekorationen, ließ ihre Phantasie spielen und lieferte den spärlichen Schaufensterguckern, die ihre stille Gasse frequentierten, täglich einen neuen Augenschmaus.

Was sie in den Stunden ihrer Abwesenheit tat, behielt sie freilich für sich. Mit gutem Grund. Jeder, dem sie es sagte, würde sie für geistesgestört halten. Denn Amelie streifte durch die Innenstadt und hielt Ausschau nach Gehbehinderten.

Zunächst legte sie diese ihre Feldforschung weder alters- noch geschlechtsspezifisch an, sie wollte bloß ihren Blick fürs Hinken schärfen, wobei sie Menschen mit Krücken, auffallend Geschiente und Gipsbeinträger von vornherein glaubte, ausschließen zu können. Nach einigen Übungstagen grenzte sie ihre Beobachtungen auf Männer mittleren Alters ein. Solche, die einherlatschten beziehungsweise aus Nachlässigkeit oder Müdigkeiten hatschten, gab es haufenweise. Die Ausbeute an waschechten Hinkenden hingegen war mager. Schon gar in der gesuchten Kategorie. Davon war Amelie im Laufe einer vollen Woche bloß ein Einziger untergekommen.

Sie hatte eben eine ihrer Runden durch die Innenstadt gedreht, stand am Stephansplatz und war dabei, sich auf den Rückweg zum Laden zu machen, als ihr geübter Blick einen Gehbehinderten streifte, der in Richtung Wollzeile unterwegs war. Rückenansicht. Aktenkoffer, Kamelhaarmantel, Hut. Der Mann hinkte deutlich, er kam nur langsam voran, ein Leichtes für Amelie, ihn einzuholen.

Sie ließ sich Zeit, pirschte sich langsam an den Mann heran, verlor ihn trotz des Stroms von Passanten, der ihn manchmal verdeckte, nie aus den Augen. Immer näher rückte sie ihm. Ob der Jäger sich so fühlt, wenn er sich ans Wild anschleicht – erhöhte Adrenalinzufuhr, dumpfer Herzschlag, nichts außer Erlegen im Sinn…? Nun war sie dicht hinter ihm. Er war nicht sehr groß. Kleiner als X? Und zarter? Ihr Herzklopfen verebbte.

Der Verfolgte blieb vor dem Schaufenster eines Antiquariats stehen. Amelie trat neben ihn und musterte ihn von der Seite. Der Mann wandte sich ihr zu und lächelte sie an. Er hatte ein schmales, feines Gesicht, einen grauen

Schnurrbart und gelbe Zähne. »Verzeihen Sie, ich…«, setzte Amelie an und brach auch gleich wieder ab. Ihr Hirn war leer, die Jagdlust war hin. Das Lächeln des Angesprochenen wurde breiter. »Pas de quoi, Madame, je suis ravi…« Ein Ausländer!

Ohne ein weiteres Wort wandte sich Amelie zur Flucht und galoppierte die Wollzeile in Richtung Ring davon. Sie war unglaublich erleichtert. Ein Irrtum, gottlob, es war ein Irrtum gewesen. Ihr Galoschenmann war kein Ausländer. Nein niemals, da war sie absolut sicher. »Hoppla«, hatte er gesagt. Und alles, was er sonst noch gesagt hatte, war eindeutig österreichisch gewesen.

Am Abend nahm sie die Fragebogen aus dem Laden mit ins Salettl, um darüber zu grübeln. Einen gesichtslosen Hinkenden auf gut Glück in den Straßen der Stadt zu suchen, war Unsinn – zu kleine Nadel in zu großem Heuhaufen. Sie brauchte einen konkreteren Anhaltspunkt, um zielführend suchen zu können. Die Galoschen, ja. Bei denen musste sie ansetzen. Sie suchte ihren Malkasten hervor und begann auf Zeichenpapier so lange ein um das andere Paar schwarzer Galoschen mit grünen Rändern zu malen, bis eines zu ihrer Zufriedenheit geriet. Sie rollte das Blatt, band eine rote Schleife rundum und ging in dem sicheren Gefühl zu Bett, dass sie mit diesem Aquarell dem Phantom auf den Pelz rücken würde.

Amelies Befasstsein mit der Akte X war eine, die Bewältigung ihres Alltags eine andere Sache. Dass letztere sich zunehmend hürdenreich gestaltete, lag freilich in ersterer begründet.

Da war zunächst ein besorgter Uli, der sie telefonisch mit Fragen löcherte. »Hallo Ami, ich hatte heute im Theater zu tun und bin zweimal am Laden gewesen, aber außer August war niemand da. Immer nur dieses

Schild *Auswärtige Geschäfte*. Wo gehst du um? Sag an, mein Kind.« Das war am Anrufbeantworter gewesen. Als Amelie ihn nicht zurückrief, erwischte er sie abends daheim. »Hallo Hühnchen, du hast dich nicht gemeldet, geht's dir auch gut?«

»Sicher, aber ja«, sagte sie gereizt.

»Hat sich's gelohnt?«

»Was?«

»Na, dein dringendes auswärtiges Geschäft.«

»Ach das … nein.«

»Was war es denn?«

»Ich … ich habe mir einen Nachlass angesehen.«

»Und nichts dabei?«

»Nicht, was ich suchte.«

»Was hast du denn gesucht – Galoschen?«

»Blödmann!« Sie hängte ein und überlegte, ob sie sich freuen oder ärgern sollte, weil Uli ihren Schlichen auf der Spur war. Schließlich entschied sie sich fürs Freuen. Er dachte mit, er sorgte sich um sie, er war für sie da. Ihre Suchaktion war eh ein einsames Geschäft.

Dann war da auch noch Hermann, den sie ihres taktischen Ungeschicks wegen nach wie vor zu ihrem Alltag zählen musste. Amelie hätte das vereinbarte allwöchentliche Treffen vergessen. Hermann hatte nicht. Er meldete sich pünktlich. »Morgen ist Samstag. Passt dir sechzehn Uhr, *Café Hawelka*?«

»Nein, nicht das *Hawelka*, Hermann«, knautschte Amelie, »das ist mit Vergangenheit besetzt.«

Hermann ließ sich nicht aus der Ruhe bringen. »Okay. Wie wäre es mit dem Eiles, liegt da mehr Zukunft drin?«, fragte er geduldig.

Amelie liebte das *Café Eiles*. Weil es selbst frisch renoviert seine Aura der Schäbigkeit nie ganz verlor. Weil man mit Glück hier Tisch an Tisch mit Klaus Maria

Brandauer oder dem Dichter Christoph Ransmayr sitzen konnte. Weil es obendrein ganz in der Nähe ihres Ladens und ihrer Wohnung lag. Gefährlich nah, fiel ihr ein. Flugs lehnte sie auch das *Eiles* ab und schlug das *Café Schwarzenberg* vor. Zwischen dem und ihrem Salettl lag die ganze Innenstadt.

Ihre diesbezügliche Befürchtung hätte sie sich schenken können. Hermann bewahrte Abstand, wenn nicht in Gedanken, so jedenfalls in Worten und Werken. Zwei Stunden lang hielt er die Konversation in Gang, ohne ihrer beider Beziehung anzusprechen. Er erzählte von seinem Gespräch mit den Münchner Verlagsleuten, berichtete über die abschließende Arbeit an seinem Buch, fragte eher obenhin nach Amelies Plänen für die Zeit bis Weihnachten und rief pünktlich um achtzehn Uhr nach dem Ober, um zu zahlen. »Bis nächsten Samstag«, sagte er und küsste sie zum Abschied auf die Wange.

Amelie sah ihm nach, als er mit forschem Schritt die Ringstraße überquerte. Er ist ziemlich gelassen, vielleicht hat er ein Gspusi, dachte sie und ärgerte sich, dass sie die Vorstellung wurmte.

Hermann aus ihrem neuen Geheimleben rauszuhalten war ein Kinderspiel. Mit Uli würde sich das schwieriger gestalten. Wirklich haarig wurde die Sache freilich, als Josef Lenz Lunte zu riechen begann.

Er rief Mitte November aus Salzburg an, um zu fragen, ob sie während ihres bevorstehenden Aufenthalts in der Schweiz ein Geschäft für ihn erledigen könne.

»Ich fahre heuer nicht in die Schweiz, Vater«, antwortete Amelie und wusste im selben Atemzug, dass ihre Stimme betreten geklungen hatte.

»Aus gesundheitlichen Gründen?«, fragte Josef Lenz besorgt.

»Nein, es geht mir gut. Gesundheitlich jedenfalls. Es sind eher praktische Überlegungen…« Sie wartete auf die nächste Frage des Vaters, als die nicht kam, fuhr sie hastig fort. »Weißt du, heutzutage muss man bei den großen Auktionen gar nicht persönlich anwesend sein. Ich fahre heuer weder nach Winterthur zu Kohler noch nach London zu Christie's…Ich mache das per E-Mail und Internet…« Josef Lenz schwieg immer noch Amelie wurde zunehmend unsicher. »Das ist zeitgemäßer… und billiger! So ist auch Amerika drin…Du kannst auch telefonisch bieten… Und schließlich gibt's ja auch noch Sensale…« Sie brach ihr jämmerliches Gestotter ab und wartete wieder.

Es dauerte eine Weile, ehe Josef Lenz mit ruhiger Stimme fragte. »Es ist mir klar, dass dein Geschäft in den letzten Monaten nicht besonders lief. Bist du in finanziellen Schwierigkeiten?«

»Nein Vater, das ist es nicht, es sind eher die Termine hier, die mich blockieren, es ist so viel los, im Dorotheum und so…« Schwach, Amelie, ganz schwach.

Wieder ließ Lenz sich mit seiner Antwort Zeit. Als er sprach, tat er es ohne den Schatten eines Tadels oder des Belehrens. »In deinem Gewerbe sind persönliche Kontakte durch nichts zu ersetzen. Deine Kunden brauchen Amelie Lenz nicht, um einen Sensal zu beauftragen. Und den virtuellen Weg halte ich in einem so sensiblen Geschäft wie dem deinen für den zweitbesten. Falls du deinen Ruf als Agentin nicht aufs Spiel setzen willst, fahre weiterhin zu den großen Auktionen.« Kurze Pause. »Spricht etwas dagegen? Persönliche Gründe?«

Erleichtert schnappte Amelie nach dem Köder. »Naja, Vater, da du es anschneidest… ich habe mit Hermann Schluss gemacht.«

Neuerlich kurze Pause. »Ist das alles?«, fragte Lenz ziemlich kühl.

Die Versuchung, dem Vater von ihrer Suche nach einem nie zur Gänze gesehenen Unbekannten zu erzählen, war groß. Sie widerstand ihr. – Ich kann ihm doch nicht sagen, dass ich mich wie ein Teenager in ein Phantom verliebt habe! – »Ja, das ist alles«, sagte sie patzig.

Als sie vor dem Zubettgehen im »Orient« zwischenlagerte und das Gespräch mit dem Vater überdachte, wurde ihr bewusst, was ihr dabei durch den Kopf geschossen war. In ein Phantom verliebt…

Was heißt verliebt! Ich bin doch nicht verliebt?… Aufgewühlt, fasziniert, gefesselt – ja. Und finden will ich ihn, weil… egal… Aus sportlichem Ehrgeiz vielleicht. Aus Sehnsucht nach etwas Außergewöhnlichem, nicht Alltäglichem. Meschugge genug, das alles. Aber verliebt? In einen Mann ohne Gesicht? Ich bin doch nicht verrückt!

Am nächsten Mittag hängte sie erneut das Schild *von… bis* an die Tür, schnappte die Rolle mit den gezeichneten Galoschen und begann ihren Rundgang durch die großen Schuhgeschäfte der Inneren Stadt.

»Haben Sie Galoschen?«

»Bedaure…«

»Führen Sie Galoschen?«

»Nein, aber Gummistiefel können Sie haben.«

»Ich suche nach Galoschen.«

»Galoschen – was ist das?« Die junge Verkäuferin im dritten der von Amelie heimgesuchten Geschäfte guckte erstaunt, ging davon und holte die Geschäftsführerin. Eine höfliche Frau vom Fach. Galoschen? Ein Artikel, der heutzutage nicht mehr verlangt werde. Indes, wenn die Dame sich gedulden wolle, könne sie im Lager nachsehen lassen…

Amelie wollte. Sie wartete gespannt. Ein ähnliches Gefühl hatte sie empfunden, als sie zum ersten – und bisher auch letzten – Mal Lotto gespielt hatte, weil ein Jackpot in Millionenhöhe anstand. Mit feuchten Händen war sie vor dem Fernsehapparat gesessen, vor sich den Schein mit ihren Tipps. Vor Aufregung hatte sie sich ihre Unterlippe blutig gebissen, denn immerhin bestand ja die Chance, dass sie den Jackpot knacken würde. Wie ein wild gewordenes Glücksrad drehten sich bildhafte Vorstellungen einer millionenschweren Amelie in ihrem Kopf... Und dann war nicht ein einziger ihrer Tipps richtig gewesen. Das Gefühl enttäuschter Leere, das sie daraufhin empfunden hatte, war dem vergleichbar, das sie beschlich, als die Geschäftsführerin die altersschwache Schachtel öffnete, die sie aus dem Lager geholt hatte. Ein Paar formloser schwarzer Gummihäute kam zum Vorschein.

»Nein, solche meine ich nicht«, sagte Amelie, während sie eines der labbrigen Dinger mit spitzen Fingern hochhielt und von allen Seiten begutachtete.

»Aber andere Galoschen gibt es nicht, gnädige Frau«, sagte die Geschäftsführerin geduldig.

»Vielleicht hat es früher einmal andere gegeben?«, versuchte es Amelie erneut, holte ihre Zeichnung hervor, entrollte sie und hielt sie der Frau unter die Nase.

Amelie war eine gute Zeichnerin und ihre Darstellung der beiden schwarz-grün umhüllten Füße gelungen. Die Geschäftsführerin betrachtete sie genau. »So etwas ist mir noch nie untergekommen«, meinte sie schließlich. »Und meiner Ansicht nach sind das keine Galoschen, sondern Gamaschen. Galoschen zieht man bei Nässe zum Schutz der Sohlen und des Seitenleders über den Schuh wie eine Socke. Das heißt, bei Galoschen wäre die Verschnürung des Schuhs beziehungsweise das Oberleder zu sehen.« Mit dem Finger deutete sie auf Amelies Zeichnung, um zu unterstreichen, was sie meinte, und fuhr fort. »Sehen Sie, in Ihrem Fall ist das Oberleder vom schwarzen Material total bedeckt, die grüne Umrandung verläuft um den Sohlenrand und nach oben wie eine Ziernaht. Kein Verschluss sichtbar – nein, ich bin sicher, was hier aufgezeichnet ist, sind Gamaschen.«

»Und haben Sie ...?«

»Nein, gnädige Frau, tut mir leid, wir führen keine Gamaschen. Fragen Sie doch einmal in einem Geschäft für Jagdausrüstung nach. Ich glaube, da gibt es so etwas. Nicht so elegant wie diese hier, viel derber, aber ...«

Zwei Jagdgeschäfte. Lokalaugenschein. Erschöpfende Auskunft über Jagdgamaschen. Keine Frage, Jagdgamaschen spielten in einer anderen Liga als der extravagante Schuhschutz von Amelies Phantom. Immerhin verdankte sie der Recherche bei den Weidmännern einen Tipp, den sie weiterverfolgen würde: der Maßschuhmacher in der übernächsten Seitengasse; wenn jemand über elegante Gamaschen im Allgemeinen und die schwarz-grünen der Dame im Besonderen Auskunft geben könne, so der Senior des stadtbekannten alten Handwerksbetriebes.

Ein wunderbarer Laden. *K. und k. Hofschuhmacher*. Schwarzes, goldgerahmtes Geschäftsschild. Zwei Schaufenster, sparsam bestückt mit edlen, sicher ungeheuer teuren, auf hölzerne Leisten gespannten Schuhen für die Dame und den Herrn und den glänzendsten, handgemachten Reitstiefeln Mitteleuropas. Zwei Stufen in den Empfangsraum, dessen Eleganz in seiner Schlichtheit liegt. Schimmernde Hölzer, nüchtern verbaut. Der Duft von Holz und Leder. Weihevolle Stille, die Exklusivität vermittelt.

Ein höflicher Junior holte auf Amelies Bitte den Senior aus den unsichtbaren Tiefen der Werkstatt. Nichts Devotes war an der Verbeugung und dem Gruß des älteren Mannes. Ein Herr, dachte Amelie und überlegte etwas bange, wie sie ihr Anliegen vorbringen sollte.

»Man hat mich an Sie wegen Ihres Fachwissens verwiesen. Ich bitte Sie um Ihre Hilfe in einem privaten Kriminalfall«, begann sie und wusste im selben Augenblick, dass sie das Falsche gesagt hatte. Das Gesicht des Meisters wurde um eine Idee abweisender, er schwieg. Amelies Brauen schwangen auf und nieder. ›Der ist diskret wie mein Frauenarzt, der fürchtet, dass ich etwas über einen Kunden wissen möchte.‹ Rasch entrollte sie ihre Zeichnung und hielt sie ihm vors Gesicht. »Halten Sie es für möglich, dass es irgendwo in dieser Stadt noch solche Dinger gibt?« Sie lächelte den Meister an. Einmal mehr verfehlte ihr Lächeln seine Wirkung nicht.

Das Gesicht des Mannes entspannte sich, er nahm das Blatt in die Hand, senkte die Brille von der Stirn auf den Nasenrücken und betrachtete die Zeichnung. »Gamaschen. Um die Jahrhundertwende, würde ich sagen. Wahrscheinlich eine Sonderanfertigung«. Er überlegte ein wenig, ehe er fortfuhr. »Ich halte es nicht für ausgeschlossen, dass es in irgendeinem Haushalt, auf irgendeinem Dachboden dieser Stadt noch ein Paar solcher Gamaschen gibt. Vielleicht kann man an sie herankommen, wenn man eine diesbezügliche Annonce in eine Zeitung setzt.« Er reichte Amelie das Blatt zurück. »Kann ich sonst noch irgendwie behilflich sein?«

Amelie zögerte. »Nein, danke sehr, Sie haben mir ja schon geholfen, bitte verzeihen Sie, dass ich Sie gestört habe.« Wie ein verlegenes Schulmädel knetete sie ihre Wollmütze in der Linken, während sie ratlos auf das Blatt in ihrer Rechten starrte. »Ich wüsste halt nur so gern, wer solche Gamaschen getragen hat. Welcher Typ Mensch.

Und ob es heute noch jemanden gibt, der so etwas anziehen würde.«

Dem Maßschuhmacher erging's wie den meisten älteren Herren: Er erlag den violetten Augen der Amelie Lenz und ihrem Charme der geborenen Dame. Nur so war es zu erklären, dass er mit ihr auf der ledernen Besucherbank Platz nahm und ihr zuliebe einen Exkurs über Gamaschen hielt. Dass man sich darunter eine Art Überstrumpf ohne Füßling vorstellen müsse, der mit Hilfe eines unter der Schuhsohle geführten Stegs am Schuh festgehalten werde. Dass Friedrich Wilhelm I. die Gamasche im 18. Jahrhundert bei der preußischen Infanterie eingeführt habe. Dass Gamaschen zunächst vorwiegend zum Gebrauch durch Lakaien, Kutscher, Jagdpersonal etc., etc. bestimmt gewesen seien. Dass sie im 19. Jahrhundert aber auch vom eleganten Herrn zum Schutz glänzender Schuhe beziehungsweise als Modegag getragen wurden. Ihm selbst sei ein einziger Mensch bekannt, der regelmäßig Gamaschen getragen habe – der äußerst elegante Direktor einer Bar ...

»Von welcher Bar?«, unterbrach ihn Amelie heftig.

»Von verschiedenen. Die Lokale gibt es nicht mehr. Und der Herr selbst ist vor einigen Jahren verstorben.«

»Und das Modell auf meiner Zeichnung, das würde heute niemand mehr tragen?«, fragte Amelie mutlos.

»Zu einem Maskenball vielleicht«, schmunzelte der Meister.

Amelie bedankte sich, stülpte ihre Mütze über und sagte ihm Adieu. An der Tür wandte sie sich noch einmal um und fragte: »Was glauben Sie, für wen sie gemacht wurden, die schwarz-grünen.«

»Ach, da bin ich ziemlich sicher«, meinte der Senior, »die waren für Domestiken in einem herrschaftlichen Haushalt bestimmt.«

Sie hatte das *von … bis* um eine Stunde überschritten. Die Ergebnisse ihrer Recherche waren bestenfalls als amorph zu bezeichnen. Das Einzige, was sie in der zunehmend aussichtslos scheinenden Angelegenheit X noch weiterbringen konnte, schien Amelie die vom Maßschuhmacher angeregte Annonce.

Schon beim Aufsperren der Ladentür sah sie den roten Knopf am Anrufbeantworter wie besessen blinken. Zweimal Burgi Wechsler. Anruf eins: Um dreizehn Uhr werde ein Interessent für Amelies Prager »Pimperln« im Laden vorbeikommen. Anruf zwei: Der Interessent habe Amelies Ladentür verschlossen gefunden, jammerschade, jetzt sei er bereits nach Hongkong unterwegs. Der Stammkunde mit den Teddybären ersuchte dringend um einen Termin. Der Wirkliche Hofrat hatte gehofft, sie sprechen zu können, er verreise auf eine Woche und werde sich nach seiner Rückkehr wieder melden. Lizzi Lenz aus Salzburg: »Servus Herzerl, wo bist denn?« Knacks aufgelegt. Und Uli: Er habe Amelie schon wieder nicht im Geschäft angetroffen! Er wolle diese Entwicklung gar nicht kommentieren, er wolle Amelie bloß sehen und sprechen. Er schlage ein gemeinsames Abendessen vor. »Und zwar heute! Rückruf dringend erbeten.«

Mit nagendem Gewissen erledigte Amelie die Rückrufe. Uli kam zuletzt dran. Das Gespräch war kurz und bündig. Er stellte keine Fragen, sie sagte für den Abend zu.

Sie trafen sich in einem von Ungarn geführten Beisl in der Nähe von Ulis Wohnung. Das beste Gulasch und die süßesten Palatschinken der Stadt. Ein winziges Lokal, ganze sechs Tische, lautstark besetzt. Niemand hörte zu, als Uli Hahn Amelie Lenz die Leviten las. Ob sie denn völlig übergeschnappt sei, ihr Geschäft derart zu vernachlässigen. Kopfschüttelnd seien potentielle Kunden vor der verschlossenen Tür des Ladens gestanden und wieder weggegangen, das habe er mit eigenen Augen gesehen, als er sie besuchen wollte. Ausgerechnet jetzt, wo das Weihnachtsgeschäft anhebe. Eine Dame habe ihn gefragt, ob Frau Lenz krank sei oder am Ende dichtgemacht habe. Weshalb Amelie nicht gleich August als Geschäftsführer einsetze. Ob sie sich denn ruinieren wolle…

»Wieso ruinieren? Ich bin geschäftlich unterwegs.« Es war ein lahmer Versuch einer Rechtfertigung. Uli wischte ihn vom Tisch.

»Für wie blöd hältst du mich, Ami. Ich kenne dich doch. Du bist noch immer hinter dem Gespenst mit den Galoschen her.«

»Gamaschen! Es sind Gamaschen«, sagte Amelie trotzig.

»Woher weißt du das?«

»Ist doch Wurscht… aber wenn du's genau wissen willst – ich habe mich bei Fachleuten erkundigt.«

»Na wer sagt's denn«, rief Uli laut und schlug sich auf den Schenkel. »Meine Ahnung wird Gewissheit, das dumme Weib versaut ihr Leben wegen eines Hirngespinsts!« Als Amelie bloß bockig vor sich hinstarrte, fuhr er eindringlich fort. »Hühnchen, wenn du schon sonst an nichts Vernünftiges denken kannst, denk an dein Geschäft. An die Miete für den Laden und fürs Salettl, Putzfrau, Telefon etc. Die Fixkosten müssen rein. Das unbekannte Hinkebein wird sie dir nicht vorschießen. Und auf den Cherusker kannst du finanziell auch nicht zählen. Unter den gegebenen Umständen schon gar nicht.«

»Aber mein Hähnchen, Hermann ist doch gar nicht mehr im Spiel.« Ihr Versuch, Uli von oben herab zu kommen, schlug fehl. Mit erhobenem Zeigefinger wedelte er vor ihrer Nase.

»Ha, meine Liebe, so ist es ganz und gar nicht. Ich habe den Söhnke nämlich getroffen. Er findet dich zur Zeit zwar nervlich zerrüttet, ist aber dennoch finster entschlossen, dich zu ehelichen.« Nach einer Denkpause: »sagt er.«

Amelie wurde heftig: »Entweder er lügt, oder er macht sich etwas vor. Von Heirat kann nicht die Rede sein, ich habe Schluss gemacht, er will es bloß noch nicht wahrhaben«, schnaubte sie.

Langsam gingen Uli die Argumente aus. »Besser noch der Cherusker als ein Mann ohne Antlitz«, seufzte er kampfesmüde. »Eine reine Kopfgeburt, das. Wenn ich nur wüßte, was dich daran so fesselt.«

Ratlos legte Amelie ihre schmalen Bubenhände auf das rot-weiß-grün gewürfelte Tischtuch und starrte darauf nieder. »Ich wüßte es auch gern, Uli«, zirpte sie. »Ich weiß nur eines: Irgendetwas in mir gehört zu diesem Mann.«

Am nächsten Morgen gab Amelie die erste von insgesamt fünf Annoncen auf. »Suche schwarze Gamaschen, grün eingefasst, vermutlich aus der Zeit der Jahrhundertwende.« Nach längerer Überlegung entschloss sie sich für jene Wiener Tageszeitung, von der sie annahm, dass ihr Phantom sie, falls es der Mann war, für den sie ihn hielt, am ehesten lesen würde. Antwort nicht an den Verlag, nein, sie gab ihre Telefonnummer an. Für den Fall, dass er sich meldete, würde sie seine Stimme wieder hören. Eine Stimme, die sie unter tausenden wieder erkennen würde. Nicht billig, so eine Annonce, aber lohnend, davon war Amelie im Inneren überzeugt. Auch wenn X die Anzeige nicht selbst las, irgendjemand aus seiner nächsten Umgebung würde sie lesen – Sekretärin, Mutter, Vater, Verwandter, Freund, Putzfrau … Der Gedanke, dass es auch eine Ehefrau sein könnte, kam Amelie zwar kurz, wurde aber, weil irgendwie schmerzlich, umgehend verdrängt.

Gegen Mittag brachte der Briefträger unter anderem ein Paket. An der von Hand geschriebenen Adresse erkannte Amelie, dass der Absender ihre Mutter war. Sie sah zunächst die Briefpost durch. Nichts Erfreuliches – in der Hauptsache Rechnungen – bis auf die elegante Einladung Leopold Bartenbergs zu einem Hauskonzert im Advent. Tolles Kuvert mit passender Karte, handgeschöpftes Büttenpapier, u.A.w.g... »Nobel, nobel«, murmelte Amelie erfreut und lehnte die Karte zu steter Ansicht an den Fuß ihrer Schreibtischlampe.

Dem Inhalt des Pakets hingegen konnte sie nichts abgewinnen. Unter mehreren Lagen himmelblauen und rosaroten Seidenpapiers lag, sauber gewaschen und gebügelt, gebrauchte Babykleidung. Hemdchen, Strampelhosen, Jäckchen, Häubchen, Lätzchen... »Herzerl«, hatte Lizzi Lenz auf die beiliegende Karte geschrieben, »es sind deine alten Sachen, die ich für mein Enkelkind aufgehoben hab. Aber wie's ausschaut, krieg ich keins. Also habe ich mir gedacht, du kannst alles dem August anziehen, so gibt es für sie wenigstens eine Verwendung.«

Erst schüttelte Amelie verärgert den Kopf, dann musste sie lachen. Sie hob August aus seinem Stühlchen und versuchte, ihm eines der Häubchen aufzusetzen und ihn in ein Jäckchen zu zwängen. Vergebens, der Bär war zu groß. Sie packte die Sachen wieder in die Schachtel und versank in Träumerei. Sah sich selbst ein dickes Baby in einem Kinderwagen schieben. Der Mann an ihrer Seite war groß und sah unglaublich gut aus. Brünett, helle Augen, hartes, schmales Gesicht, lange schlanke Glieder. Herrliche Hände. Chirurgenhände. Und sein Lachen war warm. Und tief. Und unglaublich erotisch.

Das Bild des erdachten Kindesvaters stand fortan für X. Warum es sich derart eingegraben hatte, wusste sie selbst nicht zu sagen. Das Äußere des Brünetten entsprach nicht einmal Amelies Idealbild von einem Mann. Weil sie ein solches nämlich gar nicht hatte.

Manchmal sagte sie sich, dass Uli Recht habe, dass sie dabei war, sich in etwas zu verrennen; dass aus dem Spielerischen ihrer Jagd nach X nun, da er bereits über ein Gesicht verfügte, eine krankhafte Fixierung werden könne; dass sie das Glatteis, auf das sie sich begeben hatte, schleunigst verlassen und wieder auf sicheren Boden zurückkehren solle. Dann wieder versicherte sie sich selbst, es sei lediglich spielerischer Ehrgeiz, der sie dazu treibe, die Suche fortzusetzen; eine Art Fuchsjagd nach einem flüchtigen Zauber, den man bloß wieder finden wolle, um ihn zu exorzieren.

Auf diese Weise ging der aufregendste November in Amelie Lenzens Leben in einen höchst ungewissen Dezember über. Das Wetter war trübe und seltsam abgestanden. Das Geschäft ging schlecht, zumal sich Amelies Versuche, sich via Internet an Versteigerungen zu beteiligen, wegen mangelnder Erfahrung als Fehlschläge erwiesen. Hinzu kamen die sinnlosen Kosten für die Gamaschen-Inserate. Amelie hatte es in vier weiteren Tageszeitungen probiert, ohne Erfolg, kein Schwein hatte angerufen.

Auch in der angestrebten Trennung von Hermann trat sie auf der Stelle. Er hatte das unter einem fadenscheinigen Vorwand von Amelie abgesagte zweite Samstagstreffen locker verschmerzt und das darauf folgende seinerseits kurzfristig abgesagt. Ihr Verdacht, dass Hermann ein Gspusi haben könne, verdichtete sich, um ihn zu erhärten, bediente sie sich einer unfeinen List.

Sie rief bei einer seiner Kolleginnen an, mit der sie sich stets gut verstanden hatte, tratschte über dies und jenes und fragte schließlich eher nebenbei: »Sag, die schmale hübsche Person, mit der ich Hermann unlängst gesehen habe, ist das seine neue Freundin? Du weißt ja, Hermann und ich haben uns in aller Freundschaft getrennt...«

Die Irregeführte fiel prompt auf den Trick herein. Nach einem kurzen, »aber was du nicht sagst, ich hab ja gar nicht gewusst, dass ihr auseinander seid«, lieferte sie Amelie die gewünschte Auskunft. Nein, von einer schmalen Hübschen wisse sie nichts, ihres Wissens sei Hermann mit einer drallen dreifachen Mutter verbandelt, höchst diskret zu behandeln das Ganze, immerhin sei die Frau verheiratet. »Wenn du mich fragst: nichts Ernstes, rein sexuell, eine Mutzenbacher-Beziehung«, schloss die Informantin.

»Glaube ich auch«, stimmte ihr Amelie, die sich unter einer Mutzenbacher-Beziehung nicht wirklich etwas vorstellen konnte, weil sie das einschlägige pornografische Werk nur vom Hörensagen kannte, im Brustton der Überzeugung zu.

Im Anschluss an das Telefonat tauchte wie von selbst das Bild eines koitierenden Hermann und einer fleischigen rosafarbenen Partnerin vor ihrem inneren Auge auf. Sie ging in sich, um herauszufinden, ob das Bild sie kalt ließ. Es ließ.

Davon abgesehen geriet ihre Befindlichkeit zunehmend ins Schwanken, Zuversicht und Niedergeschlagenheit wechselten sich ab. Amelie zählte nicht zu den Menschen, die sich leicht mitteilen, umso wichtiger waren für sie die wenigen Vertrauten, denen sie sich ohne Mühe eröffnen konnte. Und just denen wich sie zur Zeit aus. Uli mied sie, um den unvermeidlichen Fragen zum Fall X zu entgehen. Burgis wiederholte Versuche, sie zu sehen, schmetterte sie ab, weil sie wusste, dass die Freundin Amelies besorgniserregendes neues Geschäftsgebaren zur Sprache bringen würde. Selbst ihren Lieblingsvetter Lorenz, der in der ersten Adventswoche aus Salzburg nach Wien kam und mit ihr zu Abend essen wollte, sah sie nicht. Sie habe leider, leider schon eine Verabredung... Nichts hatte sie vorgehabt. Statt mit Lorenz gemütlich zu quatschen, lag sie im »Orient« und weinte leise in die Polster.

Dass sie dabei war, in eine Isolation zu rutschen, wurde ihr freilich erst klar, als der Wirkliche Hofrat sie anrief, um anzufragen, ob er sie zum Bartenbergschen Hauskonzert begleiten dürfe.

»Das ist sehr lieb, Herr Hofrat, danke sehr, aber ich gehe gar nicht hin«, murmelte Amelie gezwungen lächelnd ins Telefon.

»Aber liebes Kind...«, der Hofrat schien derart erstaunt, dass ihm zunächst die Worte fehlten. »Warum denn nicht? Das Adventkonzert bei Bartenberg gehört zum Erlesensten, was in privaten Wiener Kreisen heutzutag geboten wird.«

»Ich bin ja selbst ganz gebrochen, Herr Hofrat.« Amelie rang sich einen forschen Ton ab, um möglichst locker zu klingen. »Ich habe schon vor einer Woche abgesagt, ich musste, weil ich jetzt, in der Vorweihnachtszeit, vor lauter Arbeit nicht weiß, wo mir der Kopf steht.«

Der Hofrat fraß die Lüge. »Ein Jammer«, sagte er traurig. »Bartenberg hat sich so sehr auf Ihr Kommen gefreut... Nun ja, vielleicht klappt es im Frühling, da findet traditionell das nächste Konzert in seinem Hause statt.«

Plötzlich erfasste Amelie ein heftiger Ärger über sich selbst. ›Blöde Kuh, warum hast du auch absagen müssen, vermasselst dir alles selber! Wenn der Wirkliche dich überreden will, doch mitzukommen, gehst du!‹ Leider unterließ der Hofrat einen solchen Versuch. Stattdessen wünschte er ihr schon jetzt schöne Feiertage, da er nämlich bald nach dem Konzert zu seiner Kusine in die Toskana reisen und über Weihnachten dort bleiben werde. Im neuen Jahr werde er sich erlauben …

Amelie legte auf, ballte ihre Fäuste und drosch so lange wütend auf die Schreibtischplatte, bis ihre Knöchel schmerzten. ›Verflixter X! Deine Schuld! Ich lass dich sausen!‹ Nachdem ihr Zorn verraucht war, kam ihr eine der Fragen aus der rot-weißen Liste in den Sinn: Warum will ich X finden? »Wenn ich das wüsste«, sagte sie laut.

Ihr Blick fiel auf Bartenbergs Einladung zum Konzert. Weil sie so schön war, lehnte sie immer noch am Fuß der Schreibtischlampe. Das »U.A.w.g.« hatte Amelie durchgestrichen und »abgesagt« darunter geschrieben. Sie nahm die Karte, betrachtete sie elegisch und zerriss sie in kleine Stücke. Leopold Bartenberg. Sie hätte den eindrucksvollen Mann gerne wieder gesehen. Unter den gegebenen Umständen würde sie sich das abschminken können. Aber auch hierin irrte Amelie.

Eine Woche vor Weihnachten betrat Leopold Bartenberg Amelies Laden. Er trug einen grauen Tuchmantel mit Biberkragen und keinen Hut. Sein Gesicht hatte die gesunde Farbe eines Menschen, der sich viel im Freien bewegt.

Amelie hatte eben ein peinliches Telefongespräch mit ihrem Vater beendet. In ihrer Budgetplanung für Dezember klaffte ein Loch. Um es zu stopfen, hatte sie Josef Lenz um Unterstützung bitten müssen. Dass er ihr Hilfe zusagte, ohne ihr Vorwürfe zu machen, hatte sie als demütigend empfunden. Vielleicht verunsicherte sie aus diesem Grund das unerwartete Auftauchen Bartenbergs.

Vor Überraschung begann ihr Herz zu klopfen. Sie fühlte, wie ihr das Blut langsam zu Kopf stieg. Ihr cremefarbener Teint würde sich vom Hals bis zu den Haarwurzeln mit einem intensiven Rot überziehen, sie wusste, dass nur ein Blinder das übersehen konnte. »Grüß Gott«, stotterte sie und fragte sich flüchtig, was ihr derart die Fassung raubte und was der Mann sich wohl dazu dachte.

Bartenberg trat näher. »Wenn Mohammed nicht zum Berg kommt…«, sagte er und lächelte Amelies Verwirrung mühelos weg. »Schade, dass Sie zum Konzert nicht kommen konnten, ich habe Sie vermisst«, fuhr er fort. »Ein geglückter Abend, die Musiker waren in Hochform. Das hat man ja nie in der Tasche.« Er beobachtete, wie das Blut aus Amelies Gesicht wich und ihr makelloser Teint wieder elfenbeinfarben wurde. »Nur wenn Sie mir versprechen zu meinem Frühlingskonzert zu kommen, kann ich meine Enttäuschung über Ihr Fernbleiben verwinden.« Entzückt sah er Amelies Lächeln aufgehen. Sie nickte, ihre schweren Augenbrauen gingen dabei auf und nieder, was die Bejahung nachdrücklich erscheinen ließ. »Im Übrigen bin ich heute als Kunde zu Ihnen gekommen«, sagte er und sah sich um.

Amelie atmete auf. Bartenbergs Art der Konversation erschien ihr irgendwie doppelbödig, sie war nicht ganz sicher, ob er auf nette Weise mit ihr flirtete oder sich auf nette Weise über sie lustig machte. »Land in Sicht«, scherzte sie erleichtert. »Ich liebe Kunden. Suchen Sie nach etwas Bestimmtem?«

»Leicht transportabel muss es sein, und einen Österreichbezug muss es haben. Ich dachte an Ihre hübschen Zinnfiguren. Aber in diesem Fall nichts Martialisches, bitte, keine Soldaten, es ist als Geschenk für meine Großnichte gedacht. Sie ist fünfzehn, lebt in Chicago, ist intelligent und selbstbestimmt und überzeugt, dass das weibliche Geschlecht turmhoch über dem männlichen steht. Eine coole junge Dame, dennoch gebe ich die Hoffnung nicht auf, dass eine romantische Ader in ihr schlummert.«

»Aha.« Amelie bat Bartenberg, sich zu setzen, strich ihr schweres Haar hinter die Ohren, ging vor einem der Kästen geschmeidig in die Hocke und kramte etliche Schächtelchen hervor. »Durchwegs Meisterwerke aus der *Offizine Lenz*«, sagte sie lächelnd, setzte sich hinter den Schreibtisch und begann die winzigen Zinnfigürchen auszupacken und vor Bartenberg aufzubauen. »Was ich hier habe, sind ausschließlich zivile Motive um die Jahrhundertwende, Szenen aus Wien«, erklärte sie, während ihre schlanken Finger die Grüppchen behände positionierten. »Das hier ist Johann Strauß mit seinem Orchester, ich bitte, den sechseckigen Pavillon zu beachten. Oder das hier, das Prater-Kaffeehaus – ziemlich aufwendig: Tische, Zäune, Bäume, Laternen, Hecken, Oberkellner, vierzehn Damen und Herren beim Kaffee. Und hier«, Amelie hob den Kopf, ihr Haar glitt wie ein Vorhang von ihren Wangen zurück, und verschmitzt lächelte sie Bartenberg, der sie unablässig beobachtete, in die Augen, »meine beiden Lieblinge. Erstens die Damenkapelle. Stehgeigerin, neun Musikerinnen, zehn Notenständer, Musik-Pavillon. Zweitens die Kinder im Winter. Sehen Sie! Schneemänner, Schlittschuhläufer; und da, die beiden Buben machen grad eine Schneeballschlacht; und die Maronibraterin, wie bei uns daheim in Salzburg am Eislaufplatz, als ich noch ein Kind war.« Etwas verlegen verstummte sie und sah Bartenberg erwartungsvoll an.

Er räusperte sich, drehte sich von Amelie weg und

murmelte: »Die reinste Verführung. Ich werde meinen Neffen dazu befragen.« Er deutete auf die Auslage. Jetzt erst sah Amelie, dass ein Mann davor stand, der in den Anblick der Exponate versunken schien. »Er ist der Vater der zu allerlei Hoffnung berechtigenden jungen Dame in USA.« Er hob die Hand und winkte. Der Mann vor dem Schaufenster sah auf, nickte, und betrat unter sanftem Türgezwitscher den Laden. »Mein Neffe Daniel Bartenberg, Amelie Lenz«, sagte Leopold.

Im Gegensatz zu seinem Onkel war Daniel Bartenberg kein schöner Mensch. Ebenso groß, aber schwerer. Fast massig. Dennoch seltsam geschmeidig. Unregelmäßige Züge, unregelmäßige Nase, kurzer Nacken. Und keine Spur von der Eleganz des Leopold Bartenberg. Daniel war leger gekleidet – Schnürlsamthosen, Rollkragenpullover, Daunenjacke. Sieht aus, als wollte er zum Wintersport verreisen, dachte Amelie, grüßte ihn mit einem Kopfnicken und sah ihm in die Augen. Die freilich waren bemerkenswert. Grün-braun-gold gesprenkelt. Schnell, intelligent, wachsam. Irgendwie amüsiert, gleichzeitig gelassen. Als habe er, was er sah, im Nu erfasst und warte ab, was daraus werde. »Hallo«, sagte Amelie.

»Hallo«, antwortete Daniel Bartenberg und sah sich um, »haben Sie auch Kreisel?«

Der Besuch der beiden Bartenbergs hob den schäbigen Monatsumsatz von »Altes Spielzeug – Amelie Lenz« beträchtlich. Leopold erwarb für das coole Gör in USA nicht nur die Kinder im Winter und die Damenkapelle, sondern auch noch drei kühne Herren auf Hochrädern. Der Neffe suchte sich aus Amelies Vorrat an kleinen Kreiseln den teuersten aus Bein und zwei simple bunte hölzerne aus.

»Für ihre Tochter?« fragte Amelie.

Daniel Bartenbergs Lächeln war sympathisch. »Nein,

für mich«, sagte er. Und als er schließlich, ohne mit der Wimper zu zucken, ein besonders teures Objekte aus Amelies Angebot, ein seltenes, in hervorragendem Zustand befindliches »Lebensrad« erwarb, kommentierte er den Kauf ungefragt. »Auch das ist nicht für meine Tochter. Und nicht für mich.«

Der Besuch von Bartenberg & Neffe hatte die Ertragslage von »Altes Spielzeug – Amelie Lenz« erheblich verbessert. Überdies war es Amelie gelungen, bei der Weihnachtsauktion des Dorotheums einen seltenen Steiff-Teddy für ihren Sammler zu ersteigern. So gesehen hätte sie dem nahenden Weihnachtsfest im Hause ihrer Eltern gelassen, ja freudig entgegenblicken können. Sie tat es nicht. Und suchte den Urheber ihres Unbehagens in Hermann, den sie vier Tage vor ihrer Abreise nach Salzburg im *Café Eiles* traf.

»Ich habe kein Weihnachtsgeschenk für dich«, eröffnete sie patzig.

»Ich habe auch keines für dich«, antwortete Hermann vergnügt.

Amelie verzog das Gesicht, als hätte sie in ein verdorbenes Lebensmittel gebissen. »Hermann, lass uns endlich Schluss machen«, sagte sie gallig. »Das mit der Karenz ist doch Käse. Warum sagen wir uns nicht heute in aller Ruhe Adieu? Es wäre ein guter Zeitpunkt. Wir könnten beide das neue Jahr in Freiheit beginnen …«

»Ich schon, du nicht«, unterbrach Hermann sie freundlich.

»Wie darf ich das verstehen?« Ihre Stimme klang schrill. Auch das nahm sie Hermann übel.

Der blieb gelassen, fast heiter. »Du scheinst mir seit einiger Zeit gestört«, sagte er. »Du bist anders. Oft gedankenabwesend, hochgradig gespannt, zuweilen hysterisch. Ich denke, du brauchst einen Therapeuten …«

Worauf Amelie aufsprang, »Fröhliche Weihnachten« zischte und ging.

Und Hermann unternahm keinen Versuch, sie zu halten.

Zwei Tage vor Heilig Abend klopfte die Zadrazil abends an die Tür des Salettls. Sie hielt Amelie eine mit Goldband umwickelte Schuhschachtel entgegen. »Für Sie, Fräu'n Lenz. Fröhliche Weihnachten. Es san Vanillekipferln, des Rezept is' no' vo meiner Mama. Die Schochtl is' ganz voll, weil der Zadrazil eh kane essen derf, er hot Zucka. Und Ihna tan's net schod'n. Weil's eh scho' so moga san. In letzter Zeit gradezu abgezehrt, i hoff, Sie hom ka heimliches Leiden.«

Amelie dankte und bat die Zadrazil nicht herein. »Alsdann, schöne Feiertage, Fräu'n Lenz«, sagte die Hausmeisterin.

»Fröhliche Weihnachten«, antwortete Amelie. Sie sah der Frau nach, die enttäuscht davontrottete, und plötzlich zwickte sie das Gewissen. »Wollen Sie nicht ein Sprüngerl hereinkommen, Frau Pepi«, rief sie ihr nach, aber da war die Zadrazil schon im Schlund des Haupthauses verschwunden.

Natürlich hatte Amelie gewusst, dass weder sie noch Uli es übers Herz bringen würden, einander vor Weihnachten nicht in die Arme zu fallen. Nachdem sie ihm im Lauf der vergangenen Wochen ostentativ ausgewichen war, tat sie nun den ersten Schritt. Sie rief ihn an und fragte, wann man sich vor dem Fest noch sehen könne.

»Wann sperrst du den Laden zu?«, fragte Uli.

»Am dreiundzwanzigsten Dezember, Punkt siebzehn Uhr. Am Vierundzwanzigsten kauft ja doch kein Hund mehr was ein. Da nehme ich den Mittagszug und bin zu Hause, wenn der Christbaum schon geschmückt und der Karpfen schon paniert ist. Und wann fährst du?«

»Ich schmeiß mich am Dreiundzwanzigsten gegen Mittag in die Karre und treffe Ludwig direkt in Gastein. Am Weg komme ich einen Sprung bei dir vorbei.«

Amelie hatte für Uli eine Mütze stricken lassen. Schwarz mit winzigen orangefarbenen Hähnen am Rand. Sie hatte ihr Geschenk in schwarzes Japanpapier gepackt und mit einer orangefarbenen golddurchwirkten Kordel verschnürt. Als Uli seinen Wagen vor dem Laden parkte, war sie gerade dabei, August für die kommenden zehn Tage in Szene zu setzen. Der Bär saß mit dem Rücken zur Straße. An seinem Schwänzchen war ein Kalenderblatt mit der Aufschrift 2000 befestigt.

Das 2000 hatte Amelie durchgestrichen. Ein Zylinder saß schräg auf Augusts Kopf, über seine Schultern hingen bunte Papierschlangen. In den kunstvoll mittels Nylonschnüren erhobenen Pfoten hielt er eine Schultafel, auf die Amelie mit roter Kreide *Es lebe das Jahr 2001!!!* gemalt hatte.

»Klingt mir wie ein Stoßgebet«, ätzte Uli und deutete auf die Schultafel.

»Hallo Hähnchen, sei lieb zu mir, ich kann es brauchen«, erwiderte Amelie. Sie schloss die fertige Auslage von außen und betrat mit Uli den Laden.

»Also nichts Neues vom Phantom?«, fragte Uli. Er hatte den Arm um Amelies Schulter gelegt, sie lehnte den Kopf an die seine und rieb ihren Kopf daran, bis ihr Haar zu knistern begann. Uli drückte sie sanft an sich. »Heißt das ja, oder heißt das nein?«

Amelie machte sich von ihm los, ging zu ihrem Schreibtisch und griff nach dem schwarzen Weihnachtspäckchen. »Weißt du was, für heuer lassen wir das Thema. Fröhliche Weihnachten, mein Hähnchen.« Sie reichte ihm das Päckchen.

Uli grinste wie ein Bub. Er befingerte das Päckchen. »Weich! Darf ich's aufmachen?«

»Untersteh dich!«, drohte Amelie und lächelte ihn mit vorbehaltloser Zärtlichkeit an.

»Jetzt du, mein Hühnchen. Fröhliche Weihnachten«, sagte Uli, langte in die Innentasche seines Lodencapes und holte seinerseits ein Päckchen hervor. Ein kleines Verpackungskunstwerk aus Gold- und Silberfolie. Zweifelsfrei ein Buch. Im oberen Drittel des Päckchens ein Fenster in Form eines geschwungenen Auges, in dessen Zentrum das Wort »Lola« zu lesen war.

»Eine Lola-Montez-Biografie«, mutmaßte Amelie lächelnd.

Uli lachte nicht zurück. Er umfing ihre Schulter und drückte sie neuerlich an sich. Die Geste war ebenso innig wie dringlich. »Nein, mein Liebling, keine Biografie«, sagte er, »es ist ein Ratgeber für Menschen, die von einer fixen Idee besessen sind und endlich loslassen sollen.«

6

Weihnachten hatte weiß zu sein, wenn es grün war, hing die Welt schief, davon war Amelie seit ihrer Kindheit überzeugt.

War Weihnachten weiß, konnte das Christkind mit dem Schlitten anreisen. Auf dem hatten naturgemäß mehr Geschenke Platz als in dem Buckelkorb, den das Kindl schleppen musste, wenn der Schnee ausblieb. Weiße Weihnachten bedeuteten Rodelpartien und Schilaufen und Schneeballschlachten mit Vetter Lorenz und den Kusinen. Blieb Weihnachten grün, zogen sich die Ferientage ereignislos dahin, die Spaziergänge mit den Eltern lieferten keine Höhepunkte, außer einem Kinobesuch mit der Großmutter war nicht viel Aufregendes drin.

Amelie kniff die Augen zusammen, rollte sich im Bett Richtung Fenster, sagte laut: »Weiß oder grün?«, und riss die Augen auf. Trübes Licht fiel durch die große, dreieckige Fensterscheibe. Von ihrem Bett aus konnte sie die Wiesen rund um Anif sehen: grün. Sie waren grün.

Die netten jungen Leute, mit denen Amelie gestern bis Salzburg im Zug gefahren war, hatten Stein und Bein geschworen, dass es in der Nacht vom 24. auf den 25. Dezember schneien werde, anders lasse die Großwetterlage sich nicht interpretieren. Nach einem entspannten Heiligen Abend mit den Eltern war Amelie vor Mitternacht in ihr Zimmer unterm Dach gestiegen, war lange vor dem Fenster gestanden, hatte auf die stillen Wiesen gesehen und den bedeckten Himmel betrachtet und auf kindische Weise den heiligen Petrus beschworen: Lass es schneien, Alter. Wenn es heute Nacht schneit, ist das ein gutes Omen.

Kein Verlass auf den Kerl! Missmutig kletterte sie aus dem Bett und trat ans Fenster. Der Himmel war immer noch bedeckt, hing tief, man sah die Berge nicht. Saatkrähen, nichts als Saatkrähen.

Der Karpfen lag noch schwer wie ein Wackerstein in ihr. Idiotisch, diese Familientraditionen. Das absolute Muss am Heiligen Abend war Karpfen gebacken, mit Mayonnaisesalat. Obwohl ihn außer dem Vater niemand mochte.

Amelie sah auf ihre nackten Zehen nieder, die unter dem langen, karierten Flanellnachthemd hervorsahen und bewegte sie rhythmisch auf und nieder. Ein Ismakogiekundiger hatte ihr einmal verraten, dass beim Aufstellen der großen Zehen sich auch die Mundwinkel automatisch aufwärts bewegten. Sie trat vor den altmodischen Wandspiegel, der noch aus dem Besitz von Großmutter Amelie stammte und die sich spiegelnde Person in der Totale zeigte. Konzentriert bewegte sie die großen Zehen aufwärts und fixierte dabei ihren Mund. Keine Aufwärtsbewegung der Mundwinkel wahrnehmbar, wie denn auch...

»Amelie, Herzerl! Frühstück ist fertig!« Ohne schrill zu werden, überwand die Stimme von Lizzi Lenz zwei Stockwerke. »Ich komme, Mutter«, schrie Amelie zurück und wünschte sich für einen langen intensiven Augenblick nach Wien ins Salettl. Allein sein, nachdenken können, keine Stimmung vorgaukeln müssen, die man nicht empfand.

Lenzens frühstückten in der Küche. Das war schon immer so gewesen. Amelie liebte diese Küche. Sie war groß und hell und besaß neben einem Elektroherd einen behäbigen, verkachelten, mit Holz zu heizenden Ofen. Schon sein Anblick wärmte Amelies Herz. Sie streckte die Hände über der Herdplatte aus, fühlte die Hitze aufsteigen und gewahrte, wie sie sich entspannte. »Alsdann, was liegt an, und wie gehen wir vor«, fragte sie fröhlich.

Josef und Lizzi saßen bereits bei Tisch. Kaffee mit Schlagobers, Mohn- und Nussstrudel. Tradition am Christtagsmorgen. Zum Ritual dieses ersten Weihnachtsfeiertages zählte auch das Mittagessen, zu dem Josef und die Seinen die restliche Lenz-Sippe baten. Tante Helene, die Witwe von Josefs älterem Bruder Karl; ihren Sohn Lorenz, unverheiratet; ihre Tochter Sissi, geschieden, Mutter eines heftig pubertierenden Achtzehnjährigen; und ihre Tochter Inge, verheiratet mit einem Landesbeamten, Mutter zweier Buben im Vorschulalter und schon wieder schwanger. Bis vor sechs Jahren hatte das

Familien-Mittagessen am ersten Weihnachtstag im Hause von Karl und Helene stattgefunden. Nach Karls Tod hatte Josef nicht nur die Leitung der Offizine, sondern auch das Christtagsessen übernommen. Seither seufzte Lizzi, die gut, aber nicht gerne kochte, Jahr für Jahr das Gleiche: »Mein Gott, wenn's nur schon vorüber wäre. Ein Horror, dieses Ganslbraten.«

»Was anliegt? Na was schon – ich muss das Gansl braten! Der reinste Horror«, schnaubte Lizzi. »Die Nachspeis ist fertig, die Suppen auch, wenn du mir die Griesnockerl machst und den Tisch deckst, wär ich froh.«

Amelie wusste, dass die Mutter ihr nur pro forma die Möglichkeit offen ließ, die Griesnockerln nicht zu machen und den Tisch nicht zu decken. Sie stieg unters Dach, duschte, zog einen ihrer festlicheren Mummus über und brachte ihr Zimmer in Ordnung, welches ursprünglich das Zimmer von Großmutter Amelie gewesen war. Erst nach deren unerwartetem Herztod vor zwei Jahren hatte sie begonnen, hier Quartier zu nehmen, wenn sie zu Besuch bei den Eltern war.

Als jungverheiratetes Ehepaar hatten Josef und Lizzi im Herzen der Salzburger Altstadt im Lenzschen Stammhaus gewohnt. Der Sitz der Offizine befand sich noch immer dort. Und Lorenz Lenz hatte sich im obersten Stock eine schicke kleine Junggesellenwohnung eingerichtet. Die restlichen Räumlichkeiten waren zu Büros umgebaut und teuer vermietet worden. Denn Karl Lenz hatte schon vor seiner Hochzeit mit Helene ein Einfamilienhaus in Parsch gebaut. Und Josef hatte den Grund in Anif erworben, als Lizzi mit ihrem ersten Kind schwanger war.

Der kleine Franz starb mit sechs Monaten einen plötzlichen Kindstod. Obwohl Lizzi völlig gebrochen war und an ein weiteres Kind zunächst nicht denken wollte, bestand Josef darauf, das Haus in Anif zu bauen. Als Amelie zwei Jahre später auf die Welt kam, waren die Eltern gerade eingezogen.

Ein simples, schmuckloses Haus. Nicht klein, aber auch nicht groß, eher nach Maßgabe der Nützlichkeit als der Ästhetik konzipiert. Einstöckig, unter dem steilen Dach eine Mansarde. Erstbesuchern beschrieb Josef sein Haus gern als einen »viereckigen Kasten mit dreieckigem Hut in einem Bauerngarten«. Für Amelie war es jahrelang einfach ihr »Zuhause« gewesen. Erst seit sie das von Uli hergerichtete Salettl bewohnte, sah sie sich im Elternhaus bewusster um und fragte sich, was sie umgestalten würde, falls sie erneut hier leben müsste.

Ein zu klein angelegter Windfang. Ein zu eng geratenes Vorzimmer, das von Überkleidern, Schuhen, Schirmen, Taschen und Stapeln alter Zeitungen stets überquoll. Das Wohnzimmer mit seiner Eckbank, die im Lauf der Jahrzehnte mehrfach der Mode entsprechend überzogen worden war, aber das Stigma des Sechzigerjahre-Designs niemals loswerden würde. Schöne alte Bilder und Standuhren, Lenz'sche und Schoutensche Erbstücke. Die verglaste Schiebetür zum Speisezimmer, dessen Tisch gleichfalls aus den Anfängen des Lenzschen Hausstandes stammte. Selbst die zauberhaften Empirestühle, welche Großmutter Amelie eingebracht hatte, konnten den Eindruck dieses Tisches nicht ganz verwischen. Das väterliche Studio freilich war eine Welt für sich. Notenständer, Geigenkasten, Bücherwände. Ein kleiner Refektoriumstisch aus dem 18. Jahrhundert, zum Schreibtisch umfunktioniert. Vier Ohrenfauteuils, die, einander zugewandt, mitten im Raum standen und nur darauf zu warten schienen, dass vier Herrschaften auf ihnen Platz nehmen und zu diskutieren beginnen und damit niemals wieder aufhören würden. Den ersten Stock mit seinen drei Schlafräumen und zwei gepflegten, aber keineswegs dem Trend zu mehr Luxus im Bad entsprechenden Bädern konnte man, fand Amelie, vergessen. Die Mansarde hingegen besaß Weite, Licht, Charme, Stil. Hier hatte Amelie die Ältere gelebt, der Raum trug den Stempel ihrer Persönlichkeit, ja doch, hier war gut sein. Das große dreieckige Fenster mit dem Wiesenblick erinnerte an das Atelierfenster im Salettl…

Amelie seufzte sehnsüchtig und ging hinunter, um den Tisch zu decken, welchen ein weißes Damasttischtuch gnädig verhüllte. Das Silber war geputzt, die Gläser glänzten. Das gute, aus der Mitte des 19. Jahrhunderts stammende Geschirr war, weil ausschließlich an hohen Fest- und Feiertagen in Gebrauch, ziemlich vollständig, es bedurfte also keiner Zuhilfenahme aus anderen Beständen, was das Bild der Tafel gestört hätte.

Zufrieden ging Amelie in die Küche, um sich an die Griesnockerln zu machen. Lizzi schimpfte halblaut auf die Gans, auf Weihnachten und auf die Verwandten, während sie die schwere Pfanne mit dem Riesengeflügel zum Aufgießen aus dem Rohr hob. Ihre Wangen waren hochrot, ihre schicke Feiertagsfrisur war beim Teufel, auf ihrem Handrücken glänzte eine Brandblase, und ihre Finger waren dunkelrot eingefärbt. »Blaukraut«, sagte sie anklagend und warnte Amelie wie stets, wenn die Kocherei ins Finale ging, sich nur ja nie auf große Essen – schon gar nicht für die Familie – einzulassen.

Diese stand pünktlich um 12.30 Uhr vor dem Gartentor. Inge, Mann und Kinder waren in einem Auto gekommen, Lorenz hatte Mutter Helene und Schwester Sissi in seinem Geländewagen mitgebracht. Sissis Sohn war nicht dabei. »Was soll ich machen, er spinnt wieder einmal«, seufzte seine Mutter, während sie vor dem Vorzimmerspiegel stand und mit gespreizten Fingern ihre Löckchen lüpfte, um ihnen mehr Volumen zu geben. Sissi war das Ebenbild ihrer Mutter: mittelhübsch, groß, schlank, kaum Busen, keine Taille, steif. Die kleinere, anmutigere, zur Zeit vor allem runde Inge war trotz Schwangerschaft weit beweglicher als ihre Schwester. Eine fröhlich schnatternde, temperamentvolle Frau, die ihren farblosen Mann und ihre beiden lauernden Knaben mit links dirigierte.

Der gelungenste von Karls und Helenes unmittelbaren Nachkommen war zweifelsfrei Sohn Lorenz. Ein großer, gut gebauter, sportlicher Mensch mit verwegenem brünetten Haarschopf, braunen Augen und gewinnendem Lachen. Ein erfolgreicher Geschäftsmann außerdem. Seine Handelsagentur boomte, das Familienunternehmen *Offizine Lenz* würde er, falls Onkel Josef einmal nicht mehr wollte, ohne Schwierigkeit mitbetreuen können. Lorenz war ein begehrtes Objekt auf dem Salzburger Heiratsmarkt, war jedoch bislang allen Versuchen, ihn dingfest zu machen, ausgewichen. Er liebte seine Freiheit und wusste sie zu nützen. Wenn man in der Familie fragte, wann er sich endlich zu binden gedenke, antwortete er stets: »Wenn ich eine wie Amelie finde.«

Die Liebe war gegenseitig. Strahlend lief Amelie dem Vetter entgegen, er hob sie hoch und drehte sich mit ihr im Kreis, bis ihr Haar waagrecht flog. Die Familie wich zurück und belächelte die stürmische Begrüßung.

»Ich auch fliegen«, quietschte der kleinere von Inges Buben. »Ich will den Christbaum sehen«, raunzte sein Bruder. Vor allen anderen machte er sich ins Wohnzimmer auf und begann stracks den mannshohen Weihnachtsbaum zu attackieren. Mutter Inge folgte ihm auf den Fersen. »Untersteh dich, Karli«, zischte sie und entwand der feisten Faust ihres Älteren das eben geraubte

Marzipanäpfelchen. Nach diesem Einstieg nahm das festliche Christtagsessen der Familie Lenz seinen herkömmlichen Lauf.

Helenes Wangen, welche im Normalzustand an fahles Seidenpapier erinnerten, färbten sich nach dem ersten Sherry pink, nach dem zweiten trugen sie kreisrunde rote Flecken. Sissi zupfte an ihren Löckchen, trank Sekt in tiefen Zügen, winkte auf Josefs Frage nach ihrem mühsamen Sohn kurz ab – ein zu unerfreuliches Thema, dieser Bub –, um gleich darauf seine Verfehlungen aufzuzählen und sich endlos darin zu vertiefen. Amelie bekam eine detaillierte Beschreibung von Inges Schwangerschaft ab. Als es ihr endlich gelang, sich von Inge weg und deren Mann zuzuwenden, war letzterer grade in die Knie gegangen, um die Brösel der Solettis, die seine Sprösslinge verstreut hatten, vom Teppich aufzulesen. Lorenz stand an der Tür zur Terrasse, hatte der Familie seinen Rücken zugekehrt und raspelte leise lächelnd Süßholz in sein Handy. Nur Lizzi war nicht zugegen. Sie stand in der Küche und tranchierte fluchend die Weihnachtsgans. Um Punkt 13.15 Uhr schob sie die verglaste Tür zum Speisezimmer auf und überschrie das animierte Stimmengewirr im Wohnzimmer. »Ich bitte zu Tisch!«

Das Essen inklusive Mocca und Weihnachtsbäckerei zog sich bis 16 Uhr hin. Kinderkrankheiten und der Beginn des neuen Jahrtausends, das unnatürlich warme Wetter und die Festspielintendanz, Lokalpolitik und das Rezept von Lizzis hauchzarten Erdäpfelknödeln hatten sich zu einem trauten, nicht gerade seichten, aber auch nicht sehr anspruchsvollen Dauersummen verdichtet. Inges Kinder waren mit Hilfe eines Wicki-und-die-starken-Männer-Videos ins Wohnzimmer verfrachtet worden und saßen wie zwei kleine Pagoden vor dem Fernsehapparat. Ein Gefühl zufriedener Trägheit begann sich breit zu machen, als Sissi ohne Apropos, mit spitzer Stimme quasi aus der Hüfte schoss: »Sag, Amelie, wird es nicht langsam Zeit, dass du unter die Haube kommst?«

Das Summen verstummte. Die Verwandtschaft blickte teils neugierig, teils betreten auf Amelie, die mit runden, fast erschrockenen Augen ihre Kusine anstarrte, ohne etwas zu erwidern. Das Schweigen wurde Sissi sichtlich peinlich, verlegen begann sie zu gackern: »Ich mein ja nur, immerhin bist du – wie alt bist du jetzt? – dreiunddreißig, da wird's doch für eine Frau langsam Zeit, oder?« Das Schweigen dauerte an, niemand kam Sissi zu Hilfe. »Ich dachte der Deutsche, dieser Söhnker, und du, ihr wolltet …«

»Amelie und Hermann Söhnke haben sich getrennt«, sagte Josef Lenz ruhig und deutlich.

»Mag noch jemand zum Abschied einen Cognac? Oder einen Nussschnaps«, fragte Lizzi in die immer noch anhaltende Stille.

Erleichtert begannen die Anwesenden durcheinander zu reden. Lorenz beugte sich zu der neben ihm sitzenden Amelie: »Mach dir nichts draus. Sissi ist und bleibt ein Trampeltier, als Gott die Taktlosigkeit verteilte, hat sie zweimal ›hier‹ geschrien«, raunte er ihr ins Ohr. Als Amelie dankbar über seinen Arm strich, fuhr er leise fort. »Ich bin froh, dass du Hermann nicht heiraten wirst. Ihr habt nie zueinander gepasst.«

»Bist ein Lieber, Lorenz«, flüsterte Amelie zurück und lächelte ihn aus den Augenwinkeln an. »Weißt du, Hermann ist für mich kein wunder Punkt. Ich bin bloß wütend, dass mir keine gute Antwort auf Sissis Bosheit eingefallen ist.«

Mit der gewissen Verzückung, die manche Menschen bei längerer Betrachtung der Amelie Lenz befiel und die

Uli Hahn mit ihrer »Schönheit auf den zweiten Blick« erklärte, beobachtete Lorenz das Gesicht der Kusine. »Ich mache morgen einen Renner um den Fuschlsee, kommst du mit?«, flüsterte er ihr zu und war ungemein froh, als Amelie heftig nickte.

Als die Familie durch das Gartentor entschwand, war es dunkel. Amelie scheuchte die müde Mutter ins Wohnzimmer und versicherte ihr, dass sie mit dem Abwaschen allein zurechtkommen werde. Sie ging in die Küche, legte die Hände auf die beinah erkaltete Herdplatte und starrte darauf nieder. Hermann. Nichts hatte sie empfunden, als Sissis unsubtile Bemerkung ihn unerwartet aufs Tapet brachte. Stattdessen hatte sie überfallartig eine Sehnsucht nach X erfasst. Als wäre er jemand, den sie gut genug kannte, um ihn schmerzlich zu vermissen.

Ungehalten wandte sie sich dem schmutzigen Geschirr zu, das sich allerorts türmte. Die letzten vierundzwanzig Stunden waren so friedlich gewesen. An Hermann hatte sie gar nicht und an das Phantom kaum wahrnehmbar gedacht. Nun war sie wieder da, diese Unruhe, dieses drängende Gefühl, etwas unternehmen zu müssen, um den Unbekannten rasch zu finden, weil sie ihn sonst für immer verlieren würde.

Sobald sie das gute Porzellan und die Gläser dem Geschirrspüler überantwortet hatte, riss Amelie das Fenster weit auf und stürzte sich mit wütender Heftigkeit auf Pfannen und Töpfe. Sie schrubbte die Herdplatten und wusch die Küchenkacheln und polierte das Silberbesteck. Das tat sie alles mit größtmöglichem Krafteinsatz, um sich abzureagieren. Als ihr nichts mehr zu tun blieb, war sie tatsächlich ruhiger geworden.

Im Haus war es still. Bis auf das Knacken der hölzernen Stiege und das Ticken der Uhren im Wohnzimmer.

Und aus dem Studio drang das fallweise Zirpen einer Geige, die gestimmt wurde. Leise öffnete Amelie die Tür. Der Vater saß mit dem Rücken zu ihr vor dem Notenpult. Seine Wange schmiegte sich an den Geigenkörper, während er an den Saiten manipulierte. Die Mutter war in einem der Ohrenfauteuils eingenickt. Ihr Kopf war nach hinten gesunken, ihr Mund geöffnet, sie schnarchte leise.

Sie sieht wehrlos aus, dachte Amelie und hatte plötzlich das Gefühl, die Mutter schützen zu müssen. Ein ungewöhnliches Gefühl. Denn Lizzi war dafür bekannt, dass sie sich selbst und die Ihren zu schützen hervorragend im Stande war. Und wann war sie grau geworden? Mutters Haar, normalerweise im Nacken zu einem Knoten geschlungen, hatte sich gelöst. Gestern noch war es Amelie dunkel wie immer erschienen. Und heute ist es plötzlich grau? Schön ist sie noch immer. Obwohl nicht mehr jung, Pölsterchen um die Augen, Falten am Hals … Als Uli ihre Mutter zum ersten Mal gesehen hatte, war er völlig aus dem Häuschen gewesen. »Die Frau sieht ja toll aus, wie Katherine Hepburn!« Uli, der Gute. Er suchte gradezu zwanghaft Ähnlichkeiten mit Schauspielern. Amelie fand nicht die geringste Ähnlichkeit zwischen Katherine Hepburn und ihrer Mutter. Aber schön war sie wohl. Klassisch geschnittenes Gesicht. Eindrucksvoll wie Mutters Vater. Wenn der Chirurg und Primararzt Diedrichs in seinem weißen Mantel durch die Gänge seiner Abteilung fegte, rasten die Pulse sämtlicher Krankenschwestern. Genauso hatte es Großmutter Amelie immer erzählt … Wie werde ich im Schlaf aussehen, wenn ich so alt bin wie Mutter. Wer wird mich ansehen, wenn ich schlafe – mein Mann, meine Kinder?

Leise schloss Amelie die Tür und stieg in die Mansarde

hinauf. Vor dem Fenster lag Nebel. Auch in der kommenden Nacht würde es nicht schneien. Im Licht der Nachttischlampe glänzte Ulis Weihnachtspäckchen. Sie hob es auf und kratzte die Folie rund um das Auge zur Seite, bis der Titel zur Gänze sichtbar war. *Das Lola-Prinzip*. Um das Buch auszuwickeln, würde sie die schöne Verpackung zerreißen müssen. Die Folie raschelte, als Amelie sie zusammenknüllte. Der Umschlag des Buches war weiß, die Schrift rot, in der Mitte war eine Glühlampe abgebildet. Der Autor war offenbar Schweizer, was sonst, wenn er René Egli hieß. Der Untertitel des Buches lautete *Die Vollkommenheit der Welt*. Sie öffnete das Buch, um den Klappentext zu lesen. *Ob Hermann Hesse, Voltaire, Laotse, Krishnamurti, der Atomphysiker J.E. Charon, Buddha oder Jesus – René Egli integriert sie alle in seinem einzigartigen LOLA-Prinzip ...* Amelie kicherte leise. Na servus, Ulitschek, wie bist du denn auf den Schinken verfallen ... Im hinteren Klappentext freilich stand ein Absatz, der sie ansprach: *Es könnte ja sein, dass das Leben kein Kampf zu sein braucht. Es könnte ja sein, dass alles viel einfacher ist, als Sie je gedacht haben. Es könnte ja sein, dass Sie viel mehr Macht haben, als Sie jemals gedacht haben ...* Und weiter unten ... *Das Paradies wartet; es ist nur ein Gedanke von Ihnen entfernt – aber Sie müssen ihn denken.* Das Paradies wartet ... Amelie schüttelte den Kopf. »Wer's glaubt, wird selig«, sagte sie laut, legte das Buch auf ihr Bett und ging nach unten, um nach den Eltern zu sehen.

Sie saßen nebeneinander auf der Bank im Wohnzimmer und sahen die Abendnachrichten im Fernsehen an. Josef klopfte einladend auf den Platz an seiner Seite und legte, sobald Amelie sich gesetzt hatte, seinen Arm um ihre Schulter. Leicht, aber bestimmt. Eine Geste, die nicht beschwerte. ›So wie Vater eben ist. Er hält dich, ohne dich festzuhalten.‹ Amelie rieb ihre Wange an seiner Schulter.

Wetternachrichten. »Na bitte, wieder kein Schnee«, sagte die Mutter ärgerlich. Für sie waren weiße Weihnachten ebenso wichtig wie für ihre Tochter. »Wollt ihr noch hören, oder kann ich abdrehen?« Lizzi war davon durchdrungen, dass man Nachrichten nicht sah, sondern hörte. »Wer hat Hunger?«, fragte sie. Ihr Ton ließ keinen Zweifel zu: Josef und Amelie hatten jetzt keinen Hunger zu haben.

Zwanglos lagerte die Familie auf der Eckbank. Das Mittagessen wurde beredet. Es war klar, dass Sissis taktlose Bemerkung zur Sprache kommen würde. »Sie war schon als Kind ein Rabenbraten«, meinte Lizzi. »Wenn niemand von den Erwachsenen hingeschaut hat, hat sie Amelie so lang gezwickt, bis sie geschrien hat und ausgeschimpft wurde. Größere hat sie nie angerührt, nur auf die Kleinen ist sie losgegangen – immerhin ist sie fünf Jahre älter als Amelie. Ein feiger, hinterhältiger Fratz, diese Sissi.«

»Ein armes Luder ist sie.« Josef hatte zwar auch nicht viel für seine ältere Nichte übrig, aber es widersprach seiner Natur, über eine nicht anwesende Person ohne Plädoyer den Stab zu brechen. »Ihr Mann hat sie sitzen lassen, ihr Sohn ist ein Sargnagel, und ihre Zukunft ist trübe.«

»Wieso trübe? Sie ist gesund, hat keine finanziellen Sorgen, ist noch keine vierzig, und irgendwann wird sich wieder ein Dodel finden, der sie heiratet. Sie denkt ja an nichts anderes …« Lizzi brach ab, sah ihre Tochter an und nagte nachdenklich an ihrer Unterlippe, ehe sie das Thema anschnitt, das ihr seit dem Mittagessen nicht mehr aus dem Kopf gegangen war. »Es ist also aus mit dem Hermann … eigentlich schade, ich hatte nichts gegen ihn.«

Verächtlich verzog Amelie ihren Mund. »Hermann. Der Mann, gegen den niemand etwas hatte.« Sie richtete sich auf und klopfte ein Diwanpolster zurecht. »Nicht einmal ich hatte etwas gegen ihn, Mutter. Aber für eine Ehe schien mir das zu wenig.«

Lizzi seufzte tief und nickte. »Du hast ja Recht, Herzerl. Nur keine zweite Wahl. Damit versaust du dir das Leben. Andererseits…«, sie überlegte kurz, ob sie tatsächlich sagen sollte, was sie sagen wollte, ehe sie es sagte. »Die Zeit rennt. Deine besten Jahre sind jetzt. Für Kinder, meine ich. Als du auf die Welt gekommen bist, war ich noch keine dreißig.«

Josef zog seine Augenbrauen in die Höhe, ein Zeichen, dass ihm etwas nicht passte. »Zwischen damals und heute ist ein Quantensprung, meine Liebe.« Lizzi wollte ihn unterbrechen, aufs Neue schwangen Josefs Augenbrauen aufwärts, Lizzi verstummte. »Heutzutage heiraten Frauen später, und wenn sie heiraten, bleiben sie im Beruf. Sie kriegen ihre Kinder später, überlege bloß, wie viele Erstgebärende heutzutage über vierzig sind. Wie viele sich ein Kind machen lassen und gar nicht die Absicht haben, den Kindesvater zu heiraten. Und wie viele freiwillig ledig und kinderlos bleiben, weil sie ihre Unabhängigkeit nicht verlieren wollen und ihre Bequemlichkeit schätzen.«

Amelie schwieg und starrte moros vor sich hin, das Bild der Frau von heute, das der Vater gezeichnet hatte, entsprach ihren eigenen Zukunftsvorstellungen ganz und gar nicht.

Lizzi hingegen legte los, ihre hellgrauen Augen sprühten wie Sternspritzer, geballte Energie hatte Amelie die Ältere dieses Phänomen zu nennen beliebt. »Meine Worte, Josef, genau so ist es! Aber meinem Kind wünsche ich halt eine andere Zukunft. Eine altmodische, wenn du so willst. Sie soll nicht mehr im Beruf stehen müssen, wenn sie verheiratet ist. Sie soll nicht jeden Groschen umdrehen müssen, und sie soll Zeit für ihren Mann, für Kinder und für ihr Zuhause haben. Ich wüsste genau, wer ihr so etwas bieten könnte …«

Josef und Amelie sahen einander an und grinsten, Lizzi hob kämpferisch ihr Kinn. »Jaja lacht nur, aber blöd ist die Idee nicht.« Sie war überzeugt, dass Lorenz Lenz der ideale Mann für Amelie wäre. Er war tüchtig, erfolgreich, fesch, sympathisch, lebte in Salzburg, würde einmal die Familienfirma führen und, das ließ Lizzi sich nicht ausreden, er liebte Amelie. Die Ihren konnten ihr noch so oft versichern, dass Lorenz seine Kusine liebte wie ein Bruder seine Schwester. Und dass Amelie in Lorenz nie den Mann, sondern immer nur den Vetter sehen würde. Und dass, selbst wenn die beiden einander liebten, eine Ehe des nahen Verwandtschaftsgrades wegen weder ratsam noch von der Kirche erlaubt sei. Da könne man Dispens erwirken, pflegte Lizzi zu erwidern, wozu sei man mit dem Erzbischof von Salzburg auf einem Fuß. »Fuß ja, aber auf keinem guten«, pflegte Josef einzuwerfen, worauf Lizzi stets entgegnete: »Fuß genügt.«

Manchmal fiel Lizzi ihrer Tochter auf die Nerven. Jetzt etwa. »Gib die Hoffnung nicht auf«, sagte sie schnippisch, »ich bring dir schon noch einen Schwiegersohn ins Haus. Nur der Lorenz kann's nicht sein. Das wäre Inzucht. Stell dir vor, deine Enkerln werden Tepperln.«

»Nicht komisch«, wischte Lizzi die Bemerkung ihrer Tochter beiseite. »Ich wünsche mir ja nicht, dass du heiratest, bloß um verheiratet zu sein. Da hättest du gleich beim Hermann bleiben können. Nein, ich will, dass du dich einmal toll, rasend, bis zur Verblödung verliebst. Deine Lieben waren bis jetzt eher lau.«

Wenn du wüsstest … Amelie dachte an X und kriegte

rosa Wangen. »Du vergisst die Kanaille, Mutter«, lenkte sie ab. Josef verdrehte die Augen, und Lizzi begann zu kichern. »Mein Gott, der Franz, ja. Aber das war nicht Liebe bis zur Verblödung, in den hast du dich aus Blödheit verliebt.«

Franz Moser, angehender Mittelschullehrer für Mathematik und Latein, war der erste Mann in Amelies Leben gewesen. Sie war knapp vor der Matura gestanden. Ihre Chancen, in Mathe zu bestehen, hatte der Realist Josef Lenz auf weniger als zehn Prozent eingeschätzt. Um nichts unversucht zu lassen, hatte er einen Nachhilfelehrer engagiert. Den unglücklicherweise verheerend gut aussehenden Franz Moser.

Amelie war überzeugt, ihr Herz verloren zu haben. In Wahrheit waren es zunächst ihr Kopf und in der Folge ihre Jungfernschaft. Franz behauptete später, sie hätte ihn verführt, indem sie sich angesichts schwer zu lösender Rechenaufgaben die Lippen auf Hochglanz geleckt und ihre violetten Augen habe schwimmen lassen, bis er nicht mehr habe an sich halten können. Das geschah etliche Male in seinem Untermietzimmer, in dem die Nachhilfestunden stattfanden. Ein einziges Mal bloß wurde der Unterricht in das Haus in Anif verlegt, und prompt flog das Pärchen auf: Amelie die Ältere war kurz davor zu Lenzens nach Salzburg gezogen und hatte in der Mansarde Quartier genommen. Es war später Nachmittag, Josef und Lizzi nicht daheim, und aus Amelies Zimmer tönten Laute, welche die alte Dame an das Stöhnen eines von Übelsein befallenen Menschen denken ließen. Als sie nach wiederholtem Klopfen und mehrfachen leisen »Amelie«-Rufen immer noch keine Antwort erhalten hatte, öffnete sie die Tür und fand ihre Enkelin in einer Verstrickung mit dem Mathelehrer, welche eine einzige Deutung zuließ.

Mit der Nachhilfe war es fristlos vorbei, Amelie fiel in Mathe durch und musste im Herbst zu einer Nachprüfung antreten. Und Amelie die Ältere bemühte fortan Friedrich Schillers *Räuber*, wenn sie über den Entjungferer ihrer Enkelin sprach. *Franz heisst die Kanaille* wurde mit der Zeit zur »Kanaille Franz« und ging schließlich zur bloßen »Kanaille« verkümmert in den Sprachgebrauch der Familie ein.

Um der Großmutter eine neuerliche Aufregung zu ersparen, verheimlichten Josef, Lizzi und Amelie der alten Dame Mann No. 2, den Maler Max Klinger. Hermann Söhnke freilich wurde ihr vorgeführt. Sie hatte ebenfalls »nichts gegen ihn«, nannte ihn bloß bis zu ihrem Tode »den Reichsdeutschen« und mokierte sich darüber, dass er im Falle einer Heirat mit Amelie den flämischen Prachtschrank mitheiraten würde.

Das mit den lauen Lieben ärgerte Amelie. »Franz war keine Liebe, Mutter, der war mein erstes Abenteuer«, sagte sie trotzig.

»Und Max?«

»War mein erster Irrtum.«

»Und Hermann?«

»Mein erster ernsthafter Versuch.«

»Und wie geht's weiter?«

Der Schlagabtausch zwischen Frau und Tochter rang Josef ein müdes Lächeln ab. Er gähnte, ging in sein Studio und nahm eines der Bücher zur Hand, das er zu Weihnachten geschenkt bekommen hatte. Und Lizzi hatte gar keine Antwort auf ihre letzte Frage erwartet. Sie erklärte, dass jetzt die Zeit für einen Imbiss gekommen sei und verschwand in der Küche. Amelie war froh, dass sie die Gelegenheit, den Eltern von ihrer Begegnung mit X zu erzählen, nicht ergriffen hatte. Den Vater würde es beunruhigt haben, und die Mutter hätte sich wie der Habicht auf seine Beute auf die Geschichte gestürzt. Nein, besser schweigen. Uli genügte als Mitwisser. Je weniger Menschen ihren Senf dazu geben konnten, desto besser. Indes, am nächsten Tag widerstand Amelie der Versuchung, über den Gamaschenmann zu sprechen, nicht und verriet, was sich an jenem Novembertag zugetragen hatte, ihrem Vetter Lorenz.

Der Himmel war bedeckt und die Luft feucht. Es war noch immer nicht kälter geworden, hätte es Niederschlag gegeben, hätte es geregnet. Amelie trug eine ihrer labbrigen Jerseyhosen, einen überweiten schwarzen Pullover und eine schwarze Daunenjacke.

»Warum denn immer nur schwarz, du schaust aus, als wärst du in Trauer«, hatte die Mutter angemerkt.

»Wart's ab«, hatte Amelie erwidert und ihr Erscheinungsbild mit einer pink und lila gestreiften Wollgarnitur bestehend aus Handschuhen, Schal und Mütze vervollständigt.

»Naja, so gesehen …«, murmelte Lizzi und musterte ihre Tochter zufrieden. Amelie hatte Schick, sie wusste, was ihr stand, was ihr apartes helles Gesicht zur Geltung brachte.

Lorenz war offenbar derselben Meinung. Entzückt sah er Amelie entgegen, als sie durch den Vorgarten auf ihn zukam. »Toll siehst du aus, Püppchen. Niemand sieht so aus wie du«, sagte er, umfasste mit beiden Händen ihre Taille und hob sie in seinen Geländewagen. Eine Gewohnheit aus Teenagertagen; als Lorenz seine Kraft entdeckt hatte und sie am Leichtgewicht Amelie gern zur Schau stellte; hochheben, im Kreis wirbeln, über die Achsel werfen und mit der strampelnden Kusine mühelos von dannen ziehen … »Noch immer wie eine Feder«, lobte er.

Amelie kuschelte sich im Beifahrersitz zurecht und beobachtete, wie Lorenz den schweren Wagen steuerte. Er fuhr rasch und konzentriert. Beide Hände lagen auf dem Lenkrad, die Augen waren auf die Straße gerichtet, auch wenn er sprach, sah er geradeaus. Amelie mochte es nicht, wenn der Lenker eines Wagens während der Fahrt den Kopf drehte und wendete, um seine Passagiere anzusehen. Lorenz tat das nie, mit ihm fühlte sie sich sicher. Sie betrachtete sein geglücktes Profil, die langen Wimpern, die starken Wangenknochen, die volle Unterlippe und den braunen Wuschelkopf, der nur so aussah, als wäre er zufällig zerzaust, in Wahrheit aber ein Werk des renommiertesten Haarschneiders der Stadt darstellte. »Du bist ein schönes Mannsbild«, sagte sie laut und kicherte, als Lorenz gegen seine Gewohnheit von der Straße weg kurz in ihre Augen und rasch wieder wegsah.

Um den Fuschlsee lag Nebel. Kein Wind, der ihn aufgerissen hätte. Kein Panorama zu sehen. »Macht nichts, wir rennen einmal um den See, dann hocken wir uns in ein Wirtshaus und machen es uns gemütlich«, entschied Lorenz. Er war sportlich und gut in Form. Amelie hatte zunächst Mühe, mit seinem Tempo mitzuhalten, sie begann zu keuchen.

»He, renn nicht so, ich krieg Seitenstechen«, japste sie.

»Stadtpflanze«, brummte Lorenz und wurde augenblicklich langsamer. Sobald sie einen gemeinsamen Rythmus gefunden hatten, begannen sie zu reden. Über dies und jenes. Absichtslos, vertraut, von einem Thema in ein anderes gleitend, mit Gesprächspausen, die nie störten.

»Erzähl, wie ist deine neue Freundin«, fragte Amelie irgendwann. Sie wusste von Lizzi, dass es sich um die Chefeinkäuferin eines Warenhauses handelte, die aus einer bekannten Salzburger Familie stammte und sich neuerdings der englischen Version ihres Taufnamens bediente. Susan statt Susanne. Warum, hatte Amelie gefragt. Lifestyle, hatte Lizzi gemeint.

»Susan ist okay, wir verstehen uns gut.« Es klang, als würde Lorenz über einen Tennispartner oder eine flüchtige Ferienbekanntschaft sprechen.

»Also nichts Ernstes«, stellte Amelie fest.

Lorenz schüttelte den Kopf. »Sie ist nicht aufs Heiraten aus.« Er dachte eine Weile nach, schüttelte den Kopf und wiederholte: »Nein, ich denke, sie will sich nicht binden. Und ich schon gar nicht.« Wieder machte er eine Pause. Dann fiel ihm plötzlich ein: »Übrigens, sie möchte dich gern kennen lernen. Ich habe ihr viel von dir erzählt.« Er grinste. »Ich habe schauerlich mit dir angegeben.«

»Was hast du der armen Frau denn vorgeschwindelt?«

»Dass du zyklamenfarbene Augen hast und dass du klug und erfolgreich und unglaublich erotisch bist. Alles nicht geschwindelt, sondern die reine Wahrheit.«

Statt einer Antwort blies Amelie die Wangen auf, zog ihre Mütze vom Kopf und schüttelte ihr Haar aus. »Warm ist's, findest du nicht«, lenkte sie vom Thema ab.

In ihrer Adoleszenz hatte zwischen Lorenz und ihr eine kräftige erotische Spannung geherrscht. Sie war zwölf und er fünfzehn gewesen, als er sie in einem der dunklen Gänge des Lenzschen Stadthauses an eine kalte Mauer gedrückt und geküsst hatte. Dass Amelies Mund vor Überraschung offen stand, hatte er zu nutzen gewusst. Amelie hatte seinen Kuss nicht erwidert, ihn aber mit einer ihr völlig neuen Art von Vergnügen über sich ergehen lassen. Erst als er ihren Unterkörper an den seinen zog, schreckte sie vor seiner Erregung zurück und stieß ihn weg. Die Unbefangenheit aus Kindertagen war für beide fortan dahin. Amelie mied das Alleinsein mit Lorenz, obwohl sie gegen eine Neuauflage des Kusses nichts gehabt hätte. Schon wusste sie, wie man lockt, ohne zu gewähren. Lorenz setzte zwar auf die Beute an, aber er beherrschte die Kunst des Fallenstellens noch nicht. Der Familie entging diese Vetter-Basen-Erotik keineswegs. Lorenz' Vater Karl zitierte zu passenden und unpassenden Gelegenheiten Wilhelm Buschs *Fromme Helene*, letztes Kapitel, als der unfromme Vetter Franz bereits im höllischen Kochtopf siedet und der Teufel ihm die sündige Helene beigibt. Des Teufels Ausspruch »Hinein mit ihr! Huhu! Haha! Der heil'ge Franz ist auch schon da«, raunte er seiner Nichte deshalb gerne zu. Als Karl vor ein paar Jahren an den Folgen eines Raucherbeins verstarb, weinte Amelie an seinem Grab keine Träne. Warum, fragte sie sich später. Und prompt fielen ihr das spöttische Lachen des Onkels und die Buschverse ein. Beides hatte sie ihm offenbar nicht verziehen.

Amelie hatte Tempo zugelegt, Lorenz war absichtlich zurückgeblieben, sah ihr nach und grinste. »Halt, Püppchen«, rief er, »du brauchst nicht fortzurennen, ich finde dich zwar hinreißend, aber ich habe nicht vor, mich auf dich zu stürzen.« Sie blieb stehen. Er holte sie ein, beugte sich über sie, sein Mund streifte leicht ihre Wange, ehe er ihr Ohr fand und hineinflüsterte: »Sexuell bin ich zur Zeit in festen Händen.« Mit Vergnügen betrachtete er, wie Amelies elfenbeinfarbener Teint sich rosa färbte. »Ich weiß, dass du für mich unerreichbar bist, du Frau meiner Träume«, seufzte er übertrieben theatralisch. Sie gingen weiter und fanden wieder in ihren alten Rhythmus zurück. »Wie ist das jetzt mit dir und Hermann, wer hat wen verlassen?«, fragte er sachlich.

»Gute Frage«, sagte Amelie. Sie dachte eine Weile nach, ehe sie fortfuhr. »Eigentlich dachte ich, ich hätte. Aber wahrscheinlich haben wir uns beide verlassen. Schon vor längerer Zeit. Ohne es zu wissen. Wir haben uns voneinander entfernt.« Lorenz hörte aufmerksam zu. Er schwieg. Plötzlich fiel es Amelie leicht, über ihre Beziehung zu Hermann zu sprechen, über die seltsame Unruhe, die sie vor drei Monaten überfallsartig erfasst, den Überdruss den sie empfunden hatte, ihre ungeschickten, bislang vergeblich gebliebenen Versuche, die Beziehung endgültig zu lösen.

»Ist er sehr fertig, der Hermann?«, fragte Lorenz nicht ohne Mitgefühl in der Stimme.

Amelie zuckte die Achseln. »I wo. Er nimmt es geradezu heiter. Er hat ein Verhältnis mit einer verheirateten, angeblich üppigen Blondine. Das scheint ihm über den drohenden Verlust meiner Person hinwegzuhelfen.«

Lorenz pfiff durch die Zähne. »Schau, schau, das hätte ich ihm gar nicht zugetraut, dem Hermann.« Er grinste still vor sich hin, ehe er sich Amelie von neuem zuwandte. »Und du, Püppchen?«

»Was heißt ›und du‹?«

»Hast du einen anderen?«

»Nein. Ich habe einen Traum.«

Raus war's. Und mit wachsender Erleichterung erzählte Amelie ihrem Vetter die seltsame Geschichte der Begegnung mit dem Gamaschenmann. Nichts ließ sie aus; weder das Hochgefühl, das sie X verdankte, noch ihre vergeblichen Versuche, ihn aufzuspüren. Sie sprach fließend. Es war, als hätte sich plötzlich eine Gesamtsicht der Dinge für sie ergeben. »Weißt du, es kommt mir so vor, als hätte mich etwas auf den Bruch mit Hermann vorbereitet, um für den neuen Menschen frei zu sein.« Damit schloss sie.

Lorenz schüttelte den Kopf, als könne er nicht glauben, was er eben zu hören bekommen hatte. »Von welchem neuen Menschen sprichst du«, fragte er endlich wie benommen.

»Vom Mann mit den Gamaschen natürlich, von meinem Phantom, von X.«

Lorenz blieb stehen, ergriff Amelies Schultern und schüttelte sie leicht. »Aber Püppchen, der ist doch keine ernsthafte Option. Wo willst du ihn denn suchen, wie willst du den Menschen finden?«

Amelie löste sich aus seinem Griff, holte ihre Mütze aus der Jackentasche und zog sie energisch über. »Vielleicht finde ich ihn, vielleicht finde ich ihn nicht.« Sie starrte eine Weile in die immer noch vernebelte Landschaft, ehe sie fortfuhr. »Aber eines weiß ich, Lorenz: irgendwie ist der Mann mein Schicksal.«

Am Tag nach dem Spaziergang rief Lorenz an, erwähnte Amelies Geständnis mit keinem Wort, fragte bloß, ob Amelie Lust hätte, zu Susans *Lonely-Hearts*-Silvesterparty zu kommen. Lauter Singles. Susan würde sich freuen, sie kennen zu lernen. Amelie überlegte nicht lange und sagte zu. Sie war neugierig auf Susan. Und sie war gern in Lorenz' Gesellschaft, es lag immer noch ein leiser Reiz im Zusammensein mit ihrem Vetter.

Auf ihre gestrige Bemerkung, dass der Unbekannte ohne Gesicht ihr Schicksal sei, hatte Lorenz zu ihrer Überraschung mit einem Zitat von Arthur Schnitzler geantwortet: »Ist denn je ein Mensch eines anderen Schicksal? Er ist immer nur das Mittel, dessen das Schicksal sich bedient.« Damit schien das Thema für ihn beendet. Für Amelie hingegen hatte es wieder Oberwasser bekommen. Die Weihnachtsfeiertage mit den Eltern und der Familie hatten X auf gewisse Weise entrückt. Durch das Gespräch mit Lorenz war er wieder in den Vordergrund getreten und beherrschte ihre Gedanken. Wo immer sie hinging – der Gamaschenmann ging mit.

Sie unternahm lange Spaziergänge über die immer noch

schneelosen Wiesen hinter dem romantischen Wasserschloss der Grafen Moj. Sie fuhr mit dem Vater in die Stadt und wanderte durch die Gassen der Altstadt, die nun, zur nahezu touristenlosen Zeit, ihren Zauber voll entfalteten. Sie ging in den Dom, den sie bewunderte, der sie aber kalt ließ, sie saß lange in der Franziskanerkirche, die sie ihres mystischen Lichts und ihrer geheimnisvollen dunklen Wärme wegen liebte. Sie trank Tee im *Café Bazar* und wippte auf dem schmalen, schwingenden Steg über die Salzach, als wäre sie noch ein Kind. Und sie streifte durch Gänge und Keller und Dachboden des alten Lenz-Hauses in der Goldgasse. Bei einem dieser Streifzüge kam es zu einem Gespräch mit dem Vater, das zu führen Josef Lenz wohl längst vorgehabt hatte.

Die Räume der Offizine waren still und menschenleer, die Mitarbeiter hatten bis über Dreikönig Urlaub. Amelie betrachtete Förmchen und Farben und Figürchen in der Werkstatt. Die Tür zum Büro des Vaters stand offen. Sie hörte das Rascheln von Papier und das Kratzen einer Feder, dann die Stimme des Vaters: »Amelie, komm bitte herein, ich möchte dich etwas fragen.«

»Ja, Vater?« Amelie blieb in der Tür stehen und sah auf den Vater, der an seinem klobigen, der dritten Generation Lenz dienenden Schreibtisch saß.

»Setz dich bitte«, sagte er freundlich, worauf Amelie wusste, dass es sich nicht um Belangloses handeln würde.

Josef Lenz redete nicht lange um den Brei herum. »Du hattest kein gutes Geschäftsjahr«, begann er. »Es könnte Pech gewesen sein. Ich persönlich glaube, dass es sich um Strukturprobleme handelt. Und die gehören überdacht und schleunigst gelöst.«

Amelie schluckte. Und nickte. Das Geschäftsjahr war unbestreitbar schlecht gewesen. Dass es nicht an Pech, sondern an mangelndem Einsatz der Unternehmerin gelegen haben könnte, wollte sie lieber nicht zur Sprache bringen. »Was meinst du mit Strukturproblemen?«, fragte sie stattdessen.

Josefs Hände lagen locker auf dem Schreibtisch, seine Augen hielten die seiner Tochter fest. »Ich denke, dass ein Laden wie der deine sich überlebt hat. Du bist zu üppig assortiert, du solltest dich auf ein Gebiet spezialisieren.«

Amelie kaute an ihrer Unterlippe und dachte an Burgi Wechsler. Genau das hatte ihr die Freundin auch gesagt.

»Deine Fixkosten sind zu hoch«, fuhr Josef Lenz fort. »Du könntest in ernsthafte Schwierigkeiten geraten. Um das zu vermeiden, gäbe es mehrere Möglichkeiten. A: Du schließt den Laden und betreibst deine Geschäfte mit einem kleinen Sortiment von deinem Salettl aus. B: Du schließt den Laden und übernimmst die Generalvertretung der *Offizine Lenz*. C: Du schließt den Laden, kehrst nach Salzburg zurück, steigst in die Firma ein und führst sie mit mir beziehungsweise später mit Lorenz.«

Amelies Augen waren vor Verstörtheit rund geworden. »Ich weiß, Vater, du hast wahrscheinlich Recht. Aber ich liebe meinen Laden. Er entspricht mir so sehr. Außerdem steckt Großmutters Erbteil drin. Lass es mich noch ein halbes, ein Dreivierteljahr versuchen...« Josef Lenz hatte nicht weiter in seine Tochter gedrängt. Was gesagt werden musste, hatte er gesagt. Spätestens in einem Dreivierteljahr würde eine Entscheidung fallen müssen. So war man verblieben.

Bis zum Silvestertag rührte sich Amelie kaum mehr aus dem Haus. Sie war oft allein, denn der Vater nutzte die Ruhe im Geschäft, um Post aufzuarbeiten, und die Mutter tauchte in ihre Bridgenachmittage ab. Amelie lag stundenlang auf ihrem Bett in der Mansarde und dachte über ihre Zukunft nach, wobei sich Existenzielles und Sentimentales oft zu einem Knäuel verstrickten, in dem sich einzelne Gedankenansätze gar nicht mehr dingfest machen ließen. Wenn sie nicht mehr weiter kam, schmökerte sie in Ulis *Lola-Prinzip*. Wahllos. Sätze, die auf ihre augenblickliche Verfassung zu passen schienen, unterstrich sie. Etwa den: »Mit unserem Denken erschaffen wir uns Realität. Was immer Sie in Ihrem Leben erfahren (erleiden, erdulden, ertragen etc): Sie sind der Urheber dieser Dinge. Und das bedeutet: Sie können alles ändern.« Den Satz unterstrich sie dick. Er war so programmatisch.

So brach der letzte Tag des Jahres 2000 an. Beim Frühstück erging sich Lizzi zunächst in Gedanken darüber, ob das neue Jahrtausend bereits angebrochen sei oder erst mit dem um Mitternacht anbrechenden Jahr 2001 beginnen werde. Sie holte keine Meinung dazu ein und fuhr nahtlos mit dem fesselnden Thema Was-zieht-Amelie-zur-Silvesterparty-an fort.

»Nur nix Schlotterndes, Herzerl, du hast doch eine feenhafte Figur, und nix Schwarzes, ich bitte dich, das macht dich nur blass«, beschwor sie ihre Tochter.

Als Amelie abends die Treppen herunterschwebte, seufzte Lizzi tief und zufrieden. Ihre Tochter trug einen taubengrauen Hosenanzug aus leichtem Tuch und ein perlweißes Seidentop. Die Hosen waren zur Abwechslung körperbetont geschnitten. Das Haar war frisch gewaschen und glänzte.

»Wie Zobelfell«, fand Lizzi. »Und Schmuck nimmst keinen?«

Amelie strich das Haar hinter die Ohren, an welchen die Amethystohrringe aus den Beständen von Amelie der Älteren baumelten.

»Ein bissel Make-up?«, schlug die Mutter vor, obwohl sie wusste, dass Amelie bloß den Kopf schütteln würde, weil sie außer Wimperntusche und Lidschatten dergleichen gar nicht besaß.

»Wow«, machte Lorenz, der gekommen war, um sie abzuholen, als sie ihm die Tür öffnete. »Die Mädels und Susan werden gelb vor Neid, wenn sie dich sehen.«

Das Haus, in das er sie führte, lag auf halber Höhe des Nonnbergs. Es gehörte Susans Eltern. Eine Villa aus der Zeit um die Jahrhundertwende, Erker, Türmchen, Schnitzwerk, alles da. Die Eltern lebten ebenerdig, Susan bewohnte den ersten Stock. Letzterer war unbarmherzig durchgestylt worden nach der Devise »alles Alte raus und Neues rein«. Sehr weiß, zu viel Chrom, sehr steril, fand Amelie. Auf die Bewohnerin selbst traf das nicht zu.

Ihr attraktiver, kurviger Körper steckte in einer roten Armani-Robe. Ihre Beine waren gut geformt, und ihren Waden sah man an, dass sie Sport trieb. Ihr gesunder Teint hätte kein Make-up, und ihr fraglos naturblondes Haar hätte keine Tönung gebraucht. Trotz sorgfältigen Stylings strahlte die Frau eine leicht dralle, alpenländische Frische aus, und die Wärme, mit der sie Amelie begrüßte, war echt. Schnelles, gekonntes Augenmaß, offenes Lächeln. »Ich freue mich«, sagte sie und reichte dem Gast beide Hände.

Die Gesellschaft setzte sich aus etwa zwanzig ungemein adretten, wohlriechenden, in Markenware steckenden Menschen zusammen. Alle zwischen dreißig und vierzig. Trotz des deutlichen Bemühens jedes Einzelnen, besonders auszusehen, wirkten doch alle irgendwie gleich. Keiner gegen den Strich gebürstet, dachte Amelie, nachdem Susan sie mit den Gästen bekannt gemacht hatte. Die Gespräche drehten sich um Golf und Schifahren und Autos und Steuern. Das Catering hatte das Salzburger Nobelbeisl *Goldener Hirsch* übernommen. Ein DJ wirkte diskret in einer Ecke. Schick, das Ganze und doch Provinz, fand Amelie und war froh, bald wieder nach Wien fahren zu können. Im selben Augenblick wurde ihr der Gamaschenmann gegenwärtig. So gegenwärtig, dass warme Wellen über ihren Rücken liefen.

Eine Stunde vor Mitternacht war die Gesellschaft leicht betrunken und begann sich zu Paaren zu formieren. Ich bin hier niemandes Typ und niemand ist meiner, sagte sich Amelie ohne Bedauern und unterhielt sich gottergeben mit einem spät gekommenen Bildhauer, der ihr versicherte, sie besitze eine kosmopolitische Aura, während er seinen lüsternen Blick nicht von Susan lassen konnte.

Um Mitternacht stürzte alles auf den großen Balkon vor dem Salon. Aus der Stadt dröhnten die Glocken, Raketen stiegen in den Himmel. Der Blick auf das beleuchtete Salzburg war von hier oben feenhaft. Amelie kniff die Augen zusammen und dachte an X. Jemand nahm sie in die Arme und küsste sie hinters Ohr. Es war Lorenz. Susan hatte den DJ vorübergehend außer Dienst gestellt und das Radio angedreht. Donauwalzer. Bis zu seinem fernen Ende musste er durchtanzt werden. Er tanze nie, nuschelte der Bildhauer, der sternhagelvoll an der Balkonbrüstung Halt suchte. »Ich auch nicht«, sagte Amelie und betrachtete die Paare, die sich auf dem Teppichboden des Salons um halbwegs annehmbare Tanzschritte bemühten. Lorenz hielt Susan an sich gedrückt, er deutete den Walzer nicht einmal mehr an, seine Hände zogen andächtige Kreise über den Hintern seiner Partnerin. Plötzlich hob er den Kopf, sah Amelie immer noch auf dem Balkon stehen, flüsterte Susan etwas ins Ohr, ließ sie stehen und kam nach draußen. »Alles Walzer,

Püppchen«, sagte er lachend, griff sie um die Taille und begann sich auf dem Fleck mit ihr im Takt zu drehen. Fleckerlwalzer links rum, eine Kunst für sich. Lorenz beherrschte sie perfekt. Amelie meinte zu fliegen. Schneller, immer schneller, sie hatte die Augen geschlossen und lachte und fühlte sich unbesiegbar. Die letzte der endlosen Reprisen des berühmtesten Walzers der Welt klang aus. Amelie schwindelte es, sie hielt die Augen weiter geschlossen und hing in Lorenz' Armen. Lorenz hielt sie fest, zog sie an sich, drückte ihren Körper der ganzen Länge nach an den seinen und küsste sie. Ausgiebig und unkeusch.

Eine halbe Stunde später verschwand Amelie unauffällig, nachdem sie sich nur von Susan verabschiedet hatte. Sie war überzeugt, dass Susan gesehen hatte, was auf dem Balkon vorgefallen war und fand es besser, sich aus dem Weg zu räumen. Im Taxi nach Anif kicherte sie leise vor sich hin. Hübsch war der Kuss gewesen. Erregend. Und sozusagen in der Familie geblieben. Lorenz, schönes Mannsbild Lorenz. Er war nun mal ihr Vetter, daran war nicht zu rütteln. Und er war nicht ihr Schicksal.

Amelie schlief bis tief in den Neujahrsmorgen. Lizzi musste sie wecken. Eines der unverzichtbaren Lenzschen Jahresrituale stand an: die Fernsehübertragung des Neujahrskonzerts der Wiener Philharmoniker. Josef und die Seinen pflegten sich dafür hübsch anzuziehen. Lizzi hatte Canapés vorbereitet und Champagner kalt gestellt. Das Wohnzimmer duftete nach Weihnachtsbaum und Lachsbrötchen. Eltern und Tochter setzten sich zurecht, als befänden sie sich leibhaftig im Goldenen Saal des Wiener Musikvereins. Sie verströmten Alphawellen.

»Dass es heuer ausgerechnet der Harnoncourt ist …«

Lizzi seufzte wie ein verliebter Backfisch, während sie die Augen vor Glück verdrehte. Sie war in den Dirigenten vernarrt, nannte ihn ihren Froschkönig und hatte Amelie einmal anvertraut, dass sie auf Knien zu einem Rendezvous mit Nicolaus Harnoncourt rutschen würde, wollte er ihr ein solches gewähren.

Harnoncourt und die Philharmoniker rissen mit, verzauberten, ließen alle Sinne tanzen. Amelie war gelöst und glücklich. Während der Pause fragte der Vater beiläufig, wann sie die Absicht habe, nach Wien zurückzufahren.

»Morgen, vielleicht auch erst übermorgen«, antwortete Amelie vage. Sie wollte Lorenz gerne wiedersehen, ehe sie abfuhr. Reine Neugierde. Ob er den Mitternachtswalzer mit anschließendem Kuss erwähnen würde? Ob er verlegen oder vielleicht sogar sehnsüchtig dreinsah? Reine Neugierde, sonst nichts …

Das Telefon ratschte. »Amelie, für dich, dein Freund Uli«, sagte Josef und reichte ihr den Hörer. Das folgende Gespräch war ein Ping Pong, das zeigte, wie gut die beiden Freunde aufeinander eingespielt waren.

»Ulitschek! Prosit Neujahr! Wo bist du?« Amelie quiekte ein wenig, sie hatte bereits drei Gläser Champagner intus.

»Prosit Neujahr, mein Hühnchen. Ich bin schon wieder in Wien, letzte Proben für *Lumpazivagabundus* sind angesetzt. Ludwig ist auf dem Weg nach Hamburg, ich bin einsam, ohne dich ist Wien reinstes Ödland, wann kommst du?«

»Bald, mein Hähnchen, wahrscheinlich übermorgen, kannst du es so lange ohne mich aushalten?«

»Ungern. Ich werde halt mit dem Cherusker vorlieb nehmen müssen.«

»Du musst – was?«

»Hermann Söhnke hat auf meinen Anrufbeantworter gesprochen und mich um ein baldiges Gespräch ersucht.«

»Hat er gesagt, was er will?«

»Nicht direkt. Nur angedeutet.«

»Also rück raus, was hat er gesagt!«

»Er möchte sich mit mir über deinen Geisteszustand unterhalten. Er hält dich für – O-Ton Söhnke – monumental gestört.«

Amelie sagte eine ganze Weile nichts. Sie spürte ihren Neujahrsschwips verebben und Wut in sich aufsteigen. Die ungelösten Beziehungen holten sie ein, ihr wunderbarer Schwebezustand war im Eimer.

»Bist du noch da, Ami?«, rief Uli ins Telefon.

»Ja, ich bin noch da«, knirschte Amelie, »aber nicht mehr lange. Ich nehme den Abendzug nach Wien und rufe dich an, sobald ich da bin. Ich will dich sehen und sprechen, ehe du Hermann siehst und sprichst – na warte, Söhnke, diese Suppe werde ich dir versalzen!«

7

»Jessas, des Fräu'n Lenz! Mitten in der Nocht!«, stieß die Zadrazil mit einer dem Anlass in keiner Weise entsprechenden Überraschung hervor. Es klang, als wäre Amelie nach langer Zeit des Verschollenseins unerwartet wieder aufgetaucht.

Zweiundzwanzig Uhr war es, als Amelie sich mühte, das große straßenseitige Tor aufzusperren. Wie es die Hausmeisterin schaffte, das Kommen und Gehen der Mieter zu jeder Tages- und Nachtzeit zu observieren, würde ihr ein ewiges Rätsel bleiben.

»Woaten S', i kumm und hüf Ihna, Sie ham jo an Hauf'n Gepäck«, rief sie und tat, als hätte sie Amelies »danke Frau Pepi, das ist lieb, aber ich schaffe es allein« nicht gehört. Sie schmiss das Fenster zu, rumpelte aus ihrer Wohnung und stellte sich Amelie in den Weg. »Wiaso san S' denn scho' z'ruck, is' wos g'scheng?«, wollte sie wissen und ging Richtung Salettl neben Amelie her. Ihr Angebot, Amelie beim Tragen zu helfen, wiederholte sie nicht. Stattdessen erfragte sie im Handumdrehen, dass nichts Besonderes vorgefallen, Amelie lediglich aus Geschäftsgründen schon wieder da und Weihnachten daheim ein voller Erfolg gewesen sei. Ihrerseits ließ sie wissen, dass sich der Sohn von Tür No. 5 beim Schifahren in Tirol das Bein gebrochen habe und in Wien über die Feiertage Gott sei Dank kein Schnee gefallen sei, was ihr das Schaufeln erspart habe. »Ihna Foaradl hob' i trotzdem in Kölla 'trogn, Fräu'n Lenz. Für alle Fälle. Is' eh scho' so rostig…«

»Lieb von Ihnen, Frau Pepi, sehr lieb.« Amelie stellte das Gepäck ab, sperrte die Tür zum Salettl auf und wandte sich der Hausmeisterin zu, in der Hoffnung, dieselbe rasch zu verabschieden. Ihre Rechnung ging nicht auf, die Zadrazil hatte Amelies Rucksack ergriffen, war behände ins Haus geschlüpft und hatte das Licht angedreht, als wäre sie hier zu Hause.

»Na servas, do hot's a Köt'n«, sagte sie schaudernd. »Is' am End Ihna Heizung hin?« Prophetische Worte. Die Therme funktionierte nicht. Der herrschenden Temperatur nach zu schließen, musste sie schon vor einigen Tagen ausgefallen sein. Amelie rief den Notdienst an. Frühestens morgen würde jemand vorbeikommen, heute sei kein Monteur mehr im Dienst, hieß es. »Sie kennan do' in dera Eishöh'n net schlof'n«, alterierte sich die Hausmeisterin, »kummans, Fräu'n Lenz, i' moch' Ihna bei mir auf'n Diwan a Bett.«

Es dauerte eine gute halbe Stunde, bis Amelie die Zadrazil davon überzeugt hatte, dass eine ungeheizte Nacht im Salettl nicht mit ihrem, Amelies, Tod enden würde. Nach dem Abgang der besorgten Frau stellte sie fest, dass sämtliche ihrer rasch rotierenden Lebensmittelvorräte die Feiertage nicht unbeschadet überlebt hatten. Hungrig, mit Wollsocken, Pullover und einem Schultertuch ausgerüstet, erklomm sie den Hängeboden, verkroch sich zwischen den klammen Polstern des »Orient« und rief Uli an. Er hatte offensichtlich schon geschlafen.

»Sorry«, sagte Amelie ohne echtes Mitgefühl. »Ich wollte dich nur daran erinnern, dass ich dich sprechen möchte, ehe du den Söhnke triffst.«

»Was ist los mit dir«, nuschelte Uli, »du klingst, als würdest du vor Wut mit den Zähnen knirschen.«

»Nicht vor Wut, vor Kälte.« Ulis lahmen Versuch, sie zu einem nächtlichen Umzug in sein gut beheiztes Domizil zu überreden, schmetterte sie ab und nagelte ihn auf ein *High Noon*-Treffen im *Café Eiles* fest. »Beschissener Jahresanfang«, murmelte sie ergrimmt in die Kissen und wartete, dass ihre Zehen sich erwärmten, damit sie endlich einschlafen konnte.

Als sie am Mittag des nächsten Tages das Café betrat, saß Uli bereits in einer der Fensternischen und wartete. Er wirkte erholt und zufrieden, und sein Gesicht war glatt. »Happy New Year, du siehst aus wie nach einer Frischzellenkur«, begrüßte ihn Amelie.

»Wirklich?« Uli lächelte glücklich und ein wenig gefallsüchtig, ehe er sie umarmte. »Happy New Year auch dir, mein Hühnchen. Hast du es wieder warm in deinem Palazzo?«

Der Mann vom Notdienst war am Morgen erschienen und hatte die Therme wieder zum Leben erweckt. »Es wird«, sagte Amelie kurz angebunden und kam gleich zur Sache.

»Horch zu, mir war heut Nacht so lange kalt, dass ich genügend Zeit zum Nachdenken hatte. Folgendes habe ich mir überlegt, und ich möchte es dir als Hintergrundinformation auf den Weg geben. Wenn du Hermann sprichst, bedenke erstens: Er war nie alarmiert oder gar verzweifelt, als ich von Trennung gesprochen habe. Ich könnte mir denken, dass seine jetzige Affäre nicht die erste in unserer gemeinsamen Zeit gewesen ist. Zweitens: Höre dir an, was er zu sagen hat, aber lass dich nicht hinreißen, etwas von mir zu erzählen. Nichts, Uli, ich bitte dich, vor allem sage ihm nichts vom Gamaschenmann.«

»Du meinst, dann hielte er dich zu Recht für meschugge«, sagte Uli grinsend, um sich gleich darauf zu entschuldigen, »verzeih, das war nicht nett von mir. Übrigens, wenn schon vom großen Unbekannten die Rede ist – wie steht's mit dir und ihm? Status quo?«

Amelie zuckte die Achseln. »Das Thema liegt im Augenblick nicht an. Ich will erst meine Altlasten loswerden. Den Hermann vor allem. Du triffst ihn heute gegen Abend? Wenn's irgendwie geht, komm nachher bei mir vorbei und erzähl mir, warum er dir sagt, was er mir nicht ins Gesicht sagen will.«

Lange konnte das Gespräch nicht gedauert haben. Amelie wollte eben die Abendnachrichten im Fernsehen ansehen, als Uli vor der Tür stand. Das Gespräch sei im Grunde keines gewesen, er habe sich an Amelies Wunsch gehalten und sich kommentarlos angehört, was der Cherusker so dringend hatte loswerden wollen.

»Und das war?«, sagte Amelie spitz.

»Du seist von jeher ein wenig fragil und manieriert und – warte, wie waren seine Worte? – ein Fin-de-Siècle-Figürchen gewesen …«

»Ha!«, japste Amelie empört.

»Willst du weiterhören?« Amelie nickte, Uli fuhr fort. Hermann Söhnke habe eingeräumt, dass ihm anfangs just dieses Unzeitgemäße an Amelie bestrickt habe. Nun aber habe er erkannt, dass er fürs Leben doch etwas Handfestes, Bodenständiges suche. Amelie sei in letzter Zeit Besorgnis erregend exaltiert gewesen, er fürchte, dass sie in einer schweren seelischen Krise stecke. Mit derlei komme er, Hermann, nicht zurande. Er wolle aber Amelie nicht wehtun, daher seine Bitte an Uli: Als Amelies engster Freund und Vertrauter möge er, Uli, sie schonend auf eine endgültige Trennung vorbereiten.

Während Uli sprach, war Amelie auf- und abgetigert. Als er seinen Bericht beendet hatte, blieb sie vor ihm stehen, beugte sich so heftig vor, dass ihr Haar ins Schwingen geriet und Ulis Stirn streifte, und drosch mit ihren beiden geballten Fäusten auf die gläserne Tischplatte.

»Ja, hat denn der Kerl gar nichts verstanden!«, schnaubte sie. »Auf diese Trennung braucht man mich nicht vorzubereiten! Ich lasse eine Messe lesen, wenn es endlich so weit ist!«

Bald darauf war Uli etwas gekränkt gegangen, weil Amelie plötzlich gemeckert hatte, sie an seiner Stelle hätte ein derartiges Gespräch erst gar nicht geführt, weil sie über ihre Freunde in deren Abwesenheit mit wildfremden Leuten grundsätzlich nicht spreche.

»Na hör mal! Ich habe es schließlich mit deinem Wissen und deiner Billigung getan«, hatte Uli sich verteidigt. »Wenn du glaubst, ich hätte mich zu meinem Vergnügen mit dem Cherusker getroffen …«

»Okay, okay«, hatte Amelie gemurmelt. Eine Entschuldigung war unterblieben. Sobald Uli verschwunden war, rief sie, ohne lange zu überlegen, bei Hermann an.

»Hier bei Söhnke«, sagte eine Frauenstimme.

Startvorteil für Amelie. Der eilends ans Telefon geholte Hermann war verlegen, versuchte die Anwesenheit der Weibsperson zu erklären, Amelie schnitt ihm das Wort ab. Nun, da er einer Trennung zugestimmt habe, sei doch das völlig belanglos. Auch auf Hermanns abstruse Idee, den armen Uli in ihre Angelegenheiten hereinzuziehen, wolle sie nicht weiter eingehen. Sie wolle lediglich vorschlagen, dass man sich noch einmal sehe, um sich zum Abschied die Hand zu reichen. Nach zehn mehr oder weniger gemeinsam verbrachten Jahren scheine ihr das angebracht. Und wichtig, um sich ohne Peinlichkeiten begegnen zu können, falls das der Zufall einmal wolle.

»Aber ja, ja doch, selbstverständlich, wann immer du willst, am besten gleich morgen«, stotterte Hermann betreten.

Sie trafen sich mittags vorm Burgtheater. Ein Spaziergang, hatte Amelie entschieden. Abschied im Gehen, diesmal würde es klappen. Das Wetter war grau und windstill, als sie den Volksgarten betraten. Aus alter Gewohnheit hatte Hermann ansatzweise versucht, Amelie unterzuhaken. Sie hatte den Kopf geschüttelt und war ihm ausgewichen, aber sie brach das verlegene Schweigen, das zwischen ihnen herrschte.

»Also gut, hiemit eröffne ich den Epilog«, sagte sie in leichtem Ton.

Hermanns Kopf schoss vor, er sah sie von der Seite an, und als er merkte, dass sie lächelte, schnaufte er erleichtert auf.

Die folgende halbe Stunde verlief nahezu vergnügt. Hermann und Amelie versicherten einander, dass die gemeinsam verbrachte Zeit eine gute gewesen sei; dass man nichts bereue; dass man ohne Wehmut, aber auch ohne schlechte Nachred voneinander gehe. Als Hermann auf Amelies vermeintliche Krise zu sprechen kam, blockte sie ab: Anspannung vielleicht, der Wunsch nach Veränderung, sonst nichts. Als er weiter in sie drängen wollte, schnitt sie ihm das Wort ab: »Lass das Thema, bitte. Ich möchte nicht darüber reden. Du hast mir in letzter Zeit nicht alles gesagt. Ich dir auch nicht.«

Hermann zuckte zusammen. Der Pawlowsche Hund im eitlen Mann. Er sieht drein wie der Gatte, der erfährt, dass die Gattin ihn betrügt, dachte Amelie.

»Bleib locker, Hermann«, sagte sie, »im Gegensatz zu dir war ich treu.« Und mit einer Offenheit, die an Bosheit grenzte, setzte sie hinzu: »Obwohl ich dich manchmal liebend gern betakelt hätte.«

Drei langsame Runden hatten sie durch den Park gezogen und waren so sehr in ihr Gespräch vertieft gewesen, dass sie sich unversehens schließlich doch untergehakt hatten. Dann, irgendwann, war alles gesagt. Amelie blieb stehen und zog ihren Arm aus dem seinen. »Wirst du zurück nach Deutschland gehen?«, fragte sie noch, um irgendetwas zu fragen.

»Im Augenblick nicht. Für die Zukunft will ich es aber nicht ausschließen«, antwortete er und runzelte die Stirn, weil er gleichfalls nach etwas Unverbindlichem suchte, das er hätte sagen können, und ihm nichts einfiel.

»Alsdann Hermann,« Amelies Ton war forsch. Sie reichte ihm die Hand. »Viel Glück.«

»Dir auch.« Hermann hielt ihre Finger in den seinen, sah darauf nieder und versuchte einen Handkuss. »Ach was«, sagte er, ließ ihre Hand los, küsste sie auf beide Wangen, drehte sich um und ging.

Am Parktor wandte er sich noch einmal nach Amelie um, sah sie mit hängenden Armen dastehen und ihm nachschauen und rief ihr zu: »Bloß schade, dass ich umsonst Österreichisch gelernt habe!«

Und Amelie rief zurück: »Es ist nie umsonst, Österreichisch zu können!«

Ein eleganter Abgang, fand Amelie stolz. Mit Anstand. Ohne sich zu befetzen. Die erwartete Erleichterung stellte sich im erwarteten Ausmaß freilich nicht ein. Im Grunde hätte sie das Ende feiern müssen. Am besten mit Uli. Stattdessen saß sie im »Orient« und grübelte über der Frage: zehn Jahre meines Lebens. Ist's das gewesen? Was ist davon geblieben?

In den nächsten Tagen grübelte sie viel. Sie wickelte sich in ihre Mummus, nährte sich in der Hauptsache von Müsliriegeln und ging wieder einmal der Frage nach, wie es möglich war, dass ein paar regennasse Augenblicke ohne greifbare Ergebnisse ihr Inneres, ja ihre ganze Existenz derart hatten auf den Kopf stellen können. Hermann raus, Phantom rein. Drei Monate Chaos im Leben der Amelie Lenz. Freilich, ohne Chaos keine neue Ordnung. Und Amelie liebte Ordnung.

Ergo: Was für ihre Beziehung zu Hermann galt, musste auch für die Fixierung auf den Mann mit den Gamaschen gelten. Die vagen Hoffnungen und nebulösen Konzepte zu seiner Auffindung mussten ein Ende haben. Ein Schlussstrich gehörte her. Die Augenblicke auf dem Ballhausplatz, die Stimme des Mannes, das Gefühl, das sie in seinen Armen empfunden hatte, waren schon jetzt nur mehr mühsam zu evozieren. Uli hatte Recht, alles Schimäre … Außer dem Hinken!

Amelie öffnete ihren Laptop und ging ins Netz. Hinken. Reihenweise Links zum Thema Hinken. *Dauerzustand oder vorübergehend, bezw. nur zeitweilig (Claudicatio intermittens)* … Hübsches Fremdwort das, und interessanter Gedankenansatz: Hinkt X dauernd, oder hinkte er nur vorübergehend? *Oft kombiniert mit aus-*

gleichender Haltungs- u. Bewegungsatypie von Rumpf u. Armen – Nein, unzutreffend, X hat sich wie eine Kerze gehalten, naja fast ... nein, eher nicht, vorgebeugt war er schon ... aber das war wegen Regen und Wind ... *Je nach Ursache als psychogenes, v.a. aber als Verkürzungs-, Versteifungs-, Lähmungs-, Schmerzhinken.* – Hoffentlich keine psychische Macke. Und nur keine Lähmung, das wäre ja schrecklich. – Da, noch ein Link: *Das schwarze Netz. Hinken ... Das biblische erste Buch der Könige beschreibt die Priesterschaft des Baal als hinkend ... Dem Hinken ähnlich ist die Einäugigkeit ...* Interessant. Diabolisch.

Amelie klickte den Link an, der Bildschirm wurde schwarz. Notfall, Krise! Sie war nicht sehr firm im Umgang mit ihrem Computer, mühevoll hatte sie sich eingeprägt, was im Absturzfall zu tun war. Es gelang ihr, das Bild wieder hochzufahren. Zweiter Versuch. Noch einmal das *Schwarze Netz* anklicken. Erneuter Absturz. War das ein Zeichen?

Mit zittrigen Fingern manövrierte sie den PC in seinen Zustand *quo ante*, ehe sie ihn schloss. Wirre Gedanken flogen sie an. Zauberei, schwarze Magie. Sollte es ja geben. Am Ende war X eine Ausgeburt ihrer Phantasie. Ein Trugbild, von irgendeinem böswilligen Wesen ihr an den Hals gehetzt, um sie zu verstören, verrückt zu machen. Einen Grenzwissenschaftler müsste man um Rat fragen ...

Nein, Amelie, das denn doch nicht! Du wirst jetzt nicht durchknallen. Du wirst dich zusammenreißen und ausschließlich an Greifbares, Handfestes halten. Krieg dein Leben gefälligst in den Griff. Vegetiere nicht dahin wie ein Einsiedlerkrebs im leeren Schneckenhaus, mit der Seeanemone Uli und sonst niemandem symbiotisch verbunden. Dock wieder an. Du hast Burgi, den Wirklichen Hofrat, deine Kunden, dein Geschäft ...

Sie atmete auf, als Dreikönig vorüber war. Als sie in den Laden ging, zählte sie zum ersten Mal nach Monaten wieder Schritte. Sie holte August aus der Auslage, befreite ihn von seiner Silvesterdekoration und klopfte den Staub aus seinem Fell. Nachdem sie seine Glasaugen auf Hochglanz poliert hatte, setzte sie ihn in sein Stühlchen, hockte sich davor, ergriff seine weichen Pfoten und wisperte in sein Teddygesicht: »Was glaubst du, Augustle – hat unsere Zukunft endlich begonnen?« Es sah so aus. Und Amelie hatte nicht einmal die Initiative ergreifen müssen.

Zunächst rief Burgi Wechsler an. Sie habe bei einem Altwarenhändler eine ramponierte Puppenstube entdeckt, die sie Amelie zeigen wolle, Amelie möge doch bei ihr zu Hause vorbeischauen.

Burgis Wohnung glich einem Spielzeugmuseum. Ihre Puppensammlung galt als eine der bedeutendsten des Landes. Wohin man sah: Puppen. Amelie dachte an ihr auf klare Linien und Schlichtheit ausgerichtetes Salettl. Kein einziges Spielzeug stand darin herum. ›Sonderbar. Obwohl Spielzeug meine Passion ist. Tiefenpsychologisch interessant‹, überlegt sie während sie die von Burgi angepriesene Puppenstube untersuchte. Ein winziger Salon mit Kredenz, Tisch und Stühlchen. Tapeten und Vorhänge in schlechtem Zustand; ganz intakt hingegen ein Miniaturvogelkäfig, ein Blumentischchen, eine modische Dame mit Hut und eleganter Robe und ein Bubenpüppchen in Samtanzug und blonden Löckchen.

»Um 1880, Süddeutschland schätze ich«, sagte Burgi. »Was hältst du davon?«

Amelie blies die Backen auf und stieß die Luft langsam aus. »Eine Sauarbeit, das zu restaurieren. Aber man könnte was daraus machen.«

Burgi nickte. »Ich kenne niemanden außer dir, der sich das zutrauen würde. Hör zu, ich gebe dir die Stube zu genau dem Preis, den ich beim Tandler dafür bezahlt habe. Und wenn sie fertig ist und du sie teuer verkauft hast, lädst du mich zum Essen ein. Ist das ein Deal?«

»Ein Deal und *fair* noch dazu«, antwortete Amelie grinsend.

»Gut so«, Burgi rieb sich die Hände. »Und jetzt lässt du das Ding hier stehen und gehst mit mir zu einer Vernissage. Nein, keine Widerrede …«, wedelte sie Amelies keimenden Einspruch beiseite, »es ist bloß um die Ecke, es dauert nicht ewig, und der Künstler, der ausstellt, ist ein Freund von mir.«

Ein Freund. Burgi hatte viele Freunde. Die meisten waren in ihrem Alter oder jünger. Wie weit diese Freundschaften gingen, ließ sich schwer sagen. Fest stand, dass Männer an Burgi Gefallen fanden. Sie war attraktiv, unverklemmt und diskret. Und sie war ein guter Kumpel. Irgendwann war sie auch verheiratet gewesen. Als Amelie noch für Burgi gearbeitet hatte, war sie einmal ohne anzuklopfen ins Büro der Chefin getreten, hatte letztere in enger Umarmung mit einem Mann gefunden und war, Entschuldigungen stammelnd, entwichen. »Keine Ursache«, hatte ihr Burgi später versichert, »das war nur mein Ex«. »Freund?«, hatte Amelie schüchtern gefragt. »Mann«, hatte Burgi lachend erwidert.

Die Galerie befand sich nicht um eine, sondern um zwanzig Ecken. Als sie ankamen, war die Vernissage bereits in vollem Gange. Gedränge, Rauch, Stimmengewirr, über allem der Geruch von preisgünstigem Weißwein und Schmalzbroten. Die Exponate, die ohnehin nicht im Mittelpunkt des Interesses standen, verschwanden hinter einem Meer von Köpfen und Schultern. »Dort drüben steht mein Freund Maxim«, schrie Burgi, ließ Amelie zurück und begann sich zu dem Künstler durchzuarbeiten.

Ein großer Mann, der seine Umgebung überragte. Er kehrte ihnen den Rücken zu. Breite Schultern, nackenlanges, dunkles Haar ... Amelie verspürte eine Art elektrischen Schlag und hörte vorübergehend zu atmen auf.

Burgi hatte den Maler Maxim erreicht. Sie stupste ihn an. Er drehte sich um. Ein bärtiges, wildes Gesicht. Buschige Augenbrauen, scharf geschnittene Nase. »Amelie!« Burgi überschrie das Stimmengewirr. »Komm her! Du musst Maxim kennenlernen.«

Wie in Trance ging sie auf den Mann zu. Er sah ihr entgegen. Dunkle Augen, die sie mit Interesse musterten. Sie hörte auf zu atmen.

»Maxim – meine Freundin Amelie Lenz,« stellte Burgi vor.

Die Augen des Malers ließen Amelie nicht los. Er streckte ihr seine Hände entgegen, große dunkel behaarte Tatzen. Als Amelie nicht reagierte, haschte er nach ihren Fingern. Amelie hielt immer noch den Atem an.

»Ich frreie mich.« Bass, Kehllaute, gerolltes »r«.

»Ach, Sie sind Ausländer ...«, sagte Amelie ein wenig blöde.

Wie hatte sie derart die Fassung verlieren können? Das auf Verführung ausgelegte Gebrumm Maxims erreichte ihr Ohr, ohne in ihr Bewusstsein zu dringen. Weißrusse ... Porträtmaler ... Amelie solle ihm Modell sitzen ... Rasputin, schoss es ihr durch den Kopf. Bald darauf ging sie.

Auf dem Heimweg murmelte sie leise vor sich hin: »Amelie, du blöde Nocken, schlag dir den X aus dem Kopf! Er ist und bleibt ein Phantom.« Die Enttäuschung tat fast körperlich weh. »Reiß dich zusammen, werd normal, triff Menschen zum Anfassen«, sagte sie laut und erschrak, weil ihre Worte in der schmalen, menschenleeren Gasse widerhallten.

Menschen zum Anfassen. Wo waren sie? Amelie überlegte, ob sie den Wirklichen Hofrat anrufen sollte. Weil ihr kein Vorwand einfiel, ließ sie es sein. Indes, Mitte Jänner zwitscherte Julius v. Hofeneder durch die Ladentür, als hätte sie ihn bestellt.

»Schön wie der junge Morgen.« Der Wirkliche lächelte sie an, als hätte er sie im Lotto gewonnen, und beugte sich über ihre Hand.

Er sah gesund und gut aus. Die endlich kälter werdende Luft hatte seine glatten, runden Weihnachtsmann-Wangen gerötet. Er riecht frisch gelüftet, dachte Amelie und überlegte, wie es wäre, mit diesem appetitlichen älteren Herrn auszugehen. Nichts sonst, nur ausgehen, sich an der Seite eines Mannes zeigen können, geborgen fühlen. Dumme Ziege! Hermann hast du abgehalftert, und einen Opa tätst du nehmen?

Hofeneder hatte auf dem Besucherstuhl Platz genommen und plauderte vor sich hin. Er sei lange auf dem Lande gewesen, sonst hätte er sich schon früher nach Amelies Befinden erkundigt. Wie es den werten Eltern ergehe. Ob sie den Herrn Papa in nächster Zeit in Wien erwarte. Er, Hofeneder, würde Josef Lenz gerne sehen und sprechen. Überflüssig zu sagen, dass es ihm zur Ehre gereichen würde, wenn Gnädigste ihren Vater begleiten wollte. Von der Freude ganz zu schweigen…

Amelie ärgerte sich, dass es ihr nicht gelang, auf den Konversationston des Wirklichen einzugehen. Sie hatte das doch früher so gut gekonnt, weshalb saß sie jetzt da wie ein beschränkter Backfisch… »Und wie geht es Ihrem Freund Bartenberg?«, sagte sie ohne Apropos.

Falls Hofeneder über ihre Frage erstaunt war, zeigte er es nicht. »Der gute Leopold, ja«, stieg er ohne Zögern auf Amelies Frage ein. »Nun, da die Feiertage vorbei sind, ist er wieder sein altes fröhliches Selbst.«

»Mag er Feiertage nicht?« Indiskrete Frage, nicht mein Stil, Fettnapf...

Der Hofrat schien sich an der Frage nicht zu stoßen und antwortete bereitwillig. Seit dem Tod seiner Frau begehe Leopold Bartenberg die großen kirchlichen Feste nicht mehr. Er versuche ihnen auszuweichen, verreise in ferne Länder. Bartenberg sei, wiewohl ein Gesellschaftsmensch, im Grunde ein einsamer Mann.

»Aber er hat doch diesen Neffen«, erinnerte sich Amelie.

»Daniel, ja. Ein ausnehmend begabter Mensch. Leopold liebt ihn wie einen Sohn.« Hofeneder nickte nachdenklich, ehe er fortfuhr. »Aber Daniel ist ja fast nie da. Er ist Anwalt. Internationales Recht. Höchst erfolgreich, reist um die halbe Welt...«

»Aha«, unterbrach ihn Amelie desinteressiert. Worauf der Hofrat endlich zum Grund seines Besuches kam. Er habe für den kommenden Donnerstag zwei Karten für ein Konzert im Musikverein, ob Amelie ihm die Freude machen wolle, ihn zu begleiten.

»Wie schade!«, Amelie war ehrlich enttäuscht. »Ausgerechnet an diesem Tag ist Premiere in der *Josefstadt*. Da muss ich hin, ich habe es versprochen, mein Freund Uli Hahn hat die Ausstattung gemacht. Aber ein anderes Mal gern, Herr Hofrat. Von Herzen gern.«

Seit der leisen Unstimmigkeit zwischen ihr und Uli hatte Amelie den Freund nicht mehr gesehen. Mitte des Monats hatte er angerufen, er sei völlig erledigt, Probenstress, er könne sie zur Zeit nicht treffen, rechne jedoch fest mit ihrem Kommen zur Premiere. Eine Karte für sie sei an der Abendkasse hinterlegt. »Du sitzt in der Bühnenloge neben Ludwig. Mach dich fesch, Ami, bloß kein Mummu.«

Im Jahr zuvor hatte Amelie beim Kramen in den Salzburger Altbeständen ein Kostüm von Amelie der Älteren aus dem Jahre Schnee entdeckt: klassisch geschnitten, tailliert, schwarzes feines Tuch mit hauchzartem hellgrauen Nadelstreif. Ein Stoff für die Ewigkeit, hatte die Schneiderin gemeint, die es für Amelie umgearbeitet hatte. Lange hatte Amelie nach einer passenden Bluse gesucht und schließlich eine gefunden, die dem schlichten Kostüm den nötigen Blickfang verschaffte. Hellgraue Seide, überhoher, in winzige Fältchen gelegter Stehkragen, der mit winzigen Knöpfchen im Nacken geschlossen wurde und Amelies langen biegsamen Hals hervorragend zur Geltung brachte.

Als sie ihren Mantel in der Garderobe abgegeben hatte und sich in dem hohen Spiegel einer kurzen Musterung unterzog, war sie zufrieden. Sie sah toll aus. Man sah sich nach ihr um. Das tat gut. Es half ihr, sich für die Begegnung mit Ludwig zu wappnen. Denn Amelies Verhältnis zu Ludwig war kein entspanntes.

Die Ursache war ihr durchaus bewusst und lag etliche Jahre zurück. Amelie hatte Ulis Lebensgefährten näher kennen lernen wollen und beide zum Abendessen ins Salettl eingeladen. Als sie in die Küche ging, um die Nachspeise anzurichten blieben die Männer am Tisch zurück, sie hörte sie durch die geschlossene Türe murmeln. Ein Luftzug musste die Küchentür aufgedrückt haben, denn plötzlich hörte sie die Stimmen deutlich. »Gib zu, Ludwig, sie sieht aus wie die Bennent. Sie ist schön«, sagte Uli. »Schön?« Das war Ludwigs klare, ein wenig knarrende Stimme. »Ich finde sie nicht schön. Eher seltsam. Ihr Gesicht ist sehr groß. Es bestimmt ihre ganze Erscheinung.« Diese Worte hatten sich Amelie eingeprägt. Wann immer sie Ludwig sah, fielen sie ihr wieder ein und machten sie ihm gegenüber befangen. Mit der Zeit hatte sich das zu dem Gefühl verdichtet, dass Ludwig sie nicht mochte.

Er stand an der Logenbrüstung und unterhielt sich mit einem jungen Mann, als sie eintrat. »Amelie«, sagte er statt eines Grußes und küsste sie auf beide Wangen. Nachdem er sie mit dem Mann bekannt gemacht hatte, unterhielt er sich weiter mit ihm, als wäre sie gar nicht da. Ein sachliches Gespräch über Choreographie. Amelie fühlte sich wie ein nutzloses Requisit und begann sich zu verkrampfen. Just da beendete Ludwig das Gespräch mit einem kurzen »so«, verwies den jungen Mann auf einen der hinteren Plätze, rückte Amelies Stuhl für sie zurecht und setzte sich neben sie. »Du siehst gut aus. Sehr distinguiert«, sagte er, nachdem er sie offen gemustert hatte. Dann ließ er seine Blicke mit kühlem Interesse über die Zuschauer schweifen.

In Wien war Ludwig Berger eine bekannte Größe. Er wurde viel beachtet und oft gegrüßt und erwiderte die Grüße, ohne sein Gesicht zu verziehen. Amelie sah ihn von der Seite an. Breiter, kräftiger Körper, feste Hände, starker Hals. Runder Schädel, Stoppelglatze. Eine bäuerliche Erscheinung, wäre nicht das regelmäßige Gesicht mit den hellen, alles und jeden durchdringenden Augen gewesen, das Ludwigs scharfen Intellekt, seine kühle Geistigkeit verriet. ›Was fängt mein Uli, mein gefühlsbetonter Kuschelbär mit diesem Eisberg an‹, fragte sich Amelie.

Als hätte Ludwig sie denken gehört, drehte er sich zu ihr und lächelte in ihre Augen. Kein Eis. Leichter, durchaus freundlicher Spott. »Sieh nicht mich an, schau auf den Lüster, er wird jetzt hochgezogen«, mahnte er und deutete auf das Wahrzeichen des Josefstädter Theaters: den Kristalllüster, der langsam an die Decke hochgezogen wurde, ehe sich der Vorhang hob, und dessen Lichter, während er aufwärts glitt, allmählich verloschen.

Das Stück gefiel. Ohne besondere Gags inszeniert, hatte sich der Regisseur vor allem auf Nestroys Genie und das versierte Ensemble des Theaters verlassen. Ulis Bühnenbild war sparsam, es setzte weniger auf Gegenständliches als auf Symbolhaftes. »Es macht sich nicht wichtig, es unterstützt«, sagte Amelie, als Ludwig sie nach ihrer Meinung dazu fragte. Ihre Antwort trug ihr einen seiner kühl-interessierten Blicke ein.

In den Pausen füllte sich die Bühnenloge mit Theaterleuten. Eine bekannte Schauspielerin, ein Autor, der Dramaturg des Theaters. Amelie machte sich dünn und ging zum Buffet. Am Ende der Vorstellung freilich fiel von all dem Glamour auch etwas Glanz auf sie. Der Schlussapplaus war lange und freundlich. Auch Uli trat vor den Vorhang. Schwarzer Anzug, schwarzer Rollkragenpullover, weißer Seidenschal, glücklich lachendes Bubengesicht. Er verbeugte sich nach allen Seiten, dann sah er zur Bühnenloge herauf und warf eine Kusshand in ihre Richtung. ›Muss das sein, Uli, Küsschen für Ludwig, die Leute werden sich die Mäuler zerreißen.‹ Aber Ludwig war längst in den Hintergrund der Loge getreten, nur Amelie stand an der Brüstung. Die Leute im Parkett sahen zu ihr auf. Die Kusshand hatte ihr gegolten.

»Du kommst doch mit zur Premierenfeier«, fragte Ludwig, als sie die Loge verließen.

Amelie schüttelte den Kopf. »Nein, Ludwig, das tue ich nicht. Der Abend war wunderschön, ich bin froh für Uli, und ich werde ihn irgendwann bejubeln. Aber nicht auf der Premierenfeier. Die ist für euch Leute vom Theater. Ich kann ja doch nicht mitreden. Und Uli hätte das Gefühl, dass er sich um mich kümmern muss…« Sie hatte es locker gesagt, weil es ihre Überzeugung war.

Ludwig sah sie an. Diesmal keineswegs kühl. »Gut so, Mädel. Es war eine Freude, die Vorstellung mit dir zu sehen. Ich bin jetzt wieder länger am Stück in Wien und hätte gern, dass du zu uns zum Essen kommst.«

Ludwig war bekannt dafür, dass er die Dinge, die er sagte, auch meinte. Zwei Wochen nach der Premiere war Amelie an einem Sonntag Mittag zum Essen in die Casa Berger-Hahn gebeten. Was sie den beiden Herren mitbringen würde, war klar: Blumen. Uli und Ludwig liebten Blumen und gaben eine Menge Geld für ausgefallene, nach ihren Angaben gesteckte Blumenarrangements aus.

»Rosen, Madame, nehmen Sie Rosen«, gurrte der Iraker, der im Winter zwar nur den Zeitungsstand an der Straßenbahnhaltestelle offenhielt, seiner Leidenschaft für Frischblumen aber auch in der kalten Jahreszeit frönte, indem er eine Art Blumenhalle in der Nähe von Amelies Laden betrieb. In der Hauptsache kauften seine Blumen-wiederverkaufenden Landsleute bei ihm ein. Amelie durfte ebenfalls kommen. Immer. Weil er gerne in ihre »Augen von Farbe wie Veilchen« sah.

Amelie wusste genau, was sie wollte. »Nein, keine Rosen, weiße Tulpen. Vierzig Stück, locker gebunden. Ohne Bänder und artfremdes Grünzeug. So wie Gott sie wachsen ließ.«

Am Anfang ihrer Beziehung hatten Ludwig und Uli eine Etage in einer Hietzinger Villa bewohnt. Vor ein paar Jahren hatten sie eine Eigentumswohnung in einer engen Gasse der Altstadt erworben. Ein Duplex in einem Barockhaus, ausgebauter Dachboden. »Wer in dieser Stadt etwas sein möchte, läßt sich ein Dach ausbauen«, hatte Uli bei der Einstandsparty gefeixt. »Ein Grund, sofort wieder zu verkaufen«, hatte Ludwig gebrummt.

Eine schicke, großzügige Wohnung. Sparsam eingerichtet. Beige- und Brauntöne, moderne Kunst. Salon, Speisezimmer, Küche, plus Ludwigs Arbeitszimmer, Schlafzimmer und Bad in der unteren Etage. Über eine steile, gerade Stiege erreichte man Ulis Suite. Sie war kleiner als Ludwigs: Studio, Schlafzimmer, Bad. Aber vom Studio gelangte man auf eine riesige Terrasse mit feenhaftem Blick über die Dächer von Wien und einem Topfpflanzenbestand, der jedem Palmenhaus zur Ehre gereicht hätte. Die getrennten Schlafzimmer hatten Amelie anfangs zu denken gegeben, Gedanken, die sie sich bald verbot. Ulis Sexualität stand zwar nicht außerhalb ihres verstandesmäßigen, wohl aber außerhalb ihres gefühlsmäßigen Begriffsvermögens.

Die Art, wie die beiden Männer im Alltag miteinander umgingen, beschäftigte Amelie indes durchaus. Gerade jetzt. In einem cremefarbenen Daunensofa nahezu versinkend saß sie mit Ludwig im Salon, während Uli in der Küche rumorte. Ludwig trug Wochenendkleidung. Offener Kragen, weiche, weite Cordhosen, gute Qualität, aber nicht schick, sondern vor allem bequem. Breit, fast wuchtig lehnte er in einem Fauteuil, seine Arme baumelten entspannt zu beiden Seiten des Sitzmöbels. Lässig, dachte Amelie. Ein absolut viriler Mann.

Uli trug Jeans, einen körpernahen Rollkragenpulli und eng um die Hüften gewickelt einen Küchenschurz. Eben war er, um etwas zu holen, die Stiege zum oberen Stockwerk hinauf- und gleich wieder heruntergesprungen. »Also für unsere alten Tage ist die Treppe zu steil angelegt, da werde ich hier unten Quartier nehmen müssen«, sagte er und mimte Atemlosigkeit. Sein Blick galt Ludwig und schien Amelie leicht kokett. Ludwig reagierte darauf nicht. Souverän saß er da, die kräftigen Hände blieben ruhig, er fuhr fort, Amelie zu erläutern, weshalb er zurzeit lieber Theater in Deutschland machte als in Österreich.

Uli die untertane Hausfrau und Ludwig der dominante Hausherr. So kam es Amelie vor. Ein wenig später korrigierte sie dieses Bild. Auf dem schwer beladenen Büchertisch hatte sie die Ausgabe des *Struwwelpeter* entdeckt, die Uli bei ihr gekauft hatte. »Hast du Spaß daran?«, fragte sie Ludwig.

Er griff nach dem Buch. »Seit meiner Kinderzeit hatte ich die Reime nicht mehr gelesen. Ja, sie machen mir Spaß.« Er blätterte, bis er die Tintenbuben fand, und sagte lächelnd: »Uli nennt mich neuerdings Ludewig, wenn er mich vor einer nahenden Krise warnen will.« Er wandte sich nach Uli um und sah mit besitzergreifender Zärtlichkeit in seine Richtung. Uli fing den Blick auf und strahlte zurück. Innig, einander zugehörig, dachte Amelie und beneidete das Paar.

Das Essen war vorzüglich. Hors d'oeuvres aus dem benachbarten Gourmettempel, selbstgemachte Pasta, Salat und Käse. Französischer Weißwein, den man seiner Leichtigkeit wegen nicht ernst nehmen musste, was dazu führte, dass die Stimmung zunehmend heiter wurde. Amelie fühlte sich wohl wie schon lange nicht. Sie hob ihr Glas, seufzte zufrieden, »schön ist es bei euch«, und setzte ohne zu überlegen hinzu. »Warum sind homosexuelle Beziehungen so viel tiefer und stabiler als heterosexuelle?«

Als es raus war, erschrak sie ein wenig und blinzelte besorgt in Ludwigs Richtung. Kein Grund zur Sorge, Ludwig nahm die Bemerkung nicht krumm, er wiegte den Kopf und gab Antwort. »Ich denke, was Tiefe und Stabilität angeht, halten sich die Beziehungen von Heteros und Homos die Waage. Homos outen sich bloß weniger bedenkenlos als Heteros. Drum merkt man es nicht gleich, wenn bei ihnen die Fetzen fliegen.«

Nun, da das Thema Beziehungen einmal angeschnitten war, lag die einschlägige Frage an Amelie in der Luft.

Und Ludwig fackelte nicht lange. »Ich hörte von Uli, dass du mit dem Deutschen Schluss gemacht hast. Bist du jetzt frei für Neues? Oder suchst du immer noch nach deinem Phantom?«

Es lag wohl am Wein, dass Amelie ihm ohne Hemmung antwortete. Es fiel ihr leicht, über den Gamaschenmann zu sprechen. Über die unerklärbare Sehnsucht nach einem Unbekannten. Ihre realitätsferne Suche. Das Absurde ihrer fixen Idee. »Ich weiss, dass das Ganze verrückt ist. Eine Art Traum. Ein bisschen so wie die Wachträume in meiner Mädelzeit. Da habe ich mir den Mann meiner Träume ausgemalt. Stundenlang habe ich Szenen erfunden. Wie ich ihm begegne, was er sagt, was ich sage, wie's zum ersten Kuss und so weiter kommt. Teenagerschwulst halt. Aber wunderbar. Das Eigenartige dabei war, dass ich den Mann gehört und gefühlt habe, nur sein Gesicht, das habe ich nie gesehen. Wie bei meinem Phantom.«

Die beiden Männer hatten ihr aufmerksam zugehört. Uli hingerissen, Ludwig kritisch. Seine Stimme knarrte wieder, aber sie war nicht kühl, sondern Anteil nehmend, als er Amelie erwiderte. »Traum bleibt Traum. Gibt es irgendetwas an deinem Phantom, das der Wirklichkeit standhält?«

Verständnislos sah Amelie ihn an.

Ludwig war beharrlich. »Gibt es etwas an ihm, das nicht bloß deinem krampfhaften Erinnern an einen flüchtigen Moment entsprungen sein könnte? Etwas ganz und gar Reales? Etwas, auf das du schwören könntest?«

Amelies Augenbrauen schwebten auf und nieder, ihre Augen weiteten sich, man sah sie denken. Brustkorb, Arme, Stimme, Geruch, Kleidung konnte sie beschreiben. Aber beschwören … Konnte sie beschwören, dass das alles so und nicht anders gewesen war?

»Die Gamaschen!«, sagte sie plötzlich laut. »Die Gamaschen und das Hinken. Darauf kann ich schwören.«

Ludwig ließ nicht locker. »Wie hat er gehinkt?«

»Lass sie in Ruhe, Ludwig, sie ist schon ganz fertig«, warf Uli sich für die Freundin ins Gefecht. Amelie winkte ab.

»Ist schon gut, Uli. Ich will wissen, was Ludwig meint mit ›wie hat er gehinkt?‹. Gehinkt hat er! Kann man denn verschieden hinken?«

»In der Tat.« Ludwig stand auf, stellte sich in Positur und begann auf- und abzuhinken, wobei er Rhythmus und Körperhaltung immer wieder drastisch veränderte. »So hinkst du aus der Hüfte ... So aus dem Knie ... So aus dem Knöchel ... So hatschst du, wenn du müde bist ... So, wenn du Hühneraugen hast ... Und so kommst du daher, wenn Gott dich mit Plattfüßen gestraft hat.«

Die Darbietungen eines geborenen Theatermannes. Amelie und Uli schrien vor Lachen.

»Wie, Amelie, wie hinkte der Mann deiner Träume!«, dröhnte der auch nicht mehr ganz nüchterne Ludwig theatralisch. »Achill war an der Ferse gestraft, Hephaistos hinkte vor sich hin, der Teufel hat seinen Pferdefuß, Amelies Phantom hinkt ebenfalls. Aber wie hinkt es, Amelie, wie?!«

»Ich weiß es nicht mehr«, japste Amelie und wischte sich die Lachtränen von den Wangen.

Mit mephistophelischem Lächeln und nachgezogenem Bein schlurfte Ludwig an sie heran, beugte sich über ihre Schulter und raunte aus dem Stehgreif: »Gestehet, Jungfer Amelie/ Ist's Ausgeburt der Phantasie/ dass hinkte Euer Mister X?/ Wenn ja, bleibt von der Story nix.«

Nach dem schwarzen Kaffee machte sich Amelie auf den Heimweg. Es dämmerte bereits, als sie den Ballhausplatz erreichte. Sie blieb stehen, sah zum Bundeskanzleramt hinüber und kniff die Augen zu. Es dauerte eine Weile, ehe das vertraute Bild auftauchte. Der Mann mit den Gamaschen, vornübergebeugt gegen Sturm und Regen kämpfend… Hinkte er? Oder hinkte er am Ende nicht?

»Sinnestäuschung. Soll vorkommen«, murmelte sie und freute sich, dass der Gedanke, sie könne sich geirrt haben, sie nicht weiter verstörte. Der Wein wirkte noch immer. Machte alles leicht. »Wer Sorgen hat, hat auch Likör«, piepste sie und lachte vor sich hin.

Als sie die Ringstraße überquerte, fielen ihr plötzlich die Gamaschen ein, sie sah sie deutlich vor sich. Mitten auf der Fahrbahn blieb sie stehen. Der Fahrer eines einbiegenden Pkw hupte wie verrückt. »Heans! San Se teppert?«, schrie er aus dem offenen Fenster. In wilden Sprüngen setzte Amelie auf den Gehsteig über. Blieb neuerlich stehen und lispelte: »Die Gamaschen gibt es, die habe ich mir nicht eingebildet, die habe ich gesehen, ich bin doch nicht doof…«

Sie ging weiter und stand, ohne dass sie es beabsichtigt hatte, plötzlich vor ihrem Laden. Im Schaufenster saß August, rote Faschingsmaske überm stumpfen Näschen, Barett mit Federn auf dem Kopf. Gedankenverloren zog Amelie mit ihrer Fingerspitze Kreise über die kalte Auslagenscheibe. ›Irgendwo auf der Welt geht Mister X spazieren, Augustle. Ich bin mir ganz sicher. Aber ich gebe auf.‹

Sie zückte den Schlüssel, öffnete den Rollbalken, holte August aus der Auslage und setzte ihn auf den Schreibtisch. »Ich will mich nicht mehr verrückt machen. Ich will endlich leben. Ich lasse das Suchen sein und schließe hiemit die Akte X!«, erklärte sie dem Bären, während sie ihn von Maske und Barett befreite.

Aus einem der Schränke kramte sie einen schwarzen Spitzenschleier, den sie hier einmal abgelegt hatte, hervor, legte ihn August um die Schultern, bemalte ein Kärtchen mit einem Trauerrand und dem nachtschwarzen Wort »Ende« und hängte es August um den Hals.

Als der Teddy schließlich wieder auf seinem Posten in der Auslage saß und der Rollbalken geschlossen war, hatte sich die bewusstseinsverändernde Wirkung des Alkohols verflüchtigt. Ernüchtert trabte Amelie nach Hause. Den Abend verschlief sie.

Am nächsten Morgen läutete es am Salettl Sturm. Amelie öffnete. Vor der Tür stand Josefine Zadrazil in höchster Erregung und schrie: »I' woa grad einkauf'n, do siach i' den Bär in Trauer! Is' wer g'sturb'n?«

8

Es wurde Frühling. Aber er rauschte nicht. Weder wettermäßig noch in Amelie. Die Forsythien hatten schon Knospen angesetzt, als die Sonne wegblieb. Tagelang war es weder warm noch kalt, es bewegte sich nichts, auch die Forsythien blieben deshalb auf halbem Weg stecken.

Amelie fehlte der Auftrieb. Sie bemühte sich redlich ums Geschäft, aber die Stammkunden schienen ihre Sammelwut auf Eis gelegt zu haben, es lief rein gar nichts. Und die Laufkundschaft konnte man überhaupt vergessen.

Einmal betrat eine alte Dame den Laden. Sie öffnete die Tür so zaghaft, dass das Spielwerk nicht zwitscherte, sondern nur ein paar müde Piepser von sich gab. Die Gesichtsfarbe der Frau war fahl, ihre Hände waren zittrig, ein hinfälliges Geschöpf, das sich für seine bloße Existenz zu entschuldigen schien. Sie sei den ganzen

Winter über krank gewesen, darum komme sie erst heute, sagte die Dame leise. Ob Frau Lenz vielleicht ihre Puppe habe verkaufen können? Amelie konnte sich an keine Puppe erinnern.

O doch, Frau Lenz sei so freundlich gewesen, die Puppe im Herbst in Kommission zu nehmen, obwohl sie leicht beschädigt sei.

»Aber ja.« Amelie hieb sich an die Stirn. »Natürlich, jetzt weiß ich's wieder, die Puppe hatte einen Sprung am Kopf.« Sie sah die alte Dame an und brachte es nicht übers Herz, ihr zu sagen, dass ihre Puppe chancenlos in einem der Schränke unter den verspiegelten Wänden vor sich hin dämmerte.

»Wir hatten Glück, gnädige Frau«, sagte sie munter. »Ihre Puppe ging vor Weihnachten weg. Sie brachte halt leider kein Vermögen.«

Amelie machte sich am Schreibtisch zu schaffen und tat, als müsse sie in ihren Aufzeichnungen nachsehen. »Hier haben wir's. Um tausend Schilling konnte ich sie verkaufen.« Sie holte ihre Börse hervor. Ein Tausender war noch drin. Sie reichte ihn der alten Dame, deren Gesicht vor Freude einen rosigen Schimmer kriegte.

»Und Ihre Kommission, Frau Lenz?«

»Die habe ich bereits einbehalten«, versicherte ihr Amelie.

Es war das einzige Ereignis während dieser trüben Frühlingstage, das Amelie froh stimmte. In deiner finanziellen Lage tausend Schilling zu verschenken, ist bescheuert, sagte ihr rationales Über-Ich. Aber das war im Vergleich zum emotionalen sowieso unterentwickelt. Also stimmte sie der Gedanke an die alte Dame weiterhin froh.

Davon abgesehen blieb die beherrschende Tonart in ihrem Dasein Moll. Ihre zaghaften gesellschaftlichen

Ambitionen waren wieder versickert. Anfang Februar war sie dreiunddreißig Jahre alt geworden. Feiern seitens der Familie hatte sie sich verbeten. Nur Uli durfte ihr gratulieren. Er bestand darauf, sie ins ungarische Beisl auszuführen.

»Ich fühle mich uralt. Wie eine fünfzigjährige Witwe, deren letztes Kind eben ausgezogen ist. Ich bin einsam«, klagte sie.

Uli reagierte ärgerlich. »Wie auch nicht«, fauchte er, »du sitzt in deinem Laden, restaurierst ein Puppenhaus und siehst keine Sau. Das kann's doch nicht sein. Du musst dich dahinterklemmen, unter Menschen gehen, Clubs, Konzerte, Discos – was weiß ich.«

»Mit vollen Hosen ist leicht stinken«, murmelte Amelie. Sie bezog sich auf Ulis bevorstehende Abreise. Für zwei Monate würde er mit Ludwig nach Berlin gehen, Berger-Hahn im Doppelpack, einen Horvath würden sie inszenieren. »In deinem Beruf kannst du gar nicht anders, als pausenlos Menschen treffen. Aber ich …«

Als Uli abgereist war, hatte sie das Gefühl, sich auf einer Isolierstation zu befinden. Ihre Stimmung sank weiter, als sie entdeckte, dass die heitere griechisch-blaue Hemdenwäscherei für immer dicht gemacht hatte. »Wos woin S', Fräu'n Lenz, die ham ja Pleite geh'n miassn«, philosophierte die Frau Pepi. »Heitzutag trogn's do olle nur mehr so Tschersi-Leiberln. Wann siacht ma heit no an Herrn mit an begelt'n Hemd?«

Trotz der Leere in ihrem Dasein bereute Amelie ihren Entschluss nicht, X und seine Akte endgültig zu den Akten gelegt zu haben. Wiewohl sie die Euphorie, die sich in Verbindung mit dem Gamaschenmann für gewöhnlich eingestellt hatte, in ihrer derzeitigen Verfassung gut hätte brauchen können. Wenn X sich ihr dennoch »aufdrängte« manchmal »aus dem Hinterhalt anfiel«, verscheuchte sie ihn fast wütend aus ihren Gedanken. ›Er hat mich in die Misere hineingeritten! Hermann bin ich los! Meine Freunde halten mich für plemplem! Und dieses nagende Gefühl, dass mir etwas entgeht, wenn ich ihn nicht finde, das ist erst recht beschissen!‹

Dann, Ende März, brach plötzlich die Sonne durch. Im Handumdrehen legten die Parkanlagen und die Ringstraßenbäume Grün an. Die Gemüsehändlerin in der Langegasse stellte nicht mehr nur Winterhartes in den flachen Kisteln vor ihrem Geschäft zur Schau. Amelie hatte ihr Fahrrad aus dem Keller geholt, es geölt und geputzt und fühlte sich frei und jung, wenn ihr der Fahrtwind ins Gesicht blies.

Eines Morgens brachte der Briefträger mit dem üblichen Reklamematerial und den Rechnungen ein handschriftlich an sie adressiertes Bütten-Kuvert mit einer Einladung. »Leopold Bartenberg gibt sich die Ehre ...« Am nächsten Tag tauchte Julius von Hofeneder auf. Von da an häuften sich die Ereignisse.

Wenn irgend möglich, sah der Hofrat noch besser aus, als bei seinem letzten Besuch. Braungebrannt, federnder Gang ..., er habe sich auf seine alten Tage noch einmal auf die Skipiste gewagt, und es sei ihm bestens bekommen, berichtete er stolz. Nach eingehender Betrachtung von Amelies blassem Gesicht merkte er an, dass auch ihr Ferien einmal gut täten.

Amelie zuckte mit den Schultern. »Pensionist müsste man sein«, sagte sie mit einem Lächeln, das den Hofrat glauben ließ, sie zähle Pensionisten zu einer kleinen feinen Elite. Hingerissen sah er sie an.

»Wann, meine Gnädigste, wann werden Sie mir die Ehre geben, Sie ins Konzert oder in die Oper führen zu dürfen?« Jetzt turtelt er, dachte Amelie und bremste ihn ein, ohne dass er es merkte.

»Demnächst, wenn es Ihnen recht ist, Herr Hofrat. Ich habe wieder eine Einladung zu Doktor Bartenbergs Hauskonzert erhalten. Diesmal habe ich zugesagt. Aber ein bissel mulmig ist mir bei dem Gedanken, allein hingehen zu müssen. Ein fremdes Haus, Menschen, die ich nicht kenne. Würden Sie…?«

Und ob er würde. Der Hofrat glänzte vor Glück. Wie ein lackiertes Hutschpferd, schoss es Amelie durch den Kopf, sie verbiss sich ein Lachen und hörte artig zu, was der Wirkliche zum Thema Hauskonzert bei Bartenberg zu sagen hatte. Spät im Jahr sei es diesmal angesetzt, nach Ostern erst, zweite Hälfte April. Bartenberg sei lange verreist gewesen. Nach Mittelamerika und dann in die Staaten. Ob Amelie wisse, dass Bartenbergs Neffe in Chicago lebe?

Amelies Gedanken waren nicht ganz bei der Sache. »Ich kenne nur die Hauskonzerte in meinem Elternhaus, die sind ganz und gar informell. Bei Doktor Bartenberg scheint's eher nobel abzulaufen. Macht man sich sehr fein dafür?«

Der Hofrat nahm den Themenwechsel elastisch, quasi im Sprung. »Ich würde sagen ja. Es geht nicht nur um Musik, der Abend ist, was man früher eine Soirée nannte. Nach dem Konzert gibt es ein gesetztes Abendessen. Bis vor ein paar Jahren waren Smoking und Abendkleid erbeten.«

Heiliges Kanonenrohr, ich brauche einen neuen Fetzen, schoss es Amelie durch den Kopf. »Werden viele Leute kommen?«, fragte sie. Als sie hörte, dass im Schnitt etwa sechzig Personen erwartet würden, schwebten ihre Augenbrauen besorgt in die Höhe. »Werden Sie mich abholen und hinbegleiten und bei der Hand halten und nicht mehr loslassen?« Schöneres hätte sie Julius Hofeneder nicht sagen können.

Wenige Tage nach dem Hofrat tauchte Vetter Lorenz unerwartet auf. Er stürmte in den Laden, vergaß, die Eingangstür zu schließen, ein Windstoß wirbelte die Auslagendekoration des Tages – papierene Hampelmänner, keiner jünger als sechzig Jahre – durcheinander.

»Lorenz, bist du wahnsinnig, wehe wenn sich die Schnüre verwirren!«, kreischte Amelie und stellte sich schützend vor die flatternden Figuren.

Lorenz blieb nicht lang. »Gehst du mit mir zum Abendessen? Sag ja nicht nein, ich muss morgen wieder nach Salzburg zurück.« Er stand zwischen Tür und Angel, wartete ihre Antwort erst gar nicht ab und rief, schon wieder im Gehen begriffen, »um sieben Uhr hole ich dich von zu Hause ab.«

Als Lorenz Punkt sieben auf das Salettl zuging, stand Amelie am offenen Küchenfenster und sah ihm entgegen. Verboten fesch, dachte sie. Ähnliches musste wohl auch Josefine Zadrazil, die dabei war, den Hof zu kehren, beim Anblick des schönen Mannes durch den Kopf gegangen sein. Denn als sie seiner ansichtig wurde, hielt sie jäh inne, ihr Besen stand in der Luft still, ihr Mund klappte auf, und es verschlug ihr die Red.

»Er ist nicht, was Sie denken, Frau Pepi, er ist mein Vetter!«, rief Amelie ihr zu.

Der Besen sank, die Zadrazil fasste sich. »Schod'!«, rief sie zurück.

Lorenz trat ein und umarmte Amelie, ehe er sie von Kopf bis Fuß musterte. »Zieh dich bitte um. Wir gehen schick aus. Ich hasse deine Mummus, man sieht ja gar nichts von dir.«

Amelies Einwände wurden lahm und lahmer, schließlich gab sie nach. »Nimm dir einen Drink, es dauert nicht lange«, sagte sie und verschwand in den Gang, in dem sich neben der Badezimmertür ihr Kleiderschrank befand. Kein allzu großer Schrank, die Auswahl war nicht üppig. Das Kostüm vielleicht, das sie zu Ulis Premiere getragen hatte? Sie stand vor dem geöffneten Kasten und überlegte noch, als ein lauter Pfiff ertönte. Lorenz sah um die Ecke.

»Ich halt's nicht aus! Sexy wie Madonna, und sowas ist ausgerechnet meine Kusine!«

Mit bloßen Füßen und in der Unterwäsche stand Amelie vor dem Schrank. Ihre schmucklose Oberbekleidung wählte sie eher nach Maßgabe von Kosten und Nutzen aus, aber für Unterwäsche hatte sie eine Schwäche. Die sie heut am Leibe hatte, war aus champagnerfarbener Seide, Hemdchen und Höschen kühn geschnitten, mit wenig Spitze garniert. Ihre perfekt proportionierten Beine, die zierlichen Mitte, der hoch sitzende kleine Busen und die matte, glatte Haut brachte Lorenz Lenz aus der Fassung.

»Püppchen, mir zittern die Knie«, stöhnte er halb scherzend, halb im Ernst.

»Dann verzieh dich, und kühl dich ab«. Amelie klang ungerührt. Aber die Verwirrung, in die ihre halbnackte Erscheinung den Vetter gestürzt hatte, freute sie diebisch.

Lorenz führte sie in das Restaurant im Palais Schwarzenberg. Die großen Scheiben der verglasten Veranda boten einen zauberhaften Blick auf die barocke Gartenanlage des Schlosses. Es blieb jetzt schon ziemlich lang hell, die steinernen Figuren zwischen den Rabatten schimmerten und lockten die Blicke im sanften lila Licht des Frühlingsabends.

Amelie war noch nie hier gewesen. Entzückt sah sie

sich um. Als der Kellner ihr die Speisekarte reichte und sie einen Blick darauf geworfen hatte, beugte sie sich zu Lorenz hinüber. »Du, hier stehen keine Preise«, flüsterte sie ihm zu.

Lorenz grinste. »Ein feines Haus, Püppchen. Hier kriegen nur die Herren die Karten mit den Preisen zu sehen.«

»Aha, ein Macho-Tempel«, kicherte Amelie. »Gefällt mir trotzdem.« Sie strich über das Tischtuch. »Schwanenweiß ... Silber und Kristall ... Das wird dich ein Vermögen kosten, hast du im Lotto gewonnen?«

Lorenz betrachtete sie über den Rand seiner Speisekarte hinweg. Ihre Augen und das schwere Haar glänzten im Kerzenlicht, ihr geschwungener Mund war etwas geöffnet und zeigte die kleinen, ebenmäßigen, weißen Zähne. Er räusperte sich. »Nein, Püppchen, nicht gewonnen. Hier prasse ich für gewöhnlich mit den Frauen, die ich verführen möchte und die schwer zu erobern sind.« Sie schlug die Augen nieder, ihre Lider schimmerten bläulich, und ihre Wimpern bildeten dunkle Halbkreise über ihren Wangen. Er räusperte sich. »Du bist die Ausnahme, dich will ich nur verwöhnen.« Sein Ton war wieder locker, ganz alter Kamerad, als er fortfuhr: »Also, such dir etwas aus. Dann lass uns quatschen.«

Sie sprachen sich leicht. Über die Familie. Über die *Offizine*. Über Amelies Laden, den sie wohl werde aufgeben müssen, falls die Ertragslage sich nicht bald zum Besseren wende. Und über Lorenz' Handelsagentur. Ja, er sei zufrieden, das Geschäft renne wie geschmiert. Nach einer winzigen Pause erwähnte er obenhin, dass Susan daran denke, bei ihm anzudocken. Man habe ihr die Generalvertretung einer italienischen Designerfirma angeboten. Es würde Sinn machen, zu kooperieren, Synergieeffekt und so ...

»Schau einer an.« Lächelnd zog Amelie die Nase

kraus. »Vielleicht wird's dann auch privat ein Ernstfall?«

Lorenz wiegte den Kopf. Gott, sieht er gut aus, dachte Amelie und ließ nicht locker. »Wäre doch nahe liegend, oder?«

Er grinste leicht verlegen. Auch das stand ihm gut. »Na ja, ehrlich gesagt, nur zu dir ... im Vertrauen ... wir haben uns tatsächlich darüber unterhalten.«

Seine Worte versetzten Amelie einen leisen, eindeutig eifersüchtigen Stich. »Ist ja wunderbar«, rang sie sich ab und versuchte möglichst strahlend zu lächeln. Das nachfolgende Geständnis ihres Vetters tat ihrem Selbstbewusstsein gut.

Die Silvesterparty habe die Sache ins Rollen gebracht. Susan hatte den Mitternachtswalzer von Lorenz und Amelie mit gemischten Gefühlen beobachtet, der anschließende Kuss zwischen ihrem Liebhaber und dessen Kusine war ihr eindeutig zu wenig verwandtschaftlich gewesen. Nachdem Amelie gegangen war, hatte sie Lorenz einen Krach gemacht. Ein paar Tage hatte Funkstille geherrscht, dann war es zu einer Aussprache gekommen, in deren Verlauf Lorenz zugegeben hatte, dass er Amelie reizvoll finde, dass das schon immer so gewesen sei und wahrscheinlich auch so bleiben würde, ohne jemals zu etwas zu führen. An dieser Eröffnung hatte Susan eine Zeit lang gewürgt. Vor ein paar Wochen hatte sie ihm gestanden, dass sie das lockere Verhältnis mit ihm nicht mehr befriedigend finde, ihr Single-Dasein hänge ihr zum Hals heraus, sie würde gerne heiraten und Kinder haben, ehe es zu spät dafür sei. Er sei der Mann ihrer Wahl, er solle überlegen, ob er sich eine Ehe mit ihr vorstellen könne. Wenn nicht, wolle man sich in aller Freundschaft trennen.

»Jesus, ich hätte nie den Mut, einem Mann so etwas

zu sagen«, seufzte Amelie beeindruckt. »Wie hast du reagiert?«

Lorenz schmunzelte. »Ich war total von den Socken. Ich hab herumgestottert und einen jammervollen Abgang hingelegt.«

»Und dann?«

»Dann habe ich ein paar Tage nachgedacht und bin draufgekommen, dass ich Susan nicht nur im Bett gut finde, sondern dass ich sie von Herzen gerne mag. Sie ist unkompliziert und tüchtig, man kann sich auf sie verlassen, sie ist ein unheimlich guter Freund, und wir haben gemeinsame Interessen.«

»Und was ist mit der Liebe?«, fragte Amelie wie ein kleines Kind.

»Ich finde, das ist Liebe. Jedenfalls eine, auf der man ein gemeinsames Leben aufbauen kann.«

Amelies Augenbrauen begannen auf- und niederzuschweben. »Also werdet ihr heiraten?«

»Nicht heute, nicht morgen, vielleicht übermorgen. Wir reden jedenfalls darüber«, gab Lorenz zu.

Amelie blies die Wangen auf und atmete langsam aus. Ihr Gesicht war rosig vor Erregung. Sie hob ihr Weinglas. »Mazeltow.«

»Und wann kann man dir Glück wünschen?«, stieß Lorenz unverzüglich nach. Es war klar gewesen, nun, da das Thema in der Luft lag.

Amelie versuchte nicht, ihm auszuweichen. Sie leerte ihr Weinglas auf einen Zug. »So wie es aussieht, noch lange nicht«, sagte sie in nüchternem Ton.

»Was ist mit dem geheimnisvollen Unbekannten?«, fragte Lorenz ebenso nüchtern. »Hast du ihn dir endlich aus dem Kopf geschlagen?«

Mit Lorenz fiel Amelie das Reden leicht, ihm vertraute sie sich ohne Bedenken an. Sie sprach über ihren Entschluss, den Fall X als unlösbar ad acta zu legen; über das Vakuum, das dadurch in ihrem Leben entstanden sei; über die Tatsache, dass das Phantom langsam in die Ferne rücke, dass sie aber aus Gewohnheit noch jedem Hinkenden nachsehe; gleichzeitig daran zweifle, ob der Mann überhaupt gehinkt habe, ja die ganze verflixte fixe Idee nicht zu achtzig Prozent aus einer Sinnestäuschung erwachsen sei.

»Bleiben zwanzig Prozent, die real sein müssten. Was an der ganzen Chose hältst du für real?«

»Dass ich in den Mann hineingelaufen bin. Und seine Gamaschen. Die habe ich mir nicht eingebildet, Lorenz, die sind wirklich wie deine Krawatte und mein Schuhe.«

»Vergiss auch die Gamaschen. Befreie dich von der ganzen verrückten Idee. Danach wirst du dich wunderbar fühlen.«

Amelie sah ihn über den Rand ihres Weinglases hinweg an. »Ich fühle mich schon jetzt wunderbar«, kicherte sie und trank auch dieses Glas auf einen Zug aus. Sie hatte im Lauf des Abends mehr getrunken, als sie ohne Konsequenzen hätte bewältigen können, andernfalls hätte sie das Folgende gedacht, aber nicht ausgesprochen. »Weißt du, wie ich mich fühle, Lorenz?«, sagte sie laut und frohgemut. »Manchmal fühle ich mich wie die Krone der Schöpfung. Und manchmal wie der Arsch der Welt.«

Diese Ambivalenz hielt an. Wenn Amelie im Laden saß und an der Puppenstube arbeitete, dachte sie an nichts als deren perfekte Wiederherstellung, Gedanken an den miserablen Geschäftsgang kamen dabei gar nicht auf. Sowie sie jedoch auf den Hängeboden im Salettl geklettert war, um sich ans Schlafen zu machen, überfielen sie nagende Existenzängste und stahlen ihr die Nachtruhe.

Wenn sie in den Prater radelte und durch die Hauptallee fegte, fühlte sie sich frei wie der Wind. Sobald sie auf einer Bank rastete und eng umschlungene Pärchen an ihr vorüberflanierten, kam ihr zum Bewusstsein, dass dies der erste Frühling ihres erwachsenen Lebens war, den sie ohne Gefährten zubrachte. Dann tat sie sich ungemein Leid. Keine Innenschau, Lenz, befahl sie sich in solchen Momenten, sprang auf und setzte sich wieder in Bewegung, um nicht nachdenken zu müssen.

In den ersten Apriltagen rief Josef an, um zu fragen, ob Amelie die Absicht habe, zu Ostern nach Hause zu kommen. »Eher nicht«, meinte sie unentschlossen, »zu viel zu tun.« Letzteres war gelogen. Kaum war die Antwort heraus, bereute sie sie auch schon. Sie hätte die Nähe und Wärme der Eltern jetzt gut gebrauchen können.

Zu spät. Denn der Vater sagte fröhlich: »Macht nichts, dann fahren Mutter und ich am Palmsonntag in den Süden. Siena und Arezzo. Arezzo hatten wir schon lange vor.«

»Siena und Arezzo«, murmelte Amelie trübselig und kehrte zu ihrer Puppenstube zurück.

Sie stand im Licht der Halogenleuchte auf Amelies Schreibtisch. Rundum Häufchen von Brokat, Filz, Spitzen und Tapete. Klebstoffe, verschiedene Pinsel, Farben und Lacke. Amelie nahm ein Sitzbänkchen zu Händen, das nicht länger als sieben Zentimeter und sicher nicht höher als zwei Zentimeter war und das sie mit einer Polsterung aus rosa Damast versehen wollte. Sie hatte Klebstoff an den Fingern und keine Hand frei, um sich an der Nasenspitze zu kratzen, welche juckte, als die Eingangstüre zwitscherte. Sie schielte durch den Vorhang ihres ins Gesicht fallenden Haares und machte den Eintretenden nur undeutlich aus. Ein großer, schwerer Mann. Seine

Züge waren im Gegenlicht nicht zu erkennen. Er sagte »Grüß Gott«. Gott in aufsteigendem Tonfall, was dem Gruß eine erwartungsvolle Note verlieh.

Mit dem Handrücken strich Amelie ihr Haar aus der Stirn. »Ja bitte?«, sagte sie, statt den Gruß zu erwidern.

Der Mann trat nicht näher. Er stand da und musterte sie schweigend. Unwillkürlich sah Amelie an sich herunter. T-Shirt und Jeans waren mit Farbe und Kleister bekleckert. Kämpferisch hob sie ihr Kinn und fragte ohne einen Funken Verbindlichkeit: »Kann ich etwas für Sie tun?«

»Ich möchte den Bären kaufen«, sagte der Mann. Er deutete auf August in seinem Stühlchen. Er fragte nicht nach dem Preis. Seine Stimme war angenehm tief und bestimmt.

Amelie trat hinter den Bären, als müsse sie ihn beschützen. »August ist unverkäuflich.« Es klang abweisend. Als ihr bewusst wurde, dass ihr Benehmen ausgesucht unfreundlich war, riss sie sich zusammen. »Vielleicht kann ich Ihnen etwas anderes zeigen?« Sie wischte ihre Hände am Hosenboden ab, kam hinter Augusts Stühlchen hervor auf den Mann zu, sah ihm ins Gesicht und stutzte. »Kennen wir uns nicht?«, fragte sie. Ehe er antworten konnte, schlug sie sich mit der farbbeschmierten Hand an die Stirn. »Klar!«, rief sie aus, »jetzt weiß ich es wieder! Sie sind mit Doktor Bartenberg hier gewesen. Verzeihen Sie, dass ich Sie nicht gleich erkannt habe, Sie sind … Sie sind der Neffe!«

»Daniel Bartenberg.« Er deutete eine Verbeugung an und betrachtete sie schmunzelnd. »Sie tragen Kriegsbemalung, Frau Lenz. Ich hoffe, sie gilt nicht mir.« Als Amelie ihn verständnislos ansah, streckte er seine Hand aus, seine Finger waren dicht vor ihrem Gesicht, deuteten auf verschiedene Punkte, ohne sie zu berühren.

»Karmesinrot, Preußischblau, Schneeweiß ... Ich fürchte, ich komme ungelegen.«

»Aber nein, gar nicht.« Endlich besann sich Amelie auf ihre Rolle als Geschäftsfrau. Sie bat ihn, sich umzusehen. Wenn er sich ein wenig gedulden wolle? Sie werde umgehend mit sauberen Händen und entfärbtem Gesicht zurückkehren und ganz für ihn da sein. Ehe sie durch die Tür zum Hof in Richtung Klo verschwand, drehte sie sich noch einmal nach ihm um und lächelte ihm zu. Daniel Bartenberg lächelte nicht zurück. Seine Augen verengten sich, als hätte er eben etwas Interessantes entdeckt.

Er blieb eine gute Stunde, ohne dass Amelie es bemerkt hatte, die Zeit verging so schnell. Sie hätte später auch nicht mehr zu sagen vermocht, ob Bartenberg tatsächlich die Absicht gehabt hatte, August zu kaufen, denn er war nicht mehr auf den Bären zu sprechen gekommen. Amelie erinnerte sich an seine Vorliebe für Kreisel. Was er an ihnen mochte, wollte sie wissen. Ihre Grazie und ihre Präzision, antwortete Bartenberg. Davon abgesehen antwortete er wenig und Amelie viel, denn Bartenbergs Art zu fragen war so geschickt, dass der Befragte das Fragen nicht gewahrte, sondern meinte, sich aus eigenem Antrieb mitzuteilen.

»Sie sind Spielzeughändlerin«, sagte er zu irgendeinem Zeitpunkt, »sagen Sie mir: warum spielt der Mensch?«

Während des Gesprächs saßen sie nicht auf den Stühlen, sondern hockten beide halb auf dem Schreibtisch, Bartenberg auf einer, Amelie auf der anderen Ecke. Die Köpfe hatten sie einander zugewandt.

»Ich weiß es nicht«, gab Amelie zu. »Obwohl ich auf Spielzeug versessen bin, habe ich mir darüber noch nie den Kopf zerbrochen.«

»Kennen sie Huizinga?« Er wartete Amelies Antwort

nicht ab, sondern fuhr fort. »Ein holländischer Kulturhistoriker, 1945 verstorben. Er hat ein Buch über den spielenden Menschen geschrieben. Darin versucht er, den Ursprung der menschlichen Kultur aus dem Spiel zu erklären. *Homo ludens,* ein faszinierendes Buch, ich werde sehen, ob ich es für Sie auftreiben kann.«

Amelie lauschte seiner angenehmen Stimme. Hallt leise und tief nach wie eine Glocke, fand sie und studierte sein Gesicht. Ein bewegliches Gesicht. Aber außer den grün-goldenen Augen war an ihm nichts schön im eigentlichen Sinn. Die Stirn hoch, aber tief gefurcht. Der Ansatz des dichten brünetten Haares zu weit nach hinten gerutscht. Der Mund sinnlich, aber nicht voll. Gute Zähne, ja. Aber die Nase! Breit, das Ende leicht aufwärts strebend und in zwei sanfte Höcker auslaufend. ›Dromedar oder Kamel?‹, überlegte Amelie und lächelte vergnügt.

»Sie sehen mich an, als wollten Sie mich malen«, sagte Bartenberg.

Statt einer Antwort fragte Amelie: »Werden Sie zum Konzert Ihres Onkels kommen?«

Daniel Bartenberg würde nicht kommen. Er würde für unbestimmte Zeit in die USA reisen. Schade, hatte Amelie gesagt und es ehrlich gemeint. Er war gegangen, ohne etwas zu kaufen. Amelie hatte es ihm nicht krumm genommen, sie hatte das Gespräch mit ihm genossen. Im Anschluss daran war ihr eingefallen, dass sie für die Bartenberg-Soirée nichts Passendes anzuziehen hatte. Sie rief Uli in Berlin an. »Hähnchen, ich brauche eine Robe für dieses Konzert chez Bartenberg. Festlich, Frühlingsabend und so. Wohin soll ich mich wenden? Du weißt, ich bin eher fürs Simple. Es soll simpel, aber umwerfend sein.«

Uli freute sich, ihre Stimme zu hören. »Du klingst, als ob du gut gelaunt wärest. Echt oder Mache?«

»Dir könnte ich sowieso nichts vormachen. Echt. Also höre: Ich freue mich auf dieses Konzert, und ich möchte toll aussehen. Wo kaufe ich ein?«

Uli nannte ihr ein paar Boutiquen, die Amelie sofort verwarf. »Mein Geschäft geht miserabel, ich muss sparen, so teure Fetzen kann ich mir nicht leisten.«

»Dann gehe in den Secondhandshop der Böheimstetten.«

»Wer ist die Böheimstetten?«

»Eine einst mittellose Gräfin, die mit Secondhand jede Menge Kohle macht.«

»Und was mache ich in ihrem Shop?«

»Doofe Frage – die Robe kaufen!«

»Übertragenes Zeug? Was andere Weiber schon durchgeschwitzt haben? Nie und nimmer.«

»Dann geh im Mummu oder nackt oder gar nicht zu Bartenberg«, sagte Uli mitleidlos.

Als Amelie zu greinen begann, sprach er ihr zu. Der gräfliche Secondhandshop sei nicht irgendein Altwarenladen, sondern ein exklusives Unternehmen. Jetsetterinnen, die ihre Designermodelle nur ein- oder zweimal tragen wollten, gäben sie dort zu günstigen Preisen ab. Außerdem habe die Böheimstetten allerlei aufregende Accessoires zu bieten, Hermès-Taschen, schicke Schuhe, altes Zeug aus den Beständen adeliger Häuser.

Ulis Begeisterung geriet ins Crescendo. »Ich liebe diese Hallen! Du wirst dich fühlen wie in der Höhle des Ali Baba! Geh hin und berufe dich auf mich, mit Handkuss an die Gräfin! Ich wollte, ich könnte mit dir gehen!«

Der Laden lag in jenem Viertel der Wiener Innenstadt, das wegen seiner auf nächtlichen Vergnügungen beruhenden Anziehungskraft das Bermuda-Dreieck genannt wurde. Laden war für den gräflichen Secondhandshop wahrhaftig das falsche Wort. Es handelte sich in der Tat um zwei weite, lichte Hallen. Im ersten Stock eines Eckhauses gelegen, ursprünglich für eine Manufaktur gedacht, war hier jahrelang eine bekannte Kunstgalerie untergebracht gewesen. Als das Geschäft mit der Kunst vor ein paar Jahren zu stagnieren begann, war die Secondhandgräfin eingezogen.

Ulis Handkuss konnte Amelie nicht bestellen, denn die Gräfin war nicht zugegen. An ihrer Stelle amtierte eine ätherische junge Person, welche blasiertes Desinteresse an den Tag legte und die wenigen Worte, zu denen sie sich herabließ, durch die Nase sprach.

»Ich komme auf Empfehlung von Uli Hahn«, hatte Amelie sich leicht befangen eingeführt.

Die Ätherische hatte bloß herablassend genickt.

»Ich suche ein Cocktailkleid, nein, eher ein kurzes Abendkleid …«

»Dort drüben«, lispelte die Ätherische und wedelte mit matter Hand Richtung Fenster.

Es war neun Uhr morgens, die Strahlen der Frühlingssonne trafen schräg auf die prächtig glänzenden Textilien. Valentino. Lagerfeld. Gucci. Armani. Chanel … Alles da. Unschlüssig schob Amelie die kostbaren Stücke auf dem Kleiderständer hin und her. Hatte Uli »günstige Preise« gesagt? Eher saftig, fand Amelie. Zu saftig für ihr Budget. Und keines der Kleider erweckte ihre Begehrlichkeit. Zu extravagant dies, zu aufgedonnert jenes … das vielleicht? Ja, das noch am ehesten … Calvin Klein. Raffinierter Schnitt, trotzdem schlicht. Schönes Rot. Sauteuer. Amelie nahm das Kleid vom Haken und hielt es sich vor einem der Standspiegel an. Elegant, tolle Linie, das Rot biss sich nicht mit ihren Augen. Ob sie es anprobieren sollte? Als sie sich nach der Ätherischen umwandte, um zu fragen, wo sie sich umziehen könne, entströmte dem Kleid, das sie über dem Arm hielt, ein schwacher Geruch. Das Parfum der Vorbesitzerin.

Amelie hängte das Kleid zurück. Nein, keine Federn fremder Frauen auf meiner Haut. ›Nicht auf meiner Haut.‹ Auch nicht für Bartenberg. Schon gar nicht für Bartenberg. Nicht auszudenken, wenn sie in dem roten Kleid ankäme und dort zufällig jener Frau gegenüberstände, die es bei der Böheimstetten verscherbelt hatte.

Der Entschluss, hier nichts zu kaufen, stimmte sie frei und heiter. Weiter umsehen wollte sie sich dennoch. Schon Ulis wegen, der mit Sicherheit einen Bericht von ihr einfordern würde.

Langsam schritt sie die Parade der Kleiderständer ab. Pelze. Mäntel, Kostüme, Kleider. Sogar Negligés! Wie konnte man auch nur daran denken, ein Kleidungsstück mit unbekannter intimer Vergangenheit erwerben und in es hineinschlüpfen zu wollen? Kopfschüttelnd bog Amelie um eine stumpfe Ecke in die zweite Halle. Und riss die Augen auf.

Kein Zweifel, das war sie, Ulis Höhle des Ali Baba. Accessoires aller Art. Und Restbestände aus adeligen Häusern. Attraktiv zur Schau gestellt auf Tischen und Podesten.

Prächtige alte Spazierstöcke. Ein grauer Zylinder. Fächer, einer davon aufgespannt, ein Traum aus Elfenbein und weißen Straußenfedern. Spitzenfichus. Broschen und Hutnadeln aus Strass. Zwei Federboas. Bestickte Abendtäschchen …

Und dort drüben alles für die Jagd: ein aufklappbarer Hocker, Plaids, Feldstecher in ledernen Futteralen, Patronentaschen, eine Haube mit Ohrenschützern aus weichstem Leder mit Biberpelz gefüttert …

Ganz hinten im Raum war ledernes Reisegepäck aufgebaut. Schwere, kostbare Koffer, die sich längst überlebt hatten. Gemacht für Herrschaften, die selbst keinen Finger krümmten, um die schweren Trümmer auch nur einen halben Meter zu befördern.

Museal, aber erlesen, dachte Amelie, während sie die von Hand gearbeiteten Stücke eins ums andere betrachtete. Ein Köfferchen mit Henkel, das sich öffnen ließ wie ein zweitüriger Schrank, darin zwei Kristallflaschen für geistige Getränke, dazu silberne Trinkbecher. Ein Reisenecessaire mit Kristallflacons, silbernen Bürsten und Schildpattkämmen. Ein lederner Rucksack, ein Sattel, ein paar Reitpeitschen. Und Reisekoffer in allen Größen und Farben. Hutkoffer, Koffer für den Herrn, Koffer für die Dame. Fast beschämt dachte Amelie an ihr Allerweltsgepäck der Marke Samsonite, griff nach einem weinroten Kalbslederkoffer mit Messingbeschlägen, ächzte unter seinem Gewicht und stellte ihn sofort wieder ab. Da erst entdeckte sie den Schrankkoffer.

»Das darf doch nicht wahr sein«, kicherte sie und wand sich zu dem Ungetüm durch.

Der Koffer war riesig. Aufrecht stehend reichte er bis zur Höhe von Amelies Nasenwurzel. Er war aus gestreiftem, leinenähnlichem Material gearbeitet, mit messingarmierten Lederecken und mit soliden Beschlägen und Schlössern aus Messing versehen. Die Schlüssel steckten in den Schlössern.

Vorsichtig drehte Amelie die Schlüssel, der Koffer öffnete sich, ein Raum tat sich auf. Auf einer ausziehbaren Schiene hingen Kleiderhaken aus Messing, an den Innenseiten waren Halter für Krawatten und Gürtel angebracht. ›Ich hätte locker Platz in dem Ding, man könnte mich darin verstecken und verschiffen‹, dachte Amelie. Sie sah sich um, niemand da, Montag und noch zu früh am Morgen für die Damen der Gesellschaft, die Ätherische ließ sich ebenfalls nicht blicken. Amelie konnte der Versuchung nicht widerstehen, sie stieg in den Koffer und versuchte ihn von innen zu schließen. »Jö, bist du kindisch«, flüsterte sie leise kichernd und zwinkerte durch den schmalen Spalt, der noch offen stand, nach draußen. Dann schnupperte sie. ›Nicht Mottenkugel, nein, ganz und gar nicht. Riecht eher nach Lavendel. Oder Zitronenmelisse.‹

Plötzlich krachte es leise unter ihren Füßen. Erschrocken stieg sie aus dem Koffer, um nachzusehen, ob unter ihrem Gewicht etwas kaputt gegangen war. Sie bückte sich und entdeckte am Grund des Koffers eine flache Lade.

Die Lade wollte sich erst nicht öffnen lassen. Irgendetwas befand sich drin, das hakte. Amelie zog an der Lade, vorsichtig erst, noch einmal, schließlich mit einem heftigen Ruck.

Die Lade war offen. Amelie fasste hinein, ertastete zwei flache Gegenstände aus rauem Stoff und holte sie ans Tageslicht.

Wie versteinert verharrte sie in tiefer Hocke und starrte auf ihren Fund: Ein Paar schwarze Gamaschen. Giftgrün eingefasst. An den oberen Rändern befand sich ein winziges Wappen. Eingestickt. Gleichfalls giftgrün.

9

»Die nehme ich«, sagte Amelie heiser und legte die Gamaschen auf den Tisch. Ihre Stimme kam ihr so fremd vor, dass sie sich flüchtig fragte, ob sie selbst es war, die gesprochen hatte.

Die Ätherische zog die Augenbrauen hoch, griff mit deutlichem Desinteresse nach den Gamaschen, drehte und wendete sie nach allen Seiten und legte sie auf den Tisch zurück. »Das geht nicht, die haben keine Nummer und sind nicht ausgezeichnet.« Hiemit schien das Thema für sie beendet.

»Dann geben Sie ihnen eine Nummer und zeichnen sie aus«, fuhr Amelie die junge Person an.

Im Zeitlupentempo hob die Ätherische die Augenlider, ihr blasierter Blick streifte Amelie und richtete sich gleich wieder ins Weite. »Das gehört nicht zu meinen Aufgaben«, näselte sie.

Der darauf folgende Wortwechsel klärte die Lage ansatzweise. Die Gamaschen hatten unbemerkt in der Lade des Koffers geschlummert, ehe Amelie sie entdeckte. Wie mit dieser Entdeckung zu verfahren sei, könne nur Gräfin Böheimstetten entscheiden. Letztere werde erst gegen Mittag im Shop auftauchen …

Amelie umfasste die Gamaschen mit einem Blick, als wolle sie sie beschwören, nur ja nicht wieder zu verschwinden. Dann wies sie die Ätherische an, der Gräfin zu bestellen, sie, Amelie werde pünktlich um elf Uhr wieder im Shop sein, die Gamaschen seien für sie von enormer Wichtigkeit, sie sei bereit, dafür jeden Preis zu zahlen, man möge sie auf keinen Fall weggeben.

Als sie auf der Straße stand, holte sie so tief Luft, als hätte sie in den letzten zwanzig Minuten das Atmen vergessen. Was tun bis elf Uhr? In die Josefstadt rennen, um den Laden auf- und gleich wieder zuzusperren, kam nicht in Frage.

Amelie begann durch die Stadt zu wandern. Ziellos. Aufgewühlt. Unfähig, Überlegungen anzustellen. Wie kleine unberechenbare Fische schossen Gedankenfetzen durch ihren Kopf. Im Zickzack ging sie durch Gassen, überquerte Plätze, bis sie schießlich vor dem Riesentor des Doms stand. Von einem Schwall von Touristen ließ sie sich ins Innere treiben. Vor dem Seitenaltar der Madonna mit dem Kind quetschte sie sich in die letzte Bank – was heißt Bank, in den einen, engen, nur für Personen mit geringem Körperumfang benützbaren, an eine steinerne Säule geschmiegten Sitz. Vor dem goldenen Hintergrund des Altarbildes spielten Licht und Schatten Fangen mit der graziösen Maria und ihrem feisten Baby. Amelie sah zu, ihr innerer Aufruhr legte sich. Zu guter Letzt schwang, gleichmäßig wie das Pendel einer Uhr, ein einziger Gedanke in ihr: ›Ich habe ihn gefunden. Ich habe ihn gefunden ...‹

Als sie zwei Stunden später Madame Böheimstetten gegenüberstand, war sie sich dessen nicht mehr so sicher. Die Besitzerin des Secondhandshop war zwar durchaus bereit, Amelie die Gamaschen zu überlassen, freilich nicht eher, als sie die Genehmigung des Besitzers eingeholt hatte.

»Sie müssen mich verstehen, meine Liebe. Der Auftraggeber hat offenbar übersehen, dass es in dem Koffer eine Lade und in der Lade ein Paar Gamaschen gibt. Wenn er einem Verkauf zustimmt, können Sie sie selbstverständlich haben.« Die Böheimstetten hatte eine tiefe, raue Stimme. Kettenraucherin. Gegerbtes Gesicht, unzählige Falten, kluge, warmherzige Augen, füllige Figur. Das exakte Gegenstück zu der Ätherischen, die neben der Gräfin zu einem Nichts verblasste.

»Sie kennen den Besitzer?« Die Dringlichkeit von Amelies Frage war unüberhörbar. Die Böheimstetten musterte sie nicht ohne Neugier, lächelte ein wenig und nickte. »Würden Sie so nett sein und ihn anrufen? Jetzt gleich?« Die Gräfin zeigte mittels runder Augen und gerunzelter Stirn Erstaunen. »Es ist nämlich sehr, sehr wichtig für mich, ich suche … ich suche die Gamaschen … ich meine, ich suche solche Gamaschen schon sehr lange …« Schlecht, Amelie, ganz schlecht. Wenn du so weiter machst, verrätst du der Person gleich die ganze Geschichte.

Die Böheimstetten legte ihr Gesicht in begütigend lächelnde Falten und raspelte Beruhigung: »Ich verspreche Ihnen, dass ich die Gamaschen, falls sie verkäuflich sind, für Sie zurückhalte. Ich bin nicht sicher, wann ich den Eigentümer erreiche. Kommen Sie doch in einer Woche wieder …«

Wenn man Amelie Lenz ein halbes Jahr zuvor gesagt hätte, dass ihre Gedanken eine ganze Woche lang von einem Paar Gamaschen beherrscht werden würden, und zwar derart, dass sie sich später an nichts als diese Gamaschen würde erinnern können, hätte sie bloß müde gelächelt. Als sie sich nach Ablauf dieser Woche wieder ins Bermuda-Dreieck aufmachte, um die Böheimstetten aufzusuchen, fühlte sie sich, als ginge sie dem Ende einer Amnesie entgegen.

»Guten Morgen, meine Liebe.« Die Gräfin saß an ihrem Schreibtisch, hatte eine filterlose Zigarette in den Mundwinkel geklemmt und wühlte in einem Wust von Papieren. »Ich muss Ihnen …« Von einem emphysematischen Hustenanfall unterbrochen, konnte sie längere Zeit hindurch nicht sagen, was sie musste. Amelie zappelte vor Ungeduld. »Raucherhusten«, sagte die Gräfin und grinste, als sie sich etwas gefangen hatte.

»Sie wollten mir etwas sagen?«, half Amelie ihr auf die Sprünge.

»Ja, in der Tat. Ich habe den Besitzer der Gamaschen erreicht.« Die Böheimstetten sog den Rauch ihrer Zigarette ein, als müsse sie nachholen, was sie durch den Hustenanfall versäumt hatte. Amelie knirschte mit den Zähnen. ›Wenn sie wieder anfängt zu husten, erwürge ich sie.‹

Die kriminelle Handlung erübrigte sich. Flott kam die Gräfin auf das Wesentliche zu sprechen. Der Besitzer sei mit dem Verkauf einverstanden. Die kuriosen Gamaschen seien, obwohl mit ziemlicher Sicherheit ein Unikat, mit sechshundert Schilling niedrig angesetzt. Wenn Amelie also wolle …

Amelie holte ihr Scheckbuch hervor. ›Wie kann ich ihr verklickern, dass ich nicht nur die Gamaschen, sondern auch den dazugehörigen Mann möchte‹, dachte sie, während sie schrieb.

Die Böheimstetten hatte die Gamaschen in eine gebrauchte Plastiktasche gesteckt und reichte sie Amelie.

»Ich möchte gerne mit dem Besitzer sprechen. Können Sie mir sagen, wie ich ihn erreiche?«, fragte Amelie, zu ihrem eigenen Erstaunen sachlich und bestimmt.

Die Antwort der Gräfin war ebenso sachlich und ebenso bestimmt: »Ausgeschlossen! Egal, ob sie kaufen oder verkaufen, meine Kunden bleiben unter allen Umständen anonym.«

»Es wäre aber sehr, sehr wichtig für mich.« Die Bestimmtheit war dahin, es klang eher wie ein Flehen.

»Warum«, fragte die Böheimstetten ruhig und forschte in Amelies Gesicht.

›Ich schreibe eine Dissertation über Gamaschen … Ich habe die Absicht, Gamaschen zu produzieren …‹ Amelie überlegte fieberhaft, wie sie ihr Ansinnen begründen konnte. Sie wusste nicht, dass sie aussah wie ein ratloses Kind. »Es ist eine sehr persönliche Sache«, sagte sie schließlich leise.

Die Gräfin hatte sie scharf beobachtet. Sie hustete ein wenig, ehe sie ihre Zigarette entschlossen beiseite legte und mit ihren kurzen, fleischigen Fingern in einem Adressbuch zu blättern begann. Als sie das Gesuchte gefunden hatte, kritzelte sie einen Namen, eine Adresse und eine Telefonnummer auf ein Blatt Papier und reichte es Amelie. »Es widerspricht meinem Geschäftsethos. Ich weiß auch nicht, warum ich es tue. Aber Sie haben so ein Gesicht…« Sie lächelte ein klein wenig ironisch, als sie hinzufügte: »Ich hoffe, Sie finden, was Sie suchen, meine Liebe.«

Gregor Freytag. Wien, 4. Bezirk, Wohllebengasse… Das Phantom hatte einen Namen, eine Adresse und eine Telefonnummer. Das Phantom nahm Konturen an.

Gregor Freytag… Mit der linken Hand presste Amelie den Plastiksack mit den Gamaschen an ihr Herz, mit der rechten hielt sie den Zettel der Böheimstetten umklammert, als hätte sie Angst, dass man ihn ihr stehlen könnte. Langsam, fast feierlich ging sie zu Fuß in ihren Laden. Während sie den Rollbalken hinaufschob und die Tür aufsperrte, hielt sie den Adresszettel mit den Lippen fest. Noch ehe sie die Beleuchtung angedreht hatte, trat sie an ihren Schreibtisch, auf dem die immer noch in Arbeit befindliche Puppenstube stand. Sie schob den Zettel mit der Adresse unter das Puppentischchen, barg die Gamaschen in einem der Schreibtischfächer, richtete sich auf und atmete tief durch. Nein, sie würde nicht hudeln nach den verwirrenden Monaten ihrer Suche nach X, jetzt, da sie ihn gefunden hatte, nichts überstürzen.

»Gregor Freytag… er heißt Gregor Freytag, Augustle«, teilte sie dem Bären mit, als sie ihn aus der Auslage hob. Eine Weile stand sie mit hängenden Armen mitten im Raum und überlegte, welches ihrer Stücke als Auslagendekoration außergewöhnlich genug wäre, um diesen außergewöhnlichen Tag würdig zu begehen. Ihre Wahl fiel auf ein Glücksspiel. Das Kakelorum. Ein kunstvoll gestaltetes rundes Holzbrett, in das hundert mit Nummern versehende Mulden eingearbeitet waren. Am Rand des Brettes war eine bemalte hölzerne Figur mit Krönchen angebracht. Steckte man eine Kugel in das Krönchen, rollte dieselbe über eine in den Körper der Figur eingearbeitete Spirale nach unten, um auf das Brett zu kullern und schließlich, vom Zufall geleitet, in einer der – Gewinn oder Verlust anzeigenden – Mulden liegen zu bleiben.

Amelie holte das Spiel aus einem der versperrbaren Kästen, trug es zur Auslage und setzte es gemessen, als zelebriere sie eine kultische Handlung, auf den verspiegelten Boden der Auslage. Klein und kostbar sah es darauf aus. Etwas für Bartenbergs Neffen, ging es ihr flüchtig durch den Kopf. Dann setzte sie sich an den Schreibtisch, nahm den Adresszettel zur Hand und sammelte sich. ›Ich werde ihn anrufen, seine Stimme endlich wieder hören … Und was sage ich, wenn er sich meldet? Am besten nichts. Noch nicht, ich würde sicher stottern vor Aufregung … nein, ich höre mir seine Stimme an und lege auf, melden werde ich mich beim nächsten Mal.‹

Während sie Gregor Freytags Nummer wählte, klopfte ihr Herz laut und dumpf und in ihren Ohren rauschte es. Fünfmal ratschte das Telefon in der Wohllebengasse, ehe sich die Beatles meldeten. *We all live in a yellow submarine, yellow submarine, yellow submarine, we all live in a yellow submarine, yellow submarine, yellow submarine …* Auch die Beatles rauschten, schlechte Tonqualität. Nach ein paar Knacksern eine Stimme, die scheinbar aus weiter Ferne kam: *Hallo Fremdling! Ciao Bella! Servus Freund! Bin zur Zeit außer Landes. Erbitte Name, Telefonnummer und Anliegen. Werde mich nach meiner Rückkehr melden.* Knacks.

Schwer zu sagen, wie oft Amelie Gregor Freytags Nummer in den folgenden Tagen wählte, um seine Stimme zu hören. Sie wählte sie morgens nach dem Aufstehen, mittags statt Essen, abends, um entspannt einschlafen zu können, und zwischendurch, um festzustellen, ob zur Abwechslung der leibhaftige Gregor an der Strippe sein würde. Dass das Tonband so beharrlich lief, erfüllte sie nicht mit Ungeduld, nun, da sie ihren Gamaschenmann enttarnt hatte. Irgendwann würde er selber antworten, dann würde sie sich ihm locker vorstellen, der Rest würde sich ergeben. Mittlerweile prägte sie sich seine helle, kecke Stimme ein. Sie deckte sich nicht mit der Stimme, die sie in Erinnerung hatte. Dass Gregor Freytag auch dem Bild des kantigen Brünetten, das sie seinerzeit von X entworfen hatte, nicht entsprach, dessen war sie jetzt ebenfalls sicher.

Am Palmsonntag rief Lizzi aus Salzburg an, um zu fragen, ob Josef und sie die geplante Reise nach Arezzo nicht doch verschieben sollten. »Schau, Herzerl, der Vater und ich haben uns überlegt, dass wir ebenso gut nach Ostern fahren könnten. Vielleicht brauchst du jetzt ein paar Tage Ferien, ich könnte dich umsorgen, wir zwei könnten einmal übern Tag nach München fahren, Auslagen schauen, der Vater tät sich freuen und der Lorenz sicher auch …«

»Lieb von euch, Mutter«, unterbrach Amelie Lizzis Redefluss, »aber mir geht es zur Zeit hervorragend. Ich habe einen Haufen Arbeit. Außerdem ist der Frühling in Wien schlicht ein Traum. Den möcht »ich nicht versäumen«.

Lizzi wurde hellhörig. »Du klingst so fröhlich, nach Flirt und Flieder, ist vielleicht etwas Nettes passiert, das wir wissen sollten?«

Amelie kicherte. »Nichts von Bedeutung, Mutter, hübscher Alltag. Fahrt zu, ihr beiden! Habt es schön! Grüß Vater! Und kommt mir gesund wieder!«

Die Osterwoche verging im Handumdrehen. Amelie wurde mit der Puppenstube fertig und verabredete sich mit ihrer Puppen sammelnden Kundin, um sie ihr anzubieten. Die junge Frau war begeistert und schlug zu, worauf Amelie Burgi Wechsler anrief, um mit ihr einen Termin für das im Verkaufsfall ausgemachte Abendessen zu fixieren. Die Einladung habe Zeit, Amelie solle ihr lieber bei einem Bazar zugunsten behinderter Kinder helfen, befahl Burgi. Am Gründonnerstag. In der Galerie, die Amelie bereits kenne. Der Erste, dem sie dort in die Arme lief, war Maxim der Maler. Er hatte für den guten Zweck Ostereier in weißrussischer Manier bemalt, die reißend Absatz fanden. Von diesem Erfolg beflügelt, klemmte er sich hinter Amelie, folgte ihr auf Schritt und Tritt und versicherte ihr einförmig, aber leidenschaftlich, dass sie »schen, so schen« sei und von niemand anderem als Maxim gemalt werden müsse. Seine behaarten Hände umkreisten sie wie Vogelspinnen, seine Augen glühten bemüht, in ihrem gelösten Zustand fand Amelie das alles sehr komisch, warf den Kopf in den Nacken und lachte. Gebannt starrte der Weißrusse auf ihren langen, gebogenen Hals und flüsterte gottergeben: »Ich firchte, ich liebe Sie.«

Am Karfreitag machte Amelie Osterputz im Salettl. Dabei fiel ihr das *Lola-Prinzip* in die Hände. Als sie darin blättern wollte, öffnete es sich von selbst bei Kapitel 1.3, jener Stelle, an der Amelie eine Bahnkarte Salzburg–Wien als Lesezeichen eingelegt hatte. *Good bye Zufall* nannte der Autor das Kapitel. Er behauptete darin fettgedruckt, dass es im Kosmos weder Opfer noch Zufälle gebe. Als Kronzeugen für diese seine These führte er Physiker an. Einstein etwa und dessen Satz: »Ich werde nie glauben, dass Gott mit der Welt Würfel spielt.« Oder den Chaos-Theoretiker Paul Davies, der meinte: »Woher kann man wissen, ob das Ergebnis beim Werfen einer Münze oder beim Würfeln wirklich zufällig ist? Darüber besteht keine Einigkeit.«

Alles Schicksal also? Vorbestimmung? Gibt es gar Engel, die das Gewünschte bringen?

Gregor hatte noch immer auf Band geschaltet, und Amelie verstörte das nach wie vor nicht. Ihre Gewissheit, dass sie dicht vorm Ziel stand, war durch nichts zu erschüttern.

Am Morgen des Ostersonntags rief Uli aus Berlin an, um »frohes Sein« zu wünschen. Mit seiner Rückkehr nach Wien sei Anfang Mai zu rechnen. Berlin sei aufregend, aber anstrengend, er selber sei zwar mit seiner Arbeit fertig, aber er wolle Ludwig nicht allein lassen.

»Du klingst besorgt, geht's Ludwig nicht gut?«, fragte Amelie.

Uli seufzte, ehe er sich zu einer Antwort entschloss. »Doch, doch. Er ist schon in Ordnung. Gesundheitlich meine ich. Aber er halst sich einfach zu viel auf.«

Amelie hatte den Eindruck, dass er überlegte, ob er fortfahren sollte. »Na komm schon, mein Hähnchen, irgendetwas stimmt nicht, sag der alten Ami, wo der Schuh drückt«, lockte sie.

Uli blockte ab. »Alles okay, mein Hühnchen. Wirklich. Sag lieber, wie es bei dir so läuft. Warst du bei der Böheimstetten? Hast du eine Robe für Bartenberg gefunden?«

Bartenbergs Fête! Im Banne von Gregor Freytag hatte Amelie das Hauskonzert völlig vergessen.

Am Mittwoch nach Ostern rief der Wirkliche Hofrat an, um zu fragen, wann er sie am darauf folgenden

Abend abholen dürfe. Die Garderobefrage stellte sich insofern nicht mehr, als die Zeit für einen wohl überlegten Kauf nicht mehr reichte. Sie würde den silbergrauen Hosenanzug und das weiße Seidentop anziehen, damit hatte sie zu Silvester auch gepunktet.

Als Amelie Schlag neunzehn Uhr aus dem Haustor trat, um, wie vereinbart, zum Wirklichen ins Taxi zu steigen, hängte sich die Zadrazil aus dem Fenster. »Klass schaugn S' aus, Fräu'n Lenz. Als wia ein Schtar!«, trompetete sie mit nahezu mütterlichem Stolz, was Amelie rührte.

Den Hofrat hingegen ließ ihr Anblick verstummen. Er war aus dem Taxi gestiegen, um ihr hineinzuhelfen. Wortlos stand er da und sah sie an. Er musterte sie von Kopf bis Fuß, und seine Augen glänzten. Schließlich brachte er ein bewunderndes »Makellos« und »Hinreißend« zuwege.

Amelie lächelte etwas verlegen und neigte den Kopf, sodass die Amethystohrringe ihre Wangen streiften. »Ich bitt Sie, Herr Hofrat, so toll ist's auch wieder nicht«, wehrte sie ab und stieg rasch in den Wagen, um weitere Elogen zu unterbinden.

Nachdem Julius von Hofeneder neben ihr Platz genommen hatte und das Taxi losgefahren war, musterte sie ihn ihrerseits. Dunkelblauer, gestreifter Anzug mit Weste, blütenweißes Hemd mit hohem Kragen, dezente Krawatte, das rosige Altherrengesicht aufs Sorgsamste rasiert und dezent duftend. ›Distinguiert‹ und ›Welt von Gestern‹ ging ihr durch den Kopf.

Der Abend war lau, das Fenster an Amelies Seite zur Hälfte geöffnet, draußen roch es verführerisch nach Frühling. Zeit, dass Gregor Freytag in die Stadt zurückkehrt, dachte sie und beschloss, in den kommenden Stunden nach Möglichkeit nicht mehr an ihn zu denken, sondern Bartenbergs Fest zu genießen.

Das Taxi war die Ringstraße und den Kai entlanggefahren. Irgendwann bog es in das Häusermeer des dritten Bezirks ein. Gassen links, Gassen rechts, schließlich eine Sackgasse. Was Amelie am Ende der letzteren sah, übertraf alle ihre Erwartungen. Ein knapper gepflegter Vorgarten, dahinter ein einstöckiges klassizistisches Haus mit Säulenvorbau, das man mit Fug und Recht als kleines Palais bezeichnen konnte. Gartentür und Haustor standen offen. An der Haustür stand, was Amelie mehr vom Hörensagen denn aus eigener Erfahrung als Stubenmädchen erkannte. Schwarzes Kleid, schwarze Strümpfe, schwarze Schuhe; weiße Schürze, weißes Häubchen, weiße Zwirnhandschuhe. »Wie im Film«, hauchte Amelie, fühlte sich plötzlich befangen und hielt sich dicht an den Hofrat, als sie die flachen Stufen zum Eingang erklomm.

Ein langer Gang. An den Wänden Porträts in Öl. Familie wahrscheinlich. Alte Familie, Offiziere mit Degen und Damen in Empirekleidern. Spiegelnder dunkler Parkettboden – nur nicht rutschen! – und links um die Ecke: der Salon. Hoch, licht, nicht enden wollend. Am Eingang Leopold Bartenberg. Umwerfend elegant, hinreißend charmant. Er zähle darauf, dass Julius Hofeneder die schönste Frau des Abends an seiner Stelle behüten werde, bis er, Bartenberg, alle seine Gäste begrüßt habe.

Die Gäste. Eine stetig wachsende Gruppe von Menschen mittleren und reifen Alters. Nicht schick, aber vornehm. Keine der Frauen nach dem letzten Schrei gekleidet, keine in Hosen. Kaum Make-up. Schöner alter Schmuck. Angeregtes Gemurmel, kein schriller Ton. Champagnergenippe. Jeder schien jeden zu kennen.

»So großartig habe ich es mir nicht vorgestellt«, flüsterte Amelie dem Hofrat zu und wich an die hohen, offen stehenden Glastüren zurück, die auf den von schlanken grauen Säulen getragenen Portikus führten. »Ist das Haus schon lange im Besitz der Familie?«

Hofeneder hatte sie mit einigen der Gäste bekannt gemacht und freute sich diebisch, dass Amelie, die er nicht zu Unrecht als seine Entdeckung betrachtete, das Interesse der Anwesenden erweckte. Man unterhielt sich über sie und sie gefiel, das sah er deutlich. Nicht frei von Eitelkeit, zeigte er sich gerne mit der aparten jungen Frau in angeregtem Gespräch.

Das Haus, ja. Ein Juwel. Leopolds Mutter Gabriele von Fechter, Erbin des steinreichen Privatbankiers Moritz von Fechter, habe es nebst erlesenen Kunstgegenständen und einem beträchtlichen Aktienvermögen als Mitgift in die Ehe mit dem brillanten, aber mittellosen Richard Bartenberg eingebracht. Schon in der Zwischenkriegszeit habe es als gesellschaftliches Zentrum ersten Ranges gegolten. Leopold und sein älterer Bruder Heinrich seien hier, in der oberen Etage, geboren worden.

»Ein ganzes Leben in ein und demselben Haus, von der Wiege bis … schwer vorstellbar«, sinnierte Amelie und sog den Duft des Flieders ein, der dicht neben ihr in einer Bodenvase stand.

Dunkler Flieder, dachte der Wirkliche, der eben dabei war, die Farbe der Blüten mit Amelies Augenfarbe zu vergleichen, und meinte lächelnd, in Wien sei das nicht nur vorstellbar, sondern gang und gäbe. »Auch ich bin in der Wohnung auf die Welt gekommen, in der ich heute noch lebe. In Wien zieht man nicht um, wenn man nicht muss.«

Mit den Augen suchte Amelie den Hausherrn. Er stand mit einer alten Dame neben einem prachtvollen Flügel, Bösendorfer, hatte Amelie im Vorübergehen festgestellt. Ein Klavier gehöre in jedes bürgerliche Haus, pflegte Josef Lenz zu sagen. ›Großbürgerlich, alles hier ist großbürgerlich‹, wandelte Amelie im Geiste ab. ›Salon, Klavier, Hausherr … die Art, wie er mit der alten Dame scherzt, nahezu flirtet, und die ihrem Alter angemessene Verehrung allein mit seiner Körperhaltung ausdrückt …‹ »Wohnt der Bruder von Doktor Bartenberg auch in diesem Haus?«, fragte sie nachdenklich.

Julius Hofeneder stand allein auf der Welt. Wie Menschen ohne Familie es mitunter tun, hatte er im Geiste eine befreundete Familie adoptiert: die Bartenbergs. Sie waren sein. Über sie wusste er alles. Wer wen wann geheiratet hatte. Wer wo welchen Beruf ausübte. Wer wann wo gelebt und wer wann wie gestorben war. »Heinrich Bartenberg ist schon einige Jahre tot«, setzte er an und fuhr bereitwillig und ausführlich fort: »Die Brüder haben das Haus zu gleichen Teilen geerbt und waren sich bezüglich der Aufteilung durchaus einig. Heinrich adaptierte den ersten Stock für sich. Leopold richtete sich zu ebener Erde ein. Aber dann haben sie geheiratet. Und ab da lief die Sache schief. Heinrichs Frau Franziska war auf Leopolds schöne Frau Thesi krankhaft eifersüchtig und wollte partout nicht im selben Haus mit ihr leben. Die Heinrichs sind mit ihrem kleinen Sohn Daniel von hier aus- und nie wieder hier eingezogen. Auch Thesis tragischer Tod konnte daran nichts ändern.«

Amelie hatte sich immer Geschwister gewünscht. Die Vorstellung, dass man welche hatte und sich mit ihnen nicht vertrug, wollte ihr nicht in den Kopf. »Wie traurig für Doktor Bartenberg.« Ihre Augenbrauen begannen zu schwingen. »Jetzt lebt er also schon jahrelang ganz allein in dem großen Kasten?«

Ganz so dramatisch sei es nicht, beruhigte der Hofrat. Daniel Bartenberg habe, nachdem auch seine Mutter gestorben war, den oberen Stock geerbt. Er verstehe sich ausgezeichnet mit seinem Onkel, ihm werde wohl dereinst auch Leopolds Haushälfte zufallen.

»Ah, der Neffe.« Amelie schmunzelte. »Der Mann, der eine schwierige Tochter und eine amerikanische Frau hat und Kreisel liebt.«

Das mit den Kreiseln verstand der Hofrat zwar nicht, aber vom Thema Bartenberg wollte er sich noch nicht trennen und geriet wieder in Fahrt. »Wie gesagt, Daniel und Leopold verstehen sich ausgezeichnet. Beruflich ebenso wie privat. Sie sind einander mehr als Neffe und Onkel, sie sind Freunde. Irgendwie tragisch nur, diese Geschichte mit Daniels Frau. Sie müssen wissen …«

Weiter kam er nicht. Unbemerkt von beiden hatte Leopold Bartenberg sich genähert und schob seinen Arm in den von Amelie. »Ich entführe Sie jetzt, meine Liebe«, sagte er und steuerte mit ihr in den angrenzenden Raum. »Julius hat lang genug den Vorzug Ihrer Gesellschaft genossen. Jetzt sind Sie mein.« Mit leiser Ironie setzte er hinzu: »Wenigstens für die Dauer des Konzerts.«

Der Raum, den Bartenberg mit ihr betrat, war die schönste und größte private Bibliothek, die Amelie je gesehen hatte. Locker hatten die zirka vierzig für das Publikum bestimmten goldenen Stühlchen in ihr Platz. Bartenberg führte Amelie zu einem Stuhl in der ersten Reihe und machte klar, dass er den Sitz zu ihrer Rechten einzunehmen beabsichtigte.

Während man sich setzte, postierten die Hausmädchen zwei Notenpulte und Stühle neben dem Flügel im Salon. Bartenberg nahm an der Tür zwischen den beiden Räumen Aufstellung und hieß seine Gäste mit der für ihn typischen Nonchalance noch einmal willkommen. Den britischen Botschafter und dessen Frau sprach er namentlich an. Als Amelie realisierte, dass Letztere rechts von Bartenbergs Stuhl platziert war, wurde ihr klar, dass der

Hausherr sie, die junge Niemandin Amelie Lenz, mit voller Absicht auszeichnete. Mit einem Gemisch aus Genugtuung und leisem Unbehagen fragte sie sich, weshalb.

Als Bartenberg die Musiker ankündigte, bekam Amelie runde Augen. Am Klavier die Leonskaja. Geige Christian Altenburger. Cello Sven Boltenstern. Die spielten in einer anderen Liga als Josef Lenz und seine musikalischen Salzburger Freunde, die waren große Klasse. Ein Klaviertrio von Haydn und das Klaviertrio C-Dur, opus 87 von Brahms würde man hören. Amelie kannte beides und seufzte vor Glück.

Die Musik und die Schönheit der Räume, das sanfte lila Licht des Abends zwischen den grauen Säulen des Portikus', der Duft von Flieder und von unaufdringlich gepflegten Menschen fügte sich für Amelie zu einem absolut harmonischen Ganzen.

»Geht es Ihnen gut?«, flüsterte Leopold Bartenberg einmal in ihr Ohr. Er hatte seinen Kopf so dicht zum ihrigen geneigt, dass sie sein Rasierwasser roch. Irgendwie vertraut, dachte Amelie flüchtig. »Wie im Feenland«, flüsterte sie zurück und lächelte in Bartenbergs Augen.

Das Souper wurde an kleinen Tischen für jeweils vier Personen serviert. Acht Tische fanden im Speisezimmer Platz, vier wurden von den beiden schwarz-weißen Hausmädchen und zwei aus dem Nichts aufgetauchten Kellnern mit Rasanz und Geschick im Salon aufgebaut, was an versierte Bühnenarbeiter erinnerte.

Amelie war an einem der Tische im Speisezimmer platziert. Rostrote Wände, Jagdszenen und Stillleben in alten Rahmen, Kerzenlicht. Ihre Tischgesellschaft setzte sich aus einem namhaften Herzchirurgen, einem Sektionschef im Justizministerium und einer rundlichen rotwangigen Matrone zusammen. Der Herzchirurg erzählte interessant. Er war von seiner Bedeutung überzeugt. Falls Letzteres auch auf den Sektionschef zutraf, wusste der das zu verbergen. Er war witzig und formulierte brillant. Er schäkerte mit Amelie auf eine Art, die ihr Spaß machte. Über seine Sarkasmen musste sie hellauf lachen. Die Matrone entpuppte sich als eine auf dem Lande lebende Baronin und vielfache Großmutter, die zur Unterhaltung nur insofern beitrug, als sie jeden Gang, der serviert wurde, mit großem Fachwissen kommentierte. Im Banne der vielfältigen neuen Eindrücke hatte Amelie den Speisen kaum Beachtung geschenkt. Sie stutzte erst beim Dessert. »Mein Gott, Zitronensoufflé für so viele Menschen, und nicht zusammengefallen«, hauchte sie ehrfürchtig.

Es erstaunte Amelie, wie wohl sie sich in dieser fremden neuen Welt fühlte. ›Wie der Fisch im Wasser‹, war es ihr mehrfach durch den Kopf gegangen. Erst während des allgemeinen Aufbruchs wurde ihr wieder unbehaglich zu Mute. Zuerst verabschiedeten sich der britische Botschafter und seine Frau. »Aha, l'heure fédérale«, raunte ihr der Sektionschef zu und gab seiner hübschen blonden Frau, die nicht weit entfernt von ihm stand, einen Wink mit den Augen. Amelie hatte keinen Schimmer, was mit der »heure fédérale« gemeint war, und empfand eine leise Panik. Gehe ich jetzt? Gehe ich später? Nur nicht überbleiben, nur das nicht, zu peinlich ... Sie hielt nach dem Hofrat Ausschau und erspähte ihn inmitten einer kleinen Gruppe, die ebenfalls im Aufbruch begriffen schien. Sie schlich sich an und zupfte ihn am Ärmel. »Herr Hofrat, ich glaube, ich sollte mich verabschieden«, flüsterte sie ihm zu.

Der Hofrat winkte ab und nahm sie beiseite. »Leopold hat mir ausdrücklich aufgetragen, Sie zurückzuhalten. Er findet, dass er einen ›Drink zur guten Nacht‹ in Ihrer und meiner Gesellschaft redlich verdient hat.«

Es war fast Mitternacht, als Amelie, der Wirkliche und

der Gastgeber in die tiefen Fauteuils vor dem Kamin in der Bibliothek sanken. Die goldenen Stühle waren auf mirakulöse Weise wieder verschwunden. Der Raum war trotz seiner Weite behaglich. Auch hier führten zwei hohe Glastüren auf den Portikus, die eine stand offen, kühle Nachtluft strich herein. Bartenberg, der Amelie beobachtet hatte, sah, wie sie ihre Schultern ein wenig hochzog. »Sie frösteln.« Er stand auf, schloss die Türe und entzündete die Holzscheite, die im Kamin bereit lagen. Dann wandte er sich um und sah auf Amelie herunter. Er studierte ihr Gesicht, das ihm zugewandt war, und fragte lächelnd: »Nun, meine Liebe, sind Sie zufrieden mit dem heutigen Abend?«

Diese letzte Stunde würde Amelie als die befriedigendste im Rahmen von Bartenbergs Hauskonzert im Gedächtnis behalten. Die beiden Herren rauchten schlanke Zigarren und tranken Cognac. Amelie, die kaum harte Getränke zu sich nahm, hatte sich zu einem Whisky überreden lassen. Das Gespräch plätscherte dahin. Von Jagd und von einer Jagdhütte im Salzkammergut war die Rede. Von den Meriten des britischen Botschafters. Und von denen des Sektionschefs, der Amelies Tischnachbar gewesen war.

»Einer der besten Köpfe des Landes«, bemerkte Bartenberg. »Viele halten ihn für ministrabel. Im Übrigen liebt er schöne Frauen. Kein Wunder, dass er mit Ihnen geflirtet hat – hat er doch, Amelie?«

Sie fühlte sich warm und geborgen und war gelöst, als wäre sie hier zu Hause. Das wortlose Lächeln, das sie Bartenberg schenkte, spiegelte ihre Befindlichkeit wider.

Bartenberg räusperte sich und sah rasch ins Feuer. »Schade, dass mein Neffe zur Zeit nicht in Europa ist. Er wäre ein guter Tischherr für Sie gewesen. Von Musik versteht er nicht viel, aber er ist ein charmanter Unterhalter. Und im Alter hätte er besser zu Ihnen gepasst als wir alle.«

Amelie hatte den Eindruck, dass er einen Kommentar zu diesem Neffen von ihr hören wollte. »Er lebt mit seiner Familie in Amerika, wenn ich mich recht erinnere«, sagte sie artig.

Bartenberg zog die Augenbrauen zusammen. »Familie…«, brummte er. Es klang ungehalten. Ein Augenblick des Missfallens bloß, gleich darauf lächelte er Amelie mit all seinem Charme zu. »Werden Sie mir die Freude machen, einmal zu einem Abendessen zu mir zu kommen?«, fragte er und freute sich sichtlich, als Amelie mit einer Antwort etwas zögerte. »In allen Ehren natürlich. Eine zwanglose kleine Abendgesellschaft, höchstens zehn Personen, keine Schreckschrauben darunter.«

Es war ein Uhr morgens, als der Hofrat sie vor dem Haustor absetzte. Zu spät für die Zadrazil. Spät auch für Amelie. Sie war müde, ließ ihre Kleider, wo sie gerade hinfielen, liegen, kletterte auf den Hängeboden, schlüpfte ohne Zwischenstopp im »Orient« unter die Decke und schlief augenblicklich ein. Irgendwann in der Nacht wachte sie auf, fand sich zu ihrem eigenen Erstaunen kerzengrade im Bett sitzen und laut sagen: »Gregor Freytag! Ich habe dich nicht vergessen!«

Am nächsten Morgen Punkt neun Uhr griff sie zum Telefon und wählte Gregors Nummer. Sie kannte sie inzwischen auswendig. Sie war weder nervös noch gespannt, weil sie nichts anderes als die Beatles und die Stimme am Tonband erwartete.

»Freytag!«

Es klang barsch, und Amelie widerstand dem Impuls, »Samstag!« zurückzublaffen. »Guten Morgen. Mein Name ist Amelie Lenz«, sagte sie. Ihre Stimme war ruhig, ihr Ton sachlich, und ihr Herz klopfte kein bisschen.

»Ja bitte?« Es hörte sich irgendwie misstrauisch an.

»Ich habe Ihre Gamaschen bei der Gräfin Böheimstetten gekauft und würde Sie gerne treffen, weil ich einige Fragen dazu habe.« Wenn sie die Sätze monatelang geprobt hätte, hätten sie nicht glatter und stotterfreier über ihre Lippen kommen können.

Der Mann am anderen Ende der Leitung schien kurz zu überlegen. Als er wieder sprach, klang das auf einmal fröhlich, schalkhaft, frech, als wäre statt seiner ein anderer am Telefon. »Sind Sie hübsch, Signora? Ich denke, Sie sind hübsch, Ihre Stimme klingt ganz danach. Ich liebe hübsche Frauen.«

Sie schaffte es nicht, auf seinen lockeren Ton einzugehen. ›Mach's kurz, Amelie, je kürzer, desto besser.‹ »Es wird nicht lange dauern«, sagte sie nüchtern. »Hätten Sie heute irgendwann eine halbe Stunde Zeit?«

Freytag wurde ebenfalls sachlich. »Sorry, ich fahre übers Wochenende aufs Land. Montag vielleicht?«

»Gut, Montag. Passt Ihnen siebzehn Uhr, Café Landtmann?«

»Perfekt. Und wie werden wir uns erkennen? Soll ich eine weiße Nelke im Knopfloch tragen?« Seine Stimme lachte wieder.

Amelie blieb cool. »Nicht nötig. Ich werde eine Ihrer Gamaschen in der Hand halten.«

Jetzt lachte Gregor Freytag lauthals. »Ein bizarres Kennzeichen. Ich sehe unserem Rendezvous mit unglaublicher Spannung entgegen. Bis dann, Signora! Ciao!«

Sie legte auf und ließ sich auf einen Stuhl sinken. Ihre Knie und ihre Hände begannen unkontrollierbar zu zittern, ihre Herztätigkeit schien aus dem Stillstand zögernd wieder einzusetzen. Wie ein Frosch nach der Winterstarre, dachte sie und kicherte. Ihr Blut fing an zu kreisen, sie war plötzlich von wilder Freude erfüllt, sprang auf und begann sich wie ein tanzender Derwisch zu drehen.

Der nächste Tag war ein Samstag. Sie machte blau. Sie lief in die Stadt und kaufte einen ungemein lässigen, figurbetonten, sandfarbenen Hosenanzug, den sie sich eigentlich nicht leisten konnte. Und weil's eh schon Wurscht war, sprang sie über ihren Schatten und erwarb ungesund hochhackige, aber todschicke Schuhe noch dazu.

Am Sonntag fuhr sie mit dem Rad vier Stunden die Donau entlang und war abends derart müde, dass sie früh zu Bett ging und traumlos schlief.

Am Montag machte sie sich sorgfältig zurecht, als ginge sie zu ihrer Hochzeit. Um den neuen Hosenanzug nicht zu strapazieren, dekorierte sie die Auslage nicht, sondern ließ August einfach darin sitzen. Das schien ihr dann doch zu lieblos. Gerade heute. Also lief sie zum Iraker, kaufte ihm ein Töpfchen mit weißen Tulpen ab und stellte es dem Bären zwischen die Pfoten.

Als sie den Laden um 16.30 Uhr zusperren wollte, läutete das Telefon. Ich gehe nicht dran, dachte sie und war schon auf dem Weg zur Tür, als ihr einfiel, dass es Gregor sein könnte: vielleicht um abzusagen?

Es war nicht Gregor – sondern Uli. Er habe Sehnsucht nach ihr, in Berlin gebe es niemanden, mit dem er reden könne. Er klang gedrückt, aber Amelie war in Gedanken schon im Café Landtmann. Sie fragte ihn nicht, ob etwas nicht in Ordnung sei, sie sagte. »Sei nicht böse, Uli, ich bin in Eile, ich muss weg.« Und weil ihr das schließlich doch zu dürftig schien, fügte sie hinzu: »Es ist nämlich etwas im Laufen. Was es ist, kann ich dir aber erst sagen, wenn's gelaufen ist.«

Sie hatte sich vorgenommen, zehn Minuten nach siebzehn Uhr im Landtmann aufzutauchen, ›über den Dingen stehen und so‹. Aus Angst, Gregor könne sie suchen, nicht finden und wieder gehen, war sie jedoch schon fünf Minuten vor der vereinbarten Zeit im Café. Sie stand auf der Terrasse und sah sich suchend um. Rückendeckung, sie brauchte einen Tisch mit Rückendeckung und freier Sicht. Der dort drüben, ja, ein bisschen sehr im Eck, dafür an der Hausmauer. Sobald sie saß, nahm sie eine der Gamaschen aus einer Papiertasche und legte sie vor sich auf den Tisch. Die Papiertasche war schick, lange hatte Amelie in ihrem Vorrat gewühlt, um eine zu finden, die schick war und zum neuen Hosenanzug passte. Die Gamasche hingegen machte sich miserabel auf dem Caféhaustischchen. Deplatziert. Wie das falsche Requisit im richtigen Akt. Amelie legte sie auf den Stuhl. Nein, nicht gut, da war sie kaum zu sehen, wieder rauf auf den Tisch… Und just da fiel Gregor Freytags Schatten auf Amelie und diesen Überschuh.

Zuerst nahm sie sein Gebiss wahr. Ebenmäßig, weiß, glänzend, umrahmt von einem betörend vollen Mund. Der Mund lächelte. »Ich wusste, dass Sie hübsch sind«, sagte er. Helle Augen, auffallend schwarze Wimpern, dunkle Brauen, brünettes, welliges Haar, das bis in den Nacken reichte. »Schade, dass Sie stumm sind«, sagte die helle, kecke Stimme, die Amelie vom Tonband vertraut war. »Darf ich?« Er ließ sich ihr gegenüber in einen Stuhl fallen, griff nach der Gamasche und drehte sie in seinen wendigen, langfingrigen Händen wie ein Taschenspieler. Mit einem Hauch von Unverschämtheit fixierte er Amelie, die ihn wortlos anstarrte. Die Situation schien ihn zu erheitern. »Werde ich jemals erfahren, was Sie so brennend an Urgroßvaters Gamaschen interessiert?«, seufzte er betont theatralisch und setzte ein Lächeln von jungenhaftem Charme oben auf. Amelies stumme Spannung löste sich, ihre Brauen segelten aufwärts, und sie begann ebenfalls zu lächeln. Gregor Freytag schluckte. »Madonna, was für Augen«, sagte er ergriffen.

Am Abend desselben Tages konnte Amelie sich nicht mehr erinnern, wie das eigentliche Gespräch mit Gregor in Gang gekommen war. Jedes Detail seines erstaunlich glatten Gesichts, seiner schlaksigen Gestalt, seiner dezent modischen Kleidung war ihr im Gedächtnis geblieben. Aber den Anfang ihres Gesprächs hatte eine Gedächtnislücke verschluckt. Sie wusste nur, dass sie zu irgendeinem Zeitpunkt krampfhaft nach einem Märchen gesucht hatte, das sie ihm hätte auftischen können, um ihr Interesse an den Gamaschen zu erklären. Und dass sie, als ihr keines einfiel, einfach aus der Hüfte geschossen hatte. »Bitte«, hatte sie gesagt und noch einmal, »bitte! Haben Sie die Gamaschen jemals getragen?«

»Nein, ich wüsste nicht…«, sagte er und stockte, als er jähe Enttäuschung im Gesicht der Frau las. Er tat, als denke er scharf nach, schlug sich auf die Stirn und rief leise: »Aber ja! Ich habe sie doch einmal getragen!«

»Wann?«, stieß Amelie hervor.

Er überlegte kurz. »Es war elendes Wetter…«

»War es im letzten November?«, fragte Amelie atemlos.

Gregor sah in ihr erwartungsvolles Gesicht. »November…? Ja, Sie haben Recht, es war November.«

»Können Sie sich erinnern, ob sie damals über den Ballhausplatz gegangen sind?«

Einserfrage, lächelte er in sich hinein. »Warten Sie, Ballhausplatz… doch, natürlich, es war elendes Wetter, deshalb hatte ich die Gamaschen an, und ich bin über den Ballhausplatz gegangen…«

Ihr strahlendes Lächeln verhieß ihm Sieg. »Ich bin diejenige, die damals in Sie hineingerannt ist. Sie haben meinen Schirm gerichtet!«

»*Sie* waren das!« Das entzückte Lachen musste Gregor

Freytag nicht erst simulieren. Ihr Prachthaar, diese Augen, der lange graziöse Hals; Hände, deren schmale Gelenke auf schmale Fesseln schließen ließen; das alles war ausgesprochen viel versprechend.

»Haben Sie jemals gehinkt?«, fragte Amelie und riss ihn aus seinen angenehmen Vorstellungen einer näheren Zukunft.

Darüber war er so verdutzt, dass er, ohne zu überlegen, herausplatzte: »Nein, also das nun wirklich nicht!«

Am Abend dieses denkwürdigen Tages rief Amelie Uli in Berlin an. »Falls du nicht sitzt, setz dich«, begann sie ohne Einleitung. Ihre Stimme jubilierte. »Ludwig und du, ihr habt damals Recht gehabt, ich habe mir bloß eingebildet, dass mein Phantom hinkt. Es hinkt nicht, das weiß ich jetzt. Es ist nämlich so ... du wolltest doch wissen, was läuft ... ich habe den Gamaschenmann gefunden!«

10

Später würde sich Amelie immer öfter fragen, ob sie ihn tatsächlich gefunden hatte, den Mann, den sie gesucht und von dem sie geträumt hatte. Denn Gregor Freytag war irgendwie anders. Aber er erfüllte sie ganz.

An sich war Amelie nicht leicht zu erobern. Aber als Gregor im Café Landtmann ungeniert aus seiner Familiengeschichte plauderte, hatte er dies mit derart gewinnender Offenheit getan, dass ihre Selbstschutzsicherungen durchbrannten.

Auf das Thema waren sie der Gamaschen wegen gekommen. Mit Sicherheit könne er nicht sagen, ob die

Dinger aus dem Besitz seines Urgroßvaters stammten, es sei bloß eine Vermutung. Tatsächlich wisse er über den alten Herrn so gut wie nichts. Denn seine, Gregors, Mutter, die seit einigen Jahren der grüne Hügel decke, habe über ihre Familie nie gesprochen, habe sie faktisch totgeschwiegen.

Amelie hatte die Augen neugierig aufgerissen. Das genügte Gregor, um ungefragt fortzufahren. Seine Mutter Alma habe sich 1960 Hals über Kopf in einen berühmten italienischen Tenor verliebt, der in Wien gastierte. Und wie das Leben so spielt – der Tenor auch in sie. Das Resultat: Klein-Gregor. Heirat außer Diskussion. Der Tenor war bereits verheiratet und eine Scheidung in Italien damals unmöglich. Almas Familie – alt, angesehen und von Standesdünkel geradezu zerfressen – wollte von der ledigen Mutter nichts mehr wissen. Er, Gregor, trage zwar den Namen seiner Großeltern mütterlicherseits, aber er habe sie praktisch nicht gekannt. Immerhin sei nach dem Tod seiner Großmutter jede Menge »Schnee von Gestern« auf ihn gekommen, darunter auch der Schrankkoffer inklusive Gamaschen. Im Übrigen lagere noch haufenweise Krempel aus besseren Tagen in seiner Wohnung … ob sich Amelie vielleicht dafür interessiere?

Während Gregor sprach, hatte sie wie hypnotisiert auf seinen vollen Mund gestarrt, das Spiel seiner Lippen verfolgt, sich gefragt, ob seine glänzenden Zähne sich so glatt anfühlen würden, wie sie aussahen … Und schon war sie ihm auf den Leim gegangen. »Ich … ich handle mit altem Spielzeug, nur das käme für mich in Frage«, murmelte sie.

»Na bestens! Ich glaube, ich habe irgendwo einen alten Puppenwagen, so einen aus Korb mit schmiedeeisernen Rädern, auf dem Dachboden gesehen. Und eine Puppe aus Porzellan müsste auch noch irgendwo sein.«

So kam es, dass Amelie bereits am darauf folgenden Tag um sechzehn Uhr in der Beletage eines Gründerzeithauses in der Wohllebengasse stand und mit Herzklopfen an der Tür mit dem angelaufenen Messingschild, auf dem ›Rittmeister v. Freytag‹ stand, läutete.

Was hatte sie erwartet? Das Folgende jedenfalls nicht: Gregor öffnete die Tür, ergriff ihre Hand, zog sie mit eindeutig sinnlichem Blick über die Schwelle und duzte sie zum Willkomm. »Komm, komm herein!«, sagte er. Es klang erwartungsvoll. Seine Füße waren braun und nackt, seine Zehen lang und beweglich. Er trug eine weite Hose aus grobem Leinen und ein hautenges ärmelloses T-Shirt, das darauf angelegt zu sein schien, seine langen, glatten braunen Arme ins rechte Licht zu rücken und keinen Zweifel daran zu lassen, dass Gregor Freytags Rumpf frei von überflüssigem Fett war. Er entschuldigte seinen lockeren Aufzug mit keinem Wort.

Mit einem Ruck zog Amelie ihre Hand aus der seinen. Die Hitze, die ihr von der Körpermitte bis unter die Haarwurzeln stieg, war mit der herrschenden warmen Außentemperatur nicht zu erklären. »Ich … ich habe nicht lange Zeit. Ich bin nur gekommen, um mir die Sachen anzusehen, von denen Sie gesprochen haben«, sagte sie und ärgerte sich, dass ihre Stimme heiser klang.

»Komm mit!« Unbeirrbar blieb Gregor beim Du und ging ihr durch eine Flucht hoher, düsterer, abgewohnter Räume voran. Dunkelbraune abgestoßene Fenster- und Türfüllungen, die das hereinfallende Sonnenlicht verschluckten. Vorhänge, die einst prächtig gewesen sein mochten, mit den Jahren aber zu verschossenen, traurigen Lappen verkommen waren. An den Wänden vergilbte Tapeten mit helleren Flecken da, wo früher Bilder gehangen hatten. Keine Möbel, keine Teppiche, glanzlos gewordenes Parkett, das unter Gregors nackten Füßen leise knarrte. Als hätte er Amelies Betroffenheit gespürt, erklärte er im Gehen: »Ich bin dabei, die Wohnung aufzulösen. Ich ziehe nach Mailand um. Beruflich…«

Mailand versetzte Amelie einen Stich. »Für immer?«, fragte sie. Der leisen Panik in ihrer Stimme war sie sich nicht bewusst.

Vor einer geschlossenen Türe blieb Gregor stehen, wandte sich um und sah sie abschätzend an. »Nein, nicht für immer. Ich habe einen Vertrag für zwei Jahre unterschrieben. Aber für mich als Junggesellen hat es keinen Sinn, die alte Bude hier zu behalten. Wenn ich nach Wien zurückkomme, suche ich mir ein schickes Penthouse.«

»Was werden Sie in Mailand machen?«, unterbrach ihn Amelie.

Versonnen sah er in ihre Augen, als hätte er die Frage gar nicht gehört. »Headhunter für einen italienischen Medienkonzern«, sagte er schließlich, drehte sich von ihr weg, öffnete die Tür und betrat, was selbst der ahnungsloseste Engel als Schlafzimmer bezeichnet hätte.

Die Jalousien an den beiden Fenstern waren heruntergelassen. Sie stammten von anno dazumal, bestanden aus hölzernen Spaletten und tauchten den Raum in dünne Streifen Sonnenlicht und breite Schatten. Das Zimmer selbst war nicht ganz so groß wie die übrigen Räume, aber bis auf einen Schrank, einen alten Lehnstuhl und eine alles beherrschende Schlafstätte ebenfalls leer. Kein Bett im eigentlichen Sinne. Eigentlich nichts anderes als eine gewaltige, quadratische Matratze, die vor einem verstaubten offenen Kamin lag und einen Großteil des ungepflegten Parkettbodens barmherzig verdeckte. Das Bettzeug, so es eines gab, wurde dem Blick durch eine bunt gemusterte Tagesdecke entzogen. Das indezent anmutende Ensemble wurde von einem über dem Kamin geneigt angebrachten Spiegel in einem verschnörkelten Goldrahmen verdoppelt. Lustwiese hätte Hermann das genannt, schoss es Amelie durch den Kopf, und weil sie sich ärgerte, dass sie ausgerechnet jetzt an Hermann dachte, sagte sie ziemlich barsch: »Also, Herr Freytag, wo sind die Sachen, die Sie mir zeigen wollten!«

Er grinste verschmitzt. »Der Puppenwagen muss auf dem Dachboden sein, ich hatte noch keine Zeit nachzusehen. Aber vielleicht interessieren dich alte Kinderbücher.« Er deutete auf den Kaminsims.

Amelie zögerte. Eine innere Stimme sagte ihr, dass ein würdevoller Rückzug in dieser Situation das einzig Mögliche sei. Stattdessen trat sie an den Kamin. Die Matratze ließ ihr nicht viel Raum, sie musste höllisch darauf achten, sich mit dem Absatz ihres Schuhs nicht in der Tagesdecke zu verfangen. Nicht auszudenken, wenn sie vor Gregors Augen in dessen Bett plumpsen würde.

Auf dem Sims lag ein Stapel abgegriffener Bücher. *In der Heimat der Blumen* und *Hannerl in der Pilzstadt* von Annelies Umlauf-Lamatsch, drei Kasperle-Bücher von Josephine Siebe und *Der kleine Häwelmann* von Theodor Storm. Titel, die Amelie vertraut und lieb waren, sie hatte sie als Kind aus dem Besitz ihrer Mutter übernommen und bis zur Bewusstlosigkeit gelesen. Seltsam berührt schlug sie den *Häwelmann* auf. »Alma Freytag« stand in unbeholfener Kinderschrift auf der leeren Schmuckseite vor dem Titelblatt. In diesem Augenblick streifte Gregors Atem ihre Wange.

Wie eine Katze musste er sich angeschlichen haben. Jetzt stand er so dicht hinter ihr, dass sie die Wärme, die sein Körper ausstrahlte, deutlich spürte. ›Wenn ich mich umdrehe, muss ich ihn berühren.‹ Der Gedanke machte sie hilflos und zittrig. Starr wie eine Latte stand sie da, während ihre Knie langsam zu Pudding wurden. Sie verlor jeden Zeitbegriff, bis sie schließlich nichts mehr wahrnahm als die Nähe des Mannes.

Auf diesen Moment schien Gregor gewartet zu haben. Er berührte ihr Haar, hob es im Zeitlupentempo und küsste ihren Nacken. Nicht gierig, nicht einmal leidenschaftlich. Unglaublich zart strichen seine weichen Lippen vom untersten Halswirbel aufwärts und langsam wieder abwärts. Sie blieben einen Augenblick liegen, Amelie spürte seine Zunge sachte um den untersten Halswirbel kreisen, ehe er in ihr Ohr flüsterte: »Du riechst nach Zimt und Zucker.« Sacht legten sich seine Hände um ihren langen Hals und glitten darüber, als wollten sie ein Kunstwerk betasten. Als seine Finger über ihre Schlüsselbeine nach vorne glitten, setzte Amelies Atem vorübergehend aus. Ohne Hast, aber bestimmt umschlossen seine Hände ihre Brüste, mit leichtem Druck zog er sie so an seinen Körper, nicht einmal ansatzweise verspürte sie den Willen, sich dagegen zu sträuben. An ihrem Rücken spielte die Muskulatur seines Torsos, deutlich fühlte Amelie seine Erregung, ›alles ist vorherbestimmt‹, dachte sie noch, und dann hörte sie für eine lange Weile auf zu denken.

»Du hast eine Gänsehaut«, sagte Gregor. Er hob sich von ihr weg, zog die Tagesdecke unter ihrem Körper hervor und warf sie über Amelie. Nackt stand er über ihr und sah auf sie herunter.

»Du siehst siegreich aus«, murmelte sie lächelnd.

»Ich bin siegreich«, erwiderte er selbstzufrieden.

Träge beobachtete sie, wie er aus dem Zimmer ging. Erst jetzt fiel ihr auf, wie schmal er gebaut war. Er ist lang und schmal, dachte sie verwundert. Weshalb sie das verwunderte, hätte sie nicht zu sagen vermocht.

Sie kuschelte sich in das Bettzeug, das nach Gregor

roch. Rund um die Matratze lagen ihre und seine Kleider verstreut. Amelie kicherte. Es war so schnell gegangen, im Handumdrehen waren sie beide nackt und bereit gewesen. Und er hatte sie fabelhaft geliebt …

Gregor kehrte mit einem Tablett zurück, auf dem sich Gläser, eine Flasche Champagner und ein Teller mit Canapés befanden. Amelie sah ihm entgegen. Eingehend betrachtete sie seine Körpermitte, kam sich verworfen vor und freute sich darüber.

»Aha!« Sie deutete auf das Tablett. »Alles bestens vorbereitet! Du hast wohl mit deinem Sieg gerechnet.«

Gregor war dabei, den Champagner einzuschenken. Er setzte ein Böse-Buben-Lächeln auf. »Sagen wir so: Ich war meiner Sache ziemlich sicher. Außerdem soll man in der Liebe nichts dem Zufall überlassen.« Er ließ Amelie keine Zeit, über seine Worte nachzudenken. Mit einem Ruck zog er die Decke von ihrem Körper und malte mit dem kalten Glas einen Kreis über ihren Bauch, ehe er es ihr in die Hand drückte.

»Auf unser beider Wohl, Geliebte meiner siebenundzwanzig Sinne.« Er trank sein Glas auf einen Zug aus. »Trink, trink«, forderte er sie auf, und Amelie trank. Bedenkenlos und schnell. Im selben Tempo wie Gregor. Dieses und noch zwei Gläser.

In ihrem Kopf begann es, sich zu drehen. Sie kicherte, als Gregor sich über sie rollte. »Noch einmal? Hocherfreut«, murmelte sie mit schwerer Zunge und überließ sich ihm, als wäre sie eine mit Sägespänen gefüllte Puppe. Als Gregor ihre Taille umfasste und sie seinem Körper entgegenhob, kippte ihr Kopf in den Nacken. Sie öffnete die Augen und sah in dem Spiegel über dem Kamin zwei fremde nackte Menschen beim Liebesspiel. In dem Maß, in dem das Bild in ihr Bewusstsein sickerte, wuchs ihre Erregung. »Aber das sind ja wir«, flüsterte sie plötzlich, und im selben Augenblick wich ihre Passivität.

Sie sah Gregors Körper sich über dem ihren winden. ›Wie ein Aal‹, dachte sie, und dann hob sie ab.

Als hätte ihn der Blitz getroffen, schlief Gregor wenige Augenblicke, nachdem er seinen Höhepunkt erreicht hatte, auf Amelie liegend ein. Je tiefer er atmete, desto schwerer wurde er. Amelie bekam keine Luft mehr und rollte ihn von sich herunter. Sie war überhaupt nicht müde. Sie lag neben ihm auf dem Rücken und starrte ihr Spiegelbild an. Lag es an diesem Spiegel, dass sie sich fühlte, als wäre sie weit von sich entfernt? Als würde sie sich selbst aus der Vogelperspektive betrachten? Als schwebte sie.

Der Schwebezustand hielt die nächsten Tage an. Dafür sorgte Gregor, der sich bestrebt zeigte, Amelie nicht von seiner Matratze zu lassen. Wie sie es schaffte, morgens den Laden aufzusperren, war ihr selbst ein Rätsel. Kaum war er jedoch geöffnet, schloss Amelie ihn auch schon wieder. Spätestens um drei Uhr nachmittags wurde August in die Auslage verfrachtet. Denn Gregor fand Liebe am Nachmittag besonders stimulierend. Sie gingen niemals aus. Bis tief in die Nacht blieben sie mehr oder minder ineinander verstrickt. Zwischendurch gab es kühlen weißen Wein und Snacks. Amelie fand sich total verändert, aber sie reflektierte diese Tatsache nicht. Sie gab sich einfach hin. Verweigerte sich keiner von Gregors Varianten. Wurde mitunter selbst erfinderisch. Blinzelte mit halb geschlossenen Augen in den Spiegel über der Matratze und zog immer wieder den Vergleich zwischen Gregor und einem Aal. Hermann hatte wie ein Hackbeil geliebt. Max den Maler und seine Raffinessen hatte sie verdrängt. An die der Kanaille Franz konnte sie sich gar nicht mehr erinnern. Gregor hingegen ... er liebte wie ein unanständiger Aal.

Das vorläufige Ende kam unvermittelt. Als Gregor ihr im Laufe der fünften gemeinsamen Nacht beiläufig mitteilte, dass er am nächsten Morgen nach Mailand müsse, wusste sie zunächst nicht, was sie darauf sagen sollte. Sie hatten bisher so wenig gesprochen. Ihre Körper kannten sie aus dem Effeff, aber voneinander wussten sie so gut wie nichts.

Wie lange bleibst du fort? Wann kommst du wieder? Fragen wie diese wären nahe liegend gewesen. Stattdessen sagte sie ohne direktes Apropos: »Und was ist, wenn ich schwanger bin?«

Gregor setzte sich ruckartig auf und sah auf sie herunter. »Was, du verhütest nicht?«, fragte er ziemlich fassungslos.

»Dir ist das Verhüten auch nicht in den Sinn gekommen«, erwiderte sie schnippisch.

Gregor betrachtete sie nachdenklich. Dann strich er ihr das Haar aus der Stirn. Es war eine zärtliche Geste. »Macht nichts, wenn du schwanger bist. Dann heiraten wir eben. Aber besser wäre es schon, wenn wir noch etwas mehr Zeit hätten.«

Zeit wozu, dachte Amelie flüchtig und beruhigte ihn. »Es ist nicht sehr wahrscheinlich, dass ich schwanger bin. Ich habe nie verhütet und nichts ist je passiert. Mein Frauenarzt hat schon vor Jahren irgendwo in mir einen Knick festgestellt. ›Retroversion‹, hat er gesagt. Das erschwere die Empfängnis.« Als Gregor dazu schwieg, stand sie auf und begann sich anzuziehen. »Du musst morgen sicher früh aufstehen. Ich gehe jetzt nach Hause«, sagte sie flach. Und schließlich doch, verloren wie ein allein gelassenes Kind: »Wann kommst du wieder?«

Er sprang auf, zog sie an sich und wiegte sie. »In zehn

Tagen bin ich wieder da«, murmelte er in ihr Haar. Nach einer Weile schob er sie von sich und musterte sie lächelnd: »Ich habe eine Bitte, Liebling. Kauf dir etwas Hübsches, während ich weg bin. Keine Schlabberhosen, keine sackartigen Jacken, etwas Feminines. Ein tailliertes Kleid oder einen schwingenden Rock, etwas, das deine Beine zeigt…« Als er ihr Erstaunen bemerkte, setzte er forsch hinzu: »Sobald du bei mir in Mailand bist, kaufe ich für dich ein. Den Männern soll bei deinem Anblick der Atem stocken…«

Amelie unterbrach ihn. »Wann werde ich in Mailand sein?« Als sie darauf keine Antwort erhielt, fragte sie kühl: »Kann ich dich in Mailand erreichen?«

Er ließ sie los. »Das ist kompliziert… Ich bin schwer zu erreichen, ich bin viel unterwegs.« Als er sah, wie Amelies Augenbrauen sich langsam hoben, fügte er rasch hinzu, »weil ich noch keine Wohnung in Mailand habe. Ich bin auf der Suche, vorläufig wohne ich in einer Pension. Du könntest mich am Mobiltelefon erwischen… Nein, auch nicht gut, es ist meistens ausgeschaltet… Ich werde dich anrufen. Täglich, stündlich werde ich dich anrufen.«

Gregor Freytag kam nicht nach zehn Tagen wieder, er blieb drei Wochen fort. Er rief nicht stündlich, nicht einmal täglich an, er meldete sich zu den unterschiedlichsten Tageszeiten, und dann war er oft schlecht zu verstehen. Es rausche so schrecklich, ob er an einem Bach sitze, hatte Amelie einmal gefragt. Er sei im Auto unterwegs, abends aus seiner Pension werde er sie wieder anrufen. Darauf wartete Amelie vergebens. Stattdessen weckte er sie einige Male mitten in der Nacht. Er liege einsam in seinem Bett, die Sehnsucht nach Amelie schüttle ihn… dann raunte er so lange Laszives ins Telefon, bis Amelie zu stöhnen begann.

Es waren die Gamaschen, die erste Zweifel an Gregors Identität mit dem Phantom in ihr weckten. Es war Mitte Mai und plötzlich ziemlich warm geworden. Amelie kramte in ihrem Schrank nach dünnen T-Shirts, als ihr die Gamaschen in die Hände fielen. Ihr erstes Rendezvous mit Gregor, der Tisch im Café Landtmann, die zitternde Erwartung, dem herbeigesehnten Unbekannten endlich gegenüberzustehen, wurde unvermittelt wieder lebendig. Sie hockte auf dem Boden vor dem Schrank, starrte auf die Gamaschen und versuchte sich darüber klar zu werden, ob das Bild des gesichtslosen Novembermannes, das sie in sich trug, sich mit dem von Gregor Freytag deckte. Es gelang nicht. Gregor warf einen zu kräftigen Schatten über X. Sie konnte X weder hören noch fühlen noch riechen, weil sie nur mehr Gregor hören und fühlen und riechen konnte.

Eine Woche nach Gregors Abreise kehrte Uli nach Wien zurück. Er rief noch vom Flugplatz aus an, um sich mit Amelie zu verabreden. »Gleich heute Abend«, bat er. In seiner Stimme lag eine Dringlichkeit, die Amelie besorgte. Ob alles in Ordnung sei, wollte sie wissen. Er wehrte ab. Aber ja. Er sei bloß aufs Äußerste gespannt, was es mit dem Gamaschenmann auf sich habe.

Der Abend war lau. Ideal, um im Freien zu sitzen. Sie hatten sich auf das kleine Restaurant im Volksgarten geeinigt, bei trockenem Frühlings- und Sommerwetter eine erste Adresse in der Stadt. Über den blechernen Tischchen und Lämpchen im Design der Fünfzigerjahre rauschte es in den Kronen alter Bäume. Dass einen daraus zuweilen ein Vogel bekleckste, nahm man in Kauf.

Nach Uli Ausschau haltend, wand Amelie sich zwischen den Tischen durch. Er saß ziemlich versteckt in einem Winkel des Gartens. Als er aufsprang und ihr zuwinkte, erschrak Amelie. Selbst im Dämmerlicht konnte sie erkennen, dass er abgenommen hatte und dass seine sonst so gesunde Gesichtsfarbe dahin war. Grau sah er aus, und um seinen hübschen Mund hatten sich zwei Falten gegraben, die bei seiner Abreise definitiv noch nicht da gewesen waren.

Sie umarmten und setzten sich.

»Also, mein Hühnchen, erzähl dem alten Uli alles über den großen Unbekannten.« Er bemühte sich um den lockeren Ton, der zwischen ihnen üblich war, aber es klang gezwungen. Amelie hörte Kummer in seiner Stimme und schüttelte den Kopf.

»Nichts wirst du von mir erfahren, ehe ich nicht weiß, was mit dir los ist«, sagte sie bestimmt. Uli sah sie an, blickte wieder weg und begann, an seiner Unterlippe zu nagen. Amelie ließ nicht locker. »Na komm schon, mir machst du nichts vor, irgendetwas ist dir doch in Berlin zugestoßen.«

In Ulis Gesicht herrschte kurz Wetterleuchten, ehe der Dammbruch erfolgte und die ganze leidige Geschichte aus ihm herausbrach: Während der Probenarbeit in Berlin hatte ein blutjunger Schauspieler gebeten, Ludwig vorsprechen zu dürfen. Dieser wollte zunächst nicht, aber der Kerl war derart beharrlich gewesen, dass Ludwig schließlich nachgegeben hatte. Der Junge dürfte einen unglaublich sinnlichen *Romeo* hingelegt haben, denn Ludwig zeigte sich begeistert und von Stund an entschlossen, das Talent zu fördern. Offenbar hatte er gar nichts anderes mehr im Sinn, denn seine Arbeit in Berlin war längst abgeschlossen, aber er weilte weiterhin dort, arbeitete mit dem Jungen, hatte sich geweigert, mit Uli nach Wien zurückzukehren …

»Wie alt ist der Romeo?«, wollte Amelie wissen.

»Zweiundzwanzig«, knurrte Uli.

»Kennst du ihn?«

»Klar.«

»Wie sieht er aus?«

»Leider glänzend. Ein Adonis.«

»Wie heißt er?«

»Amadé.«

»Auch das noch«, entfuhr es Amelie. »Hat Ludwig mit ihm geschlafen?«

Früher hätte sie diese Frage nicht oder anders gestellt. Es war Gregor, der ihr einen umwegloseren Zugang zum Thema Sex geebnet hatte.

Uli schien sich nicht daran zu stoßen. »Ich bin nicht ganz sicher«, greinte er. »Ludwig streitet es ab. Aber er hat sich mir gegenüber verändert. Er ist geistesabwesend, er hört mir nicht zu, manchmal denke ich, er nimmt mich gar nicht mehr wahr. Als ich gesagt habe, dass ich es in Berlin nicht mehr aushalte, dass ich endlich heim möchte, hat er bloß die Achseln gezuckt und beiläufig ›o.k.‹ gesagt und hat mich allein fahren lassen.«

Aus ihren eigenen jüngsten Erfahrungen genährt, war Amelie überzeugt, dass Ludwig Berger sich im Liebesrausch mit Amadé befand. »Hör zu, mein Hähnchen«, versuchte sie den Freund aufzurichten. »Nehmen wir an, er hat eine Affäre mit dem Knaben – denkst du wirklich, dass ein Seitensprung eure Beziehung ernsthaft gefährden könnte?«

Das war ein Fehlschlag gewesen. In einer Mischung aus Verzweiflung und Empörung riss Uli beide Arme in die Höhe und japste: »Du bist nicht bei Trost – es wäre das Ende! Ich würde sterben!«

Amelie ließ sich nicht beirren. »Sei nicht läppisch, an so etwas stirbt man nicht«, sagte sie streng. Sie beugte sich über das Tischchen, griff nach Ulis Händen und hielt sie mit den ihren fest. »Hähnchen, bleib realistisch.

Ludwig und du, ihr seid seit Jahren ein Paar, ihr führt eine ausgezeichnete Ehe, euch verbindet der Beruf, ihr habt gemeinsamen Besitz. Ludwig ist zu anständig, zu beherrscht und zu intelligent, um das alles bachab gehen zu lassen.«

»Vielleicht hast du Recht…« Uli seufzte dramatisch und drückte ihre Hände, ehe er ihr die seinen entzog. Eine Weile saß er zusammengesunken in seinem Sessel, dann richtete er sich betont forsch auf und brachte ein schiefes Lächeln zustande. »Jetzt du: Wie ist das gelaufen mit dem Mann, den ich nicht für möglich gehalten habe?«

Im Hinblick auf Ulis Liebesleid schien es Amelie unangebracht, die Affäre Gregor Freytag so leidenschaftlich zu schildern, wie sie tatsächlich war. Sie nahm sich zurück und blieb bei den Fakten. Angefangen vom Augenblick, als sie bei der Böheimstetten in den Schrankkoffer gestiegen war bis zu dem Moment, als sie in der Wohllebengasse eine Matratze umrunden musste, um an ein paar alte Kinderbücher zu gelangen. An dieser Stelle einen Punkt zu setzen, schien ihr richtig.

Uli war fasziniert. »Der reinste Film«, stieß er hervor. »Und wie schnell bist du auf die Matratze gesunken?«

Amelie kicherte. »Wie kommst du darauf, dass ich gesunken bin?«

Er lächelte liebevoll. »Weil du noch dünner und noch schöner geworden bist… weil du aussiehst wie ein Rosenblatt.« Von seiner eigenen Misere abgelenkt setzte er eifrig fort. »Ich will den Mann, der für das Rosenblatt verantwortlich ist, so bald wie möglich kennen lernen. Als dein ältester Freund habe ich ein Recht darauf. Wann kann ich ihn unter die Lupe nehmen?«

Amelie war glücklich, dass sie Uli mit ihrer Geschichte abgelenkt hatte, und versicherte ihm eifrig: »Er ist zur

Zeit in Mailand. Sobald er wieder da ist, wird er dir serviert. Auf einer silbernen Platte. Garniert.«

Zwei, die Gregor Freytag ebenfalls gerne kennen gelernt hätten, waren Josef und Lizzi Lenz. Sie waren nach Wien gekommen, um eine Opernaufführung zu hören und hängten noch einen Abend an, weil sie fanden, nach fünf Monaten sei es an der Zeit, ihre Tochter endlich wieder einmal »von Angesicht zu Angesicht« zu sehen. Da Josef eine Schwäche für den Wiener Heurigen hatte, fuhr die Familie mit der Straßenbahn nach Grinzing und landete in einem der typischen Weinbauern-Höfe. Grüne Holztische und -bänke, Oleander, die noch nicht blühten, großbusige Kellnerinnen in Dirndlkleidern, die vor dem zu erwartenden Gästeansturm geruhsam an der Schank lehnten und sich ihre Alltagsgeschichten erzählten.

Es war später Nachmittag. Im Hof saßen nur ein paar ältere Leute, die sichtlich nach einer Wanderung durch den Wienerwald auf ein Viertel hier eingekehrt waren. Es war leise, lau und windstill. Amelies körperliche Sehnsucht nach Gregor, die sie Tag und Nacht latent verspürte, überfiel sie so plötzlich und heftig, dass sie leise ächzte.

»Du bist so hübsch, wie seit Jahren nicht, bist du verliebt?«, platzte Lizzi heraus, die ihre Tochter bereits längere Zeit studiert hatte.

Amelie, die das dringende Bedürfnis hatte, über Gregor, wenn sie ihn schon nicht berühren konnte, wenigstens zu sprechen, mimte das Gesicht einer Überführten und nickte. »Exakt, Mutter!«

Josef Lenz reagierte auf ihre Mitteilung erwartungsgemäß zurückhaltend. Er blickte seine Tochter kurz an, ehe er in den Himmel sah und bedächtig eine lange Weile schwieg. Lizzi hingegen stürzte sich ungebremst in den

Fall. Wer, wann, wo, wie... Sie wartete Amelies Antworten zunächst nicht ab. Erst als ihr die Luft ausging, forderte sie von ihrer Tochter einen zusammenfassenden Bericht mit den Worten, »also red endlich, Herzerl«, ein.

Amelie, die dank des gewohnten mütterlichen Wortschwalls Gelegenheit gehabt hatte, über ihre Antwort nachzudenken, hielt sich bedeckt... Nicht zu viel verraten, keine falschen Vorstellungen nähren, zumal sie ja selbst nicht wusste, wohin das Ganze führen würde. Die Sache mit den Gamaschen, den gesamten Komplex Novemberphantom ließ sie wegen des zu erwartenden Erklärungsbedarfs unter den Tisch fallen. Der Mann sehe gut aus, sei neununddreißig Jahre alt, in der Medienbranche tätig und zur Zeit geschäftlich in Italien. Freytag heiße er, Gregor Freytag.

»Freytag...«, murmelte Josef nachdenklich, »Freytag... Kennst du seine Familie?«

Mit einem Mal wollte Amelie das Thema Gregor nicht mehr erörtern. »Er hat keine Familie, Vater. Seine Mutter ist tot, seinem Vater ist er nie begegnet, seine Großeltern sind ebenfalls verstorben. Er steht allein auf der Welt«, sagte sie nahezu schroff.

Josef Lenz blieb gelassen. »Ein Grund mehr, ihm zu zeigen, dass du nicht allein auf der Welt stehst«, sagte er ruhig. »Ich wüsste es zu schätzen, wenn du ihn bald einmal in unser Haus brächtest.«

»Ist gut Vater. Demnächst in diesem Theater«, scherzte Amelie, um ihre Ruhe zu haben.

Als Gregor Ende Mai endlich wieder in Wien war, schlug sie ihm einen Besuch in ihrem Elternhaus vor. Er lehnte rundweg ab. »Ich gehe nicht auf Freiersfüßen, Baby. Ich lasse mich auch nicht vorführen wie ein Tanzschulflirt, dafür bin ich zu erwachsen.« Es klang kalt. Als er sah, dass Amelie auf seine Worte mit leiser Bestürzung reagierte, fügte er schmeichelnd hinzu: »Ich will nicht deine Eltern, ich will dich.«

Dass Gregor sie nach wie vor wollte, daran ließ er keinen Zweifel. Am Tag vor seiner Ankunft hatte er sie angerufen, er sei auf dem Rückweg nach Wien, diesmal mit dem Auto, er könne es kaum mehr erwarten, sie nackt in seinen Armen zu halten. Ob man sich zur Abwechslung bei ihr lieben könne? Die Wohnung in der Wohllebengasse sei bereits einem Makler zur Vermietung übergeben.

Er hatte das Salettl noch nie zuvor gesehen, zeigte sich davon entzückt, und erforschte es ungeniert bis in den letzten Winkel. Vor allem der Hängeboden hatte es ihm angetan. »Wer kam auf diese grandiose Idee?«, wollte er wissen, als sie zum ersten Mal gemeinsam im »Orient« lagerten.

»Mein Freund Uli.« Amelie lächelte, weil sie sich über seine offensichtliche Begeisterung freute.

»Du hast einen Freund?«, erwiderte er mit gespielter Strenge.

»Einen? Hunderte!«, scherzte Amelie. »Der Erfinder des Hängebodens ist mein ältester. Er ist Bühnenbildner. Er lebt in einer festen Beziehung, ist schwul, und möchte dich gerne kennen lernen.«

»Huch«, machte Gregor, »da werde ich mich umstellen müssen.« Behände rollte er Amelie auf den Bauch und strich anzüglich über ihren Hintern.

Seine indezente Art stieß sie ab. Ärgerlich befreite sie sich von seiner Hand. Gregor merkte, dass er einen Fehler begangen hatte. Er fand zwar kein Wort der Entschuldigung, aber er bemühte sich redlich, den unguten Eindruck zu verwischen. Es dauerte eine Weile, ehe Amelie sich seinem Liebesspiel ergab. Aber diesmal vertrieb es ihre Gedanken nicht vollends, und die Euphorie der ersten Male stellte sich nicht ein.

Gregor verließ sie am nächsten Morgen. Als Amelie eine Stunde später den Hof überquerte, um in den Laden zu gehen, wurde sie von der Zadrazil abgepasst. Scheinbar absichtslos verharrte die Hausmeisterin im offenen Tor zur Straße.

»Ah, Fräu'n Lenz!«, säuselte sie und wartete Amelies Morgengruß ab, ehe sie wie ein Raubvogel auf die Beute niederschoss. »G'heat der Herr zu Ihna, der heit fria aus'n Salettl kommen is?« Als Amelie wohl oder übel nickte, kam sie zur Sache. »Oiso wissen S', der Piefke, der Dokta, der woa a groba Klotz, aber der woa mir ban Oasch liaba wia der Neiche.«

Amelie war unangenehm berührt, sie gab ein schwächliches »Ach« von sich und wollte sich aus dem Staub machen. Aber Josefine Zadrazil hielt sie so lange am Ärmel fest, bis sie den Stab über Gregor Freytag gebrochen hatte. »A hochnosata Mensch is des, Fräu'n Lenz. I steh do, in der Fria, wia jetz a, er kummt daher, griaßt net, i frag eam, was er do wü, in den Hof, er gheat jo schließlich net hierher, oder? ›Das geht Sie gar nichts an, kümmern Sie sich um Ihre eigenen Angelegenheiten‹, sogt mia der Pimpf und geht. Oiso wissen S', Fräu'n Lenz…«

Als Gregor am Abend wiederkam, brachte Amelie die Beschwerde der Frau Pepi zur Sprache und bat ihn, nett zu ihr zu sein. Es sei in ihrem und seinem Interesse.

»Wieso in meinem?«, wollte Gregor wissen.

»Weil du offensichtlich die Absicht hast, in Zukunft hier aus- und einzugehen«, antwortete Amelie süffisant.

Erstaunt riss Gregor die Augen auf, fasste sich aber schnell wieder. »Keine Sorge«, sagte er locker, »ich bleibe nicht mehr über Nacht. Ich habe mir heute eine Pension gesucht. Es ist mir klar, dass ich nicht mit Sack und Pack bei dir einziehen kann.«

Von nun an tauchte er jeden Abend im Salettl auf, um sich ein paar Stunden lang mit Amelie im »Orient« zu wälzen und wieder zu verschwinden.

»Aschenputtel«, zischte ihm Amelie eines Nachts, als sie ihn zur Tür brachte, ins Ohr. Als Gregor sie misstrauisch ansah, musste sie lachen. »Weil du um Mitternacht gehst. Wie Aschenputtel.« Er lachte nicht. Er zuckte die Achseln und ging. »Auch noch humorlos«, rief sie ihm leise nach. Worauf sich dieses ›auch noch‹ bezog, hätte sie im Augenblick nicht zu sagen vermocht.

Denn in den Wochen, die Gregor in Wien blieb, hatten sie zu einer Routine gefunden, die zumindest sexuell befriedigend war. Gregor schien nichts anderes im Sinn zu haben, als Amelie beizuschlafen, und ruhte nicht eher, bis sie wenigstens einmal pro Abend ihren Höhepunkt erreicht hatte. Freilich fand, was Amelie als ›das Zwischenmenschliche‹ bezeichnete, zwischen Gregor und ihr nicht statt. Sie wusste nicht, was er während des Tages machte, ob er Freunde hatte und dieselben sah, und wie lange er in Wien bleiben würde. Auf alle ihre Fragen antwortete er vage. Er müsse die Sache mit der Wohnung in Ordnung bringen. Er sei den ganzen Tag auf Trab. Knüpfe Kontakte. Sei für seine Mailänder Arbeitgeber auch in Wien tätig. Wie, wollte Amelie wissen. Headhunting sei eine Sache, die man am besten nur mit den unmittelbar Beteiligten bespreche, erwiderte er kryptisch.

»Warum sind wir immer nur im Bett?«, fragte Amelie eines besonders schönen Abends. Sie hatte Sehnsucht nach frischer Luft und blühenden Bäumen. Sie wollte mit Gregor in einem Gasthausgarten sitzen, seine Hand auf ihrem Knie spüren und mit ihm über die Zukunft reden.

»Weil ich dich gerne vögle«, gab er unumwunden zu. »Oder weißt du etwas Besseres?«

Immerhin ließ er sich an den beiden folgenden Tagen erweichen, vor dem Aufstieg auf den Hängeboden mit Amelie aus dem Haus zu gehen. Der erste gemeinsame Ausgang fand am Abend statt. Sie fuhren in Gregors Wagen zum Heurigen. Amelie sah den schicken Oldtimer zum ersten Mal. Im Allgemeinen machte sie sich nichts aus Autos, aber von diesem war sie hingerissen. Ein blitzblanker schwarzer VW-Käfer, Kabrio, mit Sitzen aus hellem Schweinsleder. »Der ist ja toll«, rief sie aus und lachte glücklich wie ein Kind, als der Fahrtwind durch ihr Haar wirbelte. Am darauf folgenden Tag machte Amelie auf Gregors Vorschlag blau. Sie fuhren in ein Strandbad an der Donau. Amelie genierte sich, weil Gregor seine Hände auch in aller Öffentlichkeit nicht von ihr ließ. Als sie ihn abwehrte, war er beleidigt, stand wortlos auf und verschwand im Strandcafé. Amelie überlegte, ob sie ihm folgen sollte. Zunächst entschloss sie sich dagegen, aber als er nach einer halben Stunde immer noch nicht zurück war, ging sie ihm nach. Er saß an einem der Tische in dem kleinen, stickigen Café und war in ein Gespräch mit einem gut aussehenden Mann seines Alters vertieft. Als er Amelie kommen sah, verabschiedete er sich hastig von dem Mann, sprang auf, kam ihr entgegen, fasste sie am Arm und zog sie ins Freie.

»Wer war das?«, wollte Amelie wissen.

»Ein Jugendfreund«, murmelte er und zog sie weiter.

»Warum hast du uns nicht bekannt gemacht? Endlich jemand, der mir etwas über dich erzählen könnte…«

»Nichts, was ich dir nicht selber erzählen könnte.«

»Dann tu's doch, du Sphinx!«

Darauf begann Gregor zu lachen. »Komm, wir fahren heim. Ich muss dir ganz rasch zeigen, wie es ist, mit einer

Sphinx zu schlafen.« Auf der Rückfahrt kam Amelie noch einmal auf sein Verhalten in dem Strandcafé zu sprechen. Gregor blieb zugeknöpft. Als sie ihm Geheimniskrämerei vorwarf, wurde er ärgerlich, sprach kein Wort mehr mit ihr und setzte sie rüde vor ihrem Haustor ab.

»Jetzt langt's«, sagte Amelie wütend, knallte das Tor hinter sich zu und war fest entschlossen, Gregor eine Weile nicht mehr zu sehen. Doch noch am selben Abend ließ sie ihn wieder ein.

Er hatte die Zadrazil herausgeläutet und sie umgarnt, indem er ihr erklärte, Amelie und er hätten einen Streit gehabt, hier sei er jetzt, um mit fünzig roten Rosen Vergebung zu erflehen. Alles hänge nur von ihr, der Frau Zadrazil ab, wenn sie ihm nicht Zugang zum Salettl verschaffe, sei er verloren. Die Hausmeisterin sah den überwältigend großen Rosenstrauß, sah vor sich den zerknirschten hübschen Menschen, der endlich erkannt hatte, dass er auf ihr Wohlwollen angewiesen war, und ließ ihn ein. Als Amelie ahnungslos die Tür öffnete, über der roten Blumenpracht Gregors verführerischen Mund erblickte und dieser aussprach, was er bisher noch nie zu ihr gesagt hatte, war's um sie geschehen. »Ich liebe dich, Amelie«, sagte Gregor. Was dazu führte, dass die folgende Nacht sie nicht bloß befriedigte, sondern endlich wieder berauschte.

Der Rausch hielt freilich nicht an. Zwei Tage später hatten sie wieder Streit.

Amelie war im Laden. Es ging gegen Mittag, als der Wirkliche Hofrat unerwartet auftauchte. Sie freute sich ehrlich, ihn wiederzutreffen. Es sei ja eine Ewigkeit her, seit man sich zuletzt gesehen habe. Nun ja, sechs Wochen, er sei wieder einmal verreist gewesen, meinte der Hofrat. »Sechs Wochen erst.« Amelie war verwundert.

Ihr schien es, als läge der Abend bei Bartenberg Monate zurück.

Hofeneder war mit einer Bestellung für die *Offizine Lenz* gekommen. Wie üblich ließ er sich nieder, um mit Amelie zu plaudern. ›Ich habe ihn vermisst, seine Art des Umgangs ist mir abgegangen‹, dachte Amelie, und die Freude über seine Anwesenheit ließ ihre Augen sprühen und färbte ihre Wangen rosa. Die Freude verflog, als der Hofrat auf Bartenbergs Neffen zu sprechen kam.

»Daniel war erstaunt, dass Sie ihn nicht zurückgerufen haben«, sagte Hofeneder, und ein leiser Tadel in seiner Stimme war nicht zu überhören.

»Jesus, der Neffe, den habe ich völlig vergessen!«, entfuhr es Amelie.

Drei Wochen war es nun her. Daniel Bartenberg hatte auf ihren Anrufbeantworter gesprochen und sie dringend um Rückruf gebeten. Es handle sich um ein geschäftliches Angebot, das er lieber nicht am Telefon besprechen wolle. Es war der Tag von Gregors Rückkehr gewesen. Über Gregor hatte Amelie alles vergessen.

»Wie mir das passieren konnte …«, stotterte sie verlegen und versicherte dem Hofrat, noch heute werde sie Herrn Bartenberg anrufen und sich für das Versäumnis entschuldigen.

Nicht nötig, Daniel sei längst wieder über alle Berge, es sei völlig ungewiss, wann er wieder in Wien sei, beruhigte sie Hofeneder …

Das war der Moment, in dem die Eingangstür zwitscherte und ein Mann seinen Kopf zur Tür hereinstreckte. »Hallo Liebling, ich wollte mal sehen, wo du residierst«, sagte Gregor Freytag. Er war noch nie zuvor im Laden vorbeigekommen.

Amelie strahlte. »Komm herein, ich möchte dich mit Hofrat Hofeneder bekannt machen«, rief sie ihm zu.

Es dauerte bloß ein paar Sekunden, ehe Gregor »ich komme später« zurückrief, kehrt machte und verschwand.

Er kam nicht wieder. Der Hofrat zeigte sich über den seltsamen Menschen verwundert. Als er nach seinem Namen fragte, wich Amelie – einem unerklärlichen Impuls folgend – aus.

Am Abend machte sie Gregor Vorhaltungen. So könne man sich doch nicht verhalten, das sei unhöflich, ja kränkend den Menschen gegenüber, die Teil ihres Lebens seien. Sie, Amelie, lebe schließlich nicht im luftleeren Raum. Ob er sich denn überhaupt nicht für ihre Welt interessiere, für ihre Eltern, ihre Bekannten, ihre Freunde, speziell Uli …

Gregor hatte zunächst einen Schmollmund gezogen, dann hatte er sich lachend die Ohren zugehalten und schließlich gottergeben gegrinst: »Also gut, deinen Schwuli, den werde ich treffen. Mach was mit ihm aus.«

Amelie hatte in den vergangenen Wochen zwar mehrfach mit Uli telefoniert, ihn aber nur an dem Abend nach seiner Rückkehr gesehen. Sie wusste, dass Ludwig aus Berlin zurückgekehrt war, dass es heftigen Streit zwischen ihm und Uli gegeben hatte und dass Ludwig in der Folge bald wieder abgereist war. Auf Kur. Nach Frankreich. Um Abstand zu gewinnen. Amadé sei unter Garantie nicht mit von der Partie, Ludwig habe ihm zu einem Engagement in Hamburg verholfen, dort sitze der Knabe für den Augenblick fest.

»Wie siehst du die derzeitige Lage?«, fragte Amelie als sie Uli anrief, um das Treffen mit ihm und Gregor auszumachen.

»Tendenziell Wetterberuhigung, aber noch kein Aufwind.« Seine Stimme klang flach, das Schwungvolle, das so sehr zu Uli gehört hatte, war dahin. Hoffentlich nicht für immer, dachte Amelie und schlug das Palmenhaus im Burggarten für die Begegnung mit Gregor vor.

Es wurde eine Pleite. Die beiden Männer waren sich vom Anfang an nicht grün.

Als Amelie die Stufen von der Parkanlage zu den Gewächshäusern hinaufstieg, sah sie Gregor unter der Markise auf der überfüllten Caféhausterrasse sitzen. Sie winkte ihm zu, er winkte nicht zurück, er stand nicht auf, als sie an den Tisch trat. »Bist du schlecht aufgelegt?«, fragte sie, er antwortete nicht.

»Du solltest …«, begann sie.

»Ich sollte gar nichts«, unterbrach er sie. »Die ganze Idee mit dem Treffen ist Schwachsinn. Was will denn der Kerl von mir? Wenn er in fünf Minuten nicht da ist, bin ich eine Staubwolke.«

Amelie war bestürzt. Ehe sie auf Gregor einwirken konnte, kam Uli in Sichtweite. Er hatte sich beeilt, war außer Atem und entschuldigte sich in seiner liebenswürdigen Art für die kleine Verspätung. Worauf Gregor bloß verdrossen nickte.

Sämtliche Versuche Ulis, ein Gespräch mit Gregor in Gang zu bringen, schlugen fehl. Gregor antwortete, falls überhaupt, mürrisch. Er sah Uli nicht ins Gesicht, er ließ seine Augen wandern und verfolgte jede halbwegs hübsche Frau demonstrativ mit Blicken. Uli wusste nicht, wie er mit Gregors Feindseligkeit umgehen sollte, seine Fragen wurden plumper. Ob Gregor in Wien geboren sei. Was er studiert habe. Wie alt er sei, ob er hier viele Verwandte habe, ob er seinem Vater, dem italienischen Sänger nun, da er in Italien lebe, vielleicht begegnet sei …

Auf die letzte Frage reagierte Gregor mit einem abfälligen »Mir reicht's«. Er stand auf, warf einen Zwanzigschillingschein auf den Tisch und ging.

Amelie und Uli blieben wie versteinert sitzen.

»Ich weiß nicht, was in ihn gefahren ist«, murmelte Amelie schließlich. Sie war den Tränen nahe.

Uli hingegen geriet, sobald Gregor außer Sichtweite war, in Zorn. »So ein Benehmen gibt's ja gar nicht! Der Mensch ist ja wie eine Figur aus einem schlechten Theaterstück!« Als er sah, wie fassungslos Amelie war, nahm er sich zusammen. Er beugte sich zu ihr und tätschelte ihre Hand. »Verzeih mir, mein Hühnchen, ich habe deinen Gamaschenmann wahrscheinlich blöd angepackt. Aber du musst zugeben, dass er sich unmöglich benommen hat.« Er dachte eine Weile nach, ehe er kopfschüttelnd eher zu sich als zu ihr sprach: »Offengestanden verstehe ich nicht, wie du dich ausgerechnet in den so rettungslos verlieben konntest... Wenn ich bedenke, dass ich mich wegen diesem Menschen im Bundeskanzleramt zum Trottel gemacht habe... Keinen Finger hätte ich gerührt, wenn ich gewusst hätte, wie der ist...« Wieder schwieg er eine Weile. Plötzlich schien ihm ein Gedanke durch den Kopf zu schießen, der ihm gefiel. Hoffnungsvoll fragte er: »Ami, mein Hühnchen, bist du ganz sicher, dass der von vorhin derselbe Mann ist, in den du im November hineingerannt bist?«

Zwei Tage und zwei Nächte schien Gregor wie vom Erdboden verschluckt. Als er wieder auftauchte, schloss er Amelie wortlos, aber ungemein zärtlich in die Arme. Aller Zorn, der sich in ihr aufgestaut hatte, verpuffte. Die körperliche Sehnsucht nach dem hervorragenden Liebhaber überwog. Aller Zweifel an ihm löste sich auf, als hätte es ihn nie gegeben.

Am selben Abend eröffnete ihr Gregor, dass er demnächst nach Mailand zurückmüsse. Es entsprach nicht

Amelies Temperament, sich an jemanden zu klammern, aber in diesem Augenblick umklammerte sie Gregor mit Armen und Beinen und fragte weinerlich: »Wann kommst du wieder?«

»Gar nicht«, antwortete Gregor. Als er ihren Körper vor Schreck starr werden spürte, drückte er sie lachend an sich. »Du bist ein Dummerl. Ich werde zwar eine Zeit lang nicht mehr nach Wien kommen. Aber du kommst zu mir nach Mailand. Sobald ich eine Wohnung habe, schicke ich dir eine Flugkarte.«

Keinen Zweifel an ihrer Beziehung zu Gregor ließ Amelie in den folgenden Tagen zu. Sie vergaß das peinliche Treffen mit Uli, sie verdrängte Gregors seltsames Benehmen im Strandcafé und dem Hofrat gegenüber, sie verzieh ihm seine Geheimniskrämerei. Sie genoss jede Stunde mit ihm, als wäre es die letzte. Und die kam früher, als erwartet.

Es war später Nachmittag. Amelie und Gregor waren im Wienerwald spazieren gewesen. Als er sie in der deutlichen Absicht, sie unter freiem Himmel zu lieben, ins Unterholz ziehen wollte, hatte sie sich gewehrt.

»Nicht hier, Gregor, bitte nicht hier, es könnte wer kommen. Lass uns nach Hause fahren.« Sie hatte so lange gezappelt, bis er sie ärgerlich losließ.

»Mein Gott, bist du prüde«, sagte er abfällig und ging zu seinem Wagen voran.

Als sie die Haarnadelkurven der Höhenstraße erreichten, trat Gregor aufs Gas und begann die Kurven in halsbrecherischem Tempo mit quietschenden Reifen zu schneiden. Sein Gesichtsausdruck hatte etwas Wildes, Lustvolles, das Amelie mehr als die Geschwindigkeit erschreckte. »Du bist irre«, flüsterte sie. Gregor nahm erst Tempo weg, als sie bebautes Gebiet erreicht hatten. Amelie atmete auf. »Raser wollen immer lieber wer anderer sein, als sie sind«, sagte sie. Die Worte waren ihr entschlüpft. Einfach so.

»Und ich habe für philosophierende Frauen nichts übrig. Sie sind nicht sexy«, erwiderte Gregor. Er sprach kein weiteres Wort mehr, bis sie vor Amelies Haustor angelangt waren. Dort beugte er sich über sie, öffnete ihr bei laufendem Motor den Wagenschlag und sagte obenhin: »Ciao, Baby. Morgen früh fahre ich ab. Du hörst von mir.«

11

»Du blöde, saublöde Ziege! Du dumme, dumme, dumme Kuh!«

Nach Gregors kaltschnäuzigem Abschied war Amelie seltsamerweise weder verletzt noch niedergeschlagen noch besonders wütend auf ihren unberechenbaren Liebhaber. In der Hauptsache war sie wütend auf sich selbst. Ungemein wütend. Bis zur nicht enden wollenden Selbstbeschimpfung wütend.

Dazwischen dankte sie der Vorsehung, die sie davor bewahrt hatte, den Eltern mehr als unbedingt nötig über Gregor zu verraten. Die mütterlichen Varianten von ›Ich habe es ja geahnt‹ bis zu ›Na, Josef, was hab ich gesagt?‹ hätte sie jetzt kaum ertragen. Sie schluckte schwer genug an Ulis Kommentar. Als er sie anrief, um ihr den Stand der Dinge in Sachen Amadé zu berichten, und aus reiner Höflichkeit nebenbei nach Gregor fragte, hatte sie den unguten Abschied erwähnt. Worauf Uli zwar nicht behauptete, er habe es ja gleich gewusst. Aber er sagte: »Der Mann ist nicht astrein«. Und das tat weh.

Amelie hatte zwar keinerlei Bedürfnis, über ihr Verhältnis mit Gregor zu sprechen, sie war überzeugt, dass sie ohne fremde Hilfe zu einer Lösung finden müsse. Aber sie hatte Sehnsucht nach Wärme und Geborgenheit, nach friedlichem Geplauder in spannungsfreier Atmosphäre. Kurz gesagt, sie wollte heim nach Anif. Wunden lecken und nachdenken. Also sagte sie sich für ein Wochenende bei den Eltern an. Zum Glück war nicht Lizzi, sondern Josef an den Bahnhof gekommen, um sie abzuholen. Amelie redete nicht lange um den heißen Brei. Sobald sie neben dem Vater im Auto saß, teilte sie ihm mit, dass ihre Beziehung zu Gregor Freytag, kaum begonnen, schon wieder am Auseinandergehen sei, dass sie aber zur Zeit nicht darüber reden wolle. Ob er und Mutter so lieb sein würden, die Sache nicht zu erwähnen?

Auf Josef Lenz war wie stets Verlass. Er nickte. Und sprach vom Wetter. Wie er seine Frau dazu gebracht hatte, ihre Wissbegier im Zaum zu halten, blieb sein Geheimnis. Vier Tage verbrachte Amelie im Elternhaus, nicht einmal kam das Gespräch auf Gregor oder sonst einen ehemaligen oder zukünftigen Mann in ihrem Leben.

Amelie selbst beschäftigte sich freilich ohne Unterlass mit dem Thema. Sie unternahm lange einsame Spaziergänge auf vertrauten Trampelpfaden und fuhr zum Schwimmen an den eiskalten Mondsee. Außer den Eltern wollte sie niemanden sehen. Nicht einmal Lorenz, diesmal nicht einmal Lorenz.

Sie musste nachdenken. Pausenlos dachte sie nach. Sprach mitunter laut. »Was ich brauche, ist ein Abgang mit Stil… Hocherhobenen Hauptes werde ich aus seinem Leben gehen, Oberwasser will ich, ja… Und nie wieder falle ich auf ihn herein.« Genussvoll malte sie sich aus, wie es sein würde, wenn Gregor sie anrufen und darum betteln würde, dass sie wieder mit ihm ins Bett gehe. Sorry, Partner, würde sie kühl sagen. Gleichgültig bleiben. Sich an seiner Verzweiflung weiden. Wunderbare Amelie!

An Gregors Erotik durfte sie freilich nicht denken. Nur daran nicht. Weil das unweigerlich zum Flattern in der Magengegend und unkontrollierbarer Knieerweichung führte. Was an dem Kerl machte sie nur so willenlos, was setzte ihr ethisches Rüstzeug außer Kraft, brachte sie dazu, ihm sexuell bedingungslos zu folgen? Sobald sie mit ihm im Bett war, schien sie kein Rückgrat mehr zu haben.

»Vater, wie heißen gleich diese Viecher, die keine Wirbel haben«, fragte Amelie, als Josef Lenz sie am Sonntag Abend zum Bahnhof brachte.

»Mollusken«, antwortete Josef Lenz.

Mollusken. Keine hübsche Vorstellung. Amelie beschloss, ihr Rückgrat zu stärken und gegen den nach wie vor drohenden Zauber Gregor Freytags aktiv zu werden. Er sei nicht ganz astrein, hatte Uli gemeint. In der Tat ließ Gregors Vernebelungstaktik diesen Schluss zu. Wie war doch gleich der Name der Pension, in der er bis zu seiner Abreise gewohnt hatte? Gregor hatte ihn einmal flüchtig erwähnt. Beethoven? Mozart?

Obwohl das Spionieren Amelies Wesen zutiefst widersprach, tat sie es doch. Mit leisem Selbstekel durchforschte sie das Telefonbuch. Es gab nur wenige nach Komponisten benannte Pensionen in Wien. In keiner einzigen hatte ein Herr Gregor Freytag kürzlich gewohnt.

›Lügner! Schwein! Na warte...!‹ Schon hatte Amelie die Nummer von Gregors Mobiltelefon hervorgekramt. Schon lag ihre Hand am Hörer. Doch ihre Selbstachtung siegte schließlich, und sie ließ es sein. Zum Glück. Denn vierundzwanzig Stunden später meldete sich Gregor selbst.

Amelie hatte den Laden früher geschlossen und war nach Hause gegangen, um ihr Fahrrad zu holen. Sie wollte nicht wieder einen dieser linden, lichten Frühsommerabende allein im Salettl zubringen. Sie würde durch die Prater Hauptallee radeln, später vielleicht im Wurstelprater Halt machen, Zuckerwatte essen, zusehen wie kreischende junge Leute mit weit aufgerissenen Mündern auf den Hochschaubahnen in Abgründe rasten und erst nach Hause kommen, wenn es ganz dunkel war.

Als sie das Rad durch den Hof schob, hörte sie Josefine Zadrazil vor sich hin schimpfen. »Sauviecher, ölendiche, ollas scheissen's an, i kauf ma jetzt an Zyankali…«

»Geht's wieder gegen die Tauben, Frau Pepi?« Sie blieb neben der Hausmeisterin stehen und sah zu, wie die aufgebrachte Frau mit einem nassen Besen den Vogelkot attackierte.

»Daschiassn miasst ma's, die Luadan. Nix wia Krawö und Dreck mochen's…« Die Zadrazil unterbrach sich und deutete mit erhobenem Zeigefinger an, dass sie ein Geräusch vernahm. »Huachn S', Fräu'n Lenz, bei Ihna geht des Telefon.«

Amelie zuckte die Achseln und tat nichts dergleichen.

»Es ratscht no immer, am End is wos Wichtig's, woins net do ohebm«, drängte die Hausmeisterin.

Im Salettl waren Küchen- und Badezimmerfenster nicht geschlossen, sondern gekippt. Das Signal war deutlich zu hören. Es verstummte, um gleich darauf wieder loszugehen. Es klang dringend. Uli? Die Eltern?

Amelie lehnte das Fahrrad in der Einfahrt an die Wand, ging zurück, sperrte auf und rannte zum Telefon. Aus. Als sie sich zum Gehen wandte, klingelte es erneut. Zu Hause meldete sich Amelie nie mit ihrem Namen, sie sagte bloß: »Ja bitte?«

»Amelie, ich bin ein Idiot. Ich kann ohne dich nicht sein. Ich liebe dich.« Es war Gregor. Er klang nicht zerknirscht, eher sachlich.

Als Amelie zunächst nichts erwiderte, wurde er ungeduldig. »Hallo! Bist du noch da? Warum sagst du nichts?«

Sie musste sich erst fassen. Sie musste Luft holen. Das Erste, was sie herausbrachte, klang leider weinerlich. »Du hast mich belogen«, klagte sie.

Gregor stutzte, gleich darauf schien er erheitert. »Wannwiewo?«, fragte er. Amelie musste ihn nicht sehen, um zu wissen, dass er grinste.

Sie wurde ärgerlich. »Du hast weder in der Pension Beethoven noch Schubert noch Haydn oder Mozart gewohnt!«

»Gewonnen! Ich bin bei einer Tante untergeschlüpft.«

»Du lügst schon wieder! Du hast doch gar keine Tante!«

»Woher willst du das wissen?«

»Du hast mir doch selber gesagt, dass du keine Verwandten hast.«

»Sei nicht so pingelig, die Tante ist eine Wahltante.«

»Und warum hast du mir das nicht gesagt?«

»Weil ich gekränkt war. Weil ich gehofft hatte, du würdest mich einladen, bei dir zu wohnen, aber das hast du ja nicht über dich gebracht.«

Und schon war Amelie in der Defensive. Rede, Gegenrede. Statt Oberwasser Hintertreffen. Gregor zeigte sich fest und bestimmt, gleich darauf schnurrte er und weckte Sehnsucht. Eine gute halbe Stunde hatte das Gespräch bereits gedauert, eben hatte Gregor ihr erneut versichert, dass er sie liebe, als die Leitung unterbrochen wurde. Amelie wartete darauf, dass er noch einmal anrufen würde. Umsonst. Schließlich war es zu spät geworden, um in den Prater zu radeln. Sie hockte sich vor den Fernsehapparat, sah ein blödes Quiz, knabberte Paranüsse und hörte in der Efeuwand vorm großen Fenster die Tauben schläfrig gurren.

Von nun an meldete sich Gregor täglich. Zu unterschiedlichen Zeiten. Stets sehnsuchtsvoll und zärtlich. »Er hängt sich ein«, meinte Uli, wobei er offenbar von seiner auf Amelies Situation schloss, denn Ludwig gab sich neuerdings Mühe, den Haussegen chez Berger-Hahn wieder gerade zu rücken.

Amelie war versucht, Uli Recht zu geben. Gregor war verändert. Er sprach über sich, er vertraut sich ihr an, er ließ sie an seinen Überlegungen teilhaben: Der Headhunter-Job habe mehr Nach- als Vorteile. Stress, kein Privatleben – was bringe ihm die viele Kohle, wenn er sie nicht genießen könne? Nein, auf Dauer sei das nicht das Richtige für ihn ... Und ein paar Tage später: Eine weltumspannende Textilfirma habe ihm eine hohe Position im Management angeboten. Er erwäge ..., habe deshalb noch immer keine fixe Wohnung, aber sobald ... Ob Amelie bereit wäre, Wien zu verlassen, zu ihm zu ziehen, mit ihm zu leben?

Dinge wie diese hörte sie nun fast täglich. Kein Zweifel: Gregor Freytag gab sich redlich Mühe, Amelies Vertrauen in ihn wiederherzustellen und ihre Sehnsucht nach ihm zu füttern. »Liebst du mich?«, hatte er sie einmal so unvermutet gefragt, dass sie fast erschrak. »Ich denke doch«, murmelte sie. »Wie sehr?«, hatte er nachgehakt und sie so lange gedrängt, bis sie »sehr« geflüstert hatte.

Auf diese Weise war es Mitte Juli geworden und heiß in der Stadt. Im August würde Amelie den Laden schließen, das hatte sie auch in den vorangegangenen Jahren so gehalten, im Hochsommer war Wien ohnehin wie ausgestorben. Noch hatte sie keine Ahnung, wo sie Ferien machen würde. Sie hatte Sehnsucht nach dem Meer. Im vorigen Sommer war sie mit Hermann auf der Insel Patmos gewesen… mein Gott Hermann… Sie hatte Mühe, sich sein Gesicht zu vergegenwärtigen.

Mit dem Meer würde es heuer wohl nichts werden. Das bisherige Geschäftsjahr war elend gewesen, Sparen das Gebot der Stunde. Salzburg, ein paar Bergtouren, vielleicht ein paar Segeltage mit Lorenz am Attersee…

Gregor hatte sie in ihre Überlegungen nie wirklich einbezogen. Er schien zu beschäftigt. Gemeinsames Reisen war nie ein Thema zwischen ihnen gewesen. Umso überraschter war sie, als er sie eines Morgens anrief und voll Überschwang ins Telefon plärrte: »Liebling, halt dich bereit! In zwei Wochen fahren du und ich auf Urlaub in die Türkei!«

Ihre Einwände fegte er vom Tisch. Keine Zeit? Geschummelt, sie habe keine Pläne für August, das wisse er genau. Die Hitze sei zu groß? Wenn schon, dafür Zauber der Levante. Im Übrigen liege das Hotel, das er ausgesucht habe, unter Palmen auf einem Hügel überm Meer, es gebe also stets eine leichte Brise. Geldmangel? Kein Thema, Amelie sei selbstverständlich sein Gast. Sie müsse lediglich das Ticket vorausbezahlen, es liege bereits auf ihren Namen reserviert im Wiener Verkehrsbüro, den Betrag werde er ihr sofort nach ihrer Ankunft zurückerstatten.

Amelie ging die Munition aus. Überfahren von seinen Argumenten und mitgerissen von seiner Begeisterung seufzte sie schließlich: »Und wo genau fahren wir hin?«

»Nach Bodrum!«, jubelte Gregor am anderen Ende der Leitung.

Sie erstand den teuren *Blauen Führer* über die Türkei. Sie klapperte halb Wien ab, um einen günstigen Bikini zu ergattern. Gegen jede Vernunft kaufte sie letztendlich ein weit über ihre Verhältnisse gehendes luxuriöses Nichts von einem Zweiteiler. Sie fand ihre Haut zu weiss und ihren Körper zu dünn und drehte und wendete sich vor dem Spiegel im Salettl, um herauszufinden, ob Gregor sie noch immer begehren würde. Sie ärgerte sich, dass sie aus Feigheit vor Diskussionen Uli mittels einer am Flughafen eingeworfenen Postkarte von ihrer Abreise in Kenntnis setzte. Und sie schämte sich, dass sie den Eltern vorgeschwindelt hatte, sie würde, eine Last-Minute-Chance nützend, allein reisen. Erst als sie im Charterflugzeug nach Bodrum saß, kam ihr der Gedanke, dass sie übereilt gehandelt haben könnte. War es vernünftig, mit einem ihr kaum vertrauten Mann in eine ihr nicht bekannte Gegend zu reisen? Einem Mann, mit dem sie zwar gerne schlief, von dem sie sich möglicherweise aber nur einbildete, ihn zu lieben? Egal, jetzt war sie unterwegs, jetzt musste sie da durch. Und vielleicht liebte sie Gregor Freytag ja doch? Die Gefühle, die er letzten Oktober innerhalb von Sekunden in ihr erweckt hatte, damals, als sie ihn noch gar nicht kannte, die waren doch anders als alles, was sie je zuvor für einen Mann empfunden hatte, die hatten sie doch überwältigt …

Gregor war zwei Stunden früher als Amelie angekommen. Er hatte bereits ausgecheckt und erwartete sie in der Ankunftshalle. Er war braun gebrannt und sah aus, als hätte er den Urlaub nicht vor, sondern bereits hinter sich. Amelie hatte sich gefragt, wie er sie nach mehreren Wochen der Trennung begrüßen würde. Doch wie es kam, hätte sie nicht für möglich gehalten. Gregor winkte ihr von weitem zu und wartete, bis sie vor ihm stand. Er umarmte sie, als wären sie ein altes Ehepaar, das sich erst gestern getrennt hatte, deutete auf ihren Koffer und sagte: »Madonna, was schleppst du für eine Woche alles mit, dein eigenes Bettzeug?« Sein Reisegepäck bestand aus einer Segeltuchtasche.

Als sie aus der klimatisierten Halle ins Freie traten, schlug ihnen die Hitze entgegen. »Das ist ja mörderisch«, hauchte Amelie erschrocken.

»Du bist weiß wie die Wand, ist dir schlecht?« Einen Augenblick schien Gregor besorgt. Dann kümmerte er sich gebärdenreich um ein Taxi.

Sobald sie im Taxi saßen, fiel er geradezu über sie her. Seine Hände waren überall gleichzeitig. Der türkische Taxifahrer zeigte seine Missbilligung, indem er den Rückspiegel wegdrehte. Amelie war das peinlich, sie schob Gregors Hände weg. Er lachte wie ein Kind, das das Ende eines Spiels nicht begreifen will, und schon waren seine Hände wieder da. Nach einer halben Stunde hatten sie die Stadt erreicht. Amelie verrenkte den Hals, um an Gregor vorbei die Umgebung zu sehen. »Schau, dort drüben, das muss das Kastell sein«, rief sie.

»Schau nicht den alten Kasten an, schau mich an«, murmelte er erregt, denn eine seiner Hände war zwischen ihren Beinen verschwunden.

Das Hotel lag hügelaufwärts über der alten Stadt. Weiße, ineinander geschachtelte Kuben, ein paar staubige Palmen, brütende Hitze. Obwohl bereits früher Nachmittag, war das Zimmer noch nicht bezugsfertig. Sie nahmen in einem menschenleeren Innenhof mit Blick auf den menschenleeren Swimmingpool Platz. Die Hitze hatte offenbar alle Gäste vertrieben. Gregor winkte einem Kellner, der im Inneren des Hauses unter einem Ventilator verharrte und sich nur widerwillig näherte.

»Bist du hungrig, willst du etwas essen?«, fragte Gregor.

Amelie schüttelte matt den Kopf.

»Gut. Ich habe sowieso nur Halbpension genommen. Der Hitze wegen.«

Ihm selbst schien die Hitze nichts anzuhaben. Er bestellte Bier für sich und Cola für Amelie, sah sich unternehmungslustig um und verkündete schließlich, dass er jetzt eine Runde schwimmen werde.

Amelie hing lethargisch im Korbstuhl und beobachtete aus halb geschlossenen Augen wie Gregor in seiner Tasche wühlte, im Haus verschwand und in einer grell gemusterten, todschicken Badehose wieder auftauchte. Er sprang in den Pool und schwamm ein paar Bahnen und planschte dann vergnügt wie ein Kind herum. Später kam er auf sie zu. Amelie betrachtete seinen schönen schmalen Körper, sah die Wassertropfen auf seinem flachen glatten Bauch glänzen und empfand nicht die geringste Erregung. »Was nicht ist, kann ja noch werden«, flüsterte sie vor sich hin und wünschte sich nichts sehnlicher als ein Bett für sich allein, um zu schlafen, bis es endlich kühler sein würde. Aber es wurde nicht kühler, eine ganze Woche lang wurde es kein bisschen kühler.

Um drei Uhr Nachmittag konnten sie endlich ihr Zimmer beziehen. Kaum war die Tür hinter dem Hotelpagen ins Schloss gefallen, manövrierte Gregor Amelie in die Nähe des nächststehenden Betts, gab ihr einen Schubs und warf sich auf sie.

»Bitte Gregor, nicht, ich habe Kopfweh! Und ich möchte erst duschen!« Das hätte sie sich schenken können. Hastig streifte er ihr die Kleider vom Leib und begann mit einem ungeduldigen Vorspiel, das bei ihr zu rein gar nichts führte.

»Du warst schon besser, Liebling«, war alles, was Gregor nach dem Akt zu sagen wusste.

Erst nach Einbruch der Dunkelheit ließ Amelies bleierne Müdigkeit ein wenig nach. Sie saßen auf der Terrasse, nahmen Drinks und hatten einander wenig zu sagen. Auf Amelies Fragen, ob Gregor tatsächlich seinen Job wechseln würde, antwortete er ausweichend. Er kam auf Wien zu sprechen und erzählte wortreich, dass die alte Schauerbude in der Wohllebengasse nun endgültig in andere Hände übergegangen sei. Amelie empfand fast so etwas wie Bedauern. Dieses abgehobene Lustgefühl, das sie auf der Matratze vor dem Spiegel gepackt hatte, das wollte sich nicht wieder einstellen.

Auf einer Matratze sollte sie freilich früher liegen, als ihr lieb war. Sie aßen spät zu Abend. Gregor hatte sich in einen Wortwechsel mit einem Kellner verstrickt, weil er im Freien essen wollte, der Kellner blieb stur, sämtliche Mahlzeiten würden im klimatisierten Speisesaal serviert. Den Tisch, der ihnen zugewiesen wurde, hätte Josef Lenz als Katzentisch bezeichnet: Er stand unmittelbar neben dem Eingang zur Küche. An der Glaswand, die an die Terrasse grenzte, hatte man vor allem türkische Gäste platziert. Gut aussehende Leute mittleren Alters. An den Tischen rund um Gregor und Amelie saßen deutsche, holländische und österreichische Eltern mit sonnenverbrannten, müden, quengelnden Kindern. Als Amelie Gregor fragte, ob er daran denke, einmal selbst Kinder zu haben, schüttelte er sich übertrieben. Igitt, nur wenn's unbedingt sein müsse! Um gleich darauf nach ihren Fingern zu haschen, sie zu küssen und ihr zu versichern, sie, Amelie, sei die erste Frau in seinem Leben, mit der er sich vorstellen könne, welche zu haben.

Als sie nach dem Dessert auf die Terrasse traten, spiegelte sich der Mond im Swimmingpool, die Bougainvillea an der Hauswand erzitterte unter dem Hauch einer Brise, und in der Ferne glitzerten die Lichter rund um den Hafen.

»Gehen wir in die Stadt hinunter«, schlug Amelie sehnsüchtig vor.

»Kommt nicht in Frage, *amore*, wir gehen sofort ins Bett.«

Seine nimmermüde Bereitschaft zum Beischlaf irritierte Amelie. »Wann denkst du eigentlich nicht an Sex«, bemerkte sie spitz.

Gregor runzelte die Stirn, dann lachte er selbstgefällig und zeigte seine glänzenden Zähne. »Missfällt's dir etwa? Ich kenne haufenweise Frauen, die für einen Liebhaber wie mich dem Gott Eros auf den Knien danken würden.« Er ergriff ihre Hand und zog sie hinter sich her, als wäre sie ein bockiges Kind.

Ihr Zimmer lag im ersten Stock. Das Hübscheste daran war eine große überdachte Terrasse, von der man in einen gepflasterten Innenhof mit einem kleinen Springbrunnen sah. »Rund um diesen Hof liegen die besten Zimmer des Hauses, die kriegen nur die reichen Türken, uns haben sie in den Trakt für Ausländer gesteckt«, keuchte Gregor hinter Amelies Rücken.

Sie wandte sich um und sah, dass er die Matratzen von ihren Betten auf die Terrasse schleppte. »Was machst du da?«

»Unser Bett, was sonst.«

»Du willst im Freien schlafen?«

»Wie du siehst. Ich hasse Klimaanlagen, und wenn man sie ausschaltet, ist es im Raum zu stickig.«

»Aber das ist doch peinlich, das Personal...«

»Die kriegen ein extra Trinkgeld.«

»Und was ist, wenn uns die Leute vom Nachbarzimmer hören? Oder sehen? Die haben drei Kinder, wenn sich die Fratzen über die Balustrade beugen...«

»Na dann sehen sie etwas, das sie fürs Leben brauchen.«

Später, als Gregor längst neben ihr schlief, lag Amelie immer noch wach da. Sie lauschte auf das Plätschern des Springbrunnens im Hof und verrenkte den Kopf, um die Sterne zu sehen. ›Zauber des Orients. Tausendundeine Nacht. Warum kann ich der Situation kein Vergnügen abgewinnen? Weil ich Sex ohne Rahmenhandlung geisttötend finde? Weil mir der Mann neben mir immer fremder wird? Weil er liebt wie ein Aal‹, dachte Amelie und rutschte an den Rand des Matratzenlagers, bis die Hitze von Gregors Körper sie nicht mehr erreichte. Sex ohne Rahmenhandlung. Genau das umschrieb ihr Verhältnis zu Gregor, fand Amelie. Und weil sie es nicht bloß dachte, sondern auch aussprach, kam es zu einem ersten handfesten Streit.

Die Spannung begann sich am nächsten Morgen aufzubauen. Amelie machte den Vorschlag, gleich nach dem Frühstück zu einem Stadtrundgang aufzubrechen. Gregor sah sie an, als hätte sie nicht alle Tassen im Schrank.

»Hast du eine Ahnung, wie heiß es wird?«

Amelie ließ sich nicht beirren. »Am Abend ist es auch nicht kühler, und vielleicht ist dann das Museum im Kastell schon geschlossen«, sagte sie bestimmt.

»Ich dachte, wir würden am Swimmingpool bleiben. Du bist weiß wie Topfen.« Als sie ihr Gesicht verzog, setzte er sein Charmebolzenlächeln auf und gurrte: »Nein *amore*, verzeih, wie eine Lilie, du hast eine Haut wie eine Lilie.«

»Wenn du nicht gehst, gehe ich allein«, erwiderte sie ungerührt und schließlich trottete er schmollend mit.

Amelie war von der Altstadt, den bunten Läden, dem hübschen heimischen Handwerk, entzückt. Sie wand sich durch die engen Gassen, als wäre sie hier zu Hause. Gregor folgte ihr missmutig. Als Amelie das Kastell ansteuerte, schüttelte er störrisch den Kopf.

»Ich bin doch nicht blöd, ich setze mich hier in den Schatten in ein Kaffeehaus und warte, bist du wieder da bist. Aber mach schnell, ich bin schließlich nicht mit dir hierher gefahren, um Altertümer zu besichtigen.«

»Nein? Warum dann?«

»Um dich zu schnaxeln«, sagte er ohne jeden Anflug von Humor.

Amelie starrte ihn an, als hätte sie nicht richtig gehört. »Doch wohl nicht nur«, tastete sie sich vor. »Wir sind in einer Stadt mit fünftausendjähriger Geschichte! Hier wurde Herodot geboren, hier hat eines der sieben Weltwunder gestanden, hier hat Alexander der Große gewütet, und das Kastell haben die Johanniter gebaut... das kann dir doch nicht alles egal sein?«

Gregors hübsches Gesicht verzog sich zu einem unangenehmen Grinsen. »Meine Beste«, erwiderte er von oben herab, »ich habe ein humanistisches Gymnasium besucht. Ich habe Matura. Ich weiß, dass Bodrum das antike Halikarnassos ist. Ich weiß ferner, dass man Herodot nicht nur als Vater der Geschichtsschreibung, sondern auch als Vater der Lügen bezeichnet. Ich weiß sogar, dass hier das Grabmal des König Mausolos stand, von dem es kaum mehr ein Trum zu sehen gibt. Ich bin also nicht der Banause, für den du mich hältst. Ich habe nur nichts über für Blaustrümpfe. Und ich bin ausschließlich mit dir nach Bodrum gekommen, um mit dir zu bumsen.«

Amelie starrte ihn an. Seine Ausdrucksweise kränkte sie nicht, sie machte sie wütend. »Und ich finde Sex ohne Rahmenhandlung geisttötend«, warf sie ihm an den Kopf.

»Wer braucht schon Geist, wenn er Sex hat«, schnabelte Gregor stante pede zurück, worauf Amelie auf dem Absatz kehrtmachte und auf das Kastell zulief.

Die Hitze brütete über Stadt und Meer. Dennoch kehrte Amelie erst am späteren Nachmittag ins Hotel zurück. Nachdem sie das Kastell besichtigt hatte, war sie lange im Schatten hoher Bäume am Hafen gesessen und hatte nachgedacht. Sie hatte zugesehen, wie die Fischer ihre Netze flickten und die dickbäuchigen türkischen Boote ausliefen. Ob sie wohl in See stechen, ob sie zu den Inseln hinübersegeln würde, wenn sie mit einem anderen Mann als Gregor hier wäre. Gregor, in den sie sich nicht verliebt, in den sie sich – was eigentlich – verrannt hatte?

Er lag am Pool, las in einem Krimi und machte nicht den Eindruck, als hätte er dringlich auf sie gewartet. Ihr »Hallo« erwiderte er obenhin, fragte nicht, wo sie gewesen sei, bemühte sich nicht um sie. Erst beim Abendessen wurde er wieder gesprächig.

»Neue Gäste«, bemerkte er und deutete mit dem Kopf Richtung Glaswand. Am besten Tisch des Speisesaals hatte eine fünfköpfige Gesellschaft Platz genommen. Vier jüngere Männer und eine Frau um die vierzig. »Türken. Sie hat ein gutes Gesicht. Nicht mehr jung, aber attraktiv«, fuhr Gregor fort, während er die Frau ungeniert musterte.

An diesem Abend hatte er es nicht eilig, ihr Zimmer beziehungsweise die Matratze auf der Terrasse zu erreichen. Sie saßen noch lange am Pool, nahmen einen Drink und tauschten Belangloses aus. Gregor schien auf etwas zu warten. Amelie überlegte kurz, ob sie ihn darauf ansprechen wollte und verwarf es wieder. Als sie schließlich nach oben gingen, war Gregor geistesabwesend und schweigsam. Er schlief auch diese Nacht mit ihr, aber ohne den bisherigen Einsatz. Er gab sich nicht die geringste Mühe, Amelie in Ekstase zu versetzen, kam schnell zu einem Ende und drehte sich von ihr weg.

»Du liebst mich anders als früher«, sagte Amelie sachlich.

Gregor drehte sich auf den Rücken und starrte auf den Bougainvillea-Zweig, der über ihren Köpfen nickte. »Was meinst du damit?«, murmelte er.

»Genau was ich sage: Früher war es anders.«

»Besser?«

»Ja.«

»Man ist nicht immer gleich in Stimmung«, sagte er lahm und legte seine Hand auf ihren Bauch. »Morgen bin ich wieder der Alte.« Den Blick immer noch auf den Blütenzweig gerichtet, begann er mit seiner Hand Kreise um ihren Nabel zu ziehen. Amelie griff seine Hand, legte sie von sich fort, drehte sich von ihm weg und wartete. Nichts geschah. Am nächsten Morgen hätte sie nicht zu sagen vermocht, ob und wann Gregor eingeschlafen war.

Während Amelie allein im Kastell gewesen war, hatte Gregor, ohne sie vorher um ihre Meinung zu fragen, drei Tagestouren gebucht. Eine Bootsfahrt zur Insel Kos, eine Bustour durch die Umgebung und eine Fahrt mit dem Gruppentaxi zu einem als besonders schön gepriesenen Badestrand. Drei aufeinander folgende Tage, die Amelie der Hitze wegen erschöpften und sie Gregor keinen Zentimeter näher brachten. Sie hatte zunehmend das Gefühl, dass er sie nicht mehr begehrlich, sondern kritisch betrachtete. Die Art, wie er sie ohne Lächeln aus den Augenwinkeln musterte, machte sie befangen. Was will er, was denkt er? Wenn sie ihn das fragte, wich er aus. Wenn er sie nächtens liebte, geschah es fast mechanisch. Dadurch fühlte sie sich gedemütigt und entwickelte Hemmungen.

»Was ist los mit dir, du warst doch früher nicht zickig«, warf ihr Gregor einmal vor.

»Ich bin nicht zickig, ich fühle mich nicht wohl in meiner Haut«, gab Amelie scharf zurück.

Gregor reagierte nicht betroffen, sondern ärgerlich. »Meine Schuld, nehme ich an.«

»Vielleicht unser beider.« Amelie überlegte. »Weißt du, es ist so: Früher hast du mich angesehen, als wäre ich eine Schönheit. Dadurch habe ich mich schön gefühlt und war sicher. Jetzt siehst du mich oft an, als wäre ich dir nicht schön genug. Das gibt mir das Gefühl, hässlich zu sein. Und das hemmt mich.«

Gregor hatte ihr aufmerksam zugehört. Er dachte eine Weile nach, ehe er auflachte. »So ein Quatsch! Amelie Lenz nicht schön genug für Gregor Freytag.« Er nahm sie in die Arme, drückte sie mit ungewohnter Zärtlichkeit an sich und raunte in ihr Haar: »Schlaf ein, *amore*. Schlaf ein mit mir.«

An einer Brust zu ruhen, die Gregor und dem Gamaschenmann zu gleichen Teilen zu gehören schien, war ein beglückendes Gefühl. Doch schon am nächsten Morgen – es war der fünfte nach ihrer Ankunft – machte Gregor das Glück wieder zunichte.

Er hatte ein langes und gereiztes Telefonat mit Mailand geführt. In sprudelndem Italienisch, dem Amelie wegen mangelnder Sprachkenntnis nicht viel entnehmen konnte. *Dopodomani* sei er wieder zurück, dann werde man ja sehen, dann könne man die ganze Angelegenheit besprechen, hatte er dem Teilnehmer am anderen Ende der Leitung versichert … Es handle sich um die Headhunter-Sache. Die würde, die müsse demnächst ein Ende haben, die Leute da seien nicht auszuhalten, erläuterte er Amelie. Dann verzog er sich an den Pool und versenkte sich in seinen Krimi.

An diesem Tag war die Hitze nahezu unerträglich. Selbst Gregor schien unter ihr zu leiden. Mittags stocherten sie lustlos in einem Salat, verzogen sich auf ihre Terrasse und lagerten flach atmend auf der Matratze in der Hoffnung, einschlafen zu können. Amelies Vorschlag, auf die Klimaanlage zurückzugreifen, lehnte Gregor ab. Und Amelie war zu lethargisch, um sich allein ans Einstellen derselben zu machen.

Irgendwann musste sie eingeschlafen sein. Als sie aufwachte, waren die Schatten tief. Ein leiser Wind erweckte den trügerischen Eindruck, es sei kühler geworden. Aus dem Hof mit dem Brunnen tönte Musik nach Art des Landes und rhythmisches Klatschen.

»Komm und sieh dir das an«, raunte Gregor. Er stand nackt an der Balustrade und starrte fasziniert in den Hof.

Amelie wickelte sich in ein Badetuch und trat neben Gregor. Vor einem der Appartements, die rund um den kleinen Hof lagen, saßen die vier Türken, die vor ein paar Tagen mit der interessanten Frau angekommen waren. Sie hatten ein Kofferradio zwischen sich stehen und klatschten den Takt zu einem Tanz, den die Türkin rund um den Brunnen vollführte.

»Ich habe mich nach ihr erkundigt.« Gregor wandte den Blick nicht von der Frau, während er sprach. »Sie ist eine berühmte Bauchtänzerin. Ein Star, man kennt ihren Namen in der ganzen Türkei. Die vier Knaben sind ihre Manager, Beleuchter, Trainer, vielleicht auch Lover, was weiß ich …«

Keine Lover, Mitarbeiter, entschied Amelie für sich. Die Männer beobachteten die Frau mit der kühlen Wachsamkeit von Profis. Im Gegensatz zu Gregor, dessen Augen vor Erregung glänzten.

Der Anblick der Tänzerin war in der Tat äußerst fesselnd. Über einem gelben Bikini trug sie ein durchscheinendes gelbes Hemd, das bis zur Mitte der Oberschenkel reichte. Ihre Haut hatte einen Stich ins Olivfarbene, ihr Körper war glatt und fest. Jede ihrer Bewegungen verriet athletisches Training und perfekte Beherrschung der Muskulatur. Und doch trat kein Muskel, keine Sehne hervor. Die Frau bewegte sich vom Kopf bis zu den Zehen in weichen Wellen. Alles an ihr, in ihr, schien um ihre Körpermitte zu kreisen. Ihre Darbietung war nicht vordergründig aufreizend. Sie ließ sich Zeit. Langsam baute sie eine erotische Spannung auf, der sich auch Amelie nicht entziehen konnte.

Gregor, der dicht neben ihr stand, atmete schwer. Sie sah ihn an, sein Gesicht glänzte, sein Brustkorb hob und senkte sich heftig, und er hatte eine Erektion. Als er Amelies Blick bemerkte, trat er rasch hinter sie, zog ihr das Badetuch weg, quetschte ihren nackten Körper an sich und versuchte sie von hinten zu nehmen.

»Bist du verrückt?! Ich will das nicht!«, zischte Amelie und wehrte ihn ab.

Gregor ließ sich nicht beirren. Er umschlang sie neuerlich und zog sie rückwärts gehend Richtung Matratze. »Hab dich nicht so. Dir hat's doch auch gefallen«, flüsterte er ihr ins Ohr, während er sein Becken an ihr rieb.

Als sie an der Matratze standen, riss sich Amelie los und machte einen Satz von ihm weg. »So will ich dich nicht«, keuchte sie und sah ihn von oben bis unten an. »Das«, sagte sie und deutete auf seine Körpermitte, »das gilt doch gar nicht mir.«

Da verlor Gregor die Beherrschung. »Na, wenn schon«, zischte er und drängte sie auf die Matratze. Er wurde nicht grob, er gebrauchte keine Gewalt. Letzteres hätte er auch nicht nötig gehabt. Amelie ließ sich von seiner Wildheit mitreißen. Und als es vorüber war, hasste sie sich dafür.

Der nächste Tag war ihr letzter gemeinsamer Ferientag. Sie blieben am Pool und hatten einander nichts zu sagen. Amelie zählte die Stunden bis zu ihrer Abreise. Sie packte, stellte die Klimaanlage an und war finster entschlossen, der Matratze zu entkommen und im Bett zu schlafen. Ihre Hoffnung, dass Gregor die letzte Nacht ungenützt verstreichen lassen würde, erfüllte sich. Er blieb bis lange nach Mitternacht an der Bar, und als er endlich heraufkam, schlich er auf Zehenspitzen an ihrem Bett vorbei.

Am nächsten Morgen nahmen sie gemeinsam ein Taxi zum Flughafen. Gregors Flug wurde zuerst aufgerufen. Er umarmte sie flüchtig und murmelte, er würde in Wien anrufen, sobald seine Situation in Mailand sich geklärt habe. Sie nickte, dankte ihm nicht für die Woche und atmete auf, als er verschwunden war. Erst als sie im Flugzeug saß, fiel ihr ein, dass Gregor ihren Flug nun doch nicht bezahlt hatte.

Auch in Wien herrschte Sommerhitze. Mitte August, die Stadt schien ausgestorben. Gregor meldete sich nicht. Amelie hätte nicht zu sagen gewusst, ob sie das bedauerte. Sie wusste nicht einmal, ob sie darauf wartete. Sie ging umher wie eine Somnambule. Sie war erschöpft statt erholt. Ihr war, als wäre sie ein Jahr weg gewesen. Oder in einem schlechten Traum hängen geblieben.

In der letzten Augustwoche rief Lorenz an. Er habe sich auf Bitte von Josef Lenz die Zahlen von Amelies Laden angesehen, die seien eher Besorgnis erregend, es müsse irgendetwas geschehen, er werde Anfang September nach Wien kommen, um Tacheles mit ihr zu reden. Amelie verspürte Panik. Ihr war, als drohe ein galaktisches Loch ihre gesamte vertraute Welt zu verschlingen. In ihrem Privatleben herrschte bereits Chaos, drohte nun auch der materielle Ruin? Letzterem wenigstens wollte sie sehenden Auges entgegentreten. Sie hatte das dringende Bedürfnis, sich mit jemandem zu beraten, rief Burgi Wechsler an und bat sie um ein Gespräch.

Auf Burgi war Verlass. Schon am nächsten Abend tauchte sie im Salettl auf. Sie war braun gebrannt und vergnügt und freute sich auf den Herbst.

Amelie war in der Küche gewesen, um kalten Apfelsaft zu holen. Als sie hereinkam, sah sie Burgi über den Tisch gebeugt.

»Urlaubsfotos?«, fragte sie und deutete auf die Aufnahmen, die Amelie – gegen ihre sonstige Gewohnheit – in Bodrum gemacht und eben vom Entwickeln geholt hatte. Amelie nickte. »Darf ich?«, Burgi begann zu blättern.

»Jesus, der Freytag!«, rief sie plötzlich und starrte auf ein Foto, das Gregor in seiner schicken Badehose am Pool zeigte.

Innere Abwehr, Amelie versteifte sich. »Du kennst ihn?«, fragte sie kühl.

Burgi grinste. »Na und ob ich den kenne«, schnurrte sie genüsslich. »Ein sensationeller Liebhaber, aber ein schwacher Charakter.« Ein paar Augenblicke lang studierte sie das Foto noch, dann legte sie es zu den übrigen und seufzte, »der Gregor, ja … im Bett ist er toll. Aber im Leben total erfolglos. Er kann sich nur durch Sex bestätigen.«

In diesem Augenblick verspürte Amelie weder Schreck noch Wut noch Enttäuschung. Sie hatte bloß das Gefühl, dass der Boden unter ihren Füßen nicht mehr hielt. Und sie spürte das Bedürfnis, Gregor in Schutz zu nehmen. Also sagte sie laut und scharf: »Vorsicht Burgi, ich bin mit dem Mann zusammen.«

Burgi sah sie forschend an, dann zuckte sie die Achseln und erwiderte gutmütig: »Na, dann trenn dich rasch wieder von ihm. Gregor Freytag ist seit acht Jahren mit einer hübschen Italienerin verheiratet und Vater von Zwillingen.«

12

Die Affäre Freytag war aus und vorbei. Aber es fehlte ihr ein ordentlicher Schlusspunkt.

Jede Arie hat ihr Finale, ein schwacher Schluss ruiniert das beste Theaterstück, eine Liebesbeziehung sollte nicht einfach versickern; davon war Amelie überzeugt. Was sie im Fall Hermann hingekriegt hatte, musste ihr auch im Fall Gregor glücken. ›Mein Gott, Hermann, auch der fällt ja ins Jahr 2001 … Bravo Amelie, zwei Männer innerhalb weniger Monate zu den Akten gelegt … Nein, Gregor eben noch nicht, der muss da erst noch hin.‹

Er werde sich melden, hatte er beim Abschied in Bodrum gesagt. Amelie war ziemlich sicher, dass er das nicht tun würde. Sollte sie ihm schreiben? Blödsinn – was auch. Außerdem hatte sie ja nicht einmal seine Mailänder Adresse. Und an die Adresse in der Wohllebengasse zu schreiben war nun, da er die Wohnung wegegeben hatte, sinnlos.

Erst im Zuge dieser Überlegungen realisierte Amelie, wie bedenkenlos sie gehandelt hatte, als sie sich mit Gregor einließ. Sie zweifelte nicht einen Augenblick daran, dass Burgi die Wahrheit gesagt hatte, als sie Gregors familiäre Situation enttarnte. Freilich, blauäugig, wie sie war, hatte Amelie Gregor zunächst geglaubt. Und das, obwohl Vertrauensseligkeit keineswegs zu ihren Eigenschaften zählte … Was war bloß los mit ihr? Seit der Begegnung mit dem Phantom geriet ihr Leben zunehmend aus den Fugen, und ihr altes Selbst schien in Auflösung begriffen …

Wie auch immer, die Sache Freytag gehörte abgeschlossen. Eines Morgens wählte Amelie die Nummer von Gregors Mobiltelefon. Es war auf Mailbox geschaltet. Umso besser. Amelie gönnte ihrem fulminanten Liebhaber einen einzigen Abschiedssatz: »Hallo, Gregor«, sagte sie mit heller, harter Stimme, »hier Amelie. Ich möchte dich nie mehr wieder sehen.«

Eine Woche später war Gregor Freytag da. Es war der zehnte September. Amelie würde das Datum nie vergessen, denn am Tag darauf änderte sich nicht nur ihr persönliches Schicksal, sondern der Lauf der Welt.

Sie war eben dabei, August in die Auslage zu setzen, weil sie den Laden zusperren wollte. Ein langer Schatten fiel auf den Bären und blieb, wo er war. Amelie sah auf und direkt in Gregors entspannt lächelndes Gesicht.

Erst später kam ihr zum Bewusstsein, dass sie, ohne zu überlegen, wie eines ihrer mechanischen Spielzeuge funktioniert hatte. Sie hatte sich aufgerichtet, war zur Tür gegangen, hatte sie geöffnet und Gregor wortlos hereingewinkt. Sie hatte ihm weder die Hand gereicht noch einen Stuhl angeboten. Erst als er, immer noch lächelnd, vor ihr stand, sagte sie ohne merkbare Erregung, laut und kalt: »Du hast gelogen.«

Gregor sah verdutzt drein. »Wann?«, fragte er. Sein Gesicht wirkte wie das eines Knaben, der überlegt, bei welcher seiner zahlreichen Sünden man ihn ertappt haben könnte.

»Wann nicht?«, erwiderte Amelie scharf. Gregor zog die Stirn kraus, als müsse er nachdenken, dann streckte er beide Arme nach ihr aus. Amelie wich einen Schritt zurück. »Du hast mir mehrmals gesagt, dass du mit mir leben willst. Du hast sogar behauptet, dass es dir nichts ausmacht, wenn ich schwanger werde. Dabei bist du seit Jahren verheiratet und hast zwei Kinder!« Eigentlich erwartete sie, dass er Letzteres abstreiten oder sich herausreden würde.

Nichts dergleichen. Gregor zuckte die Achseln und sagte locker: »Na und?« Als Amelie ihn fassungslos anstarrte, fuhr er im Plauderton fort: »Versuch die Sache von meiner Warte aus zu sehen, *amore*. Als wir uns damals im Landtmann getroffen haben, wusste ich nicht, was mich erwarten würde. Du hättest alt, mies, nicht mein Typ sein können. Aber du bist, wie du bist, und ich war augenblicklich scharf auf dich. Ich wollte dich. Und ich hätte dich unter Garantie nicht gekriegt, wenn ich dir auf die Nase gebunden hätte, dass ich Frau und Kinder habe.«

Amelie ließ sich auf die Schreibtischkante plumpsen und suchte nach Worten. »Du bist ein Zyniker«, murmelte sie schließlich und schüttelte den Kopf, als könnte sie nicht glauben, was sie eben gehört hatte.

»Was war noch gelogen«, fragte sie nach einer Weile und forschte dabei in Gregors Gesicht.

Er zog die Augenbrauen in die Höhe, grinste und schwieg.

Amelie war ganz ruhig, als sie fortfuhr. »Gregor, jetzt ist es doch völlig egal, wir wissen beide, dass unsere Geschichte zu Ende ist, sei zum Abschied ehrlich, sag mir die Wahrheit: Bist du ein Headhunter, oder warst du jemals einer?«

Er lachte, als hätte er sie vorübergehend mit einem Scherz drangekriegt. »Bingo, Liebling! Am Headhunter-Job ist kein wahres Wort. Ich bin Vertreter für Strickwaren in Oberitalien.«

Amelie schluckte. »Was war sonst noch gelogen?«

»Nichts, wovon ich wüsste.«

»Wie war's mit Bodrum? Wie sind wir da hingekommen?«

»Eine Woche für zwei Personen in einem Viersternehotel – das habe ich in einem Preisausschreiben gewonnen.«

»Das darf nicht wahr sein! – Und wie hast du die Reise deiner Frau verklickert, was für ein Märchen hast du ihr aufgetischt?«

»Gar keines. War nicht nötig. Ich bin oft länger als eine Woche von zu Hause weg. Und Valentina ist sowieso den ganzen Sommer über mit den Kindern bei ihrer Familie in Faenza.«

Amelie begann auf- und abzugehen. Gregor legte das offenbar als Aufforderung zum Bleiben aus und ließ sich in Amelies Schreibtischstuhl fallen. Nach einer Weile blieb sie vor ihm stehen, sah auf ihn herunter und fragte: »Eines will ich noch wissen, Gregor – wie war das mit den Gamaschen?«

Er runzelte nachdenklich die Stirn. »Gamaschen… welche Gamaschen?«

»Schwarz mit Grün, kleines Wappen, sie waren in deinem Koffer bei der Böheimstetten«, half ihm Amelie ungeduldig auf die Sprünge.

»Ach, die… was soll damit sein?«

»Du hast mir gesagt, du hättest sie getragen, voriges Jahr im Oktober, am Ballhausplatz… War auch das gelogen?«

Ihre Stimme war von eigenartiger Dringlichkeit, Gregor sah Amelie interessiert an, dann sagte er nahezu zärtlich: »Aber nein, *amore*, das doch nicht. Weshalb hätte ich das erfinden sollen? Es lag ja kein Grund vor, es war doch ohne jede Bedeutung.«

Sie sahen einander eine Weile schweigend an, weil sie einander nichts mehr zu sagen hatten. Schließlich stand Gregor auf, Amelie ging an die Tür und öffnete sie für ihn. Er kam zögernd näher und blieb vor ihr stehen. »Also dann…«, sagte er.

Sie sah ihm in die Augen. »Warum bist du heute hergekommen?«, fragte sie leise.

Er grinste, als wittere er Morgenluft. »Blöde Frage! Weil ich mit dir schlafen wollte.«

Amelie verzog das Gesicht. »Gregor Freytag, du bist nicht nur ein Lügner und ein Zyniker, du bist auch geschmacklos«, sagte sie verächtlich.

Darauf reagierte er endgültig wütend. »Tu dir nichts an«, zischte er, »wir hatten ein paar tolle Monate, niemand ist dabei zu kurz gekommen.« Und er verließ grußlos den Laden.

Amelies Laden. Auf ihn wurde am nächsten Morgen zum Halali geblasen. Um acht Uhr rief Lorenz im Salettl an. Amelie solle ihren Mietvertrag bereitlegen, die Prüfung von Amelies Geschäftsunterlagen habe ergeben, dass der Laden nicht zu halten sei. Kündigung also zum ehestmöglichen Zeitpunkt, er, Lorenz werde am nächsten Tag in Wien sein, um mit ihr alles Nähere zu besprechen.

Amelies Glieder wurden kalt und fühlten sich zunehmend gefühllos an, so als würden sie für eine Operation vereist. Die halbe Nacht hatte sie wach gelegen, ihre Gedanken waren um Gregors kaltschnäuziges »niemand ist dabei zu kurz gekommen« und um die unbekannte Zwillingsmutter Valentina gekreist, schwer hatte sie an ihrem schlechten Gewissen gewürgt. Und nun schwankte ihre Existenz.

Auf dem Weg zum Laden versuchte sie zum ersten Mal seit Monaten wieder ihre Schritte zu zählen, verzählte sich und hörte auf. Sie holte August aus der Auslage und ließ sich mit ihm hinterm Schreibtisch nieder. Ihr Hirn war leer, ein Gefühl der Panik lähmte sie. Sie klammerte sich an den Bären und schmiegte ihr Gesicht in sein Fell. Wie lange sie so gesessen hatte, wusste sie nicht. Irgendwann raffte sie sich auf und begann die

Papiere für Lorenz zusammenzusuchen. Dabei fiel ihr die Akte X in die Hände. ›Die muss ich in einem anderen Leben verfasst haben‹, dachte sie. Dann sagte sie laut: »Amelie Lenz, du hast Mist gebaut.« Und kurz darauf klingelte das Telefon.

Es war Josef Lenz. »Hallo Amelie, schau, dass du zu einem Fernsehapparat kommst, es ist etwas Furchtbares geschehen!«

Sie rannte ins *Café Eiles*. Fassungslose Menschen um das TV-Gerät. Bilder aus einem Horrorfilm, Flugzeuge rasen in das World Trade Center. Alles ist so unwirklich, dachte Amelie. Es kann doch nicht sein, dass alles gleichzeitig kracht. Die eigenen Träume, die eigene Lebensgrundlage, die Sicherheit der Welt.

Abends im Salettl ertrug sie das Alleinsein nicht mehr. Uli war nicht in der Stadt, er war mit Ludwig auf dessen Bitte in die Bretagne gereist, um den Sprung in ihrer Beziehung zu kitten. Burgi wollte sie nicht anrufen, nicht so dicht an der Enttarnung des wahren Gregor Freytag. Also läutete sie bei den Zadrazils.

»Frau Pepi, ich kann mir das Fernsehen nicht allein ansehen, das ist alles so niederschmetternd, darf ich reinkommen und mir die Sondersendung mit Ihnen anschauen?«

Die Hausmeisterin fasste sie an beiden Händen und zog sie in das muffige Wohnzimmer.

»Kumman S', Fräu'n Lenz, kumman S' eina, setzen S' Ihna hin.« Es war mit so viel Warmherzigkeit gesagt, dass Amelie sich geborgen fühlte. Den besten Stuhl schob die Zadrazil neben den ihrigen. Wie im Kino saßen sie in einer Reihe, Amelie, Frau Pepi und ihr zuckerkranker Mann. Das Ehepaar hielt sich an den Händen, während es die grässlichen Bilder aus New York verfolgte. Kopfschüttelnd, schweigend. Nur ab und zu murmelte entweder er oder sie. »Wos san denn des für Menschen, die sowas tuan.«

Wie vereinbart kam Lorenz zu ihr in den Laden. Anhand von Bilanzen und Kalkulationen versuchte er Amelie zu erklären, wo der Hase im Pfeffer lag.

»Du hast schlecht gewirtschaftet, Püppchen«, stellte er abschließend fest.

»Wieso?«, fragte Amelie. Aus schierem Unverständnis waren ihre violetten Augen dunkel und rund wie Wagenräder geworden.

Lorenz schüttelte den Kopf. »Du hast nichts begriffen, was? Ein Wunder, dass du nicht schon früher Pleite gegangen bist. Vom Geschäft verstehst du leider einen Schmarrn!« Geduldig setzte er ihr auseinander, welche Schritte sie unternehmen müsse, um den Laden bis zum Jahresende los zu sein. Dass sie zum vierten Quartal kündigen und das Geschäft bis zum 31. Dezember geräumt sein müsse. Dass sie die billige Ware rasch abverkaufen und die wertvolle in Salzburg einlagern solle.

»Und wenn das alles geschehen ist, was mache ich dann?«, fragte Amelie mutlos.

»Du könntest nach Salzburg kommen, mit Josef in der *Offizine* arbeiten und nebenbei mit altem Spielzeug handeln.«

»Nie und nimmer«, erwiderte sie bockig. »Ich geh doch nicht nach Hause zurück wie ein geschlagener Ritter.«

Lorenz zuckte die Achseln. »Na dann nicht. Bleib in Wien und arbeite als Agentin von deinem Salettl aus.«

»Da werde ich trübsinnig vor Einsamkeit«, murmelte Amelie und senkte die weißen Augendeckel langsam über ihre farbenprächtigen Augen. Es wirkte nahezu theatralisch. Lorenz, der dabei gewesen war, die Geduld mit ihr zu verlieren, musste schmunzeln.

»Wie steht es denn mit deinem Liebesleben, Püppchen. Aufbruch? Abbruch? Zeit der Brache?«

Amelie fuhr mit beiden Händen durch ihr schweres Haar. »Frag nicht, Lorenz, frag besser nicht.« Sie sah ihn abschätzend an. »Und du?«, sagte sie schließlich. »Nach Brache siehst du mir nicht aus. Bist du noch mit Susan zusammen?«

Lorenz nickte. »Wir werden im Frühling heiraten. Es wird Zeit.«

Als er gegangen war, saß Amelie lange reglos an ihrem Schreibtisch und trieb Gedankenspiele mit der Zeit: die sie hatte und nicht wollte; die sie wollte und nicht hatte. Die schleichende, tropfende, tickende, rasende Zeit.

Wenige Tage darauf begegnete sie Hermann Söhnke. Sie stand in ihrer Lieblingsbuchhandlung am Kohlmarkt und durchforstete die Taschenbuchbestände nach leichter Unterhaltung für einsame Abende. Aus den Augenwinkeln nahm sie zwei hoch gewachsene Menschen wahr, die vor der Auslage stehen geblieben waren. Sie verharrten da und sprachen offenbar über das Schaufensterangebot. Eine der Gestalten gestikulierte auf eine Art, die Amelie bekannt vorkam. Es war Hermann. An seiner Seite eine große blonde Frau. Sie waren untergehakt, standen dicht nebeneinander, waren eindeutig ein Paar.

Rasch kehrte Amelie der Auslage den Rücken zu. Sie wollte von Hermann nicht entdeckt werden, nicht jetzt, nicht so, nicht in einer Position der Schwäche.

Zu spät. Schon hatte Hermann sie durch das Schaufenster erspäht. Er winkte ihr zu, sah plötzlich nur mehr Amelies Rücken und betrat, die Frau hinter sich herziehend, forschen Schrittes die Buchhandlung.

»Amelie, das nenne ich Zufall«, schmetterte er gut gelaunt. »Monate haben wir uns nicht gesehen, und gerade jetzt ... seit Tagen will ich dich anrufen, um dir zu erzählen, dass ich heiraten werde.«

›Jetzt auch noch der‹, fuhr es Amelie durch den Kopf. Widerstrebend wandte sie sich ihm zu und versuchte eine erstaunt-erfreute Miene aufzusetzen. »Hallo Hermann, wie schön für dich.« Ihre Mundwinkel hielten das gezwungene Lächeln nicht durch. Sie sah zu der blonden Frau auf und sagte ohne Enthusiasmus: »Ich nehme an, Sie sind die Glückliche.«

»Jawohl!«, antwortete Hermann an Stelle der Frau. Strahlend blickte er von Amelie zur Zukünftigen und wieder zurück. »Amelie, Rosemarie«, machte er bekannt und begann ohne Punkt und Komma zu berichten, was ihm in den letzten Monaten widerfahren war. Die Begegnung mit Rosemarie, einer aus Deutschland stammenden Germanistin. Die blitzartige geistige Vertrautheit beider, aus der sich der Rest – hehehe – von selbst ergeben habe. Wie es Amelie ergangen war, interessierte ihn offenbar nicht, er sprach nur von sich, seinem Glück, seiner Lebensplanung – Hochzeit in Wien, ständiger Wohnsitz in München, Hermann werde in Zukunft als freier Schriftsteller arbeiten, Rosemarie weiter an der Münchner Uni tätig sein ...

»Wie geht es deinem Buch?«, unterbrach ihn Amelie, die glaubte, kein weiteres Wort ertragen zu können.

»Beendet«, orgelte Hermann. »Erscheint im Frühjahr. Rosemarie und ich fahren demnächst zur Frankfurter Buchmesse, sehen, was da so läuft, im nächsten Herbst soll ich da ja als Autor des Hauses präsentiert werden.«

›Hehehe, dieses Lachen, wie habe ich es bloß so viele Jahre ertragen können ...‹ Abrupt streckte Amelie Hermann die Hand entgegen. »Alles Gute für die Zukunft, ich muss jetzt gehen«, sagte sie, nickte Rosemarie zu und verließ fluchtartig den Laden. Er wird denken, dass ich ihn noch nicht verschmerzt habe, dass mich seine Heirat kränkt, ich war unhöflich, ich habe die Beherrschung verloren, und ich habe kein Buch für den Abend, haderte Amelie auf dem Heimweg mit sich. Freilich kam es jetzt oft vor, dass Amelie mit sich haderte.

Kraftlos machte sie sich daran, die von Lorenz verordneten unumgänglichen Maßnahmen in die Tat umzusetzen. Sie kündigte den Mietvertrag per Jahresende. Dann setzte sie eine Anzeige in die »Presse«, um einen Mieter für das Geschäft zu finden, der am verspiegelten Interieur ihres Ladens Interesse haben könnte und bereit wäre, ihr eine Ablöse dafür zu bezahlen. Schließlich entwarf sie einen Schlachtplan, ihre Ware betreffend. Wertlosere Objekte nach Möglichkeit verkaufen, den Rest mit einem seiner Lieferwagen nach Salzburg transportieren, hatte Lorenz vorgeschlagen. Nur August, ein paar ihrer liebsten Kinderbücher und einige ihrer mechanischen Blechspielzeuge würden zu ihr ins Salettl übersiedeln. Wobei die Frage war, wie lange sie das Salettl würde halten können. Nicht auszudenken, wenn sie auch das aufgeben müsste.

Ende September schneite der Hofrat herein. Amelie kniete vor den geöffneten Schränken und war dabei, eine Gesamtaufstellung ihrer Ware zu machen. ›Ich liebe diese Vielfalt, kein Stück gleicht dem anderen, jedes hat eine Geschichte, zu jedem habe ich eine Beziehung.‹ Mit Wehmut und Entzücken betrachtete sie ihren Fundus an kleinen hölzernen Puppen, die in der Hauptsache aus Gröden stammten, als der Wirkliche durch die Tür zwitscherte.

»Küss die Hände, meine Gnädigste.« Frisch sah er aus.

Als wäre er eben vom Land in die Stadt zurückgekehrt. »Ich hoffe, ich komme nicht ungelegen«, setzte er rasch hinzu, als er Amelie umgeben von bunten Figürchen auf dem Boden hocken sah.

Amelie stand auf. »Ein Mensch wie Sie kommt nie ungelegen«, sagte sie und lächelte mit Mund und Augen, weil sie meinte, was sie sagte. Hofeneder tat ihr wohl. »Bitte, nehmen Sie doch Platz.«

Wie zur Zeit immer und überall war auch im Gespräch mit dem Wirklichen der 11. September *causa prima*. Grauenhafte Geschichte, unabsehbare Folgen, ganz abgesehen von den Einzelschicksalen. Übrigens – auch Leopold Bartenberg sei außer sich vor Sorge gewesen, denn er habe seinen Neffen exakt um diese Zeit in New York vermutet. Einer von Daniel Bartenbergs Klienten habe seine Büros im World Trade Center ...

Der Hofrat hielt inne, schüttelte betroffen den Kopf und korrigierte sich: »Gehabt, muss man jetzt wohl sagen. Schrecklich, das alles ... Aber Glück im Unglück: Daniel ist in Chicago aufgehalten worden.«

»Mein Gott, ja, was für ein Glück«, pflichtete Amelie ihm bei.

Der Hofrat blieb noch eine Weile beim Thema. Kam ins Philosophieren über den Begriff der kriegerischen Auseinandersetzung einst und jetzt. Stellte fest, dass ihm die Schlachten von ehedem – Auge in Auge mit dem Feind – anständiger erschienen als die tückischen Terroranschläge von heute. Und landete auf diesem Umweg bei Königgrätz. Ob er eine Bestellung an die *Offizine Lenz* durch Amelie aufgeben dürfe, er benötige einen preußischen Geschützzug mit »Protzenwagen«, österreichische Infanterie in Präsentierstellung und ungarische Infanterie in Marsch.

»Aber gerne, Herr Hofrat«, nickte Amelie und zückte

einen Bestellblock der väterlichen Firma. »Leider nicht mehr lange«, fügte sie nach kurzem Bedenken hinzu. »Zum Jahresende werde ich meinen Laden schließen.«

Der Hofrat riss die Augen auf und starrte sie an. »Ja meine Liebste, Beste, wieso denn das?«, hauchte er sichtlich konsterniert.

Amelie starrte auf den Block, dann sah sie in Hofeneders Gesicht. Es lag so viel ehrliche Bestürzung darin, dass sie fast lächeln musste. »Ganz einfach, der Laden trägt sich nicht mehr.«

»Aber ... aber ... ich bin fassungslos!« Ein ums andere Mal schüttelte er den Kopf.

Nun musste Amelie tatsächlich lächeln. »Für Sie wird sich dadurch nichts ändern«, beruhigte sie den Hofrat. »Sie können ihre Order telefonisch bei mir daheim abgeben oder, noch besser, sich direkt nach Salzburg wenden.« Nach einer kleinen Pause fügte sie hinzu, »unter Umständen werde auch ich wieder nach Salzburg gehen.«

»Also, das muss um jeden Preis verhindert werden!« Der Wirkliche plusterte sich auf wie eine Legehenne. »Sie können nicht zurück in die Provinz, meine Liebe, Sie gehören in eine Weltstadt, sie sind ein durch und durch urbanes Wesen, sie brauchen die Metropole.«

Amelie wiegte den Kopf und lächelte elegisch. »Na, da bin ich nicht so sicher. Die Weltstadt hat mir nicht besonders gut getan. Und urban ... was heißt schon urban ...«

Wenige Tage später kehrten Uli und Ludwig aus Frankreich zurück. Fast vier Wochen waren sie auf »Wiedergutmachungsferien« in der Bretagne gewesen. »Hallo Hühnchen, Krisengipfel erfolgreich abgeschlossen, wir sind wieder da!«, meldete sich Uli per Telefon.

Als Amelie seine Stimme vernahm, war sie so erleichtert, dass ihr Tränen in die Augen traten. »Mir kommt's vor, als wärst du Jahre weg gewesen«, murmelte sie. Wie es ihr ergangen sei und wie es ihr gehe, wollte Uli wissen. Amelie schluckte. »Sag ich dir, wenn wir uns gegenübersitzen.«

Sie verabredeten sich für den nächsten Abend. »Kein Wirtshaus«, hatte Uli entschieden. »Komm zu mir, wir machen es uns in meinem Studio gemütlich. Ludwig hat unten bei sich eine Sitzung, wir können oben bei mir über all die Steine reden, die nicht mehr aufeinander liegen.« Amelie lauschte dem Klang seiner letzten Worte nach. Sie hatten sich nüchtern angehört. Früher hätten sie schelmisch geklungen, dachte sie und seufzte.

Am nächsten Mittag kaufte sie einen Herbstblumenstrauß beim Iraker. Als sie sich gegen Abend zu Uli auf den Weg machen wollte, ließen die Blumen die Köpfe hängen. Auch der Iraker ist nicht mehr, was er einmal war, dachte Amelie mieselsüchtig, warf den Strauß in den Müll, durchsuchte ihren Vorrat an Blechspielzeug und entschied sich für ein Zebra, das in aufgezogenem Zustand unbeholfen hüpfte und farblich in Ulis schwarzweiß gehaltenes Arbeitszimmer passen würde.

Ludwig öffnete ihr die Wohnungstür. Er war braun gebrannt. Schien hagerer geworden. Es stand ihm gut. »Amelie«, sagte er statt eines Grußes, küsste sie flüchtig auf beide Wangen und verschwand in seinem Studio.

»Hühnchen, ich komme!«, rief's von oben. Freude lag in der Stimme. Uli rumpelte die Stiege herunter. Er breitete seine Arme aus, und Amelie stürzte hinein. Er drückte sie an sich, hielt sie fest, wiegte sie wie ein Kind, und das Gefühl der Wärme und Geborgenheit, das sie empfand, war beglückend.

Er nahm ihre Hand und zog sie hinter sich her die Stiege zu seinem Appartement hinauf. Die kleinen harten Fauteuils, in denen sie sich dort gegenübersaßen, sahen lang nicht so bequem aus, wie sie tatsächlich waren. Schweigend musterten sie einander. Auch Uli war schmaler geworden, neue Fältchen umkränzten seine Augen, aus letzteren schien der Schalk gewichen. »Fein schauen wir aus«, sagte er schließlich mit einem schiefen Lächeln, aus dem Amelie schloss, dass auch er sie nicht zum Besseren verändert fand.

Ludwig und er seien am Meer entlanggelaufen, erzählte Uli. Nach Tagen zermürbender Selbstanalysen und Gesprächen über ihre Beziehung seien sie endlich gelöst gewesen, sie konnten wieder miteinander lachen, vergnügt hatten sie sich den Seewind um die Ohren blasen lassen.

Die Tür zur Dachterrasse war geöffnet, die dicht stehenden Topfpflanzen erweckten den Eindruck eines üppigen Gartens. Oleander, Buchs, Feigen- und Zitronenbäumchen, ein steinerner Wassertrog, ein Vogelhaus. Das Gurren der Tauben, kein Verkehrslärm... »Schön ist es bei euch«, fuhr Amelie leise fort. »So friedlich.« Uli nickte, beide schwiegen, schließlich fragte Amelie: »Ich habe dich doch recht verstanden: Ludwig und du, ihr habt wieder zueinander gefunden?«

Uli nickte. »Es war nicht leicht, das kannst du mir glauben. Es war schmerzhaft für uns beide, bis wir soweit waren.« Er hielt Amelies blechernes Zebra in der Hand und strich in Gedanken verloren mit dem Zeigefinger die zerzauste Mähne glatt. »Ludwig hat zugegeben, dass ihm die Affäre mit Amadé unter die Haut gegangen ist.« Das Laufwerk des Zebras schnarrte ein wenig, sachte setzte Uli das Spielzeug vor sich auf den Glastisch. »Weißt du, Ludwig ist nicht einer fürs bedenkenlose sexuelle Abenteuer.« Seine Stimme klang ein wenig heiser, er räusperte sich, ehe er fortfuhr. »Darum hatte ich auch so große Angst, ihn zu verlieren. Ich wusste, dass es tief bei ihm ging.« Wieder machte er eine Pause, Amelie wartete still. »Schließlich und endlich sind wir beide zur Erkenntnis gekommen: Wir sind einander Lebensmensch.« Er lächelte. Wieder nicht verschmitzt, eher gottergeben. »Und dass das nicht immer ein Honiglecken ist, wissen wir dank der Umständ jetzt auch.«

Nachdenklich wickelte sich Amelie eine Strähne ihres schweren Haares um den Zeigefinger. »Lebensmensch ...«, sie seufzte elegisch, »glaubst du, dass ich jemals den meinigen finden werde?«

Uli beugte sich vor und suchte ihre Augen. »Aha! Der vom Sommer, der mit den Gamaschen, der war's offenbar nicht!« Als sie nicht antwortete, fragte er hörbar hoffnungsvoll: »Ist er aus dem Spiel?«

Amelie nickte. »Da bin ich aber froh«, sagte er befriedigt. »Eine absolute Fehlbesetzung, dieser Kerl. Nichts für dich. Irgendetwas stimmt mit dem nicht.«

»Was heißt irgendetwas!« Theatralisch verdrehte Amelie die Augen. »Nichts hat mit ihm gestimmt, überhaupt nichts! Gregor Freytag ist der ärgste Windhund Mitteleuropas, und ich dumme Kuh bin auf ihn hereingefallen.« Sie blies die Backen auf und stieß die Luft heftig aus, ehe sie fragte: »Willst du die Geschichte hören?«

Sie erzählte, und Uli hörte schweigend zu. Manchmal schmunzelte er. Das tat Amelie wohl, weil es der Affäre Gregor etwas von ihrer Schwere nahm. Als sie geendet hatte, grinste Uli fast so fröhlich wie ehedem. »Hühnchen, du hast ein paar Federn gelassen, aber es hätte schlimmer enden können.«

»Noch schlimmer?«

»Naja, er hätte dich schwängern können.«

»Grauenhafte Vorstellung!«, Amelie schüttelte sich.

»Wenn ich bedenke ...«, sagte sie nach einer Weile und

stockte ehe sie fortfuhr, »dass ich um diesen Mann gebetet habe! Das musst du dir geben, Uli: Ich bin tatsächlich im Dom gewesen und habe auf Knien gebetet, dass ich den Gamaschenmann kriege.«

Uli war zwar nicht religiös, aber in seinem Wesen fromm, und er meinte, was er sagte. »Um allzu Diesseitiges sollte man die Himmlischen nicht bitten. Dafür sind sie nicht zuständig. Bitten kannst du um ihr Wohlwollen, um Frieden, allenfalls um Gesundheit … Apropos Gesundheit …« Er stand auf und streckte sich. »Weißt du, was wir jetzt machen? Wir zwei köpfen eine Flasche Sancerre und stoßen auf uns und eine fleckenfreie Zukunft an!«

Mitte Oktober fand Amelie eine Mieterin für ihren Laden. Auf ihre Annonce hatten sich bisher nur eine Änderungsschneiderin und eine Fußpflegerin gemeldet. Beide hatten sich an der verspiegelten Eleganz des Raumes eher gestoßen – mühsam zu putzen, wertlos fürs Geschäft – und waren nicht bereit, eine Sonderablöse für das Interieur zu zahlen. Anders die Schmuckdesignerin, die eines Morgens hereinwirbelte, sich umsah, ihr großflächiges Gesicht in sympathische Lachfalten legte und ohne Umschweife ihr Interesse an der Lokalität kundtat. Das sei exakt, was sie suche, falls der Laden noch zu haben sei, wolle sie ihn nehmen, wie er liege und stehe. Amelie und die junge Frau verbrachten einen durchaus vergnüglichen Vormittag, handelten die Bedingungen für die Übergabe aus und schieden unter der gegenseitigen Versicherung, sich nicht aus den Augen verlieren zu wollen.

In derselben Woche tauchte Josef Lenz unangekündigt im Laden auf. Amelie kniete am Boden vor einem der Schränke und war dabei, ihren Vorrat an antiquarischen

Kinderbüchern nach Maßgabe ihres Seltenheitswerts zu sichten. Finster murmelte sie vor sich hin, dass sie neuerdings mehr Zeit auf Knien zubringe, als den Knien eines Menschen, welcher kein kirchliches Amt versehe, zuzumuten sei. Als sich zwei biedere braune Herrenschuhe in ihr Gesichtsfeld bewegten, sog sie vor Schreck die Luft ein, sprang auf die Füße, und fand sich Auge in Auge mit ihrem Vater.

»Jesus, wo kommst du denn so plötzlich her«, stieß sie atemlos hervor.

»Tut mir Leid, dass ich dich erschreckt habe, mein Kind. Die Vögel an der Tür haben gezwitschert, aber du warst so versunken, dass du weder sie noch mich gehört hast.«

Er streckte beide Arme nach Amelie aus, fasste sie an den Schultern, beugte sich vor, um allzuviel Körperkontakt zu vermeiden und küsste sie auf die Stirn. Letzteres tat er mit Innigkeit, während er dem Knutschen von Mitmenschen, seine nächsten mit eingeschlossen, wenig abgewinnen konnte.

Er sei eben aus Salzburg angekommen und werde in vier Stunden wieder dahin zurückfahren. »Ich möchte mit eigenen Augen sehen, wie es dir geht. Deine telefonischen Befindlichkeitsberichte sind mir unter den gegebenen Umständen nicht genug.« Er musterte seine Tochter mit Bedacht. Dann nickte er, als sei er zu einem Schluss gekommen, und schlug vor, zu dem nahe gelegenen Wirt – »du weißt schon, der mit dem guten Gulasch« – zu gehen.

Josefs Schwäche für die Wiener Küche entlockte Amelie ein Schmunzeln. Ehe sie das Geschäft mit ihm verließ, legte sie das Komme-Gleich-Schild deutlich sichtbar in die Auslage. Eine Mühe, die sie sich in letzter Zeit nur mehr sporadisch machte, die für Lenz, einen Geschäftsmann sterbenden Stils, jedoch unerlässlich war. »Aus Höflichkeit dem Kunden gegenüber. Dein Kunde ist dein König« – würde er gesagt haben.

Arm in Arm gingen sie die Josefstädterstraße hinauf. Das Lokal, das sie aufsuchten, war um diese Tageszeit, wochentags, 11.30 Uhr, ziemlich leer. Während sie auf das Essen warteten, kam der Vater auf Amelies Situation zu sprechen.

»An sich bin ich nach Wien gekommen, um dich zu fragen, ob du meine Hilfe brauchst. Aber ich habe den Eindruck, dass du ganz gut zurechtkommst«, stellte er fest.

Der Kellner brachte das Gulasch und eine Semmel. Josef schloss kurz die Augen und sog den Duft der Speise ein. Er nahm die Semmel, drückte sie prüfend und nickte zufrieden, als sie krachte. »Handsemmel«, sagte er anerkennend. »Maschinensemmeln sind das halbe Vergnügen.«

›Vater ist ein Sinnenmensch‹, schoss es Amelie durch den Kopf. ›Obwohl er nicht so aussieht. Andererseits …‹ Rasch unterdrückte sie den keimenden Gedanken an Gregor Freytag und antwortete: »Danke nein«, sie werde mit der Sache allein fertig, das wolle und das müsse sie, schließlich habe sie sich die Misere ja auch ohne tätige Mithilfe der Familie eingebrockt.

Josef nickte. »Mutter will wissen, ob du sie brauchen kannst. Ein Wort genügt, und sie kommt nach Wien, hilft dir einpacken, umsiedeln …«

»Nein, nein! Lieb von ihr, aber danke nein«, wehrte Amelie rasch ab.

Josef nahm einen Schluck von seinem Bier, dann tunkte er ein Stück der Semmel in den Saft. Er wartete darauf, dass der Bissen sich restlos vollsaugte und fragte bedächtig: »Wirst du zu Weihnachten nach Hause kommen?«

Amelie überlegte eine Weile, dann schüttelte sie den Kopf. »Nein, Vater. Ich möchte den Laden am Heiligen Abend bis siebzehn Uhr offen halten. Es ist sein und mein letzter gemeinsamer Tag. Eine Art Abschiedszeremoniell, wenn du so willst. Und vielleicht kommt ja noch jemand vorbei, der in letzter Minute ein Geschenk braucht.« Klingt nicht lebensbejahend, dachte sie und setzte munterer fort. »Außerdem war ich zu Weihnachten noch nie in Wien, ich möchte das einmal erleben. Christmette im Stephansdom und so. An den Feiertagen muss ich eh meine letzten Trümmer aus dem Laden räumen, und bis zum 31. muss ich an die neue Mieterin übergeben. Eine nette Frau übrigens. Du würdest sie mögen. Sie und ich, wir haben uns auf einen fliegenden Wechsel geeinigt.«

Josefs Teller war blank geputzt, als wäre er frisch gewaschen. Er lehnte sich zurück, sah seiner Tochter in die Augen und nickte anerkennend. »Ich verstehe dich gut. Im Übrigen möchte ich dir sagen, dass ich stolz auf dich bin. Du jammerst nicht, du tust, was getan werden muss. Ohne Lamento ziehst du die Konsequenzen aus deinem geschäftlichen Fehlverhalten. Einen Misserfolg mit Umsicht und Würde zu bereinigen, deutet darauf hin, dass du trotz allem das Zeug zu einer hervorragenden Geschäftsfrau hast.«

Es war der Zeitpunkt, an dem Amelie schließlich doch Tränen in die Augen traten. Sie streckte die Hand aus, legte sie auf die des Vaters und murmelte: »Das mit der Geschäftsfrau glaube ich eher nicht. Aber eines weiß ich sicher: Ich habe ein Mordsglück mit meinen Eltern.«

Es war an einem der letzten Oktobertage: Amelie hatte beschlossen, den Nachmittag im Salettl zu verbringen, um Lagerplatz für die zu erwartende Ware aus dem Laden zu schaffen. Das Wetter war trocken und relativ warm, das Küchenfenster stand offen. Amelie hockte vor der Schrankwand im Gang und versuchte sich dem zu lösenden Logistikproblem anzunähern, als ihr plötzlich Brandgeruch in die Nase stach. Sie sprang auf, lief in die Küche und sah zum Haupthaus hinüber. Zwei der altersblinden schmutzstarrenden Fenster zum Souterrain standen offen, Rauchschwaden drangen heraus.

»Feuer!«, schrie Amelie und stürzte auf den Hof. »Es brennt!«

»San des Se, Fräu'n Lenz?« Dumpf tönte die Stimme der Josefine Zadrazil just aus den Räumen, in denen es offenbar brannte.

»Jesus, Frau Pepi! Sind Sie da unten?! Ich ruf die Feuerwehr«, quiekte Amelie in Panik.

»Lossn S' des!«, rief die Zadrazil aus den Eingeweiden des Hauses. »Is ois in Urdnung, i tua ja nur Papier vabrenna in da Woschkuchl.«

Waschküche? Amelie pirschte sich an die verdächtigen Fenster und versuchte die Hausmeisterin auszumachen. Vergeblich. Zu viel Rauch. »Wir haben eine Waschküche?«, rief sie zur Zadrazil hinunter.

Die Hausmeisterin hustete eine Weile, ehe sie antwortete. »Kloa. Is oba scho laung aussa Betrieb. I zeig's Ihna. Kumman S' eina. Durch die Köllatia, Gangl grodaus, erste Tia links, wo's aussaraucht bin i.«

Am Ende eines langen dunklen Ganges stand eine Tür offen. Schwaches Licht einer matten Glühbirne. Ein großer trister Raum, mehrere Waschtröge, die vor sich hin moderten. Ein gewaltiger gemauerter Herd, aus dem Flammen schlugen. Davor die rauchumwölkte Zadrazil, einen Schürhaken schwingend, neben ihr riesige

Haufen von Karton und Altpapier, womit sie das Feuer fütterte.

»Das ist ja ein Höllenfeuer, Frau Pepi«, sagte Amelie ehrfürchtig.

»Muass ollas weg, des gonze Glumpert. Weil mia bauen ja um«, grummelte die Zadrazil und stopfte neuerlich Brennbares in den Ofen.

Auf diese Weise erfuhr Amelie, dass sich auch in ihrem bislang unberührt vor sich hinschlummernden Wohnwinkel allerlei ändern würde.

»Do herunt mochn's a Biro, den Dochbo'n baun's a aus, do kumman Luxuswohnunga auffe. An Lift baun's a ei.«

Fort und fort räsonierte die Frau Pepi über die Sinnhaftigkeit von Umbauten im Allgemeinen und den hier bevorstehenden im Besonderen. Es hänge halt alles am Geld, das letzte Mauseloch wolle die Hausverwaltung finanziell nützen, mit der Idylle sei es bald ein für alle Mal vorbei.

»Oba«, schloss die Hausmeisterin triumphierend, »mi trifft's nimma. Weu i geh vuan naxtn Summa in die Rentn.«

Amelie ließ die Waschrumpel, die sie in einem der Tröge entdeckt und interessiert untersucht hatte, fassungslos sinken. »Was? Sie wollen in Pension gehen? Aber Sie sind doch gar nicht alt!«

»I bin fünfasechzg, Fräu'n Lenz, i bin rheimatisch, da Mo hot Zucka, mir zwa san vabraucht. Zeit zan Gehn.« Josefine Zadrazil klagte nicht, sie stellte sachlich fest.

Betroffen nagte Amelie an ihrer Unterlippe. Der Schein des Herdfeuers ließ Licht und Schatten über das Gesicht der Frau Pepi tanzen. ›Sie ist tatsächlich alt, wieso ist mir das früher nie aufgefallen‹, dachte Amelie gerührt. »Das Haus ist ohne Sie nicht vorstellbar«, sagte sie leise.

»Oba jo, Fräu'n Lenz. Jeda Mensch ist ersetzlich,« erwiderte die Hausmeisterin überzeugt. »Und wos i waß, wern die kan Hausmasta mehr nehma, die angaschirn a Putzfirma. Kummt eana büliga.«

Sie stopfte den letzten Stapel alter Zeitungen in den Ofen und sah sich um. »Samma fertig? Is no wos do zan Vabrenna?« Ihr Blick fiel auf die Waschrumpel, die Amelie immer noch in den Armen hielt. »Gebn S' her de Rumpö, Fräu'n Lenz, die vabrenn ma jetz' a.«

Amelie zögerte. »Ist es nicht schad drum, Frau Pepi? So etwas ist fast eine Antiquität, ein Unikum.«

Die Zadrazil war unerbittlich, herrisch streckte sie ihre Hand nach der Rumpel aus. »Her damit, eine ins Feia. Vo die Sochn, die kan Sinn mehr mochn, muass ma se trenna.«

Die Rumpel wollte nicht recht Feuer fangen. Während die Frau Pepi sich abmühte, sie in Brand zu setzen, lauschte Amelie den letzten Worten der Hausmeisterin nach. Sachen, die keinen Sinn mehr machen, Sachen die keinen Sinn mehr machen... Plötzlich wusste sie's. »Frau Pepi, lassen Sie das Feuer nicht ausgehen, ich muss auch etwas verbrennen«, rief sie ihr zu.

Sie rannte durch den dunklen Gang über den Hof ins Salettl. Riß alle Schranktüren auf, durchwühlte Wäsche, Pullover, Handtaschen, bis sie fand, was sie suchte. Die Gamaschen.

Als sie über den Hof zur Waschküche lief, fiel ihr plötzlich noch etwas ein. Sie rannte zurück. Die Akte X, wo hatte sie die bloß hingeräumt? In einer der Schubladen von Großmamas Prachtschrank... endlich.

Ein seltsames, triumphähnliches Gefühl hatte sie erfasst. »Brennt's noch, Frau Pepi?«, fragte sie, als sie die Waschküche betrat. Die Hausmeisterin nickte. Amelie trat neben sie und warf zunächst Blatt für Blatt der Akte

X ins Feuer. Ohne innere Erregung, mit eher klinischem Interesse sah sie zu, wie das Transparentpapier sich kurz ringelte und in Sekundenschnelle zu Asche zerfiel. Dann fasste sie die erste Gamasche, hielt sie mit spitzen Fingern einen Augenblick über dem Feuer, und ließ sie fallen. Die zweite folgte auf die gleiche Weise. Es dauerte eine Weile, ehe die Gamaschen Feuer fingen. Sie brannten nicht lichterloh. Sie verglühten.

Zwei Tage später rief das Sekretariat von Doktor Leopold Bartenberg an. Ob Frau Lenz am vierten November frei sei und zu einem informellen Abendessen bei Herrn Doktor kommen könne. Ja? Wie schön, das werde Herrn Doktor außerordentlich freuen. Schriftliche Einladung *pour memoire* folge morgen.

13

Wieder eine dieser eleganten Büttenkarten: *Leopold Bartenberg gibt sich die Ehre …*

Amelie fand es sympathisch, dass er weder zum Dinner noch zum Diner, sondern einfach zu einem Abendessen bat. Am 4. November, 20 Uhr, informell.

Letzteres enthob sie der Kleiderfrage, weitgehend, aber nicht ganz. Den grauen Hosenanzug hatte sie schon bei Bartenbergs Hauskonzert getragen, ein zweites Mal ging der nicht an. Das Kostüm schien ihr für ein privates Abendessen nicht recht passend, Mummus schieden aus, und ein Kleid besaß sie nicht. Eines zu kaufen, kam bei ihrem derzeitigen desaströsen Kontostand nicht in Frage. Also würde man etwas erfinden müssen.

Im Abstellraum des Salettl stand im hintersten Winkel

ein Koffer aus dem Besitz von Amelie der Älteren. Er enthielt, was Amelie der Jüngeren nach dem Tod der Großmutter aus deren Garderobe als unbedingt bewahrenswert erschienen war. Kleidung aus den Vierziger- und Fünfzigerjahren, die die alte Dame aus nostalgischer Erinnerung an ihre besten Jahre aufgehoben hatte. Handschuhe aus feinem Leder, ein über und über mit silbernen Perlen besticktes Abendtäschchen, ein breiter Silberfuchskragen, ein plissierter Rock, Blusen mit Rüschen, Blusen mit Stickereieinsätzen, ein knappes, bis in die Taille reichendes violettes Angorajäckchen, Strassbroschen …

Einen ganzen Abend lang verbrachte Amelie damit, den Inhalt des Koffers zu sichten. Sie breitete die Kleidungsstücke aus und probierte und gustierte, sie stand vor dem großen Spiegel im Vorzimmer und drehte und wendete sich davor und kicherte und vergaß ihre Einsamkeit. Am Besten gefiel sie sich in einem weich fallenden Kleid aus dunkelgrauem Jersey. Es hatte Schulterpolster, lange enge, an den Handgelenken mit kleinen Knöpfchen geschlossene Ärmel, einen schmalen spitzen Ausschnitt und war einseitig gerafft. Teuflisch elegant, fand Amelie. Vor ihrem inneren Auge sah sie sich bereits in den Bartenbergschen Salon schweben, atemberaubend damenhaft … mit aufgestecktem Haar vielleicht? In der Taille würde man es enger machen müssen, das Kleid … Die Frau Pepi? Ja, die war geschickt; wie eine gelernte Schneiderin nähte und flickte sie für den alten Professor im zweiten Stock …

Nachdem sie die Garderobefrage zu ihrer Zufriedenheit gelöst hatte, rief Amelie den Wirklichen Hofrat an, um ihn zu fragen, ob sie vielleicht auch diesmal in seiner Begleitung zu Bartenberg gehen dürfe. Sie fühle sich geborgener und sicherer in seiner Gegenwart.

»Ich wüsste nicht, was ich lieber täte«, versicherte ihr der Wirkliche durchaus glaubhaft, fügte aber bedauernd hinzu, er könne ihrem Wunsch nicht entsprechen, weil er zu dem Abendessen nicht gebeten sei.

Dass Hofeneder am vierten November etwa nicht bei seinem Freund eingeladen sein könnte, hatte Amelie nicht bedacht. Das Blut schoss ihr in die Wangen, sie biss sich auf die Unterlippe und begann zu stottern. »Bitte verzeihen Sie ... wie peinlich. Ich dachte, weil Sie doch mit Doktor Bartenberg so eng befreundet sind ... das ist mir wirklich peinlich ...« Ihr Gestotter versiegte, der Hofrat lachte gutmütig.

»Mein liebes Kind, Bartensteins Haus würde aus den Nähten platzen, wenn Leopold alle seine Freunde zu jeder seiner Abendgesellschaften einladen wollte. Gehen Sie hin, ich freue mich von Herzen für Sie, es wird Ihnen gut tun, es wird Sie ablenken. Ich bin sicher, Sie werden den Abend auch ohne meine Assistenz genießen.«

Dessen wiederum war sich Amelie nun nicht mehr sicher. Ohne Hofrat kein Fixpunkt. ›Wer weiß, wer dort sein wird, Intellektuelle, Berühmtheiten, Snobs ... Keiner, an den ich mich halten kann ... Hoffentlich bin ich gut in Form an dem Abend. Wenn nicht, wird's eine Qual. Aber ich werde nicht in Form sein, weil ich zur Zeit nie gut in Form bin ... Ich tu mir das nicht an, nein, ich sage ab ... Geht ja nicht, ich habe ja längst zugesagt ... Kneifen gilt nicht, du musst da durch, Amelie!‹

Josefine Zadrazil hatte sich des Jerseykleids von Amelies Großmutter tatsächlich angenommen. Sie hatte es enger genäht und gedämpft und ließ es sich nicht nehmen, ihr Werk am lebenden Modell zu begutachten. Breitbeinig saß sie im Zimmer und rief durch die geöffnete Tür in den Gang: »Brauchn S' mi, Fräu'n Lenz? I hüf Ihna mit die Knepf an de Ärmö. Na?... Na donn net... San S' boid so weit?«

Als Amelie endlich ins Zimmer trat, pfiff die Hausmeisterin durch die Zähne, und ihre Augen bekamen einen fast zärtlichen Glanz. »Jessas Fräu'n Lenz! Se san de Schenste!«, seufzte sie beglückt und machte ihrer Begeisterung in einem nicht enden wollenden Wortschwall Luft: Diese Figur! Die schmale Taille! Und endlich einmal nicht mehr diese schrecklichen Hosen, endlich einmal ein frauliches Erscheinungsbild, endlich seien die Beine vom Fräu'n Lenz zu sehen. Und an denen sei ja nun bei Gott nichts zu verstecken. Die zartesten Fesseln der Josefstadt! Und das Haar! Aufgesteckt getragen, mache es aus dem Fräu'n Lenz die vollendete Dame... Plötzlich hielt die Zadrazil inne, kniff die Augen zusammen und musterte Amelie nachdenklich. ... »Irgandwos g'heat no... des Grau is a bissl trist, an Aufputz muass her.«

Amelie nickte und verschwand. Sie wühlte in Großmutters Koffer, kramte eine der Strassbroschen hervor und steckte sie knapp unterm Ende des spitzen Ausschnitts an. Raffiniert, zieht den Blick auf die Haut, dachte sie, und weil sie sich sowieso schon verrucht vorkam, griff sie sich auch noch den Silberfuchskragen, schüttelte ihn aus und warf ihn lässig über eine Schulter.

Die Zadrazil war überwältigt. Als Amelie fragte, was sie ihr für die Änderung des Kleides schulde, antwortete sie streng: »Woin S' mi kränkn?!« Sie ließ es sich nicht nehmen, mit Amelie vor die Haustür zu gehen, mit ihr auf das bestellte Taxi zu warten und sie hineinzuverfrachten. »Sie sind wie die gute Fee aus *Aschenputtel*, Frau Pepi«, sagte Amelie gerührt. Worauf die ihrerseits gerührte Hausmeisterin murmelte: »Is scho guat. Jetz brauch ma nur mehr an Prinzn.«

Das Taxi schaukelte in Richtung Dritter Bezirk. Sowie Licht von der Straße ins Wageninnere fiel, konnte Amelie ihr Gesicht im Rückspiegel sehen. Durch das hochgesteckte Haar schienen ihre Augen noch größer, die starken Augenbrauen wirkten gradezu dramatisch, der lange schlanke Hals wuchs aus dem Pelz wie … wie hatte Uli einst gesagt? Wie ein Tulpenstängel.

Sie stieß einen zufriedenen kleinen Seufzer aus und sah zum Fenster hinaus. Die Ringstraße. Zu jeder Jahreszeit eine Pracht. ›Ich liebe diese Stadt, mehr noch als Salzburg‹, dachte sie. Etliche Meter vor dem Übergang zwischen Rathaus und Burgtheater schoss ein Radfahrer knapp vor dem Taxi über die Fahrbahn, der Chauffeur bremste jäh und schimpfte gottlos auf diesen und alle anderen Radler Wiens.

Was war noch an dieser Stelle gewesen? Aber ja … Folgsam spuckte Amelies Unterbewusstsein den Moment aus, an dem sie selbst an einem stürmischen Regentag in langen Sprüngen über den Ring gesetzt hatte. Der Wind hatte ihren Hut weggerissen, eine Autolawine war auf sie zugerollt, etliche Fahrer hatten ärgerlich gehupt … und wenige Minuten später war sie in einen Mann gerannt, von dem sie lange gedacht hatte, er würde ihr Schicksal werden.

Ewig schien das her zu sein und war doch erst vor einem Jahr gewesen … Aber was für ein Jahr! Es hatte alles verändert, das Jahr des Phantoms mit den Gamaschen, das Jahr des Gregor Freytag ›… Nein, nicht an Gregor denken, nicht jetzt …‹ Das Taxi hielt vor dem Bartenberghaus. Die Fenster zu ebener Erde und im ersten Stock waren hell erleuchtet. Amelie wischte alle Gedanken an Gregor beiseite und konzentrierte sich auf ihr Entrée.

›Hoffentlich bin ich richtig angezogen, hoffentlich sind die Leute nett, hoffentlich blamiere ich mich nicht. Wenn der Abend nur schon vorbei wäre …‹ Ein ältliches Hausmädchen in Schwarz-Weiß nahm Amelie die Entscheidung, ob sie mit oder ohne Pelzkragen weitergehen solle, ab, indem es ihr mit einem diskret gemurmelten »darf ich bitten, gnädige Frau« den Fuchs von den Schultern nahm. Auf einer Empirekommode lag ein aufgeschlagenes Gästebuch. Drei Namen standen schon drin. ›Gott sei Dank, ich bin nicht die Erste.‹ Das Hausmädchen wies auf die in einem ledernen Rahmen gesteckte Tischordnung. Amelie sah pflichtschuldig darauf, las die Namen vor Nervosität nicht, nickte und folgte dem Mädchen, das ihr durch den langen Gang mit den Familienporträts zum Salon voranging. Die hohe Flügeltür stand offen. Kinn hoch, Schultern zurück, rein ins Geschehen…

Leopold Bartenberg stand mit zwei älteren Damen und einem gleichfalls nicht mehr taufrischen, runden Herrn neben dem Flügel. Das Grüppchen schien sich gut zu unterhalten, der Dicke lachte laut. Als Bartenberg Amelie sah, stellte er sein Glas ab und kam mit ausgebreiteten Armen auf sie zu. »Willkommen, meine Liebe, welche Freude, Sie bei mir zu sehen.« Seine Augen funkelten, als er sie betrachtete. Sein Vergnügen über ihr Kommen und ihren Anblick wirkten rückenstärkend, Amelie fühlte sich sicherer, ihre Nervosität wich. Wer weiß, vielleicht würde sie den Abend schließlich genießen.

Der Salon mit den wenigen Menschen schien größer, als sie ihn in Erinnerung hatte. In der Bodenvase, die im vergangenen Frühling schwer von duftendem Flieder gewesen war, hatte ein Könner eine asiatisch anmutende Kreation aus Zweigen, Binsen und einer einzigen exotischen Blüte gesteckt. Ein zweites schwarz-weißes Hausmädchen, Hände in den hierorts offenbar obligaten weißen Zwirnhandschuhen, hielt ein silbernes Tablett mit Champagner bereit. Während Amelie noch an ihrem ersten Glas nippte, hatte der Dicke mit dem jovialen Lachen bereits zwei davon gekippt und griff eben nach einem dritten.

»Ein Essen in kleinem Freundeskreis«, erklärte Bartenberg eben den Abend. »Um den Einstieg meines neuen Partners zu feiern.« Er lächelte froh. Die Anwesenden nickten und lächelten zurück. Sie schienen über den neuen Partner Bescheid zu wissen. Amelie, die das nicht wusste, wagte nicht zu fragen. Sie lächelte gleichfalls, schweigend, und studierte die Anwesenden, mit denen Bartenberg sie bekannt gemacht, deren Namen sie jedoch nicht behalten hatte.

Eine der beiden älteren Damen, die vor ihr da gewesen waren, schien in einem näheren Verhältnis zum Gastgeber zu stehen. Eine immer noch schöne Frau mit elegantem Gebaren. Sie verwickelte Amelie in ein Gespräch, in das sie Informationen zur eigenen Person einfließen ließ: ursprünglich Kinderärztin, Witwe eines Diplomaten, welcher ein enger Freund von Leopold Bartenberg gewesen war. Auf ihre »alten Tage« Bridgepartnerin Bartenbergs, zuweilen begleite sie ihn in Konzerte, in die Oper.

Die zweite ältere Dame entpuppte sich als Ehefrau des Dicken. Dieser wiederum war Notar. Ein Jugendfreund von Bartenberg, mit dem er offenbar auch in geschäftlicher Verbindung stand. Er sprach die gleiche, für das gehobene Wiener Bürgertum typische, im Aussterben begriffene Sprache, die Amelie immer wieder entzückte.

Das Paar, das nach Amelie eintraf, unterschied sich in jeder Hinsicht von den bereits Anwesenden. Beide etwa Mitte vierzig, modisch gekleidet, jedes zehnte Wort ein Anglizismus. Lauter als die anderen, vor allem der Mann. Ein gut aussehender Mensch, der offenbar nicht anders konnte, als sich in Szene zu setzen. Von Beruf Chirurg.

Wohl ein Star in seinem Fach, wie Amelie seinen unüberhörbaren Anspielungen entnehmen musste. Als sie sich davon wenig beeindruckt zeigte, sah er sich um und fragte: »Wo ist der Heimkehrer?« Sie hatte keine Ahnung, wovon er sprach. Ihre Augenbrauen begannen auf- und niederzuschwingen, ihre Augen wurden dunkel, um eine Antwort verlegen öffnete sie ein wenig den Mund, und ihre Zähne schimmerten. Der Chirurg kniff die Augen zusammen und betrachtete sie ungeniert. Das Gesicht der Frau, mit der er gekommen war, nahm einen gespannten Zug an, die Sehnen an ihrem Hals traten vor, sie musterte Amelie wachsam. Amelie entwich an die Seite der Diplomatenwitwe.

Letztere schien das wohl wollend zu vermerken, sie tätschelte Amelies Arm. »Der Herr Primarius ist sehr von sich überzeugt«, raunte sie ihr zu. »Fachlich übrigens mit Recht. Seine Spezialität sind Organtransplantationen. Allerdings hält er sich auch als Mann für unwiderstehlich, was seine Lebensgefährtin nur begrenzt beglückt. Verständlicherweise. Sie lebt seit zehn Jahren mit ihm zusammen und wartet immer noch darauf, dass er sie heiratet.«

Auch das Paar, das als nächstes eintraf, umriss die Witwe in gedämpftem Ton. Er ein namhafter Industrieller, Klient der Kanzlei Bartenberg, Aufsteiger, ungemein dynamisch, hemdsärmelig, sympathisch. Sie aus mittelaltem Adel, das sei auch so ziemlich alles, was zu der Frau zu sagen sei.

»Und? Wo bleibt Bartenbergs neuer Partner?«, fragte der Chirurg so laut, dass er das animierte Stimmengemurmel übertönte. Alles verstummte, nur der Notar kicherte fröhlich weiter.

»Sein Flugzeug hatte Verspätung, er muss jeden Augenblick hier sein«, sagte der Hausherr.

Als wäre es sein Stichwort gewesen, betrat der Ehrengast mit Schwung den Raum. »Der Neffe«, hauchte Amelie. Es war in der Tat Daniel Bartenberg. Mit ihm hatte sie kein bisschen gerechnet.

Sein nackenlanges Haar war feucht, ein paar Wassertropfen versickerten im Stoff seines grauen Anzugs. Das Sakko stand offen, der Knoten der Krawatte saß zu tief. Auf der frisch gebügelten blauen Hemdbrust zeigten sich ebenfalls noch ein paar feuchte Flecken. ›Er kommt direkt aus der Dusche, und er hat sich nicht richtig abgetrocknet… Aber ja, wahrscheinlich wohnt er ja hier im ersten Stock‹, überlegte Amelie. Sie wandte die Augen von Daniel Bartenbergs breitem Brustkorb ab und beobachtete interessiert, wie der trotz seiner Größe gedrungen wirkende Mann sich geschmeidig auf die Witwe zubewegte.

»Verzeih Sophie« – Handkuss – »ich habe Euch warten lassen, mein Flugzeug hatte fast eine Stunde Verspätung.« Fließender Übergang zur Frau des Notars: »Küss die Hände, liebste Lotte.« Wende Richtung Frau des Industriellen, Grußgemurmel, formellerer Handkuss als der für Sophie und Lotte. Die Nichtangetraute des Chirurgen nannte er Anja. Er umarmte sie, was ihren trockenen, ein wenig fahlen Wangen umgehend Farbe verlieh. ›Er geht nach dem Alter vor‹, dachte Amelie und sah ihm erwartungsvoll entgegen.

Daniel Bartenberg trat auf sie zu, suchte ihre Augen, ergriff ihre beiden Hände und küsste sie, eine nach der anderen, sehr leicht, fast flüchtig, nahezu so, als geschähe es im Scherz.

»Guten Abend. Ich freue mich, Sie zu sehen. Wie geht es August?«, fragte er eher beiläufig. Amelie hatte vergessen, dass seine Augen eine ziemlich eigenwillige Farbe hatten: Sie waren grün-braun-gold gesprenkelt. Lachende Augen.

Leopold Bartenberg klatschte sacht in die Hände, um sich Gehör zu verschaffen: Das Warten auf den Mann aus den USA habe ein Ende, er bitte zu Tisch.

Auch das Speisezimmer wirkte heute größer als an dem Abend im Frühling. Im Gegensatz zu damals stand ein einziger, großer ovaler Tisch in der Mitte des Raums. Rund um ihn war viel Platz. Das Kerzenlicht spiegelte sich in seinem glänzenden dunklen Holz wider. ›Mahagoni?‹, überlegte Amelie und ärgerte sich, dass sie sich bei ihrer Ankunft die Tischordnung nicht genauer angesehen hatte. Außer ihr schienen alle zu wissen, wo sie platziert waren.

Der jüngere Bartenberg half ihr aus der Verlegenheit, indem er ihr den Stuhl zurechtrückte. »Ich habe meinen Onkel wissen lassen, dass ich stehenden Fußes in die Staaten zurückkehren werde, falls ich heute Abend nicht neben Ihnen sitze«, flüsterte er ihr zu. ›Unsinn‹, ging es Amelie flüchtig durch den Kopf, während sie sich niederließ.

Sie saß dem Gastgeber gegenüber. ›Fast so, als wäre ich die Hausfrau‹, überlegte sie, und dabei war es ihr ein wenig mulmig. Erst nachdem alle Platz genommen hatten, wurde ihr klar, dass ihr Placement sich so und nicht anders aus der Tischordnung fügte: Rechts von Leopold Bartenberg saß die Notarsfrau, weil sie offenbar die Älteste war, links von ihm die Frau des Industriellen, die wahrscheinlich geehrt werden musste, weil ihr Mann zu den bedeutenden Klienten der Kanzlei Bartenberg zählte. Der Rest ergab sich von selbst. Amelie also am Ende der Tafel, zu ihrer Linken Daniel, rechts von ihr der Chirurg.

»Sie sehen versonnen drein«, bemerkte Daniel leise.

Amelie lächelte. »Weil ich mir alles genau ansehen muss. Fremde Menschen, eine Welt, die neu für mich ist ... schön, aber neu«, raunte sie zurück.

»Die Welt müssen Sie selbst erforschen, über die Menschen kann ich Sie informieren.« Daniel neigte seinen Kopf so, dass seine Worte nur Amelie erreichten. Der Notar: ein Kindheitsfreund seines Onkels, seit der Bubenzeit der beiden alten Herren sei nie ein böses Wort zwischen ihnen gefallen, was wohl auch daran liege, dass sich mit dem grundgütigen, fröhlichen Notar nicht streiten lasse. Der Industrielle habe als Handwerker begonnen, verschiedene Patente entwickelt, im Laufe der Jahre ein Imperium in Europa aufgebaut, das sich zu hundert Prozent in seinem Besitz befinde, und sei nun drauf und dran, auf dem amerikanischen Markt Fuß zu fassen. Der Chirurg sei sein, Daniels, ältester Freund...

Bartenberg lehnte sich in seinem Stuhl zurück und betrachtete sein Gegenüber unauffällig. »Peter Sattler«, murmelte er nachdenklich. »Wenn es um Frauen geht, ist er ein ausgemachtes Schlitzohr. Aber auf den Freund kann man sich blind verlassen. Acht Jahre lang sind wir im Schottengymnasium auf derselben Schulbank gesessen. Wir haben zusammen Sport gemacht und sind zusammen in die Tanzschule gegangen und schließlich gegen den Willen unserer Eltern gemeinsam quer durch Europa getrampt. Peter wollte eigentlich Gynäkologe werden, dann hat ihn die Leidenschaft für die Chirurgie gepackt. Er ist von seinem Beruf besessen...«

Sattler hatte bemerkt, dass von ihm die Rede war. Er beugte sich zu Amelie, sein Bein streifte das ihre. »Glauben Sie nicht alles, was er Ihnen erzählt. Anwälte sind Wort- und Rechtsverdreher, und dieser hier wird teuer dafür bezahlt, dass er den Leuten ein X für ein U vormacht.« Er grinste und zwinkerte ihr zu. ›Aufgesetzter Charme, gefallsüchtig‹, entschied sie für sich und lächelte betont schwach zurück.

Die Freunde begannen sich über Amelie hinweg

zu unterhalten. Sattler fragte nach Chicago, nach einer Penny und einer Anne, Daniel wich aus. Dabei bezog er die links von ihm sitzende Anja, die bislang etwas isoliert gewesen war, geschickt in das Gespräch ein. ›Wie locker er das macht, er drängt sich nicht vor und wird doch automatisch zum Mittelpunkt‹, stellte Amelie im Stillen fest. Sie fühlte sich wohl neben ihm. Und sicher. Als sie nicht mehr daran zweifeln konnte, dass das Bein des Chirurgen absichtsvoll Kontakt mit dem ihren suchte, rückte sie unauffällig weiter nach links, zu Daniel, der eben über die durch das Attentat veränderte Befindlichkeit des Durchschnittsamerikaners sprach. ›Er ist nicht so schön wie dieser Sattler … eigentlich ist er das Gegenteil von schön … Aber er ist unglaublich präsent. Auch körperlich.‹

Die beiden schwarz-weißen Hausmädchen servierten leise und geschickt. Das Essen war ausgezeichnet. Fasan. Nicht ganz leicht zu tranchieren. An Leopold Bartenbergs Tischende wurde über Jagd gesprochen. »Man hat mir von Ihrem Jagdhaus erzählt, es soll ja ganz bezaubernd sein«, hörte Amelie die Industriellenfrau mit etwas schriller Stimme sagen.

Der Chirurg und Daniel waren beim Sport gelandet. Als wolle er Amelies Aufmerksamkeit auf sich ziehen, legte Sattler seine Hand auf die ihre und fragte: »Wussten Sie, dass Daniel ein gefürchteter Boxer ist?«

Amelie tat, als taste sie nach ihrer Serviette, und entzog ihm ihre Hand. »Nein, das wusste ich nicht«, erwiderte sie artig und war froh, dass Sattler munter weiter tratschte. Ja, ein Sportas sei dieser Bartenberg, ein tollkühner Tiefschneefahrer, Tennisspieler, Schwimmer, nur für Golf habe er nicht viel übrig, aber das werde schon noch kommen.

Amelie tat, als höre sie zu, und ließ ihre Augen wandern. Sophie, die rechts vom Chirurgen saß, war in eine Debatte mit dem Notar und dem ihr gegenübersitzenden Industriellen verstrickt. Das Gespräch schien sich um das intellektuelle Leben in Wien zu drehen. ›Eine hübsche Frau, diese Sophie, immer noch anziehend, trotz ihres Alters‹, dachte Amelie und bewunderte die schönen Gebärden der Witwe. ›Temperamentvoll, aber schaumgebremst. Kinderstube halt.‹ »In Wien tragen die Intellektuellen ihren Intellekt vor sich her wie eine Standarte«, hörte sie den Industriellen plötzlich ganz deutlich sagen. Der Satz gefiel ihr. Sie lächelte.

»Sie sehen vergnügt aus, ich wüsste zu gerne, was Ihnen augenblicklich gefällt.« Es war Daniel, ziemlich dicht an ihrem Ohr. Hatte er sie so genau beobachtet?

Sie sah zu ihm auf, seine Augen lachten, sie konnte nicht anders, als zurückzulachen. »Alles«, sagte sie laut.

Einen Augenblick später klopfte Leopold Bartenberg an sein Glas und erhob sich. »Liebe Freunde, Sie wissen, dass ich Sie heute in dieses Haus bat, um eine Rückkehr zu feiern«, begann er und räusperte sich, sichtlich gerührt, ehe er mit der Gewandtheit eines, der ans Reden aus dem Stegreif gewohnt war, fortfuhr. Es gehe um Daniel. Nach ihm, Leopold, der letzte seines Namens. Daniel, der in die Tradition dieses Hauses geboren und in ihr aufgewachsen sei; der trotz vieler im Ausland verbrachten Jahre nach wie vor zu diesem Haus, dieser Stadt und diesem Land gehöre und nun bereit sei, sich den daraus resultierenden Aufgaben zu stellen. Daniel habe seine Zelte in Amerika abgebrochen und sich entschlossen, wieder in Wien zu leben. Er werde als Partner in die Kanzlei Bartenberg einsteigen. Der alte Herr sprach von der geschäftlichen Zukunft der Kanzlei, den Möglichkeiten, die sich ihr durch Daniel eröffneten, von internationaler Ausrichtung und größeren Horizonten.

Er nahm auf die Geschichte der Familie Bezug und sprach von der Freude, die es Heinrich und Richard Bartenberg bereiten würde, den Sohn beziehungsweise Enkel wieder daheim zu wissen. Am Ende seiner Ansprache hielt Leopold mit der eigenen Bewegtheit nicht mehr hinter dem Berg, ging um den Tisch herum, trat auf den Neffen zu, umarmte ihn und stieß mit ihm an.

Daniel antwortete stehend, einen Arm um die Schulter des Onkels gelegt. Amelie hatte ihren Stuhl so gerückt, dass sie beide Männer im Visier hatte. Ein eigenartiges Gespann: der elegante Leopold, Geschöpf einer untergehenden Kultur. Und der kraftvolle, auf Äußerlichkeiten wenig bedachte Daniel, einer, der aussah, als wisse er mit der Zukunft umzugehen. Daniel sprach humorvoll und kurz. Amelie lauschte seiner dunklen, klaren Stimme nach und verglich sie im Geist mit einer Glocke.

Während des Desserts schoss ihr plötzlich durch den Kopf, dass in den Ansprachen von Onkel und Neffe etwas gefehlt hatte, irgendetwas Wesentliches ausgeklammert worden war. Der Gedanke ließ sie nicht los. Der Hausherr war dabei, die Tafel aufzuheben, als es ihr endlich einfiel. Klar, der Heimkehrer ist doch verheiratet. Wo hat er Frau und Kind gelassen? Weshalb hat keiner von ihnen gesprochen?‹

Sie stand auf, wandte sich zu Daniel, der den Stuhl für sie beiseite rückte, und fragte: »Wann wird Ihre Familie nach Österreich kommen?«

»Gar nicht.« Seine Stimme klang plötzlich kühl, und das Lachen wich aus seinen Augen. »Meine Frau und meine Tochter bleiben in Chicago. Ich bin allein zurückgekommen. Ich bin seit zwei Monaten geschieden.«

Er blieb an ihrer Seite, bis sie wieder im Salon waren. Als er sah, dass sich Peter Sattler anpirschte, grinste er sarkastisch und überließ ihm Amelie.

Gnadenlos, fand sie und sah ihm nach, wie er sich mit dem Industriellen in eine Ecke zurückzog, um die nächste halbe Stunde dortselbst in intensivem Gespräch zu verbleiben.

Der Chirurg nützte seine Chance und ging zum Angriff über. Geschickt manövrierte er Amelie an den Flügel. Sie lehnte in der Ausbuchtung des Instruments, die Mokkatasse in der Hand. Er hatte sich vor ihr aufgepflanzt und versperrte ihr derart die Sicht, dass sie gezwungen war, ihm ins Gesicht zu sehen. Ein Entkommen war vorerst unmöglich.

Er habe sich sagen lassen, dass sie mit altem Spielzeug handle, er werde demnächst bei ihr vorbeikommen, ansehen, was sie zu bieten habe... Amelie blickte in sein hübsches Gesicht. Er erinnerte sie an Gregor. Er könne sich freilich erst abends freimachen, vielleicht könne man anschließend zum Essen gehen, quasselte Sattler fort. Erstaunlich unsubtil für einen doch offenbar intelligenten Mann, dachte Amelie kühl und ließ seine verbalen Bemühungen teilnahmslos über sich ergehen: Sie sei eine unglaublich anziehende, aparte Erscheinung, mit Augen wie den ihren müsse sie jede Schlacht gewinnen, ihn habe sie bereits besiegt etc., etc.

Entschlossen stellte Amelie die Mokkatasse auf den Flügel. »Würden Sie mich einen Augenblick entschuldigen«, sagte sie, schlüpfte an Sattler vorbei und machte sich auf die Suche nach dem rettenden Klo. Als sie den Salon wieder betrat, sah sie sich rasch um und erspähte den Notar an einem fahrbaren Tisch, auf dem Flaschen mit harten Getränken standen. Sinnend betrachtete er die verschiedenen Marken. Er stand allein. Mein Fall, beschloss Amelie und trat auf ihn zu.

Es fiel ihr nicht schwer, mit ihm ins Gespräch zu kommen. Ein paar positive Bemerkungen zum heutigen

Abend, Lob für den Gastgeber, Begeisterung angesichts des Hauses – und schon geriet der rundliche Mann in Fahrt. Er sei schon als kleiner Bub hier aus- und eingegangen. Er kenne kein Haus in Wien, das auch nur annähernd das gleiche Flair besäße. Erstaunlich immerhin, denn es gäbe ja nun schon jahrelang keine Hausherrin mehr.

»Sie müssen wissen, meine Liebe, ich habe noch die alte Baronin Bartenberg gekannt, Leopolds Mutter, eine geborene von Fechter. Sie war die einzige Tochter und Erbin des Privatbankiers Fechter. Hat das Haus samt Kunstwerken und einem beträchtlichen Aktienvermögen in die Ehe mit Richard Bartenberg gebracht.«

»Ich wusste nicht, dass Bartenbergs adelig sind«, antwortete Amelie erstaunt.

»Doch, ja, aber sie haben der Tatsache nie Gewicht beigemessen. Zu klug, um davon Gebrauch zu machen.« Der Notar hatte die längste Zeit an einer Zigarre herumgedrückt und versucht, sie anzuzünden. Endlich war es ihm geglückt. Zufrieden sog er den Rauch ein, blies ihn gegen die Decke und rollte die Augen. »Ah, meine Liebe, die Frauen der Bartenbergs...«

Der alte Herr geriet ins Schwärmen. Leopolds Mutter Gabriele, eine vollendete Dame, eine souveräne Persönlichkeit, eine der glänzendsten Gastgeberinnen ihrer Zeit...

Amelie lauschte begierig. »Wie sah sie aus, war sie schön?«, fragte sie interessiert.

»Alle Bartenbergfrauen waren schön.« Der Notar zupfte einen Tabakbrösel von seiner Unterlippe und schwelgte weiter vor sich hin: »Leopolds Mutter war eher von der imposanten Art. Großartige Haltung, klares, eher strenges Gesicht, prachtvolles Haar, das ich aschblond in Erinnerung habe. Naja, und dann Leopolds Thesi. Ein Feenwesen. Alles an ihr war zart, lang, schmal.

Sie besaß eine unnachahmliche Grazie. Und diese eigenartige Augenfarbe…« Er beugte sich vor, um Amelie in die Augen sehen zu können. »In der Tat ein wenig so wie die Ihre, meine Liebe.«

Amelie unterbrach ihn. »Und die Mutter von Daniel Bartenberg, war die auch so schön?«, fragte sie gespannt.

»Wenn Sie mit mir in den ersten Stock kommen, können Sie sie sehen. In meinem Arbeitszimmer hängt ein Porträt von ihr.« Daniel. Seine warme dunkle Stimme. Unbemerkt war er hinter Amelie getreten.

Sie wusste nicht, weshalb sie plötzlich verlegen war. Sie dankte, lehnte ab und geriet dabei leicht ins Stottern. Wenig später gab die Frau des Notars das Zeichen zum Aufbruch. Händeschütteln, Dankesbezeugungen, der Chirurg flüsterte Amelie bei der Verabschiedung zu, er werde sich demnächst bei ihr einstellen. Daniel schob sich dazwischen und bot ihr an, sie mit dem Wagen nach Hause zu bringen. Amelie lehnte ab, das Hausmädchen habe bereits ein Taxi für sie bestellt.

»Gut. Dann sehen wir uns morgen«, sagte er, als hätten er und sie ein Rendezvous vereinbart.

Irritiert sah Amelie ihn an, ihre Augenbrauen schwebten auf und nieder.

»Ich weiß nicht…ich…«, fing sie an zu sprechen und brach es hilflos wieder ab.

Daniel Bartenberg schien ihre Verwirrung nicht zu bemerken. »Ich komme gegen Mittag bei Ihnen im Laden vorbei. Es wird nicht lange dauern. Es handelt sich um eine geschäftliche Angelegenheit«, sagte er sachlich.

Knapp vor zwölf Uhr mittags trat er durch die Tür. Amelie war nicht sicher gewesen, ob er tatsächlich auftauchen würde. Sie hätte auch nicht mit Sicherheit sagen können, ob sie gehofft hatte, dass er kommen würde. Aber als der schwere Mann mit dem leichten Tritt auf sie zukam, wusste sie es, weil sich ein Gemisch aus freudiger Erleichterung und leisem Triumph in ihr breit machte.

Er begrüßte sie eher kühl und kam gleich zur Sache. Er habe von seinem Onkel erfahren, dass sie dabei sei, ihr Geschäft aufzugeben. Er finde das bedauerlich und frage sich, was sie mit den zum Teil seltenen und, wie es ihm scheine, bemerkenswerten Objekten, die sie angesammelt habe, unter den gegebenen Umständen vorhabe.

Amelie bat ihn, sich zu setzen und deutete auf den Besucherstuhl. Er schüttelte den Kopf und hockte sich auf die Schreibtischkante. ›Wie damals‹ sei ihm lieber. Sie musste einen Augenblick nachdenken, was er meinte, ehe es ihr einfiel.

»Ach ja! Im vergangenen Frühjahr war das, Sie sind gekommen, um August zu kaufen. Sie saßen dort und ich da.« Sie klopfte auf die andere Ecke des Schreibtisches, hopste hinauf und begann mit den Beinen zu schlenkern. Den Blick auf die Spitzen ihrer bequemen Schuhe geheftet, sagte sie nüchtern: »Ich bin auch traurig, dass ich zusperren muss, aber ich habe keine andere Möglichkeit. Ich habe schlecht gewirtschaftet, der Laden trägt sich nicht mehr.«

Bartenberg betrachtete ihr hübsches Profil, das Haar, das wie ein schwerer Vorhang über ihre Wange fiel und sich im gleichen Rhythmus wie ihre Beine bewegte, die knabenhafte Erscheinung in dem unförmigen Hosenanzug, die nichts mit der verführerischen jungen Frau vom vergangenen Abend gemein zu haben schien.

»Schade«, erwiderte er ohne erkennbare Emotion, »Ihr Geschäft hat einen eigenen Reiz. Ebenso wie der Handel mit altem Spielzeug. Er gefällt mir. Vom Gedankenansatz her.« Nachdenklich sah er sich im Laden um, ehe er weitersprach. »Ich hoffe, Sie verkaufen Ihre guten Stücke nicht unter Wert.«

Amelie schüttelte den Kopf. »Nein, muss ich gottlob nicht. Ich werde von meiner Familie beraten und unterstützt.« Mit einem Anflug von Ironie setzte sie hinzu: »Meine Familie ist vom Fach.«

»Ich weiß.« Als Amelie sich ihm zuwandte und ihre Augenbrauen fragend in die Höhe schossen, lachte Bartenberg auf. »Ich habe meine Späher«, sagte er immer noch lachend. »Julius Hofeneder zum Beispiel.«

Sie fuhr fort, ihn anzusehen, sein bewegliches Gesicht, das dem ihren zugewandt war. Wie eine Landschaft, dachte sie, während sie seine unregelmäßigen Züge in aller Ruhe betrachtete. Eine Weile hielt er ihren Augen stand. Plötzlich rutschte er von der Schreibtischkante herunter, räusperte sich und sagte mit Nachdruck: »Ich möchte gerne einige von Ihren Stücken kaufen.«

Derart unvermittelt aus ihrer Betrachtung gerissen, überlegte sich Amelie ihre Antwort nicht. »Wozu denn, Ihre Tochter macht sich doch nichts aus Spielzeug«, hörte sie sich sagen. Es klang spröde.

»Ich denke dabei nicht an meine Tochter«, erwiderte er kühl.

»Ach ja, Sie haben ja auch das Lebensrad gekauft... Ein schönes Stück... nicht für Ihre Tochter, haben Sie damals gesagt.« Sie brach ab und hüpfte ihrerseits von der Tischkante. ›Taktlos! Indiskret! Dumme Ziege.‹ Sie wusste, dass die Röte, die ihren Hals zu überziehen begann, unerbittlich aus dem Schutz des schwarzen Rollkragenpullovers steigen und nicht eher ruhen würde, bis sie ihre Haarwurzeln erreicht hatte. Daniel Bartenberg betrachtete diesen Vorgang interessiert und mitleidlos.

Amelie holte Luft und stieß sie verhalten wieder aus. »Also gut, was soll ich Ihnen zeigen?« Ihr Geschäftsfrauenton. Nicht sehr animierend. »Einiges ist schon in Salzburg in der Firma meines Vaters.«

Sie ging von einem Schrank zum anderen und öffnete alle Türen, sodass das Spielzeug in den Regalen zu sehen war. Dann ließ sie sich mitten im Raum im Schneidersitz nieder und zeigte rundum. »Bitte sehr, wählen Sie, alles ist zu haben.«

Bartenberg sah auf sie herunter. Mit einer Plötzlichkeit, die Amelie ein verblüfftes »Wumm« entlockte, ließ er sich aus dem Stand mit gekreuzten Beinen mühelos neben ihr nieder. Mit aufgerissenen Augen staunte sie ihn an. »Allerhand. Sehr sportlich für Ihr Alter…« Sie schlug die Hand vor den Mund. »Schon wieder… heute ist nicht mein Tag… ich meine, Sie sind überhaupt nicht alt… nur halt nicht mehr ganz jung…« Sie brach ab und begann über sich selbst zu kichern.

»Ich bin fünfundvierzig. Und Sie?« Er hockte neben ihr, als wäre es üblich in einem Wiener Geschäft auf dem Boden zu sitzen. Seine Hände hingen locker über den Knien, die massigen Schultern waren hochgezogen, was seinen kurzen Nacken noch verkürzte. Seine Augen glitzerten, Amelie hatte den Eindruck, dass sie es aus Vergnügen an der Situation taten.

»Demnächst vierunddreißig.«

»Und noch ledig? Kaum zu fassen.« Er grinste, sie versuchte ein Mona-Lisa-Lächeln. »Aber doch sicher in festen Händen?«

Sie überging seine letzte Bemerkung, robbte zu einem der verspiegelten Schränke und holte eine Puppe heraus. »Die ist gut«, sagte sie in sachlichem Ton. »Thüringen, 19. Jahrhundert. Eine richtige kleine Hausfrau. Ich hätte auch einen Puppenherd dazu, in dem kann man sogar Feuer machen…« Sie hielt ihm die Puppe entgegen. Als er nichts sagte, begann sie sich neuerlich zu verheddern.

»Schade, dass Ihre Tochter … ich meine, verzeihen Sie, ich wollte nicht …«

Bartenberg hielt ihr seine Hand entgegen. »Kommen Sie, Amelie, setzen Sie sich wieder hin und entspannen Sie sich. Es ist für mich nicht schmerzhaft über meine Tochter zu sprechen.«

Er wartete, bis Amelie sich niedergelassen hatte. Mit untergeschlagenen Beinen saßen sie einander gegenüber, die Puppe lag zwischen ihnen. »Im Grunde ist nichts, was mit meiner Ehe zusammenhängt, jemals schmerzlich für mich gewesen.« Die Farbe von Amelies Augen schimmerte durch ihre gewölbten Augenlider, es ließ sie verletzlicher erscheinen, als sie tatsächlich war. »Wenn ich etwas wie Schmerz empfand, beziehungsweise empfinde, ist es der über mein mangelndes Einschätzungsvermögen«, setzte er nach einer Weile fort.

Amelie vergaß, dass Mittag längst vorüber war und sie eigentlich hatte zusperren wollen, um Burgi aufzusuchen. Sie dachte nicht mehr daran, dass Bartenberg gekommen war, um bei ihr einzukaufen, und dies für sie ein Segen wäre. Wie festgewachsen saß sie auf dem Boden und lauschte, was der Fremde ihr erzählte, ohne sich zu fragen, weshalb er es tat.

Yale. Der junge Daniel Bartenberg hat ein *post graduate* Stipendium für die angesehene amerikanische Universität erhalten. Eine seiner Kommilitoninnen stammt aus Philadelphia, hört auf den Vornamen Penelope und ist die Fleisch gewordene Perfektion schlechthin. Kein Mann am Campus, der nicht hinter ihr her wäre. Mehr aus sportlichem Ehrgeiz denn aus Leidenschaft reiht sich der Stipendiat aus Wien unter die Konkurrenten.

Sei's, weil er im Sport kaum zu schlagen ist, sei's, weil ihn als Mitteleuropäer eine Art Aura von *terra incognita* umgibt – er sticht sämtliche Bewerber aus, die heiß umworbene »Penny« wird die Seine, und zu Daniels allmählich einsetzendem Befremden ist sie entschlossen, dies auch zu bleiben. Sie stellt ihn Eltern, Verwandten und Freunden vor und besteht darauf, mit ihm nach Wien zu reisen, um seine Welt kennen zu lernen.

Bartenbergs nehmen die Amerikanerin freundlich zur Kenntnis, sind jedoch bass erstaunt, als Daniel sie wenige Monate später wissen lässt, dass er sich mit dem schönen kühlen Mädel aus USA verlobt hat. Im Übrigen kann es Daniel selbst nicht fassen. Weiß er doch kaum, wie es zu dem Verlöbnis gekommen ist. Der Versuchung, einen Rückzieher zu machen, widersteht er, weil Rückzug nicht seine Sache ist.

Im Sommer 1984 feiern David und Penelope Hochzeit in Philadelphia. Beide stürzen sich in ihre Karrieren. Penny Bartenberg ist ehrgeizig, will hoch hinaus. Was Daniel zuzufliegen scheint, muss sie sich hart erarbeiten. Er hat Sehnsucht nach Europa. Sie findet Europa kleinkariert, Wien zu geschichtsbeladen, und die Familie Bartenberg hängt ihr zu sehr an Überkommenem. Hier wolle sie nicht auf Dauer leben. Obwohl beide im Grunde schon damals wissen, dass sie auseinander driften, versuchen sie die Beziehung mit einem Kind zu retten. Anna. Sieht aus wie ihre Wiener Großmutter Franziska. Penny nennt sie beharrlich Anne und ist bemüht, die latent vorhandenen österreichischen Wesenszüge des Kindes auszumerzen.

Die junge Familie zieht nach Chicago, wo sich Penny eine beachtliche Aufstiegsmöglichkeit in einer angesehenen *Lawfirm* bietet. Daniels Karriere hat längst internationalen Zuschnitt. Er reist zwischen Europa und USA hin und her, sieht Frau und Kind zunehmend selten, entfremdet sich ihnen. Dem Paar ist klar, dass es wenig Sinn hat, ihre Ehe aufrechtzuerhalten. Zur endgültigen Trennung entschließen sie sich freilich erst, als es in Pennys Leben einen festen neuen Partner gibt.

»Die Scheidung ging vor zwei Monaten über die Bühne. Kurz und schmerzlos«, schloss Bartenberg.

Amelie, die aus der Geborgenheit eines fest gefügten Familienlebens kam, konnte sein ›schmerzlos‹ nicht nachvollziehen. »Aber was ist mit Anna? Hat sie denn nicht unter der Trennung gelitten?«, fragte sie fast verstört.

»Anna ist die Tochter ihrer Mutter. Unsentimental, intelligent, kühl und praktisch. Alles, was Penny tut, findet sie in Ordnung, sie will genauso leben wie Penny, sie tickt wie Penny.« Er sagte es ohne Bedauern.

Amelie wiegte den Kopf, als könne sie nicht ganz glauben, was sie gehört hatte. »Und Sie?«, fragte sie nach einer Weile. »Wie wollen Sie leben?«

Die Antwort folgte spontan. »Im Rahmen des Möglichen frei.« Ohne sichtbare Mühe stand er vom Boden auf, begann vor Amelie auf und ab zu gehen und schien das Gesagte zu überdenken. »Falls ich mich je wieder binde, wird es ein Mensch sein, der meine Sprache spricht«, fügte er schließlich hinzu. »Es muss jemand sein, der meine Welt versteht. Jemand, der über dieselben Dinge lachen kann wie ich und den dieselben Dinge zum Weinen bringen.« Er unterbrach sich und sah auf sie herunter. »Und Sie?«

»Was… ich…?«

»Wie wollen Sie leben? Paarweise oder als Single? Wer oder was schwebt Ihnen vor? Und haben Sie sich schon einmal geirrt?«

Blitzartig erschien Gregor vor Amelies innerem Auge. Sie wurde rot, senkte die großen weißen Lider, ruckelte hin und her und machte Anstalten aufzustehen, aber ihr linkes Bein war eingeschlafen.

Bartenberg betrachtete sie entzückt. »Keine Antwort? Gut, ich frage nicht weiter. Aber ich bestehe darauf, dass wir uns wiedersehen. Sie tun mir nämlich gut, Sie durch und durch österreichische Amelie Lenz.«

Er streckte ihr beide Hände entgegen. »Halten Sie sich fest, und stellen Sie sich auf meine Schuhspitzen.« Er ergriff ihre Hände und zog sie mit einem Ruck in die Höhe. Sein Körper war nah an ihrem, sie spürte seine Wärme. »Ich verfolge ein Ziel«, sagte Bartenberg leise, aber bestimmt.

Sie sah ihn an und gleich wieder weg, entzog ihm ihre Hände und bückte sich nach der Thüringer Puppe, um ihre Verlegenheit zu verbergen. Er schwieg. Sie schielte in seine Richtung und sah, dass er in sich hinein lachte. »Ein Ziel?«, fragte sie gedehnt.

Bartenberg sah sich um, als müsse er das angekündigte Ziel erst suchen und es in diesem Raum hier finden. Sein Blick fiel auf August, der in seinem Stühlchen lümmelte.

»Der Bär«, sagte er. »Ich möchte ihn haben. Vor allem seit ich weiß, dass er August heißt.« Er lächelte in Amelies verdutztes Gesicht. »Mein Urgroßvater hieß nämlich August. Ein außergewöhnlicher Mann, irgendwann werde ich Ihnen seine Geschichte erzählen.«

Amelie schüttelte den Kopf, als könne sie die Situation, in der sie sich befand, nicht begreifen. »August ist nicht zu verkaufen«, sagte sie matt.

Bartenberg nahm seinen Schal, den er beim Eintreten über den Stuhl geworfen hatte. »Ich werde Ihnen so lange zusetzen, bis Sie mir den Bären überlassen. Ich will ihn bei mir haben. Ich weiß genau, wo er wohnen wird.« Es klang geheimnisvoll, wie er das sagte.

Amelie wurde neugierig und beging den Fehler, »wo denn?« zu fragen.

Als wäre es das Stichwort, auf das er gewartet hatte, ergriff Bartenberg ihre Hand und machte Anstalten, sie mit sich zu ziehen. »Kommen Sie mit mir, Amelie«, murmelte er. »Jetzt gleich. Kommen Sie mit mir, und ich werde es Ihnen zeigen.«

14

Sie war nicht mit ihm gegangen, selbstverständlich war sie nicht gegangen. Eine blöde Situation war das gewesen. Ziemlich schräg. Irgendwie abgehoben. Vorgänge wie diese fand Amelie aufwühlend und war überzeugt, dass sie in ihrer derzeitigen Lage nichts weniger brauche, als aufgewühlt zu werden.

Sie fragte sich, wie Bartenberg den Ausgang seines Besuches bei »Altes Spielzeug – Amelie Lenz« beurteilen mochte. Immerhin hatte sie ihm auf sein Drängen hin ihre Hand entrissen und barsch bemerkt, dass sie sein Verhalten kindisch finde. Worauf er, »wenn Sie das so sehen …«, gemurmelt hatte, sich kurz verbeugte und eh sie sich's versah verschwunden war.

›Er muss sich blöd vorgekommen sein, ein stolzer Mensch wie er, wahrscheinlich ist er jetzt beleidigt. Gekauft hat er auch nichts. Den sehe ich so bald nicht wieder.‹ Gedanken wie diese gingen ihr beharrlich durch den Kopf. Sie war ziemlich sicher, dass sie auf kurzweilige Begegnungen mit Bartenberg dem Jüngeren in Zukunft würde verzichten müssen. Indes, zwei Tage später erschien er neuerlich im Laden.

Er war nicht im Geringsten befangen. Mit selbstironischem Grinsen kam er auf sein *Outing* zu sprechen und dass er darüber total vergessen habe, weshalb er eigentlich gekommen sei. Als Amelie in unbewusster Defensive die Schultern hochzog, lächelte er spöttisch und versicherte ihr, dass er ausschließlich da sei, um das Versäumte nachzuholen, und Spielzeug kaufen wolle.

»Wofür?«, fragte Amelie störrisch.

Als er ihr keine Antwort gab, zuckte Amelie die Achseln und öffnete demonstrativ sämtliche Schränke.

Bartenberg betrachtete die Ware, ließ sich die Stücke ihrer Herkunft und ihrer Seltenheit nach von Amelie erklären und fragte nach den Preisen. Was er in engere Wahl zog, stellte er beiseite. Schließlich entschied er sich für einen hölzernen Vogel, der mit Hilfe des Blasebalgs, auf dem er hockte, Kuckuck rufen konnte, für eine Kinderzither, für ein hölzernes Pferd zum Nachziehen und einen prächtigen Hahn aus Gröden, zwei Metamorphosen aus dem frühen 19. Jahrhundert und ein paar ausgesucht schöne alte Murmeln.

»Den bitte nicht, den habe ich für einen Kunden reserviert«, wehrte Amelie ab, als Bartenberg einen gut erhaltenen Anker-Baukasten zur Seite stellen wollte.

»Falls Ihr Kunde ihn nicht nimmt, möchte ich ihn gerne haben.« Der ruhige, sachliche Ton, den er während des Verkaufsgesprächs an den Tag gelegt hatte, war Amelie angenehm gewesen, sie hatte das Gefühl, endlich wieder auf der *terra firma* der Geschäftsfrau zu stehen. Als sie die Rechnung für Bartenberg schrieb, tat sie es mit ruhiger Hand, obwohl der Betrag in etwa so hoch war wie ein Monatsumsatz in den besten Zeiten. Er bat sie, die Sachen für ihn einzupacken und ihm zustellen zu lassen. Sie nickte, sagte »gerne« und erwartete, dass er sich verabschieden würde.

»So, und nachdem wir beide so geschuftet haben, sollten wir mitsammen Mittag essen«, sagte Bartenberg entschieden, als stände eine Widerrede außer Frage. Darauf war Amelie nicht gefasst gewesen.

Im Hinblick auf seinen üppigen Einkauf fand Amelie es unangebracht, seinen Vorschlag rundweg abzulehnen. »Ich kann nicht einfach zusperren«, versuchte sie sich herauszuwinden.

»Doch, das können Sie. Das tun Sie immer wieder, ich bin schon einige Male vor der verschlossenen Tür Ihres Geschäftes gestanden. Wo ist Ihr Mantel?«, wollte er wissen.

Das Wetter war trocken und windstill. Sie gingen zu Fuß Richtung Stadt. Als sie den Ring überquerten, schob Bartenberg seinen Arm unter den ihren. Eine beschützende Geste. Sein Arm blieb, wo er war, auch als sie durch den Volksgarten gingen, wo es des Schutzes nicht mehr bedurft hätte. Amelie war sich seiner körperlichen Nähe bewusst. Nicht unangenehm, dachte sie und unterdrückte ein Schmunzeln.

»Wohin gehen wir?«, fragte sie, als sie den Park verließen. Vor ihnen lag das Bundeskanzleramt. Genau an dieser Stelle war sie in Gregor gelaufen …

»Ins *Schwarze Kameel*«, antwortete Bartenberg. »Ich habe nicht reserviert, wenn wir im Restaurant keinen Tisch kriegen, müssen wir uns mit dem Stehbüfett begnügen.«

Sie bekamen keinen Tisch. Die Stehtheke war überfüllt wie jeden Mittag. Hier schien jeder jeden zu kennen. Menschen, die durchwegs den Eindruck sorgenfreier Müßiggänger machten, standen dicht gedrängt an hohen Tischchen, aßen die stadtbekannt guten Brötchen und tranken achtelweise teuren Wein. Mühelos schlug Bartenberg eine Schneise durch die Menge, er hielt Amelies Hand und zog sie hinter sich her, bis sie geborgen in einem Winkel stand. Sie sah ihm nach, wie er zum Büfett ging. Die alte Frau hinter der Theke schien ihn zu kennen. Sie strahlte ihn an, er sagte irgendetwas, sie kicherte und bediente ihn ohne Skrupel vor den anderen Wartenden. Mit zwei beladenen Tellern kehrte er wieder.

»Ich hoffe Sie mögen, was ich Ihnen ausgesucht habe. Nehmen Sie Rotwein oder Weißwein?«

»Danke, gar keinen Wein.«

»Weißen«, entschied Bartenberg und nannte dem Kellner eine Marke. Als die Gläser vor ihnen standen, hob er das seine und betrachtete Amelie mit einem genüsslichen Lächeln. »Sie wollten gar nicht mit mir essen, stimmt's? Zum Glück wussten Sie nicht, wie Sie mich loswerden sollten. Auf Ihr Wohl, Amelie.«

Amelie war noch nie zuvor im *Schwarzen Kameel* gewesen. Neugierig sah sie sich um. Ihr gefiel das Gewölbe, in dem sich über Spezereienverkauf, Büfett, die Schänke und die hohen Stehtischchen Rauchschwaden legten, in dem Stimmengewirr, Gedränge und Hitze eine Atmosphäre der Daseinsfreude erzeugten. Sie deutete auf die Türe, vor der ein eindrucksvoller Kellner mit buschigem Schnurrbart und der Haltung eines Mannes von Welt ein paar Gäste begrüßte.

»Da hinten ist das Restaurant, gelt? Es soll reinster Jugendstil sein.«

Bartenberg nickte. »Wenn Sie mir eine zweite Chance geben, führe ich Sie nächste Woche hin.« Er betrachtete ihr Gesicht, aus dem sich ihr Vergnügen am Augenblick lesen ließ, folgte ihren Augen, die neue Eindrücke lustvoll aufzunehmen schienen, beobachtete, wie sie in ein Brötchen biss und mit der Zungenspitze einen Brösel einholte, der an ihrer Oberlippe klebte. »Mit dem Restaurant verbinden sich meine hedonistischsten Kindheitserinnerungen«, fuhr er fort.

Sofort wandte Amelie ihre Aufmerksamkeit Bartenberg zu. »Erzählen Sie«, bat sie, stützte einen Arm auf das Tischchen, ihr Kinn in die Hand und sah ihn erwartungsvoll an.

Seine Eltern seien oft ins *Schwarze Kameel* gegangen, vorzugsweise an Samstagen zu Mittag, wovon er als Schüler des nahe gelegenen Schottengymnasiums profitiert habe. Der Stammplatz der Eltern sei die erste Nische rechts gewesen, dort hätten sie ihn erwartet. »Die Schultasche habe ich unter den Sessel gepfeffert, die Speisekarte lag schon auf dem Tisch, ich durfte selbst wählen. Für einen verfressenen Buben von zehn, zwölf, vierzehn ist das der Himmel auf Erden.«

Amelie mochte seine Art zu erzählen, sie lächelte ihn an. »Und was war nach vierzehn, ist Ihnen da der Appetit vergangen?«

»Auf gewisse Weise ja. Kurz nach meinem vierzehnten Geburtstag ist meine Mutter gestorben.« Als er Amelies erschrockene Augen sah, legte er seine Hand über die ihre und sagte begütigend: »Schsch, Sie konnten es ja nicht wissen.«

Es ergab sich fast zwingend, dass Bartenberg mehr von seiner Familie erzählte. Seine Mutter Franziska, eine leidenschaftliche Schifahrerin, hatte in Folge einer Schiverletzung eine Embolie erlitten und war, noch keine dreiundvierzig, daran verstorben. Daniels Vater Heinrich war danach völlig gebrochen gewesen. Leopold Bartenberg hatte den Bruder zwar beschworen, in das Haus zurückzukehren, aus dem Heinrich und Franziska bald nach Leopolds Eheschließung ausgezogen waren. Aber Heinrich blieb bis zu seinem Tod vor wenigen Jahren in der Wohnung, in der er mit Franziska glücklich gewesen war.

Gebannt hatte Amelie ihm zugehört. »Wie traurig für

Ihren Onkel«, meinte sie nachdenklich. »Seit Jahren lebt er allein in diesem schönen Haus. Ich weiß von Hofrat Hofeneder...«

Bartenberg unterbrach sie. »Ah! Der gute Julius, wahrscheinlich hat er Ihnen erzählt, dass meine Mutter eifersüchtig auf Leopolds Thesi war und nicht unter einem Dach mit ihr leben wollte.«

»Entschuldigen Sie... ich wollte nicht indiskret... ich meine, das Ganze geht mich überhaupt nichts an...«, stotterte Amelie verlegen.

Doch Bartenberg war offenbar daran gelegen, die Sachlage aus seiner Sicht zu schildern. »Wie die meisten Männer hat auch Julius Hofeneder Thesi angebetet. Für ihn war sie ein Wesen ohne Fehl.« Er winkte dem Kellner und bestellte noch zwei Gläser Weißwein, ehe er fortfuhr. »Thesi war eine eigenartige, leicht orientalisch wirkende Schönheit. Verwöhnt bis dorthinaus. Exaltiert. Besitzergreifend. Ihre Mutter war Marokkanerin aus einer uralten jüdischen Familie, der Vater ein wohlhabender Schweizer, die Tochter eine *jewish princess*, wie sie im Büchl steht. Thesi war sechzehn, als sie sich in Leopold verliebte. Er war um zehn Jahre älter als sie und hat sie damals gar nicht beachtet. Aber mit zwanzig war Thesi nicht mehr zu übersehen. Leopold verfiel ihr. Sie beherrschte ihn völlig. Man hielt sie allgemein für kapriziös, aber meine Mutter fand sie exaltiert und sekkant und wollte einfach nicht mehr Tür an Tür mit ihr leben. Sie mochte Leopold sehr und war überzeugt, dass Thesi ihn über ihren Tod hinaus für jede andere Bindung verdorben habe. Deshalb nannte sie Thesi eine Madonna ohne Gnade.«

»Thesi ist sehr jung gestorben, nicht wahr«, sagte Amelie behutsam.

»Sie war zweiundzwanig Jahre alt und im vierten

Monat schwanger, als sie in eine Straßenbahn lief und noch an der Unfallstelle starb.« Daniel drehte den Stiel seines Weinglases zwischen seinen kräftigen Fingern und starrte vor sich hin. »Ironie des Schicksals: Das Luxusgeschöpf Thesi hat Straßenbahnen grundsätzlich abgelehnt und ist nie damit gefahren.« Er leerte sein Glas und bemerkte dann mit einem schiefen Lächeln: »Tja, wir Bartenbergs scheinen kein Glück mit unseren Frauen zu haben. Auf die eine oder die andere Weise verlieren wir sie früh.«

Als sie das *Kameel* verließen und auf der Straße standen, bot Daniel an, Amelie im Taxi zum Laden zurückzubringen. Aber Amelie wollte nicht zurück. Es hätte Alltag bedeutet, und die letzten Stunden waren alles andere als alltäglich gewesen. Sie würde ins Dorotheum gehen, mit Glück würde sie Burgi noch erwischen, ein wenig übers Geschäft mit ihr reden und in einem großen Bogen über die Ringstraße nach Hause wandern.

»Gut, dann begleite ich Sie«, entschied Bartenberg, legte seine Hand leicht um ihren Ellbogen und wanderte mit ihr Richtung Dorotheum. Es kam ihr schon fast selbstverständlich vor, auf diese vertraute Weise neben ihm einherzugehen.

»Sie verplempern ganz schön viel Zeit mit mir«, sagte sie scherzhaft und sah zu seinem wüsten Profil mit der markanten Nase auf.

Bartenberg lachte. »Gut angelegte Zeit, glauben Sie mir. Ich bin ein gewiefter Taktiker.«

Amelie fragte sich, was er damit gemeint haben konnte. Taktik in welcher Hinsicht? Besser nicht hinterfragen. Schweigend ging sie neben ihm her. ›Ich mag sein Lachen‹, dachte sie. ›Es ist ungekünstelt und warm und tief.‹ Ein wenig später ging ihr durch den Kopf, dass sie auf Bartenbergs Lachen wartete, ›wie auf das Aufgehen einer Sonne‹.

Wenige Tage später sagte sich Uli zum Abendessen im Salettl an. Amelie solle nicht kochen, er werde Dosensuppe und Aufschnitt mitbringen. Pünktlich zur besprochenen Zeit fegte er herein, lud das Mitgebrachte in der Küche ab und nahm Amelie in Augenschein.

Sie hatten sich längere Zeit nicht gesehen. Uli war mit Ludwig in der Schweiz gewesen, um eine neue Produktion am Zürcher Schauspielhaus zu besprechen. Und Amelie war vollauf mit dem Untergang von »Altes Spielzeug – Amelie Lenz« beschäftigt gewesen.

»Äußerlich hast du es bisher bestens überstanden. Wenn ich nicht wüsste, dass du dich grämst, würde ich sagen: Sorgen bekommen dir. Du bist hübscher denn je, mein Hühnchen.« Uli hielt Amelies Schultern umfasst und betrachtete sie vom Scheitel bis zur Sohle.

»Selbst wenn es so wäre, hätte ich nichts davon, einsam wie ich bin«, meinte sie elegisch und rieb ihre Wange an seiner Hand. Dann musterte sie ihn ihrerseits. Sie wusste, dass er auf ihren Kommentar zu seinem Aussehen wartete. »Rank, schön, silbergrau meliert – das Alter steht dir gut, mein Hähnchen«, neckte sie ihn und entwich seinen zausenden Händen mit einem spitzen Schrei Richtung Küche. Uli folgte ihr.

»Biwak oder Tafel?«, fragte sie.

Biwak hieß Essen ohne Aufwand. Tafel hieß sorgfältig gedeckter Tisch. Er entschied sich für Biwak.

Sie aßen am gläsernen Tisch im Wohnraum. Uli erzählte von den Zürcher Verhandlungen. Er werde nächste Saison wieder im Doppelpack mit Ludwig arbeiten. Ja sicher, die Aufgabe sei interessant, aber im Grunde nichts Neues. »Es wird immer so weitergehen. Ich bin und bleibe Ludwigs Anhängsel. Mit Glück rutsche ich alle heiligen Zeiten als ›Solist‹ in eine Inszenierung. Das ist auch schon alles.« Es hörte sich kleinmütig an.

»Versündige dich nicht, mein Alter«, mahnte Amelie. »Du hast deinen Lebensmenschen, du hast Erfolg, du kriegst gute Kritiken und verdienst genügend Kohle, um ein höchst komfortables Dasein zu führen. Was willst du noch?«

»Was Neues«, seufzte Uli theatralisch. »Eine Aufgabe. Totalen Einsatz für etwas Einmaliges... für ein Kind!«

Amelie war perplex. »Du machst Witze! Wie soll denn das gehen?« Sie forschte in seinem trotzigen Gesicht. Es sah fast so aus, als meinte er, was er sagte. Behutsam tastete sie sich voran. »Du würdest tatsächlich... eines adoptieren wollen?«

Uli zuckte die Achseln. »Wäre wohl in unserem Fall die einzige Möglichkeit, oder? Kannst du dir vorstellen, dass Ludwig mitziehen würde?«

Amelie versuchte sich vorzustellen, wie Ludwig auf ein derartiges Ansinnen reagieren würde, und sagte entschieden: »Nie und nimmer!«

Uli ließ den Kopf hängen. ›*Midlife crisis*‹, sagte sich Amelie, ›der arme Hund steckt in einer *midlife crisis*.‹ Sie suchte den passenden Ton zwischen locker und ernsthaft zu erwischen. »Nimm's mir nicht übel, mein Hähnchen, aber irgendwie sehe ich dich nicht als Mutter-Vater-Verschnitt. Fläschchen wärmen, stinkende Windeln wechseln, nächtelang nicht schlafen, weil der Wurm Blähungen hat und schreit. Oder schreit, weil er zahnt. Oder schreit, weil er etwas will und du nicht verstehst, was er will. Und wenn er erst einmal rennt und eure gepflegte Wohnung ins Chaos stürzt...«

Uli verzog das Gesicht und hielt sich die Ohren zu. »Hör auf, du Bestie!« Mit spitzen Fingern griff er sich eine süßsaure Gurke und wedelte damit vor Amelies Gesicht. »Gut, ich verzichte, wenn du dafür eins kriegst. Lass dir ein möglichst hübsches Baby machen. Du darfst es säugen und putzen und wickeln, ich mache killekille und fahre es spazieren. Und wenn es groß ist, verwöhne ich es nach Strich und Faden, und niemand kann mir das vorwerfen, weil ich ja bloß der Onkel bin.«

»Hübscher Gedanke«, sagte Amelie lachend. »Was ich zum Kinde bräuchte, wäre ein Vater. Aber ein solcher ist weit und breit nicht in Sicht.«

»Nein?«, fragte Uli interessiert.

»Nein!«, erwiderte Amelie bestimmt. »Im Übrigen habe ich jetzt andere Sorgen.«

Sie begannen über das Geschäft zu sprechen. Uli bot ihr seine Hilfe an. Er könne schleppen, Sachen aufbewahren, Wege erledigen. Amelie dankte, wenn nötig, werde sie darauf zurückkommen, im Übrigen sei die neue Mieterin des Ladens unglaublich kooperativ. Sie war dabei, Uli die Schmuckdesignerin zu schildern, als das Telefon klingelte. Es war Daniel Bartenberg.

Seit dem Mittag im *Schwarzen Kameel* hatte sie ihn nicht mehr gesehen, aber er hatte täglich einmal angerufen. Zu den verschiedensten Tageszeiten. Einmal hatte er nach ihrem Befinden gefragt. Ein andermal hatte er ihr erzählt, dass er begonnen habe, sein Büro in der Kanzlei Bartenberg nach seinem Geschmack umzugestalten. Gestern erst hatte er ihr von einem Cocktail bei Peter Sattler erzählt. Der Chirurg habe sich derart eindeutig nach Amelie erkundigt, dass er, Bartenberg, ihm empfohlen habe, sich nicht weiter ins Zeug zu legen, die schöne Spielzeughändlerin sei nicht an Chirurgie interessiert. Er hoffe damit in ihrem Sinne gehandelt zu haben. Falls nicht, sei er bereit, den Irrtum wieder gutzumachen… Darüber hatten sie geblödelt und gelacht. Entspannt war Amelie in den »Orient« geklettert und hatte über Daniels Anrufe nachgedacht. Anfangs war sie darüber verwundert gewesen, inzwischen wartete sie schon auf sie. ›Es ist seine angenehme Stimme, sonst nichts‹, hatte sie sich versichert.

Bartenberg fragte, ob er sie am nächsten Tag sehen könne, die Pläne für sein neues Büro seien da, er würde gerne ihre Meinung dazu hören.

»Warum ausgerechnet meine Meinung?«

»Weil mir Ihr Laden gefällt, weil Sie einen Sinn für das Ästhetische besitzen, weil ich Sie für eine Frau mit ausgeprägtem Gespür für Harmonie halte.«

»Ich fühle mich geehrt«, antwortete Amelie lachend.

»Darf ich das als Zusage nehmen? Mittagessen im *Schwarzen Kameel*, diesmal im Restaurant?«

»Mittags geht es nicht.«

»Also später Nachmittag? Sagen wir siebzehn Uhr, was halten Sie vom *Café Bräunerhof?*«

Amelie sagte zu und legte unbewusst lächelnd den Hörer auf. Uli hatte sie während des Gesprächs beobachtet.

»Wer war das?«, wollte er wissen.

»Ein Bekannter«, sagte sie leichthin.

»Neu?«

»Ziemlich«.

»Was Seriöses?«

Amelie musste lachen. »Du fragst wie meine Mutter.«

»Stell dir vor, ich wäre sie.«

»Dann würde ich sagen: Es handelt sich um einen durchaus seriösen Menschen, der mir flüchtig bekannt ist.«

Uli musterte sie aus halb geschlossenen Augen, um nach einer Weile nachdenklich festzustellen: »Na, gar so flüchtig kann die Bekanntschaft nicht sein. Du warst verinnerlicht, als du mit ihm gesprochen hast.«

Erst als Amelie in Sichtweite des *Café Bräunerhof* war, fiel ihr ein, dass sie vor etwas mehr als einem Jahr in einem tranceähnlichen Zustand hier gesessen hatte und überzeugt gewesen war, eben ihr Schicksal gerammt zu haben. ›Wie blöd der Mensch sein kann. Monatelang einer fixen Idee aufzusitzen. Am falschen Objekt noch dazu.‹ Sie schüttelte den Kopf und verdrängte die Erinnerung an Gregor Freytag.

Bartenberg saß in einer Fensternische und lächelte ihr durch die trübe Scheibe entgegen. Als er ihr aus dem Mantel half, hob er ihr Haar, um es nicht zu verwirren, dabei streifte seine Hand ihren Nacken. Es sei kalt geworden, die Zeit für heiße Schokolade breche an, ob er ihr eine Tasse bestellen dürfe? Sein Vorschlag überraschte Amelie. Heiße Schokolade war so ziemlich die einzige Süßigkeit, die sie gerne zu sich nahm. Sie nickte und deutete auf die Pläne, die er vor sich ausgebreitet hatte.

»Das neue Büro?«

»Ja, so stelle ich es mir vor. Falls Leopold einverstanden ist. Mein Onkel ist ziemlich traditionsverbunden, in der Kanzlei hat sich seit den Tagen meines Großvaters kaum etwas verändert. Gediegen, aber unzeitgemäß.«

Was Bartenberg der Jüngere vorhatte, kam Amelie wie eine gründliche Entrümpelung vor. Neue Materialien, viel Licht, ein eigenwilliges Raumkonzept. »Klingt nach Feng Shui«, bemerkte sie.

Er sah sie scharf an. »Es *ist* Feng Shui. Ich bin oft genug in China und Japan gewesen, um von Feng Shui überzeugt zu sein, und empfände es als widernatürlich, mich nicht danach zu richten.«

Amelie hatte ihre Hände um die heiße Tasse gelegt, blies sachte auf die Schlagobershaube und überlegte. »Haben Sie früher nie daran gedacht, in die Kanzlei

Ihres Onkels einzusteigen?«, fragte sie, ohne ihn anzusehen.

Er dachte eine Weile nach, ehe er antwortete. »Nicht, als ich jung war. Ich wollte nichts Altes übernehmen, ich wollte etwas Eigenes schaffen. Später, als meine Tochter auf der Welt war, habe ich daran gedacht. Ich wollte, dass sie in meiner Heimat aufwächst, dass sie und ich dieselbe Sprache sprechen. Worunter ich verstehe, dass man dieselbe Sprache nicht nur spricht, sondern in ihr auch denkt und empfindet.«

Sie sah ihn schweigend an, ihre Augenbrauen schwebten hoch über runden Augen, was bedeutete, dass sie gespannt auf eine Fortsetzung wartete. Bartenberg kannte sich gut genug in ihrem Gesicht aus, um das zu wissen.

»Es ist an meiner Frau gescheitert. Ihr war Wien nicht kosmopolitisch genug. Und sie fand die Welt der Bartenbergs beengend. Sie mokierte sich über das Händeküssen und die Galanterien meines Onkels und seiner Freunde. Hoffnungslos gestrig nannte sie das. Obwohl ich überzeugt bin, dass es ihr gefallen hat. Aber da sie einem frauenemanzipatorischen Lebenskonzept das Wort redet, konnte sie es ums Verrecken nicht zugeben.«

Amelies Blick glitt von seinem Mund über seine abenteuerliche Nase zu seinen Augen. Sie wartete darauf, dass sie zu lachen beginnen würden. Als es geschah, seufzte sie zufrieden.

Nach dem Besuch im *Bräunerhof* sahen sie sich fast täglich. Wieso eigentlich, fragte sich Amelie zuweilen, um sich achselzuckend zu versichern, es sei halt ›irgendwie eingerissen‹. Im Übrigen trafen sie sich meistens zu Mittag, manchmal am späteren Nachmittag, aber niemals am Abend. Daniel schien es gar nicht in den Sinn zu kommen, dass er auch abends mit ihr ausgehen könnte. Wie versprochen, führte er sie eines Mittags ins Restaurant *Schwarzes Kameel.* Er zeigte ihr allerlei kleine Beiseln, die Amelie nicht kannte. Nachmittags trafen sie sich meistens im *Bräunerhof.* Als Amelie einmal anmerkte, dass es sichtlich sein Lieblingscafé sei, meinte er schmunzelnd, er halte es mit Thomas Bernhard.

»Bekanntermaßen hat er das *Bräunerhof* jahrzehntelang frequentiert. Dennoch schreibt er in einem seiner Bücher, wenn ich mich recht erinnere in *Wittgensteins Neffe*, dass er das *Wiener Kaffeehaus* hasse, weil darin alles gegen ihn sei. Im *Bräunerhof*, das immer ganz gegen ihn gewesen sei, fühle er sich hingegen wie zu Hause.«

Amelie sah ihn an, sein Gesicht war ihr vertraut wie das eines Freundes. »Aber Sie sind nicht wie Bernhard, in keiner Weise!« Sie kicherte, ehe sie fortfuhr. »Erstens sind Sie kein Genie. Zweitens sehen Sie aus wie das Leben. Und drittens: Sie sind überhaupt nicht verkorkst.«

Sie blieben fast nie länger beisammen als eine Stunde. Aber es waren kurzweilige Stunden. Sie waren nie um ein Gespräch verlegen. Wenn sie sich trennten, fühlte Amelie stets ein leises Bedauern, das in Vorfreude umschlug, sobald Daniel fragte: »Und? Wann sehe ich Sie wieder?«

Am ersten Dezember bat er sie in die *Blaue Bar* des *Hotel Sacher* zu kommen. Achtzehn Uhr, hatte er gesagt. Zu früh, als dass es ein Abendessen bedeuten konnte. Amelie schloss den Laden knapp vor sechs, zum Umziehen blieb ihr keine Zeit. Sie lief durch die Stadt. Als sie die Bar betrat, schimmerten ihre Wangen rosig, und ihre Augen strahlten. Sie hätte schwören können, dass seine Augen einen zärtlichen Glanz annahmen, als sie auf ihn zuging.

Er war eleganter angezogen als gewöhnlich. Nadelstreifen, seidenes Hemd, gewagte aber schicke Krawatte. Seine schwarzen Schuhe sahen handgefertigt aus und glänzten wie die seines Onkels.

Er habe nur wenig Zeit, ein kurzer Drink, dann müsse er zu einem Abendessen mit geschäftlichem Hintergrund. Amelie schluckte. Die zärtlich glänzenden Augen waren offenbar eine Sinnestäuschung gewesen.

»Ein Drink ist gar nicht notwendig, ich trinke ohnehin nicht gern, ich gehe lieber gleich. Ein Abendspaziergang tut mir gut.« Sie hatte gehofft, ihre Ansage würde locker rüberkommen, leider klang sie patzig. Ob er merkte, dass sie gekränkt war?

Falls er es merkte, ließ er es nicht erkennen. »Bitte setzen Sie sich«, sagte er gelassen. Als sie stur stehen blieb, fasste er ihren Arm und drückte sie energisch in einen Stuhl. »Wenigstens eine Viertelstunde.«

»Wozu?« Es hörte sich zittrig an, fast so, als würde sie jeden Augenblick zu heulen beginnen.

»Weil ich Sie vor meiner Abreise hören und sehen möchte.«

Das überraschte Amelie. Misstrauisch sah sie zu ihm auf. Unterdrückte Daniel Bartenberg etwa ein Lachen?

»Ach, Sie verreisen.« Es war ihr gelungen, das ›Ach‹ zu dehnen, als kommentiere sie eine Nebensächlichkeit. Im nächsten Augenblick verpatzte sie den Eindruck, indem sie besorgt herausplatzte: »Für lange?«

Er hatte ihr gegenüber Platz genommen. Sein mächtiger Körper füllte den zierlichen Fauteuil völlig aus. Amelie schien es, als beobachte er sie genau, während er sprach. Zehn Tage würde er wegbleiben. Paris und Straßburg, wichtige Klienten ... Er bemühte sich, ein Gespräch in Gang zu bringen, aber Amelie blieb einsilbig. Zehn Minuten, nachdem sie gekommen war, stand sie plötzlich auf, griff nach ihrem Mantel, sagte »Gute Reise, ich muss jetzt gehen« und verließ die Bar in einem

Tempo, das man nicht anders als ›im Laufschritt‹ bezeichnen konnte.

Sie trat auf die Straße, bohrte die Hände in die Manteltaschen, zog die Schultern hoch und machte sich eilig in Richtung Ringstraße auf den Weg.

Das Licht der Straßenlaternen verschwamm im Nebel, Fußgänger waren weit und breit nicht zu sehen, vereinzelt tauchten Radfahrer wie Schemen aus dem wabernden Grau auf, um rasch wieder darin zu verschwinden. Mit langen Schritten ging Amelie dahin. Leise schimpfend passierte sie das Äußere Burgtor und die beiden Museen. »Blöder Mensch, der … hetzt mich wegen ein paar Minuten belanglosem Gequatsche aus dem Geschäft. Als hätte ich nichts Besseres zu tun! Was glaubt er denn, wer ich bin?! Soll er doch fahren zu seinen Schickimicki-Klienten!« Wütend stapfte sie am Parlament vorbei und bog in die Stadiongasse ein. Vor dem Rathaus tobte seit ein paar Tagen der Christkindlmarkt, die Bäume im Rathauspark waren mit Riesenlampions in schreienden Farben behängt. Amelie fand die Atmosphäre zu laut, zu kitschig, zu aufdringlich, sie stank ihr zu sehr nach Fastfood und Alkohol. Plötzlich hatte sie Sehnsucht nach dem stimmungsvollen Salzburger Weihnachtsmarkt, den mit Tannengirlanden geschmückten hölzernen Standeln, die sich im Schutz des Doms duckten, dem Duft von Franzischkerln und Punsch. Sie hatte Sehnsucht nach dem Haus in Anif und den Eltern und Lorenz und verwünschte ihre Entscheidung, Weihnachten in Wien zu bleiben.

Früher als sonst erkletterte sie den Hängeboden in der Absicht, so bald wie möglich einzuschlafen, um nicht mehr an Bartenberg den Jüngeren denken zu müssen. Das ging daneben. ›Der Kerl drängte sich mir geradezu auf, fast so, als wäre er Teil meines Lebens. Ist er aber nicht.‹ Es gelang ihr nicht, ihn abzuschütteln. Wütend über seine Omnipräsenz rutschte sie die Hängebodenleiter wieder herunter und versuchte, ein Konzept für die letzten Wochen von »Altes Spielzeug – Amelie Lenz« zu entwerfen. ›Verkaufen was geht, Stammkunden mit Angeboten löchern, möglichst viel erzielen. Inserat im Internet? Irgendetwas mit Christkind? *Oh du fröhlichee…* Alles ein Mist!‹ Sie merkte, dass sie hungrig war. ›Wieso ist der Eisschrank leer? Weil ich dachte, Bartenberg würde…‹ Sie schmiss die Tür des Eisschranks zu, erklomm den Hängeboden aufs Neue, hörte ihren Magen knurren und sagte laut: »Daniel Bartenberg, wahrscheinlich frisst du dich gerade durch ein Degustationsmenü. Ich wünsche dir Sodbrennen und Schnackerln. Spätestens nach dem vierten Gang!«

Sie war knapp davor einzuschlafen, als ihr ein Gedanke durch den Kopf schoss, der sie dermaßen verstörte, dass sie auffuhr: Was, wenn Bartenberg gar nicht geschäftlich unterwegs war? Wenn er sich mit einer Frau traf?

Starr kniete sie auf dem Futon und versuchte nachzudenken. ›Na klar, eine Frau ist im Spiel! Dass ich daran bis jetzt nicht gedacht habe… Er ist gesund, attraktiv, geschieden, also frei… sicher nicht schwul, eher das Gegenteil. Deshalb hat er sich abends nie mit mir getroffen! Der hat längst eine Neue… was heißt eine! Hier eine, in Straßburg eine, in Paris eine! Wichtige Klienten… dass ich nicht lache! Wahrscheinlich wälzt er sich gerade mit einem Model oder einer Anwältin oder sonst einem Weib auf der teuren Matratze eines Pariser Fünfsternehotels…‹

Erst als die innere Spannung nachließ, sank Amelie auf ihre Fersen und sagte laut: »Warum regst du dich auf, du Gans, ist doch schließlich seine Sache, du tust, als hätte er dich betrogen…«

Düster gestimmt kroch sie unter die Decke, rollte sich ein und murmelte vor sich hin. »Kann dir doch egal sein, ob und mit wem Daniel Bartenberg schläft. Ist ja zum Glück weder dein Mann noch dein Liebhaber.« Aber sie nahm, als sie schließlich einschlief, ein nagendes Gefühl der Enttäuschung mit auf die Reise durch die Nacht.

Sie träumte von Daniel Bartenberg. Er versuchte die Leiter zum »Orient« zu erklimmen, unter dessen Polstern sie August versteckt hielt. Deutlich hörte sie seine Stimme. »Gib mir den Bären, ich will diesen Bären.« Seine ausladende Stirn tauchte über dem Rand des Hängebodens auf, dann seine Augen, die überhaupt nicht lachten, dann seine Kamelrückennase. Sie streckte die Hände nach ihm aus, doch da war plötzlich diese Frau im Raum, die nach ihm rief. Sie konnte die Frau nicht deutlich sehen, sie sah nur Bartenbergs Gesicht, das immer näher kam. Im Zeitlupentempo hob Amelie ihren nackten Fuß, stemmte mit Bedacht ihre Zehen gegen Bartenbergs Stirn, fester, immer fester drückte sie dagegen und zischte eiskalt: »Nimmermehr, mein Bester.« Sie hörte Bartenberg plumpsen. Dann sah sie, wie die Frau da unten sich über ihn warf. Er umschlang sie. In eindeutiger Absicht. Während sie, Amelie, sich verzweifelt an August klammerte und weinen wollte und keine Träne zustande brachte.

Am Morgen erfand Amelie eine Auslagendekoration für die Endzeit ihres Ladens. Sie kaufte rote Lackfarbe, malte damit »Totaler Abverkauf« an den unteren Rand des Schaufensters und setzte den Bären an seinen angestammten Platz auf dem verspiegelten Boden des Schaufensters. An seine erhobene rechte Vorderpfote heftete sie ein auffallendes blaurot kariertes Taschentuch. Es sah aus, als wolle er damit zum Abschied winken. Zwischen seine Hinterpfoten klemmte sie ein Schild, auf dem in unbeholfener Kinderschrift *August und Amelie Lenz sagen für immer Adieu* geschrieben stand. Und unter seinem lieben, dummen, linken Knopfauge befestigte sie eine Träne aus böhmischem Glas.

Der Effekt war umwerfend. Der Erste, der sich von der Kreation begeistert zeigte, war der Briefträger. »Des muaß an erst einfallen«, seufzte er entzückt und bejammerte die Josefstadt, die in Zukunft ohne die Ideen der Frau Lenz würde auskommen müssen. Nachdem er seine Runde gedreht hatte, wusste der halbe Bezirk, dass es ein absolutes Muss sei, die Abschiedsauslage von »Altes Spielzeug« gesehen zu haben. Der Iraker kam und ging und kam abends mit seinen Sprösslingen wieder, um ihnen den weinenden Bären zu zeigen. Die Angestellten der Bäckerei lösten einander im Schauen ab, der Apotheker sah vorbei, sogar die Gemüsehändlerin aus der Langegasse ließ es sich nicht nehmen, in der Mittagspause einen Blick auf August zu werfen.

Am Tag darauf tauchte Julius Hofeneder auf. Kopfschüttelnd hatte er den weinenden August betrachtet, ehe er den Laden betrat. Er könne es nicht fassen, dass Amelie tatsächlich schließen werde, wiederholte er mehrfach und ließ sich auf dem Besucherstuhl nieder. Was sie für ihn tun könne, fragte Amelie höflich. Nichts, zumindest nichts auf dem Zinnsoldaten-Sektor, er sei bloß vorbeigekommen, um ihr liebes Gesicht wieder einmal zu sehen, gab der Wirkliche zu.

Gegen seine Gewohnheit war er schweigsam und verfolgte sie mit trübsinnigem Blick. Amelie war dabei gewesen, die Ware für den Ausverkauf auszuzeichnen und wusste nicht, was sie mit ihm anfangen sollte. ›Ich hab alle Hände voll zu tun, und der Mensch sitzt da und will unterhalten werden … eine Zumutung‹, fand sie und sagte, um die Stille zu durchbrechen, »tja, wir haben uns lange nicht gesehen.«

Hofeneder nickte. »Es scheint, mein Freund Bartenberg hat mich bei Ihnen ausgestochen«, scherzte er matt.

»Aber Herr Hofrat, wegen diesem Abendessen? Das ist doch nicht ihr Ernst«, wehrte sie ab.

»Wie ich hörte, haben Sie allseits großen Eindruck gemacht.« Kaum war von Bartenbergs die Rede, wurde der Wirkliche munter. »Besonders auf Daniel«, lächelte er neckisch.

Daniel … Die ideale Gelegenheit, mehr über ein Thema zu erfahren, das Amelie seit achtundvierzig Stunden beschäftigte. War der frisch geschiedene Bartenberg ein Beziehungsgeschädigter, oder war er schon wieder verbandelt? War er ein *treuer Liebhaber* oder ein *Weiberheld*?

»Ein interessanter Mensch, dieser Neffe«, bemerkte sie zunächst obenhin, um gleich darauf nachzuhaken. »Leidet er eigentlich sehr unter der Trennung von seiner Frau?«

»Aber nicht im Geringsten!«, schmetterte der Hofrat heraus. Er richtete sich auf, holte tief Atem und stürzte sich lustvoll in einen seiner Bartenberg-Monologe: Die Ehe habe ja seit Jahren nur mehr auf dem Papier bestanden. Beide Partner seien ihre eigenen Wege gegangen. Daniel habe mehrere große Affären gehabt, hätte sich jedoch nie von seiner Frau scheiden lassen – zu vornehm! –, es sei Penelope gewesen, die auf die Scheidung bestanden habe, sobald sie einen gefunden hatte, der ihr in die Karriere passte. »Eine Frau ohne Herzensbildung. Ganz anders als Carla.«

»Carla?« »Eine wunderschöne Mailänderin.« Hofeneder verdrehte verzückt die Augen. »Daniels große Leidenschaft, wahrscheinlich sogar Liebe.«

Carla also, da schau her... Obwohl Amelie Indiskretionen auf den Tod nicht leiden konnte, ließ sie den Hofrat weiterschwätzen: Carlas Mann ein Diplomat, zwei Kinder, trotzdem wäre Carla Daniel überallhin gefolgt, wenn er gewollt hätte, aber er habe nicht gewollt, weil er den Kindern nicht die Mutter nehmen wollte...

»Ein edler Zug«, murmelte Amelie sarkastisch.

Hofeneder überhörte es. Er begann zu resümieren: »Die Frauen machen es Daniel leicht. Und er ist halt kein Heiliger. Aber im Grunde ist er treu. Er ist wie alle Bartenbergs. Ein Casanova, solange er die Richtige nicht gefunden hat. Aber der Richtigen ist er treu. Sehen Sie sich meinen Freund Leopold an, meine Liebe...«

Drei Tage nach dem Hofrat erschien Daniel Bartenberg.

Amelie stand hinter ihrem Schreibtisch und telefonierte, als sie ihn vor der Auslage entdeckte. Er war also schon wieder zurück. Nicht zehn, bloß fünf Tage war er verreist gewesen.

Mit sichtlichem Vergnügen betrachtete er »Augusts Abschied«. Als er aufsah, trafen sich ihre Augen, er lachte und Amelie konnte nicht anders – sie lachte zurück. Wenn ihr mehr Zeit zur Innenschau geblieben wäre, hätte sie die Freude, die sie bei seinem Anblick empfand, stutzig machen müssen. Aber es blieb ihr keine Zeit, denn schon trat Bartenberg durch die zwitschernde Türe, deutete auf August und begann »*ceterum censeo*...«

»Ich weiß, ich weiß«, unterbrach ihn Amelie, »Sie wollen August. Aber den kriegen Sie nie!«

Von nun an verging kein Tag, an dem Daniel nicht angerufen hätte oder an dem sie sich nicht trafen. Mittags im *Eiles*, wenn Amelie den Laden nur kurz verlassen konnte. Oder im *Bräunerhof*, wenn es gegen Abend war. Freilich nie länger als eine Stunde. Immer wieder grübelte Amelie über der Frage, was Bartenberg motivierte, ihre Gesellschaft zu suchen. Er machte ihr nicht den Hof, er flirtete nicht mit ihr, ins Bett wollte er sie also offenbar nicht kriegen. Wahrscheinlich war er in dieser Hinsicht bestens versorgt. Oder sie war nicht sein Typ. Ärgerlich. Weil er ihr als Mann nämlich zunehmend reizvoll erschien. Der Versuchung, ihrerseits mit ihm zu flirten, um ihn aus der Reserve zu locken, widerstand sie, weil sie die Freundschaft, die eindeutig im Werden war, nicht gefährden wollte.

Am sechsten Dezember brachte ihr der Briefträger ein Päckchen. Absender D. B. Verpackung *k.u.k. Hofzuckerbäckerei Demel.* Inhalt ein Nikolaus aus Windbäckerei und ein Zwetschkenkrampus. Zwei Tage später wollte Bartenberg sie zum Mittagessen in ein italienisches Restaurant führen. Amelie lehnte ab, es war Samstag, sie wollte den Laden über Mittag offen halten, weil sie mit Weihnachtseinkäufern rechnete. Sie hatte sich verrechnet, es kamen etliche Neugierige, aber niemand kaufte etwas. Gegen fünfzehn Uhr erschien Bartenberg, erwarb eine teure Erstausgabe von *Trotzkopf* und entschuldigte sich, weil er nach Knoblauch roch. Er habe mutterseelenallein beim Italiener gegessen und den Spaghetti *aglio olio* nicht widerstehen können. Er brachte Amelie zum Lachen. Als er ging, war sie enttäuscht. Warum hatte er sie nicht gefragt, ob sie am Sonntag etwas vorhabe? ›Er hat ein Gspusi, klar hat er eines, er geht halt diskret damit um.‹ Der Gedanke versetzte ihr einen Stich und verdarb ihr das Wochenende.

Aber am Montag erschien ein Bote aus der Blumenhandlung in der Habsburgergasse und lieferte einen bezaubernden Blumenstrauß ab, der hauptsächlich aus weißen Kamelien bestand. Dazu eine Visitenkarte: Daniel Bartenberg, ohne »Doktor«. *Haben Sie mir den Knoblauch verziehen? Wenn ja, würde ich heute Abend gerne mit Ihnen auf den Christkindlmarkt gehen. D. B.*

An diesem Abend erschien Amelie der Christkindlmarkt weder zu laut noch zu kitschig. Der Geruch von Alkohol und Fett hob die fröhliche Jahrmarktsstimmung. Und das herrschende Gedränge war nicht störend, weil Bartenberg sie untergehakt hatte, ihren Arm fest an seinen warmen Körper drückte und durch geschicktes Steuern Kollisionen vermied.

Das Gespräch kam auf den Heiligen Abend, als Amelie bei einem der Stände stehen blieb, um Christbaumkerzen zu kaufen. Sie hielt die Packung an die Nase und schnupperte daran. »Es muss nämlich Bienenwachs sein. Weil's sonst nicht richtig nach Weihnachten riecht«, erklärte sie Bartenberg, der sie dabei beobachtete.

Bartenberg nickte, als sei er in dieser Sache von jeher ihrer Meinung gewesen. »Ich nehme an, Sie werden die Feiertage in Salzburg verbringen«, sagte er beiläufig. Als Amelie den Kopf schüttelte, wirkte er überrascht. »Wo dann?«, fragte er, gegen seine sonstige Gewohnheit, ziemlich direkt.

Es entlockte Amelie ein Schmunzeln. »In Wien. In meinem Salettl. Ich werde für August und mich einen Christbaum schmücken und laut *Stille Nacht* singen, weil niemand sonst da sein wird, den es stören könnte. Ich singe nämlich total falsch.«

Er hatte sich ihr zugewandt und sah sie stirnrunzelnd an. »Wollen Sie damit sagen, dass Sie Weihnachten allein sein werden?« Amelie nickte, es schien Bartenberg nicht einzugehen, er fragte beharrlich weiter. »Was ist mit Ihren Eltern?«

»Die fahren nach Rom. Ein alter Wunsch meiner Mutter, einmal die Christmette in *Santa Maria in Aracoeli* erleben … Kennen Sie die Kirche? Über dem Kapitol. Toller Steinboden aus der Spätantike. Und die Seitenkapelle mit dem *Santo Bambino*, Sie wissen schon, das dicke, hölzerne wundertätige Barockbaby, dem Kinder aus der ganzen Welt ihre Weihnachtswünsche schreiben. Was? Sie kennen *Aracoeli* nicht? Sollten Sie aber!«

Auf Rom stieg Bartenberg nicht ein. »Wie wäre es, Amelie, wenn Sie mich am Heiligen Abend einladen würden?«, schlug er locker vor, ohne sie dabei aus den Augen zu lassen. »Ich wäre nicht allein, Sie wären nicht allein …«

Amelie sah argwöhnisch zu ihm auf. »Sie machen Witze.« Er schüttelte den Kopf. »Werden Sie denn nicht zu Ihrer Tochter fahren? Oder mit Ihrem Onkel feiern?«, fragte sie verdattert.

»Weder noch. Anna fährt Weihnachten mit ihrer Mutter zum Tauchen in die Karibik. Mein Onkel flüchtet seit dem Tod seiner Frau zu Weihnachten aus Wien. Ich wiederum bleibe in Wien, weil hier eine für mich wichtige Angelegenheit läuft.«

Amelie unterdrückte den Impuls, nach der Angelegenheit zu fragen. Sie zog ihre Mütze in die Stirn, barg die Fäuste in den Manteltaschen und lupfte unbewusst ihren linken Ellbogen, um Bartenberg das Unterhaken zu erleichtern. »Ich werde mir das mit dem Heiligen Abend durch den Kopf gehen lassen«, versprach sie unernst, »und ich werde es mit August besprechen. Denn wenn der nicht will, geht gar nix.«

Dritter Adventsonntag. Am späten Vormittag rief Leopold Bartenberg an und fragte, ob sie ihm nicht die Freude machen wolle, zum Tee zu kommen. Ganz informell, nur Amelie, Freund Julius Hofeneder und er selbst. Die

Anfrage sei so kurzfristig, dass es an eine Zumutung grenze. Aber er verlasse Wien am nächsten Tag für längere Zeit und habe einfach das Bedürfnis, vor seiner Abreise ihr liebes Gesicht noch einmal zu sehen.

Als Amelie um siebzehn Uhr an der Bartenbergschen Haustür läutete, öffnete der Hausherr persönlich. Statt eines Sakkos trug er eine saloppe Wolljacke. Das war sein einziges Zugeständnis an sonntägliches Nichtstun. Und statt des förmlichen Händeküssens nahm er sie an beiden Schultern, betrachtete ihr Gesicht und umarmte sie. »Welche Freude, meine Liebe! Kommen Sie, kommen Sie herein, der zweite alte Esel wartet auch schon auf Sie.«

Hofeneder und Bartenberg machten ihr auf reizende altmodische Art den Hof. Amelie fühlte sich wohl, fast so, als wäre sie zu Hause. Als sie entdeckte, dass keines der schwarz-weißen Hausmädchen anwesend war und Bartenberg sich in die Küche aufmachte, um Tee aufzugießen, bot sie ihre Hilfe an. Er akzeptierte und beobachtete schmunzelnd, wie sie sich mühelos zurechtfand.

Nach eineinhalb Stunden machte sie den Versuch aufzubrechen. Nicht etwa, weil sie gerne gehen wollte, sondern weil sie fand, dass der Anstand es verlangte. Das komme überhaupt nicht in Frage ... das heiße, falls sie nichts vorhabe, insistierte Bartenberg. Und Amelie blieb.

Gegen neunzehn Uhr fiel draußen eine Tür zu, jemand rumorte am Ende des langen Flurs, von wo aus eine Stiege nach oben führte. Amelie wusste, dass es Daniel war, noch ehe er den Raum betrat.

Er machte nicht einmal den Versuch, Überraschung über ihre Anwesenheit zu heucheln. »Schön, dass Sie noch da sind«, sagte er und sprach kurz über ein Tennismatch in der Halle, das eben stattgefunden hatte. Peter Sattler und Anja gegen Mimi und ihn. Ja, sie hätten gewonnen, weil Mimi hervorragend gespielt habe, antwortete er auf die Frage seines Onkels. Dabei sah er Amelie zufrieden lächelnd an. Wie ein satter Kater, dachte sie und hätte zu gern gewusst, wer Mimi war.

Es war der Wirkliche Hofrat, der wieder einmal sein zweitliebstes Steckenpferd ritt und das Gespräch auf die Familiengeschichte der Bartenbergs brachte. Leopold und Julius evozierten Schulbubenstreiche. Dabei kam die Rede auch auf Heinrich Bartenberg.

»Wir haben unlängst von meiner Mutter gesprochen, ich wollte Ihnen ein Porträt von ihr zeigen. Kommen Sie, es hängt in meinem Arbeitszimmer«, wandte sich Daniel unerwartet und nicht ganz apropos an Amelie.

Sie fühlte sich überrumpelt, schluckte, stotterte. »Ein anderes Mal vielleicht, ich muss jetzt gehen …«

Kein Entkommen. Bartenberg der Ältere pflichtete seinem Neffen bei. »Sehen Sie es sich an«, drängte er Amelie, »es ist ein ausgezeichnetes Porträt von Ernst Fuchs. Man vergisst oft, was für ein großartiger Porträtist dieser Mann ist.«

Gottergeben stand Amelie auf und folgte Daniel schweigend in den Flur, die Treppe hinauf, in den ersten Stock. Die Überraschung beim Anblick von Daniels Wohnräumen löste ihr die Zunge. »Jesus, hier ist ja alles leer«, seufzte sie auf.

Die gleiche Anordnung wie zu ebener Erde, Fenster straßenseitig, eine Tür führte auf einen terrassenartigen Vorsprung, welcher den Portikus krönte. Die Räume waren niedriger als die unteren und durch keine Türen getrennt, was den Eindruck erweckte, es handle sich um einen einzigen, nicht enden wollenden Raum. An seinem Ende eine breite helle Schiebetür. Glänzendes, offenbar frisch gelegtes Parkett, Leinenvorhänge in gebrochenem Weiß und keine Möbel.

»Ziemlich leer. Noch.« Vergnügt beobachtete Daniel die verdatterte Amelie.

»Obwohl ich nicht vorhabe, mehr als das Notwendigste hineinzustellen. Ich brauche Platz.«

Amelie nickte. Auch sie konnte voll gestellte Zimmer nicht ausstehen. »Man muss Platz haben, um auf- und abgehen zu können. Und nur nicht alle Wände mit Bildern zupflastern, das macht den Blick stumpf«, sagte sie eher zu sich selbst, als sie Bartenberg folgte.

»Seit meine Eltern ausgezogen sind, hat hier niemand gewohnt. Erst als ich mich entschieden habe, nach Wien zurückzukehren, habe ich begonnen, die alte Wohnung nach meinen Vorstellungen zu adaptieren. Bewohnbar ist erst mein Arbeitszimmer.« Er öffnete die Schiebetür am Ende der unmöblierten Zimmerflucht, und Amelie seufzte abermals. Diesmal vor Entzücken.

Eine vom Boden bis zur Decke reichende durch eine Galerie begehbar gemachte Bücherwand. Die Galerie erreichbar über eine Wendeltreppe. Galerie und Wendeltreppe aus Plexiglas, die Wirkung des Ganzen ungemein leicht. Der Schreibtisch von Carlo Mollino, ein Design aus dem Jahr 1949. Amelie wusste das so genau, weil sie das endslange Supermöbel einmal in einem todschicken Möbeldesignhaus gesehen und sich augenblicklich in es verliebt hatte. Musikanlage, TV-Gerät und eine unglaublich bequem wirkende Sitzbank, hell wie die Vorhänge, darauf haufenweise weiche Kissen in verschiedenen orange-gelb-ocker Tönen…

»Setzen Sie sich«, sagte Bartenberg.

Amelie ließ sich in die Kissen fallen.

»Das ist meine Mutter.« Bartenberg deutete auf ein Porträt, das, der Couch gegenüber, an der Wand links der Schiebetür hing. Es hing allein und zeigte das Gesicht einer Frau, die, den Kopf ein wenig hintübergeneigt, den

Betrachter unter halb geschlossenen Augen ansah. Kein unbedingt schönes, aber ein unvergessliches Gesicht.

Amelie starrte auf das Bild. »Sie haben die gleiche Augenfarbe wie ihre Mutter«, murmelte sie.

Bartenberg schmunzelte. »Wieso wissen Sie das so genau, Sie sehen mich ja gar nicht an.«

»Ich weiß es eben.« Amelie fühlte, dass sie rot wurde. »Sonst sehen Sie ihr gar nicht ähnlich«, setzte sie leicht kriegerisch hinzu.

Daniel ging zu seinem Schreibtisch, kehrte mit zwei gerahmten Fotos wieder und hockte sich auf die Lehne der Sitzbank. Auf diese Weise war er Amelie sehr nahe gerückt, er saß bloß ein wenig über ihr, sie spürte die Wärme, die von seinem Körper ausging, und wurde noch röter.

»Das ist meine Tochter Anna.« Er reichte ihr eine der Fotografien. Ein schmales ernstes Gesicht, das ebenso gut einem Buben gehören könnte. »Sie ähnelt meiner Mutter im Wesen und könnte sich auch äußerlich auf sie herauswachsen.«

Dann reichte er Amelie das zweite Foto. Es war alt und vergilbt, offenbar Jahrhundertwende, und zeigte einen Mann mit breitem Brustkorb, gefurchter Stirn und lachendem Gesicht. Ein kraftvolles, lebensfrohes Mannsbild. Die Ähnlichkeit mit Daniel Bartenberg war verblüffend.

»Mein Urgroßvater August.«

»Aber dem sehen Sie ja ähnlich wie gespuckt!«, rief Amelie. Sie fuhr fort, das Foto zu studieren. »Bis auf die Nase«, spöttelte sie.

»Tja, meine Nase«, seufzte Bartenberg gespielt, »die war ganz okay, bis mir beim Boxtraining das Nasenbein gebrochen wurde.«

Amelie sah zu Daniel auf. Seine Augen waren dicht über den ihren. Sie waren unglaublich erotisch. Wie erotisch merkte Amelie am sachten Ziehen in ihrer Körpermitte. Auch sein Mund war verflixt nah, schien in Zeitlupe immer näher zu kommen …

Sie wich zurück, räusperte sich und versuchte zu scherzen: »Was ich noch sagen wollte: Ich habe mit August gesprochen. Er ist einverstanden, Sie können am Heiligen Abend zu uns kommen.«

Die Worte gerieten ein wenig laut. Bartenberg richtete sich auf, sein Brustkorb hob und senkte sich, er sah aus halb geschlossenen Augen auf sie nieder.

»Nur wir beide und August?«, fragte er und lächelte breit, als sie mit erhobenem Kinn erwiderte: »Ja, warum denn nicht?«

15

Wenn Amelie gewusst hätte, welcher Tschoch ihr bevorstand, hätte sie sich die Einladung verkniffen.

Bis zum 24. Dezember blieb ihr eine gute Woche. Da das Geschäft etwas in Schwung geraten war, wollte sie weder über Mittag zusperren noch abends früher dichtmachen. Was sie für den Heiligen Abend brauchte, musste daher morgens vor neun oder schnellschnell nach achtzehn Uhr besorgt werden.

Die erste Hürde, die sie nahm, war die Komposition eines Speisezettels. Das klassische Weihnachtsmenü der Familie Lenz bot sich an. Dann dachte sie an die Mutter, die schon Tage vorher über den bevorstehenden Karpfen zu schimpfen pflegte: fett, haufenweise Gräten, das Herausbacken verräuchere nicht nur das ganze Haus, sondern auch ihr bestes Kleid und ihr Haar … Karpfen schied aus. Nachdem Amelie das einzige in ihrem Besitz befindliche Kochbuch studiert und den Zeitaufwand für die Zubereitung diverser festlicher Gerichte berechnet hatte, entschloss sie sich für Rindsuppe mit Kaiserschöberln, geräucherten Lachs und Mohr im Hemd. Schließlich war sie berufstätig und Junggesellin – wer mehr erwartete, war selber schuld.

Die Frage eines Weihnachtsgeschenks für Daniel Bartenberg stellte sie sich nur flüchtig und kam zu dem Schluss: ›Ich lade ein, das genügt.‹ Die Wahl des richtigen Christbaums hingegen schien ihr eminent wichtig: ›Groß, schlank, ebenmäßig gewachsen, Tanne, was sonst.‹

Drei Abende lang klapperte sie die Christbaumstandeln in der Gegend ab, um die richtige zu finden. Fündig wurde sie schließlich in der Innenstadt. Ein Traum von einem Baum. Gute zwei Meter hoch. Nein, liefern könne er nicht, erklärte der Christbaumverkäufer. Dennoch schlug Amelie zu, schulterte den Baum, kam unter seiner Last nicht weiter als bis zum nächsten Taxistand und hatte Mühe, einen Fahrer zu finden, der bereit war, sie samt Tanne zu transportieren. Endlich daheim stellte sie mit Vergnügen fest, dass der Christbaum in der Tat makellos war, musste sich jedoch eingestehen, dass die Gesamtkosten der Aktion »O Tannenbaum« um ein Drittel mehr ausmachten, als sie dafür veranschlagt hatte.

Blieb die Kleiderfrage. Mummus zog Amelie nicht in Betracht, die hatte sie irgendwie satt bekommen. Etwas zwischen Fest- und Hauskleid schwebte ihr vor. Sie kramte noch einmal in Großmutters Koffer und fischte das violette Angorajäckchen heraus. Es reichte bis in die Taille, wurde seitlich mit einem Häkchen geschlossen, saß perfekt und wirkte sexy. Da keine von Amelies Hosen dazu passte, machte sie sich nach einem kurzen Kampf gegen die eigene Vernunft zwei Tage vor Weihnachten auf und fand in einem der Warenhäuser in Mariahilf, was sie suchte: einen engen, schwarzen, knöchellangen Wickelrock aus Jersey. ›Ist die Kuh hin, ist auch's Kalbl hin‹ – in Folge der bedenkenlos ausgesprochenen Einladung von Bartenberg dem Jüngeren würde sie ihr Sparbuch sowieso auflösen müssen.

Glücklicherweise fehlte es Amelie an der Zeit, sich den Kopf darüber zu zerbrechen, was sie von dem Abend erwartete. Wenn es doch einmal geschah, erfüllte sie eine seltsame Unruhe, sie bekam heiße Wangen und fragte sich, wie er sich wohl verhalten werde, nachdem sie der Teufel geritten und sie Bartenberg zu einem Tête à Tête unterm Weihnachtsbaum gebeten hatte. ›Nix wird sein, zivilisiert wird er sich verhalten, einer, der zu mir derart stur *Sie* sagt, will keine körperlichen Intimitäten.‹ Andererseits musste sie sich eingestehen, dass ihr grade dieses *Sie* reizvoll erschien. Es erzeugte eine sehr persönliche Art von Intimität. Und es verlieh ihrer Beziehung etwas Geheimnisvolles. Es war schon so: Bartenbergs Neffe ließ sich nicht in die Karten schauen.

Er rief übrigens mehrfach an. Einmal, um zu fragen, ob er ihr etwas abnehmen könne, ein andermal, um zu sagen, dass sie sich um den Wein nicht kümmern müsse, den werde er mitbringen. Und ein drittes Mal, um zu fragen, ob sie nicht Lust hätte, mit ihm einen Imbiss zu Mittag zu nehmen. Keine Zeit, sagte Amelie, man werde sich erst am Heiligen Abend wiedersehen.

»Wann?«, wollte Daniel wissen.

Es klang erwartungsvoll, Amelie musste schmunzeln, ›wie ein Bub‹, dachte sie und fragte: »Wann ist denn das Christkind bei Ihnen zu Hause für gewöhnlich gekommen?«

Einen Augenblick lang befürchtete sie, dass Bartenberg sie lächerlich finden würde. Zu ihrem Erstaunen schien er berührt.

»Um sieben Uhr abends. Länger hätte ich es nicht ausgehalten.«

»Also gut, dann um sieben.«

Vier Tage vor Weihnachten war die Schmuckdesignerin Lilo Platzer im Laden erschienen, um Schränke und Stellagen zu vermessen. Amelie verstand sich gut mit ihr. Der Gedanke, dass die begabte, schicke, fröhliche Lilo inmitten ihres Spiegelkabinetts sitzen und hier arbeiten würde, war tröstlich.

»Amelie, verkauf mir deinen Bären«, bat Lilo. Sie stand vor August, der in seinem Stühlchen lümmelte und sah nachdenklich auf ihn nieder.

»Geht nicht«, grinste Amelie, »August und ich sind symbiotisch miteinander verbunden.«

Lilo ließ nicht locker. »Er ist die ideale Auslagendekoration. Stell dir vor, wie toll das aussehen würde, wenn er mein Halsband mit den Mondsteinen tragen würde. Oder die Zwillingsarmbänder. Ich könnte auch einen Nasenring für ihn entwerfen …«

»Nimmermehr«, sagte Amelie lachend, nahm den Bären hoch und drückte ihn an sich, als wäre er ein Kind. »Aber ich biete dir ein Tauschgeschäft an. Ein Nachziehpferd aus Thüringen, das du prima dekorieren kannst, gegen die kleine Brosche, die mir so gut gefällt, du weißt schon, das silberne Kleeblatt mit dem Goldrand.«

Lilo war verwundert. »Ich dachte, du machst dir nichts aus Schmuck.«

»Ist auch nicht für mich. Ist ein Abschiedsgeschenk«, sagte Amelie.

Am selben Abend nahm sie August und sein Stühlchen mit ins Salettl. »Alle haben's auf dich abgesehen, ich zieh dich besser aus dem Verkehr«, raunte sie ihm auf dem Heimweg in sein fadenscheiniges Plüschohr.

Im Salettl herrschte Chaos. Im Vorraum stand die Schachtel mit dem Wein, den Daniel Bartenberg hatte liefern lassen. Der Christbaum, den Herr Zadrazil in ein Kreuz gezimmert und aufgerichtet hatte, stand ungeschmückt vor dem großen Fenster. Auf dem Tisch türmten sich Schachteln mit Kerzen und Christbaumschmuck, bunte Bänder und Seidenpapier. Über dem Fernsehstuhl hing das violette Angorajäckchen, und auf der Anrichte des flämischen Prachtschranks standen mit Weihnachtsbäckerei gefüllte Blechschachteln, die Lizzi Lenz vor ihrer Abreise nach Rom an ihre Tochter nach Wien geschickt hatte. Regieanweisungen zum Verzehr waren telefonisch ergangen. »Also Herzerl, der Lebkuchen ist noch hart, tu unbedingt einen halben Apfel in die Schachtel, das macht ihn weich. Und die Linzeraugen hab ich noch nicht gefüllt, mit Marillenmarmelade sind sie am besten, du weißt eh… Vanillekipferln hab ich die doppelte Menge g'macht, vielleicht kriegst doch einmal Besuch, mir ist gar nicht wohl bei dem Gedanken, dass du Weihnachten allein bist…«

Amelie rückte Augusts Stühlchen zurecht, setzte den Bären so, dass er ihr zusehen konnte, und wollte eben den Christbaumschmuck auspacken, als das Telefon klingelte.

»Amelie, es ist etwas Schreckliches passiert!« Es war Uli, in höchster Erregung: »Eben hat man Ludwig mit der Rettung ins Spital gebracht! Verdacht auf Blinddarmdurchbruch! Ich überlebe es nicht, wenn ich ihn verliere.« Seine Stimme kippte.

Zwölf Stunden später, Uli, erschöpft: »Er hat überlebt, ich verliere ihn nicht.«

Weitere sechs Stunden später, Uli greinend: »Ludwig muss mindestens zehn Tage im Spital bleiben. Heilig Abend allein, das halte ich nicht aus. Komm zu mir, Hühnchen, ich koche uns Seezunge in Safransauce…«

Amelie unterbrach ihn herzlos. »Geht nicht Uli, ich habe zu Weihnachten einen Gast.«

Pause, interessierter Schnaufer, unverhohlene Neugier. »Wer ist es – der Seriöse? Ja?« Jäh einsetzender Frohsinn. »Großartig! Jetzt hast du zwei.«

»Zwei was?«

»Zwei Gäste. Den Seriösen und mich.«

Amelie überlegte eine Weile, dann rief sie Daniel an, um ihm mitzuteilen, dass ihr alter Freund Uli Hahn sich ebenfalls für den Heiligen Abend angesagt habe.

Bartenberg schien enttäuschend wenig enttäuscht. »Fein«, sagte er, »Ihre Freunde sind meine Freunde.«

Am Tag vor Weihnachten stand sie endlos beim Einkaufen an und kam erst nach zehn Uhr zum Laden. Vor der Tür trippelte bereits eine Dame auf und ab. Sie war ungehalten. Man habe schließlich seine Zeit nicht gestohlen, manche Leute hätten es offenbar nicht mehr nötig, Geschäfte zu machen... schimpfte sie, aber sie kaufte. Den ganzen Tag über tröpfelte Kundschaft herein. Amelie hätte zufrieden sein können. Stattdessen zappelte sie vor Ungeduld, weil zu Hause noch so viel zu tun war. Punkt sechs zog sie den Rollbalken herunter und hetzte nach Hause. Wie Mutter, dachte sie. Wie alle Mütter. Rennen um diese Zeit atemlos durch die Gegend, sind am Heiligen Abend erschöpft und glücklich, wenn die Feiertage vorüber sind.

Daheim stellte sie die Suppe auf, bereitete die Kaiserschöberln zu, bereitete den Lachs vor und rührte die Senfsauce an. ›Nicht schlecht, Amelie Lenz.‹ Oberskren und Mohr im Hemd blieben für morgen. Dann machte sie sich ans Christbaumschmücken. »Was wollen wir dazu hören, August?«, wandte sie sich an den Bären, der sie anglitzerte. »Die *Brandenburgischen Konzerte*? Harnoncourt mit dem Concentus musicus. Ideal, was? Nicke, wenn du einverstanden bist.« Sie legte die CD ein, kletterte von der Musik beflügelt die Leiter auf und nieder und schmückte die Tanne mit zinnenen Weihnachtsmotiven aus der *Offizine Lenz*, Christbaumkugeln, Bienenwachskerzen und kleinen roten Äpfeln. Als sie fertig war, tanzte sie, von ihrem Werk entzückt, von einem Bein aufs andere. »Da wird der Neffe Augen machen, gelt, Augustle. Und wenn er keine macht, hat er keine im Kopf.«

Zuletzt der Tisch. Die Glasplatte schien ihr zu kühl für den Anlass. Tischtücher besaß sie nicht. Auf der Suche nach einer Lösung durchwühlte sie die Schränke im Vorzimmer und stieß auf eine weiße, bislang unbenützte Pikeedecke, die ihr Lizzi für heiße Wiener Sommer mit auf den Weg gegeben hatte. Amelie warf sie versuchsweise über den Tisch, der Stoff fiel schwer und reichte bis auf den Boden, sehr dekorativ sah das aus. Dazu das Geschirr von Amelie der Älteren, weiß mit breitem kobaltblauem Rand – »na ich sag's ja, ich bin ein Genie!«, versicherte sich Amelie die Jüngere, kicherte, fühlte sich beschwingt und war von Vorfreude erfüllt.

In dieser Nacht schlief sie zum ersten Mal seit langem tief und traumlos, als hätte sie keine Sorgen und keine ungewisse Zukunft.

Der 24. Dezember. Er verlief in keiner Hinsicht so, wie Amelie noch bis vor einer Woche gedacht hatte. Weder hielt sie den Laden bis zum Abend offen, um *last-minute*-Käufern eine Chance zu geben – sie sperrte um vierzehn Uhr gnadenlos zu. Noch zählte sie Schritte. Und die Christmette im Dom war unter den gegebenen Umständen erst recht keine Option mehr, wer weiß, was um Mitternacht sein würde …

Als sie dem Salettl zustrebte, rief ihr die Zadrazil nach. »Hoit, Fräu'n Lenz, woaten S'! I hob wos fir Ihna.«

Die Hausmeisterin verschwand in ihrer Wohnung, erschien gleich darauf mit einem Blumenstrauß und kam in getragenem Schritt auf Amelie zu.

»So wos von nan Strauss hob i mei Lebtog no nia gsegn. Is um a Zwöfe für Ihna ogebn worn. I sog nur ans: nobö, nobö, nobö.« Im Gesicht der Frau Pepi mischten sich Begeisterung, freundliche Neugier und listige Erwartung zu einem eindrucksvollen physiognomischen Ganzen.

Amelie nahm den Strauß entgegen. Weiße Amaryllis, vergoldetes Blätterwerk, ein zauberhaftes Arrangement.

»A Koatn is a dabei.« Die Zadrazil zupfte an dem kleinen Kuvert, das an der Verpackung hing. Ihre Hoffnung, Amelie werde das Briefchen vor ihren Augen öffnen, erfüllte sich nicht. Amelie nickte bloß und ging ins Haus.

Die Blumen waren von Bartenberg. Sein Name auf der Visitenkarte war durchgestrichen, auf die Rückseite hatte er *Es freut sich ungemein auf diesen Abend, Ihr D. B.* geschrieben. Als ihr durch den Kopf schoss, dass sie keine passende Vase für den Strauß besaß, öffnete Amelie rasch die Tür, um der Hausmeisterin einen Hilferuf nachzuschicken. Letzteres erwies sich als überflüssig, die Frau stand immer noch im Hof, als hätte sie gewusst, dass Amelie sie brauchen würde.

»Frau Pepi, ich hab keine passende Vase …«

»Des wern mia glei hom.« Die Zadrazil warf sich in die Brust und verschwand. Nach zehn Minuten klopfte sie an der Tür. An ihren Busen presste sie eine hübsche, glatte Bodenvase. »Die is am Dochbodn gwesn. Wia die Klavierlehrin ausn viertn Stock gsturbn is, hams ihre Kinder hint lossn.«

Sie stellte die Vase ab und sah sich um. »Jessas Fräun Lenz, is des ollas scheen«, sagte sie und seufzte vor Bewunderung, um gleich darauf nachzuhaken: »Wer kummt denn heit? Ah, da Herr Uli ... Und no ana? Bravo, endlich riat si' wieda wos bei Ihna.«

Sobald die Zadrazil gegangen war, kletterte Amelie in den »Orient«, um sich zu entspannen. Keine Chance, sie war rastlos, ihre Stimmung schwankte zwischen Beklommenheit und hochgestimmter Erwartung. ›Hoffentlich bringe ich das alles gut über die Bühne ... Wenn nur der Mohr im Hemd nicht sitzen bleibt ... Was tu ich, wenn sich Uli und Bartenberg nicht verstehen – all die Müh, und dann geht der Abend in die Hosen.‹

Sie kniete sich hin und sah über die Galerie des Hängebodens auf ihr Werk hinunter. Der weiß-blau gedeckte Tisch sah aus, als entstamme er einem Magazin für Tafelkultur. Der schön gewachsene Christbaum war wie geschaffen für seinen Platz vor dem Atelierfenster, sachte drehten sich die schimmernden Kugeln an seinen Zweigen. Bartenbergs Blumenstrauß flankierte den flämischen Prachtschrank und erhöhte die Festlichkeit des Raums. Links vom Christbaum saß August in seinem Stühlchen. Amelie hatte sein Fell gebürstet, seine Augen poliert und ihm eine goldene Masche um den Hals gebunden. In einer Pfote hielt er einen papierenen Hampelmann, einen Harlekin mit Maske, er war für Uli bestimmt. Mit der anderen Pfote drückte er einen vielfarbigen Brummkreisel an sein Bäuchlein. Für Bartenberg. In letzter Minute hatte Amelie sich entschlossen, doch etwas zu schenken. Unter einen Christbaum gehörten nun mal Geschenke. Die Tanne duftete übrigens, wie es sich gehörte, eine steirische Tanne, ihr Harz war noch frisch und klebrig.

Um siebzehn Uhr begann Amelie nervös zu werden. Erst umziehen, dann Küche. Oder umgekehrt? Umgekehrt. Den Mohr im Hemd schon jetzt in die Puddingform? Lieber nicht, fällt am End zusammen, überhaupt eine Schnapsidee, sich an eine derart heikle Nachspeise zu wagen ... Hektisch fuhrwerkte sie in der kleinen Küche, verwünschte ihre mangelnde haushaltslogistische Erfahrung und hätte was darum gegeben, Lizzi an ihrer Seite zu haben.

Um achtzehn Uhr riefen die Eltern wie vereinbart aus Rom an. Der Vater, liebevoll bemüht keine Rührseligkeit aufkommen zu lassen. Ob sich Amelie auch wohl befinde? Gut so, er könne es ihrer Stimme entnehmen. Seltsam sei all das dennoch: Mutter und er in Rom, sie in Wien, es sei das erste Weihnachten in vierunddreißig Jahren, das die Familie getrennt verbringe. Kuriose neue Sitte, solle man nicht einreißen lassen. Also dann, gesegnetes Fest.

Lizzi wiederum überlagerte jede sentimentale Regung mit dem üblichen Wortschwall. »Also Herzerl, Rom ist wunderbar, der Vater und ich sind pausenlos unterwegs, heut nach *Aracoeli* – und du? Gehst in die Mette? Und was machst denn bis dahin, ganz allein?«

Amelie wartete das erste Atemholen nicht ab, sondern fiel Lizzi ins Wort. »Nein Mutter, es ist alles anders, ich bin gar nicht allein, ich habe Gäste.«

»... bist gar nicht allein, hast Gäste ... A da schau her, wer kommt denn?«

»Der Uli. Und noch ein Freund.«

»Ein neuer?«

»Eher neu.«

»Was Ernstes?«

»Geh, Mutter ...«

Als alles gesagt war, blieb Amelie noch eine halbe Stunde Zeit. Sie stürzte ins Badezimmer, um sich umzuziehen. Erst der neue Wickelrock, dann Großmutters Jäckchen. ›Verflixt kurz in der Taille, wieso bemerke ich das erst jetzt?‹ Amelie hob die Arme, zwischen Rockbund und Jäckchen trat das seidene Unterhemd zu Tage, ›nein, so geht das nicht, sieht schlampig aus, einen BH bräuchte ich, nächste Woche kaufe ich einen, blöd, nächste Woche ist zu spät, kann man nix machen, halt ohne Hemd!‹ Die Angorawolle schmiegte sich lind an ihren nackten Oberkörper, irgendwie erregend, fand Amelie und kicherte. So, fast fertig. Nur noch Großmutters baumelnde Amethyste an die Ohren. Wimperntusche und kein Lippenstift… Sie schlüpfte aus dem Badezimmer, um im großen Vorzimmerspiegel ihr Gesamtbild zu überprüfen. »Nicht übel, Frau Lenz«, sagte sie laut, zwinkerte sich zu, sah an sich herunter und bemerkte, dass sie weder Strumpfhosen noch Schuhe anhatte. Glatt vergessen. »Madonna, gleich sieben, und ich mit nackten Füßen…« Sie riss den Schuhschrank auf. Ein Blick genügte, nichts da in Schwarz außer ihren bequemen Latschen. Irgendwo mussten doch noch schwarze Sandalen sein, im Abstellraum vielleicht… zu spät, es klingelte an der Tür. Punkt sieben. Daniel Bartenberg.

Er sah eindrucksvoll aus. Schwarzer Seidenrolli, schwarze Hosen, schwarze Jacke im Chinesenschnitt. Seine Gesichtsfarbe war frisch, als hätte er eben noch Sport im Freien getrieben. Er roch nach Wind und Schnee.

Bartenberg musterte sie seinerseits, langsam und genüsslich, seine Augen lachten. Als sein Blick an ihren nackten Zehen hängenblieb, erreichte das Lachen seinen Mund. »Die barfüßige Gräfin… das ist… ungemein anziehend«, sagte er, griff nach ihrer Hand und küsste sie. Anders als Onkel Leopold. Weniger wohlerzogen. Sein Mund berührte ihren Handrücken und seine Lippen blieben ein paar Wimpernschläge lang darauf liegen.

Ein Glück, dass Uli ausnahmsweise pünktlich war, er

folgte Daniel auf dem Fuß. Champagnerflaschen unter dem Arm, einen flamboyanten Seidenschal kühn um den Hals geschlungen, unbefangen, neugierig auf die Begegnung mit ›dem Seriösen‹ löste er die leise Spannung, die sich zwischen Amelie und Bartenberg aufgebaut hatte.

Von nun an lief alles nach Plan. Amelie machte die beiden Männer bekannt, wies auf die beiden Küchenstühle, die sie im Vorzimmer bereitgestellt hatte, und bat, darauf Platz zu nehmen, das Christkind werde jeden Augenblick kommen. Auf immer noch nackten Sohlen lief sie ins Zimmer, zündete die Christbaumkerzen an und legte eine CD ein, die zu finden, sie einige Mühe gekostet hatte. *Stille Nacht* ohne Gesang, nur die Melodie. Dann löschte sie das Licht und läutete die kleine Glocke, die seit Jahr und Tag im Prachtschrank stand und in feisteren Tagen wohl als Tischglocke gedient hatte.

Daniel und Uli traten ein, die Kerzen knisterten leise, die Musik rührte ans Gemüt. »Fröhliche Weihnachten«, sagte Amelie.

Die Männer standen eine Weile stumm an der Tür. Uli starrte verzückt auf den Weihnachtsbaum, Daniel sah von Amelie zum Baum und wieder zu Amelie.

»Zum Heulen schön«, seufzte Uli, »ich möchte gerne singen, aber ich tu euch das nicht an.« Er trat auf Amelie zu, nahm sie fest in die Arme und wiegte sie wie ein Kind. »Fröhliche Weihnachten, mein Hühnchen, fröhliche Weihnachten.«

Dann setzte sich Daniel in Bewegung. Wieder fiel ihr auf, wie leise und behände sich der große schwere Mann bewegte. Er stand vor ihr, sah auf sie herunter, Amelie konnte den Ausdruck seiner Augen nicht recht deuten. Langsam neigte er den Kopf, seine Wange streifte die ihre. »Fröhliche Weihnachten, Amelie Lenz«, sagte er. Irgendwie bedeutungsschwer, fand Amelie und schnupperte dem leisen Duft von Daniels Wange nach. Ein angenehmer, fast vertrauter Duft.

»So, jetzt bin ich für Champagner!« Uli war nicht umsonst vom Theater, zum dramaturgisch richtigen Zeitpunkt machte er der weihevollen Stimmung den Garaus. Die Männer pflückten ihre Geschenke von August und nahmen sie vergnügt in Betrieb. Uli öffnete eine Champagnerflasche, Daniel goss ein. Die beiden schienen sich auf Anhieb sympathisch zu sein, sie unterhielten sich locker. Daniel zeigte sich vom Salettl begeistert und gratulierte Uli zu dem Entwurf. Amelie lief zwischen Zimmer und Küche hin und her, immer noch mit nackten Füßen.

»Daniel, was sagen Sie? Wenn das Mädel nicht augenblicklich Socken anzieht, essen wir keinen Bissen«, erklärte Uli. Er ging hinaus, kramte in Amelies Schubladen und kam mit einem Paar geringelter Schisocken zurück. Aus halbgeschlossenen Augen beobachtete Daniel, wie Uli der lachenden, strampelnden Amelie die Socken überzog. Uli fing den Blick auf. »Ami und ich sind wie Bruder und Schwester«, sagte er sanft.

Das Essen wurde ein voller Erfolg. Die Männer lobten die Suppe, vertilgten den Lachs und verputzten die Saucen bis auf den letzten Rest. Sie bestanden darauf, dass Amelie bei Tisch sitzen blieb, während sie kongenial blödelnd auf- und abtrugen. Daniels Wein war erlesen, aber nicht einer der leichtesten, er stieg Amelie bald in den Kopf. Kichernd hüpfte sie in die Küche, um den Mohr in sein Hemd aus Schlagobers zu stürzen. Was sie befürchtet hatte, trat ein, das Dessert blieb in der Auflaufform hängen.

»Er hängt«, rief sie ins Zimmer.

»Macht nichts, bring ihn trotzdem«, rief Uli in die Küche.

»Brauchen Sie Hilfe?«, hakte Daniel nach.

»Nein, nur das nicht«, rief sie zurück, um wenige Minuten später mit einer Platte zu erscheinen, auf der ein schokoladebrauner Haufen zitterte.

»Jetzt ist er auch noch zusammengefallen«, verkündete sie tragisch, Uli und Daniel lachten Tränen.

Es war Uli, der vorschlug, den Tisch zu verlassen und Amelies »Orient« vor den Christbaum zu verlegen. Er stieg auf den Hängeboden, warf die großen bunten Kissen herunter und arrangierte sie mit ein paar Handgriffen zu einem Lager, das einem Beduinenscheich zur Ehre gereicht hätte. In die Mitte stellte er das silberne Tablett mit Lizzis Weihnachtsbäckerei, Gläser und die Weinflasche.

»Suleika, ich bitte«, sagte er und wies Amelie den Platz in der Mitte an. Sie spielte mit, neigte ihren Kopf, berührte Brust, Mund und Stirn leicht mit den Fingerspitzen ihrer rechten Hand, als wäre sie eine Orientalin, und ließ sich geschmeidig in die Kissen sinken. Uli schlüpfte aus seinen Schuhen und hockte sich an ihre rechte Seite. Beide sahen zu Daniel auf. Er stand da und betrachtete sie, als wären sie spielende Kinder.

Eine Situation, in der man Gefahr läuft, lächerlich zu wirken. Stehen bleiben oder hinsetzen? Hinsetzen mit Schuhen oder ohne? Sich auf das Orient-Theater einlassen oder gegensteuern?

Daniel Bartenberg hatte damit offenbar kein Problem. Ohne Hast verließ er das Zimmer, man hörte ihn in der Küche rumoren, als er wiederkam, hatte er seine Jacke abgelegt und seine Schuhe ausgezogen und brachte eine frisch geöffnete Flasche Wein aus dem Eisschrank mit.

»Wer will gleich wieder aufstehen, wenn er einmal sitzt«, sagte er und grinste entspannt, füllte die halb leeren Gläser auf und ließ sich auf die Amelie bereits bekannte Weise aus dem Stand mit gekreuzten Beinen auf das Kissen zu ihrer Linken nieder.

»Sapperlot.« Uli war beeindruckt. »Sie sollten zum Zirkus gehen. Auch am Theater könnte man sie brauchen.« Er musterte Daniel eingehend, runzelte die Stirn und hieb sich mit der flachen Hand aufs Knie. »Jetzt hab ich's. Ich denke schon den ganzen Abend darüber nach, wem Sie ähnlich sehen. Depardieu! Sie sehen aus wie Gérard Depardieu!« Die Erkenntnis schien ihn zu beglücken, während Amelie versucht war, das Urteil zu entschärfen.

»Machen Sie sich nichts draus«, sagte sie, »Uli sucht in jedem Menschen so lange die Ähnlichkeit mit einem Schauspieler, bis er sie findet. Das ist sein Tick. Von mir behauptet er, ich sähe aus wie Anne Bennent.«

Langsam wandte sich Bartenberg Amelie zu. Er forschte in ihrem Gesicht, ließ sich dafür Zeit und lächelte schließlich vor sich hin, als habe er ein Geheimnis entschlüsselt. Gleich darauf verwickelte er Uli mühelos, quasi in fließendem Übergang, in ein Gespräch über Theater und Film.

Amelie lehnte in den Kissen und hörte zu. Sie lauschte den Stimmen der beiden Männer und verglich ihre Gesten und ihre Mimik. Hier der lebhafte, wepsige Uli, da der beherrschte, kraftvolle, wachsame Daniel. Der eine ein ewiger Bub, der andere ein spannender Mann.

Sie musste den Faden verloren haben, Uli und Daniel waren offenbar bei einem Thema angelangt, das beide gründlich amüsierte. Sie lachten viel, schienen sich in irgendeiner Sache völlig einig und beschlossen, sich zu duzen. Noch eine Flasche wurde entkorkt.

»Was ist mit dir und Amelie? Wieso seid ihr immer noch per Sie?«, krähte der gar nicht mehr nüchterne Uli.

Daniel sah Amelie hintergründig lächelnd in die Augen und schwieg.

Sie spürte die Wärme seines Körpers über gut einen

Meter Zwischenraum hinweg und fand seinen Blick beunruhigend erotisch.

Es ging auf Mitternacht zu, als Uli wahrheitsgemäß erklärte, er habe einen Schwips und müsse jetzt aufbrechen. Den Abschied vollzog er erstaunlich schnell.

»Ich muss morgen früh meinen Lebensmenschen besuchen und ihm halbwegs nüchtern gegenübertreten. Amelie, du bist die Größte, Liebste, Beste, es war ein wunderbares Weihnachtsfest.« Er machte einen Schwenk zu Daniel, der keinerlei Anstalten traf, sich ebenfalls zu verabschieden, legte ihm die Hand auf die Schulter und murmelte: »Pass mir gut auf mein Hühnchen auf.«

»Worauf du dich verlassen kannst«, antwortete Daniel Bartenberg leise. Als Amelie wieder ins Zimmer trat, hatte sich die Stimmung verändert. Weg war die Schwerelosigkeit der letzten zwei Stunden, es war plötzlich so still. Eine Stille, wie sie im Konzertsaal herrscht, wenn der Dirigent den Taktstock hebt und die Zuhörer gespannt darauf warten, dass in der nächsten Sekunde, die Musik anheben wird. *Piano? Forte? Fortissimo?*

Daniel stand vor Augusts Stühlchen und sah auf den Bären hinunter. Amelie konnte seinen Gesichtsausdruck nicht sehen, er hatte ihr den Rücken zugewandt. Kurzer Nacken, ausladende Schultern, breiter Rücken, der sich zur Körpermitte hin jäh verjüngte. ›Gewalttätig‹, schoss es Amelie durch den Kopf, ›er wirkt gewalttätig, ist ja auch Boxer‹. Instinktiv machte sie einen Schritt rückwärts.

Sie hatte den Eindruck, dass Daniel wusste, was sie tat, obwohl er sie nicht sehen konnte. Er stand da wie zuvor. Sachte wuschelte er Augusts Kopf. Sie hörte ihn leise, aber entschlossen *ceterum censeo* sagen. Dann wandte er sich nach ihr um.

Sein Gesicht war ernst. Die Furchen auf seiner Stirn,

die verflachten, wenn Daniel lachte, wirkten jetzt tief und verstärkten den Eindruck innerer Sammlung. Sein Brustkorb hob und senkte sich sachte.

»Nachdem Sie mir das Du nicht angetragen haben, werde ich es jetzt tun«, sagte er ruhig.

Amelie fühlte sich zunehmend beklommen, ihre Stimme gickste. »Sie meinen, wir sollten... Sie wollen Bruderschaft trinken?«

Er antwortete nicht, trat langsam auf sie zu, wie Zeitlupe kam es ihr vor. Ihr Herz pumperte laut, aus ihrem Kopf schien alles Blut abwärts zu sacken.

Sie wusste nicht, dass ihre Augen immer größer wurden und ihre Brauen erwartungsvoll still standen. Sie wich nicht zurück, als er seine Arme nach ihr ausstreckte, um ihren Körper mit Bedacht an den seinen zu ziehen. Und es war nichts Spielerisches in der Art, wie sein Mund sich auf den ihren legte.

Wie sie auf die Kissen unter dem Christbaum gekommen waren, hätte Amelie später nicht mehr zu sagen gewusst. Mit Sicherheit war es ohne Eile, ohne Drängen geschehen. Und nichts Hastiges, Begieriges war in der Art, wie Daniels Hände über ihren Körper wanderten und seine Lippen über ihre Augen, ihre Schläfen, die Stirn glitten, den Hals suchten, zu ihrem Mund zurückkehrten.

Ohne Eile streifte er das Jäckchen von ihren Schultern. Als er Amelies bloße Haut berührte, sog er den Atem ein, aber seine Hände, die sich um ihren Busen schlossen, blieben sanft und geduldig. Als warte er darauf, dass Amelie ungeduldig würde. Als wolle er es ihr überlassen, das Tempo zu bestimmen.

Amelie atmete heftiger. Ihre Hände wurden rastloser, glitten hastiger über Daniels Brustkorb, über seine Rippenbögen, schoben sich unter seinen Pullover, fanden seine nackte Haut und blieben einen Augenblick still darauf liegen, als hätten sie nicht erwartet, was sie fanden.

»Ha«, machte sie. Es war ein entzückter Laut. Seine Haut war glatt und geschmeidig. Sie zerrte an seinem Pullover, versuchte ihn über Daniels Kopf zu ziehen und traf dabei den Christbaum. Zweige schwankten, ein paar Tannennadeln rieselten, einer der kleinen roten Äpfel fiel.

»Ich denke jetzt ist's Zeit für einen Ortswechsel«, sagte Daniel grinsend. Er stand auf, ergriff Amelies ausgestreckte Hände und zog sie in einem Schwung in die Höhe. Sie landete in seinen Armen, ihre nackten Oberkörper schmiegten sich aneinander. Amelie tastete nach seiner Hand.

»Komm«, sagte sie und zog ihn Richtung Hängeboden.

Sobald sie zwischen den Laken lagen, bestimmte Daniel das Tempo, und Amelie folgte ihm. Er liebte sie mit einer Sicherheit, als wären ihm die Geheimnisse ihres Körpers längst vertraut. Und Amelie gab sich ihm so rückhaltlos hin, als wäre sie in der Liebe noch niemals am Weg zurückgelassen worden.

Später das wunderbare, mit nichts zu vergleichende Gefühl satten Friedens. Dicht an Daniels Körper geschmiegt, dämmerte sie vor sich hin. Er lag auf dem Rücken, hatte beide Arme um sie geschlungen, sein Mund war in ihrem Haar.

»Habe ich dir schon gesagt, dass ich dich liebe?«, fragte er in die Stille.

»Nein. Aber es macht nichts. Weil ich es weiß«, murmelte Amelie, küsste die Stelle über seinem Nabel und schlief ein.

Es war noch Nacht, als sie aufwachte. Sie tastete nach Daniel. Wo er gelegen hatte, war das Bett noch warm, aber er lag nicht mehr neben ihr. Erschrocken fuhr sie in die Höhe. Als sie ihn unten rascheln hörte, legte sie sich zurück und schlief wieder ein.

Als sie das nächste Mal wach wurde, dämmerte es. Daniel lag neben ihr, er hatte sie an sich gezogen, einen Arm und ein Bein über sie gelegt und atmete leise und gleichmäßig an ihrem Nacken. »Ich liebe dich auch«, hörte sie sich zu ihrem Erstaunen halblaut sagen. Was sie daran erstaunte, waren nicht die Worte, sondern die Gewissheit, dass es so war, wie sie sagte. Sie dehnte ihren Körper wie eine Katze. Unmittelbar darauf kam ihr die Idee mit August: eine Morgengabe für Daniel, *ceterum censeo* würde sie sagen und ihm den Bären schenken.

Vorsichtig kroch sie unter Daniels Extremitäten hervor und machte sich leise an den Abstieg. Als sie den Fuß auf die Leiter setzte und nach unten sah, stockte sie. August saß nicht mehr in seinem Stühlchen, sondern auf der untersten Stufe der Leiter, die Glasaugen nach oben gerichtet, als erwarte er sie.

Amelie begriff das nicht. Kopfschüttelnd kletterte sie weiter abwärts. Als sie August um die Mitte fassen wollte, sah sie über seiner Pfote etwas glitzern. Es war ein goldener Armreif in Form einer Schlange, das Köpfchen mit Brillanten und Saphiren besetzt. Ein altes Schmuckstück.

Amelie ließ sich neben dem Bären auf die Stufe fallen, schluckte und begann zu heulen.

»Hallo mein Herz, du weinst doch nicht an unserem ersten gemeinsamen Morgen?«, Daniel lächelte auf sie herunter.

»O ja«, schnüffelte Amelie. »Ich wollte August holen, ich wollte ihn dir schenken. Und da sitzt er schon hier … so …« Sie deutete auf den Armreif.

Daniel rutschte tiefer, bis er auf der Stufe über ihr saß,

streifte den Reif von Augusts Pfote und legte ihn um Amelies Handgelenk. »Er ist von meiner Mutter.«

Sie schwieg und schluckte und rieb ihren Kopf an seinen Knien, bis ihr Haar zu knistern begann. Als sie sich umwandte, um ihn anzusehen, fasste er sie um die Mitte und zog sie zu sich herauf.

»Komm ins Bett zurück. Ich bin unglaublich sportlich, aber ich weiß nicht, ob meine Kondition langt, um dich auf einer Hühnerleiter zu lieben.«

»Wie fühlst du dich?«, flüsterte er eine Stunde später zufrieden lächelnd an ihrem Ohr.

Amelie dachte eine Weile nach. Sie wollte ihm eine Antwort geben, die ihren Zustand möglichst genau umschrieb. »Ich fühle mich zentriert«, sagte sie schließlich.

16

Die Feiertage blieben sie, mehr oder weniger ineinander verstrickt, im Salettl. Sie hatten nicht das Bedürfnis, einander mit Worten zu erforschen, weil sie es mit allen Sinnen taten. Und sie sprachen nicht darüber, wie es mit ihnen weitergehen würde.

Der beglückende Schwebezustand endete mit den Feiertagen. Lilo Platzer rief an, um Amelie daran zu erinnern, dass sie sich für die nächsten Tage *open end* im Laden verabredet haben. Und Daniel seufzte, er müsse in die Kanzlei. Als er in seine Hosen schlüpfte, grinste er.

»Ich weiß, was du komisch findest: dass du zwei Tage lang ohne warst«, sagte Amelie und schnupperte an seiner Haut, ehe sie ihm seinen Pullover reichte.

Er küsste sie nicht zum Abschied, er drückte sie der Länge nach an sich, als wolle er ihren Körper in seinen holen, um ihn mit sich zu nehmen. »Bis heute Abend.« Weg war er.

Amelie wunderte sich, dass sie das Ende dieser abgehobenen Tage weder wehmütig noch nachdenklich machte. Vielleicht lag es an ihrer Gewissheit, dass Daniel und sie einander nicht festhalten mussten, um eins zu sein.

Während der folgenden Tage machten sie keine Pläne. Abends kam Daniel ins Salettl. Er brachte etwas zum Essen mit, sie erzählten einander vom Tag, saßen einander eine Weile gegenüber wie enge Freunde oder ein vertrautes Paar. Und irgendwann sahen sie einander in die Augen, fingen Feuer und erklommen den Hängeboden.

Zwei Tage vor Silvester riefen die Eltern an und meldeten sich aus Rom zurück. Amelie war verdattert, als sie ihre Stimmen hörte. Sie hatte völlig vergessen, dass sie Eltern hatte.

Nein, sie werde auch Silvester nicht nach Salzburg kommen, es sei hier einfach noch zu viel zu tun … Aber ja, sicher gehe es ihr gut, gesund und munter, ja … Zum Jahreswechsel telefonieren? Klar! … Mitternacht? Lieber nicht, es sei noch nicht ganz raus, wo sie um Mitternacht sein werde …

»Daniel, wo wirst du Silvester zu Mitternacht sein?«, fragte sie ihn am selben Abend.

»Wo du sein wirst, mein Herz.«

»Und wo werde ich sein?«

»Ich dachte zur Abwechslung einmal in meinem Bett.«

Am 31. Dezember bummelten sie Arm in Arm durch die Stadt. Daniel hatte erklärt, er wolle nicht, dass Amelie mit einem Köfferchen bei ihm einziehe, als handle es sich um ein schlampiges Wochenende.

»Wir besorgen, was du brauchst. Ich fahre mit dem Zeug zu mir, du fährst zu dir und machst dich fesch, weil wir am Neujahrstag schick essen gehen. Dann nimmst du ein Taxi und kommst zu mir. Ich gebe dir einen Haustürschlüssel, damit du nicht anläuten musst.«

Er zog einen Schlüssel aus seiner Tasche und drückte ihn Amelie in die Hand. Amelie schüttelte den Kopf, das sei nicht nötig, es sei doch nichts dabei, wenn sie läute.

»Doch«, beharrte Daniel. »Mir gefällt die Vorstellung nicht, dass du vor der Tür stehst, als seist du irgendein Gast.«

Sobald sie im Salettl war, rief Amelie die Eltern an.

Sie würden den Abend zu Hause verbringen, nur sie beide, ja, bestätigte Lizzi. Das sei schon in Ordnung, das täten sie ja nun schon seit Jahren. Heuer sei es nur insofern anders, als Amelie nicht irgendwann gegen Morgen nach Hause kommen werde. Naja (kleiner elegischer Lacher), hätte auch sein Gutes, man müsse nicht wach liegen und warten, bis man das Kind hereinschleichen höre und in Sicherheit wisse.

Das Gespräch erfüllte Amelie mit einer jähen Zärtlichkeit für die Eltern. Sie sah sie vor sich in einem Haus, das zu groß für sie wurde, das sie nicht mehr auszufüllen vermochten, wie alte Menschen ihre Kleider von ehedem nicht mehr ausfüllen.

Sie rief Lorenz an und fragte ihn, ob er Blumen für die Eltern besorgen und sie in ihrem Namen in Anif vorbeibringen könne. Ein inniger Strauß solle es sein – Lorenz wisse schon, was sie damit meine. Und nicht irgendein Bote solle ihn abliefern, sondern jemand, der Lizzi und Josef nahe stehe, das sei der springende Punkt.

»Ich weiß, es ist eine Zumutung, würdest du trotzdem…?«

Er würde, versprach Lorenz nach kurzem Zögern.

Sie quatschten eine Weile in der ihnen eigenen Vertrautheit; über Amelies Auszug aus dem Laden, über die neue Mieterin, über die *Offizine Lenz* und Lorenz' Heiratspläne.

Schon hatten sie sich einen guten Rutsch und haufenweise Glück für's kommende Jahr gewünscht, als Lorenz fragte: »Sag mal, Püppchen, wer oder was hindert dich eigentlich, Silvester in Salzburg zu feiern?«

»Der neue Mann in meinem Leben.«

»Hm«, machte Lorenz. »Wo wirst du mit diesem Mann feiern?«

Amelie kicherte. »In seinem Bett«, sagte sie keck.

Eine Weile war er still. »Ich hoffe, du weißt, was du tust, Püppchen«, murmelte er schließlich.

Amelie kannte ihn gut genug, um zu wissen, dass er jetzt keinen Scherz hören wollte. Sie kicherte nicht mehr, als sie ihm versicherte: »Ich denke, ich weiß es, Lorenz, ja.«

Ehe sie sich auf den Weg zu Daniel machte, läutete sie bei den Zadrazils. Der Mann der Hausmeisterin öffnete die Tür. Ob die Frau Pepi nicht da sei, fragte Amelie.

»Oba jo.« Zadrazil winkte sie herein. »Kumman S' eina, Fräu'n Lenz, kumman S', setzen S' ihna, i, hoi d'Frau, sie is in Bod, bein Hoa ei'drahn, wei mir gengan heit aufn Silvesterball von Sterbeverein.« Er schlurfte davon, »Pepi, kummst? Es Fräu'n Lenz wa do«, hörte Amelie ihn rufen.

Der Kopf der Josefine Zadrazil war mit kleinen bunten Lockenwicklern gespickt. Es ließ sie irgendwie jünger aussehen. Ihr Gesicht, von dem viele Hausbewohner behaupteten, es wirke verschlagen, zeigte nichts als Freude über die unerwartete Anwesenheit des Fräulein Lenz.

»I wa scho ume kumman, a guats neichs Joa winschen.« Sie wischte ihre durchaus saubere Hand in die Schürze, ehe sie sie Amelie reichte. »Setzn S' Ihna«, bat sie, »setzn S' Ihna.«

Amelie lehnte dankend ab, sie sei verabredet, sie wolle der Frau Pepi nur einen guten Rutsch und ein gesundes, gutes neues Jahr wünschen. Und weil sie doch demnächst in Pension gehe…

Sie zog ein Schächtelchen aus ihrer Manteltasche und hielt es der Frau entgegen.

»Fir mi?«, Josefine Zadrazil sah drein wie ein überraschtes Kind. Langsam streckte sie die Hand aus, nahm die Schachtel entgegen und sah darauf nieder. »Soi i's aufmochn?« Als Amelie nickte, öffnete sie die Schachtel mit Vorsicht. Die kleine kleeblattförmige Brosche aus Lilo Platzers Werkstatt lag drin. Die Hausmeisterin starrte darauf, als sehe sie nicht recht.

»Für Sie, Frau Pepi, weil wir eine so gute Zeit miteinander hatten.«

Die Beschenkte starrte Amelie fassungslos an, ihre Mausäuglein wurden feucht, sie breitete die Arme aus und holte das »Fräu'n« Lenz an ihren Busen. Die für Josefine Zadrazil typische Duftnote, eine Mischung aus Küche, Keller und Putzmittel, stieg Amelie in die Nase. »Ich werde Sie vermissen, wenn Sie in Pension sind, Frau Pepi«, murmelte sie und wusste, dass es so sein würde.

Im Haus der Bartenbergs war es zu ebener Erde dunkel, aber das Licht am Eingang brannte, und der erste Stock war hell erleuchtet. Es gelang Amelie auf Anhieb, den fremden Schlüssel in das fremde Schloss zu stecken.

Daniel musste sie gehört haben. »Hallo, komme rauf, ich bin eben mit allem fertig geworden«, rief er ihr von oben entgegen.

Er erwartete sie am Treppenabsatz. Keine wilden Küsse, keine großen Worte, er nahm sie bei der Hand und zog sie mit sich.

Ein langer gut beleuchteter Gang, der Vorderfront und Hinterfront des ersten Stockwerks trennte. »Die Küche«, sagte Daniel und stieß eine der Türen an der Hinterfront auf. Groß, modern, brandneu – mehr nahm Amelie nicht wahr, denn Daniel zog sie weiter und öffnete eine weitere Tür. »Das Bad.« Er schubste sie hinein. Großzügig, weiß und lichtgrau gekachelt, Riesenwanne, Dusche, zwei Waschbecken. »Das ist deines.« Er deutete auf eines der Becken. Es war umgeben von den Dingen, die sie am Morgen besorgt hatten. Im Zahnputzglas stand die Zahnbürste und die von ihr bevorzugte Zahnpasta, im Seitenregal waren Gesichtscreme, Deodorant, Körpermilch und Eau de Toilette aufgebaut. Über einem Korbstuhl hing der flauschige weiße Bademantel, den Amelie zwar für überflüssig gehalten, den Daniel aber trotz ihres Einspruchs gekauft hatte.

»Ich weiß gar nicht, was …«

»… du sagen sollst«, setzte er ihren Satz fort und lachte zufrieden wie einer, dem eine Überraschung gelungen ist. »Komm weiter.«

Vom Bad in eine begehbare Garderobe, in einem der Fächer Amelies Wäsche, als wäre auch das selbstverständlich, weiter ins Schlafzimmer. Sanftes Licht, helles Holz, winterweiße reiche Baumwollvorhänge, Kamelhaardecken. »Nicht so romantisch wie deine Hühnerstiege, aber das Bett ist gut«, raunte Daniel an ihrem Ohr, gab ihr einen Schubs und Amelie landete im größten, bequemsten, lautärmsten quadratischen Bett, das sie jemals gesehen geschweige denn bestiegen hatte.

Als sie das Bett verließen, war der Abend ziemlich weit fortgeschritten. Daniel hatte einen Tisch im Arbeitszimmer gedeckt, im Kühlschrank waren Delikatessen vorbereitet und Champagner eingekühlt.

»Märchenhaft«, seufzte Amelie und wollte sich nützlich machen.

Daniel wehrte ab. »Heute nicht, ab morgen immer.« Er betrachtete sie und grinste. »Wäre auch schade, wenn du dein Abendkleid bekleckerst.« Amelie hatte das gute Kostüm, in dem sie gekommen war, in Daniels Garderobe gehängt und steckte in einem seiner besten seidenen Hemden. Es war blau wie die Saphire am Köpfchen der goldenen Schlange, die sie am Arm trug, reichte ihr bis knapp über die Knie und flatterte um sie wie ein schlecht verankertes Zelt.

Wieso ist Zeit kein Faktor, wenn ich mit ihm bin? Wieso ist Mit-ihm-Schweigen ebenso gut wie Mit-ihm-Reden? Wieso ist für mich sein Gesicht schön, obwohl es das gar nicht ist?

Sie lagerten auf der Couch im Arbeitszimmer, Aug in Aug, einander gegenüber. Amelie hatte ihre nackten Füße in Daniels Schoß vergraben und wackelte mit den Zehen.

»Schau mich nicht so sinnlich an. Und lass das mit den Zehen. Wir wollten doch bis Mitternacht durchhalten.« Er fasste ihre Füße und strich mit den Daumen sachte über ihre Sohlen.

»Das ist perfide, Daniel«, japste Amelie lachend, zog die Beine an und versteckte sie unter dem Hemd. Sie legte die Arme um die Knie, stützte das Kinn auf und betrachtete ihn nachdenklich.

»Wie bist du eigentlich auf mich gekommen?«, fragte sie leise.

Er wusste was sie meinte. Er sah in ihre Augen, und die seinen hörten auf zu lachen, als müsse er sich sammeln, um Klarheit über eine lebenswichtige Frage zu gewinnen. Nach einer Weile beugte er sich vor, strich mit seinen Fingerspitzen Amelies Augenbrauen glatt, und das Lächeln kehrte zurück.

»Die beiden Männer haben mir von der Spielzeughändlerin mit den violetten Augen erzählt.«

»Welche Männer?«

»Onkel Leopold und Julius Hofeneder. Sie waren ganz aus dem Häuschen vor Entzücken über dich. Besonders mein alter Onkel, der so leicht nicht zu begeistern ist. In dir sei alles vereint, was Männer an Frauen lieben, hat er behauptet.«

»Und was ist das?«

Daniel grinste hinterlistig. »Willst du es wirklich wissen?«

»Ja, sag schon ...«

»Er hat gesagt, du seist eine absolut altmodische Frau. Die wollte ich mit eigenen Augen sehen.«

»Altmodisch!«, Amelie stieß einen spitzen kleinen Schrei aus, warf sich auf Daniel und versuchte, ihn zu zwicken. »Du bist nicht zwickbar, dein Fleisch ist zu fest«, sagte sie und gab auf. Sie betrachtete ihn zärtlich. Plötzlich veränderte sich ihr Gesichtsausdruck, sie sah drein, als sei ihr etwas eingefallen, das ihr zu schaffen macht.

»Was ist?«, fragte Daniel fröhlich.

Ihr Gesicht blieb ernst. »Bist du ein *Womanizer*?«

Er stutzte. »Bin ich nicht. Wie kommst du darauf?«

Verlegen nagte Amelie an ihrer Unterlippe. Wie sollte sie ihm erklären, dass sie plötzlich Angst hatte, sie könnte für ihn bloß eine von vielen sein. Oder er könne sie einer anderen wegen vergessen.

»Der Hofrat war unlängst bei mir. Du weißt, wie gern er über euch Bartenbergs spricht. Er hat mir von dir erzählt. Dass du kein Heiliger bist, hat er gesagt. Dass deine große Liebe Carla heißt ...«

»Schwätzer«, sagte Daniel ärgerlich. Er stand auf und begann auf und ab zu gehen. »Der gute Julius … Ich bin sicher kein Heiliger, damit hat er Recht. Ich liebe Frauen. Und Carla ist eine schöne, aufregende Frau. Sie hat mich fasziniert, wir hatten eine wilde Affäre. Sie wollte ihren Mann und ihre Kinder verlassen und mit mir leben. Das wollte ich nicht. Wahrscheinlich habe ich sie nicht genug geliebt, um meinen Teil an der Verantwortung für eine Scheidung zu tragen.«

Er blieb stehen und sah auf Amelie herunter, und seine Augen wurden schmal. »Erinnerst du dich an meinen ersten Besuch in deinem Laden? Ich habe ein Lebensrad gekauft. Es war ein Geschenk für Carla. Ich fuhr damals nach Paris, um endgültig Schluss zu machen. Sie wollte es nicht glauben.«

Er verschränkte seine Hände im Nacken und beugte den Kopf weit zurück, als wolle er sich von einer Anspannung befreien. Nach einer Weile suchte er Amelies Augen und fuhr fort.

»Danach haben wir uns noch einmal gesehen. Meine Reise nach Paris und nach Straßburg vor ein paar Wochen – weisst du noch? –, ich habe keine Klienten besucht. Ich fuhr hin, um zwei Beziehungen zu beenden. In Straßburg hatte ich ein Verhältnis mit einer entzückenden, leichtlebigen Dolmetscherin, der ich für immer Adieu sagte. Und in Paris machte ich endgültig reinen Tisch mit Clara.«

Amelie hatte ihn unverwandt angesehen.

»Deine Augen sind groß wie fliegende Untertassen.« Er lächelte unwillkürlich. »Glaubst du mir?«

Sie zögerte ein paar Augenblicke, dann nickte sie ernsthaft wie ein Kind. »Und warum hast du überall Schluss gemacht?«, fragte sie leise.

»Was glaubst du wohl, Amelie Lenz?«

Daniel ließ sich wieder auf das Sofa fallen. Es senkte sich unter seinem Gewicht. »Weil zwischen dir und mir von Anfang an nichts Unklares sein sollte.«

Er zog sie zu sich, bis sie auf ihm lag. Sein Kinn war in ihrem Haar. »Ich sah dich durch die Auslagenscheibe, damals, Weihnachten vor einem Jahr. Das Erste, was ich dachte, war: Ich weiß, wie diese Frau riecht.«

Amelie hob den Kopf und sah ihn an, als sei er nicht ganz bei sich. »Wie ich rieche? Das ist nicht dein Ernst.«

»Doch, und ich habe mich nicht getäuscht.«

Sie wartete ein Weilchen, ihre Finger strichen sachte über seinen Brustkorb, fühlten seine Haut.

»Und wie rieche ich?«, fragte sie schließlich.

»Du riechst ...«, er vergrub sein Gesicht in ihrem Haar und suchte mit seinem Mund ihren Nacken, »... du riechst nach mehr.«

Als Amelie am Neujahrsmorgen aufwachte, hatte sie keine Schwierigkeiten sich zurechtzufinden, sie wusste sofort, wo sie war.

»Du hast dich fein gemacht, wohin gehen wir?«, fragte sie, als Daniel fertig angezogen vor das Bett trat.

»Mach dich auch fein, dann sag ich es dir«, antwortete er und grinste auf sie nieder.

Sie wusste es, sobald das Taxi auf der Höhe des *Hotel Imperial* von der Ringstraße Richtung Musikverein abbog.

»Neujahrskonzert«, sagte sie atemlos, und ihre Wangen wurden vor Aufregung rosig. Daniel nickte. Ihm selbst sei zwar Jazz lieber, aber Leopold habe ihm die Karten vor seiner Abreise von Wien mit hintergründigem Lächeln und der Bemerkung, Walzer von Strauss und Lanner seien verlässliche Verbündete in der Liebe, überreicht.

»Hast es auch ohne Walzer mit links geschafft«, lächelte Amelie und hielt sich an seiner Hand fest, als wäre ohne diese kein gutes Sein.

Sobald sie ihre Plätze eingenommen hatten, rückte sie an ihn heran, bis ihre Schulter seinen Arm berührte. »Wenn die Eltern wüssten, dass ich hier sitze!«, flüsterte sie und sah sich um, als könne sie es selbst nicht fassen.

Es war ihr nicht bewusst, dass während der gesamten Dauer des Konzerts Daniels Aufmerksamkeit ausschließlich ihr galt. Ihrem Entzücken, ihren sprühenden Augen, ihrem temperamentvollen Mitgehen mit der Musik, ihrer totalen Hingabe an den Augenblick. »Pass auf, gleich wird die Haut platzen«, kommentierte er lachend, als sie am Schluss beim traditionellen Radetzkymarsch wie verrückt in die Hände klatschte.

Zum Mittagessen führte er sie ins *Sacher*. Amelie war noch nie zuvor im Restaurant des berühmten Hotels gewesen. Die Kellner scharwenzelten um Daniel herum.

»Herr Doktor hin, Herr Doktor her – ich habe nicht gewusst, dass du eine bekannte Größe bist«, neckte sie ihn.

»Und ich hätte nie gedacht, dass du ein solches Aufsehen erregen würdest«, parierte er.

Amelie sah sich um. Tatsächlich wurden sie von den Gästen an den umliegenden Tischen mehr oder minder ungeniert gemustert.

»Habe ich Ruß auf der Nasenspitze? Sitzt ein Kanari auf meiner Schulter?«, flüsterte sie Daniel zu.

»Nein, du bist nur wunderschön. Man sieht dir an, dass du die ganze Nacht geliebt worden bist und bald wieder geliebt werden wirst.« Voll Vergnügen sah er ihr Gesicht rosig werden und hob sein Glas.

»Auf dich, Amelie Lenz, auf die Frau, die Daniel Aloys August Bartenberg glücklich macht.«

Amelie ließ ihr erhobenes Glas wieder sinken. »Aloys August? Die beiden hast du mir bisher verschwiegen.«

»Bin alles ich.« Wenn Daniel Wein trank, tat er es ohne das gewisse Zungenrollen und leise Nachschmatzen, das den Kenner verraten sollte und das Amelie stets ein wenig lächerlich fand. Er nahm einen ordentlichen Schluck und nickte zufrieden. »Daniel heiße ich, weil meine Mutter eine Schwäche für den biblischen Daniel, den in der Löwengrube, hatte. Am Aloys ist mein Großonkel Aloys, der älteste Bruder meines Großvaters Richard schuld. Er war Offizier, soll blendend ausgesehen haben und war mit Sicherheit tollkühn – er starb in einem Duell. Den August verdanke ich meinem Urgroßvater.«

»Dem du so ähnlich siehst?«

»Eben dem. Er war der erste Bartenberg, er gewann, wovon die meisten Männer seiner Zeit träumten, und er endete mit nichts. Seine Geschichte hat mich schon begeistert, als ich ein kleiner Bub war. Mein Vater musste sie mir immer wieder erzählen und durfte dabei kein Detail weglassen oder verändern.«

»Erzählst du sie mir?«, bat Amelie.

Daniel legte seine Stirn in Falten. »Du meinst, so wie mein Vater sie mir erzählt hat, als ich ein Kind war?«

»Ja, genauso.« Sie neigte sich vor, stützte die Ellbogen auf den Tisch, machte aus ihren Handflächen eine Schale, legte ihr Kinn hinein und sah ihn voll gespannter Erwartung an. »Los«, drängte sie, als er zögerte.

»Es war einmal ein armer Schlosser. Der hieß Josef Bartl und lebte vor mehr als hundert Jahren in der Eisenwurzen, einem Stück Land in den steirischen Alpen. Und weil der Josef in seiner Heimat keine Arbeit fand, ging er auf die Walz…«

Der Kellner trat an den Tisch und fragte, ob die Herrschaften schon gewählt hätten. Daniel bestellte und wandte sich Amelie wieder zu.

Josef Bartl läßt sich um etwa 1830 im böhmischen Riesengebirge nieder, gründet 1835 seine eigene Werkstatt, und weil er ein genialer Erfinder ist gelingt es ihm, eine Stahllegierung zu entwickeln, die für moderne Artilleriegeschosse und druckfeste Eisenbahnschienen essentiell ist. Er errichtet mehrere Fabriken und stirbt als vermögender Mann. Zum ganz großen Reichtum bringt es freilich erst sein Sohn August, geboren 1844, ein hemdsärmliger, sinnenfroher Mensch, dem zunächst alles, was er anpackt, mühelos glückt. Er weitet das väterliche Unternehmen gewaltig aus, wird k.u.k. Armeelieferant und Eisenbahn-Zulieferer, ein Großindustrieller wie er im Buche steht, eine Art böhmischer Nabob. 1888 heiratet er die blutjunge, bettelarme, aber entzückend hübsche Comtesse Fanny Chorinsky. Ein ungleiches Paar, aber eine echte Liebesheirat, die beiden vergöttern einander, leben in Saus und Braus, haben fünf Kinder. 1892 wird August Bartl auf Vorschlag des Kriegsministers von Kaiser Franz Joseph I. mit dem Prädikat Edler von Bartenberg geadelt und 1908, nachdem er ein Waisenhaus gestiftet hat, in den Freiherrnstand erhoben, was ihn zum Mitglied des Herrenhauses macht. Indes, dem kometenhaften Aufstieg des jungen Hauses Bartenberg folgt sein jäher Absturz. Nach Ende des Ersten Weltkriegs bricht das Unternehmen zusammen, Bartenbergs verarmen rapide. Fannys Lieblingssohn Aloys kam bereits 1913 durch das besagte Duell um, Tochter Louise geht 1915 ins Kloster, August und Fanny sterben 1920 an der Spanischen Grippe. Ihre jüngste Tocher Josepha, die die Eltern gepflegt hat, steckt sich quasi an deren Sterbebett an und folgt ihnen ins Grab. Dem Kahlschlag entgehen Tochter Ida, die 1926 eine Vernunftehe eingeht, und Sohn Richard.

Ein brillanter junger Mensch, der Jura studiert, es rasch zum Syndikus des Bankiers von Fechter bringt und dessen Tochter Gabriele heiratet.

»Den Rest der Seifenoper kennst du«, schloss Daniel.

Amelie war regungslos dagesessen. »Toll«, seufzte sie schließlich hingerissen. »Was sagt deine Tochter zu der Familiensaga?«

Daniel schnippte ein paar Brösel vom Tisch. »Anna hat sich nie für die österreichische Partie interessiert.« Er kniff die Augen zusammen, sah an Amelie vorbei in den Raum und lächelte, als wäre es über sich selbst. »Als ich jung war, hatte ich vor, einen Sohn zu zeugen, ihn August zu nennen und ihm die Geschichte so zu erzählen, wie sie mir mein Vater erzählt hat.«

»Und?«

Die Frage war Amelie herausgerutscht. Daniel zuckte bloß die Achseln und schien froh zu sein, dass das Gespräch durch die heranrauschende Kellnerbrigade unterbrochen wurde, die den Tafelspitz servierte.

Amelie wusste, dass sie schwanger war, noch ehe ihre Regel zum ersten Mal ausblieb. Die Vorstellung, von Daniel ein Kind zu erwarten, erfüllte sie mit nichts als Glück, es schien ihr die einzig richtige, logische Folge ihrer Beziehung zu diesem Mann. Sagen würde sie es ihm erst, wenn sie sicher war. Sie machte sich keine Gedanken darüber, wie er es aufnehmen würde.

Anfang Februar hatte sie Gewissheit. Sie war beim Gynäkologen gewesen, er hatte ihr versichert, alles sei bestens. Seiner Berechnung nach würde das Baby Anfang Oktober kommen, und er hatte sie dazu beglückwünscht.

Amelie verließ die Ordination wie auf Wolken. Sie hatte Lilo Platzer versprochen, im Laden vorbeizukommen und sich anzusehen, wie's dort jetzt aussah. Daniel wollte sie von Lilo abholen und mit ihr ins Salettl gehen.

Seit Leopold Bartenberg wieder da war, hatte sie nicht mehr bei Daniel übernachtet. Es sei ihr peinlich, sagte sie. »Unsinn«, fand Daniel, Leopold sei ein weltoffener Mensch, er betrete den ersten Stock nie ohne ausdrückliche Einladung, er werde Amelies Kommen und Gehen nicht einmal bemerken. »Schwachsinn«, konterte Amelie, Leopold sei weder blöd noch blind, und sie denke nicht daran, ihre Aura der altmodischen Frau aufs Spiel zu setzen. Gummibanddiskussionen, die für gewöhnlich damit endeten, dass Daniel sie die Hühnerleiter zum Hängeboden hinaufschubste und erklärte, heute tue er es hier definitiv zum letzten Mal.

Auf dem Weg in die Josefstadt lachte Amelie vor sich hin. Sie hatte beide Hände über dem Bauch gefaltet und sprach zu ihrer Mitte. »Willkommen, kleiner Mensch, willkommen.«

Im Laden angekommen, heuchelte sie Interesse für Lilos Innovationen. Immer wieder schielte sie mit einem Auge zur Tür, bis Lilo schließlich mit spitzer Stimme fragte, ob Amelie auf etwas Bestimmtes warte.

»Ja, auf ihn«, strahlte Amelie und deutete mit dem Finger auf Daniel, der just in diesem Augenblick vor der Auslage stehen blieb.

Anstandshalber blieben sie noch eine Weile. Daniel verwickelte Lilo in ein Gespräch über die Chancen selbstständiger Goldschmiede, Amelie merkte wohl, dass er seinen Charme spielen ließ und Lilo darauf abfuhr, sie wandte kein Auge von ihm.

»Wenn ich nur wüsste, an wen Sie mich erinnern?«, überlegte sie kokett lächelnd.

»An wen schon, Gérard Depardieu natürlich«, brummelte Amelie und freute sich diebisch, als Lilo »Bingo!«

rief, weil sie wusste, dass Daniel daraufhin Reißaus nehmen würde, er konnte den Ausdruck nicht ausstehen.

»Zu mir oder zu dir«, versuchte er sein Glück, sobald sie auf der Gasse standen.

»Weder noch, gehen wir zum Wirt, ich hab einen Bärenhunger.« Amelie schob ihre Hand in seine Manteltasche und dirigierte ihn zu ihrem Lieblingsgasthaus. Es lag unmittelbar neben dem Wiener Landesgericht, weshalb man hier stets Richter oder Rechtsanwälte antraf. Für Daniel ein Grund, das Lokal trotz seiner guten Küche mit innerem Vorbehalt zu besuchen.

»Zwei, ich sehe zwei, sie haben schon gegrüßt«, sagte er düster, sobald sie in einer der kleinen Nischen saßen.

Amelie schien ihm nicht zuzuhören. Sie hatte den Kopf an die Holzwand der Nische gelehnt und starrte mit abwesendem Lächeln vor sich hin.

»Liebling, was ist los mit dir?«

Sie fuhr fort zu lächeln.

»Warum hältst du dir den Bauch, tut dir etwas weh?«

Sie lächelte. »Nein, ich bin schwanger.«

Daniel lehnte sich ebenfalls zurück. Langsam, ganz langsam. Dabei sah er Amelie unverwandt an. Und dann begann er zu lachen. Er lachte, wie Amelie noch nie einen Menschen lachen gesehen oder gehört hatte. Das Lachen schien tief in seinem Inneren zu entstehen, anzuwachsen, aufzusteigen bis es seinen ganzen Körper erfasst hatte und sein ganzes Wesen erfüllte. Es war kein lautes, es war ein überwältigtes und ein triumphierendes Lachen.

»Du lachst wie eine Symphonie von Mozart«, sagte sie.

»Welche?«, gelang es ihm zu fragen.

»Jupiter«, antwortete sie, ohne nachzudenken.

Alles Weitere nahm Daniel in die Hand. Es vollzog sich reibungslos, als wäre es von langer Hand vorbereitet.

Sie würden möglichst rasch heiraten. Vorerst standesamtlich ohne Aufsehen in Salzburg, Letzteres schon Amelies Eltern wegen. Dank der Bartenbergschen Verbindungen hatten sie zwei Wochen später einen Termin für die Trauung in Schloss Mirabell.

Der Erste, der von der Hochzeit erfuhr, war Lorenz. Amelie rief ihn im Büro an.

»Hast du am 22. Februar, um 11 Uhr etwas vor?«

»Warum?«

»Ich bräuchte dich.«

»Wofür?«

»Als meinen Trauzeugen.« Das verschlug selbst Lorenz die Sprache.

Sie flogen in der Früh nach Salzburg. Ob Amelie die Sache mit der Überraschung der Eltern nach wie vor für eine gute Idee halte, wollte Daniel wissen. Im Gegensatz zu ihm war sie davon überzeugt. Nach der Trauung würden sie nach Anif fahren, Lorenz würde dafür gesorgt haben, dass Josef zu Hause sei, Amelie würde den Eltern Daniel als ihren Mann vorstellen, allgemeine Begeisterung würde folgen.

Daniel hatte einen ehemaligen Studienkollegen als seinen Trauzeugen mobilisiert. Zusammen mit Lorenz erwartete er sie vor Schloss Mirabell. Vetter Lenz, der einen Brautstrauß für Amelie besorgt hatte, sah dem Paar mit kritisch umwölkter Miene entgegen. Er entspannte sich noch, während sie in der Warteschleife der Hochzeitspaare standen. Die drei Männer schwätzten und scherzten, während sie langsam vorrückten. »Musik?«, schnarrte der Amtsdiener, ehe sie eintraten, Daniel winkte ab, der Standesbeamte, der die Trauung vornahm, redete Schwulst, Amelie kämpfte einen Lachkrampf nieder, und eh sie sich's versah, hieß sie Amelie Bartenberg.

Das Elternhaus betraten sie Hand in Hand. »Hallo, keiner da?!«, rief Amelie im Vorhaus. Lizzi kam aus der Küche geschossen, Josef trat aus seinem Arbeitszimmer, beide ahnungslos, was ihnen bevorstand. »Ich möchte euch meinen Mann vorstellen«, sagte sie leise.

Vater und Mutter begriffen zunächst nicht. Wortlos starrten sie Amelie und den Fremden an, der neben ihr stand. Josef Lenz fasste sich zuerst. Er heftete den Blick auf Daniels Gesicht und ließ es eine ganze ernste Weile nicht los. Daniel erwiderte den Blick ebenso. Josef schluckte, nickte und murmelte hilflos: »Na ja, wenn das so ist...«, er räusperte sich, ehe er fortfahren konnte: »...dann heiße ich Sie...heiße ich dich willkommen.«

Herr und Frau Bartenberg flogen mit der Abendmaschine nach Wien zurück. Amelie rieb ihren Kopf an Daniels Schulter.

»Mutter war überfordert, aber Vater war souverän, findest du nicht?«, fragte sie.

»Das kann man wohl sagen. Ich weiß nicht, wie ich mich verhalten würde, wenn Anna mir eines Tages so käme.« Josef und er hatten nicht lange gebraucht, um einen gemeinsamen Draht zu finden. Mit Lizzi hatte er sich schwerer getan, vielleicht weil sie zunächst nicht ihr wahres Selbst gewesen war. Die Überraschung hatte sie glatt verstummen lassen, wie eine Somnambule war sie dagesessen und hatte Daniel angesehen, als wäre er eine Halluzination. Erst als Amelie den Eltern eröffnete, dass sie schwanger sei, war sie zu sich gekommen. Allmählich wie Licht in einem Lampion hatte ihr Gesicht von innen her zu leuchten begonnen. Als es heller nicht mehr ging, hatte sie ihre Arme ausgebreitet und mehr zu sich selbst als zu den anderen »So ein Glück...nein, was ist denn das für ein Glück...« gesagt.

Die Maschine befand sich im Anflug auf Wien, man sah die Lichter der Stadt, als Amelie sich zum ersten Mal, seit sie von ihrer Schwangerschaft wusste, beklommen fühlte.

»Jetzt hast du wieder eine Frau am Hals. Und bald auch einen schreienden Säugling. Wolltest du das?«, fragte sie leise.

Daniel versteifte sich, sie spürte es deutlich, gleich darauf wurde sein Körper wieder locker. Seine große, warme Hand legte sich über die ihre, und über ihrem Scheitel hörte sie seine dunkle Stimme. »Sag das nie wieder, Amelie Bartenberg, hörst du? Sag das nie wieder.« Sie lehnte ihren Kopf an seine Brust und hörte sein Herz klopfen, während er sprach: »Glaubst du, ich hätte vorgehabt, dich je wieder gehen zu lassen? Und glaubst du, ich hätte dir ein Kind gemacht, wenn ich keines gewollt hätte?« An der plötzlichen Bewegung seines Zwerchfells merkte sie, dass ihn etwas erheiterte. »Ich habe nur nicht zu hoffen gewagt, dass es so schnell klappen würde... in meinem Alter...«

Vom Flugplatz fuhren sie ins Bartenberghaus. Amelie hatte Daniel versprechen müssen, dass sie nach der Trauung bei ihm und sonst nirgendwo wohnen würde.

»Jetzt noch Leopold, dann haben wir es hinter uns«, versprach er nach einem besorgten Blick in ihr zunehmend müdes Gesicht.

Leopold Bartenberg saß in der Bibliothek und las, die Tür stand offen. Daniel und Amelie traten ein und blieben wortlos lächelnd vor ihm stehen. Der alte Herr sah auf, studierte das Paar nur kurz und sagte, als wäre es die selbstverständlichste Sache der Welt: »Ihr habt geheiratet. Das ist gut.« Er stand auf, trat auf Amelie zu und küsste ihr die Hand, ehe er sie in die Arme schloss. »Willkommen in diesem Haus, mein Kind, du wirst ihm Glück bringen.« Als er Daniel umarmte, konnte er eine gewisse Rührung nicht ganz verbergen: »Ich habe gehofft, dass es so kommen würde, mein Junge, ich habe es gehofft, als ich sie zum ersten Mal sah«, sagte er, und seine Stimme klang ein wenig erstickt.

Die Schwangerschaft verlief problemlos. Amelie schenkte sich den Fruchtwassertest, sie zweifelte nicht einen Augenblick daran, dass sie ein gesundes Kind zur Welt bringen würde. Im Übrigen war sie überzeugt, dass es ein Bub sein würde. Egal, Hauptsache gesund, pflegte sie zu sagen, sobald Vermutungen über das Geschlecht des zu erwartenden Bartenberg-Babys angestellt wurden. Insgeheim aber sprach sie zu ihrem Sohn. Sie erzählte »ihm« halblaut, was sie sah, wenn sie allein durch die Stadt wanderte, und später, als »er« sich immer heftiger bewegte, klopfte sie mitunter auf ihren Bauch und schimpfte leise: »Kerl, was zappelst denn schon wieder.«

Daniel hatte sich seine Arbeit so eingeteilt, dass er bis zur Entbindung kaum auf Reisen gehen musste. Er war ohnehin mit der Kanzlei vollauf beschäftigt. Kurz nach der Hochzeit hatte er sich mit Uli getroffen und ihn gebeten, ob er Amelie helfen würde, die Wohnung fertig einzurichten. Und Uli hatte begeistert zugesagt. Die Tatsache, dass Amelie ein Kind erwartete, entzückte ihn maßlos. Über sämtliche Stadien des Ungeborenen wollte er Bescheid wissen, und da Amelie ihn seiner Ansicht nach nicht umfassend genug informierte, besorgte er sich Bücher über die Entwicklung von Embryonen. Als Amelie ihm vorhielt, er benehme sich wie ein werdender Vater oder eine Großmutter in spe, seufzte er elegisch: »Ich wünschte, ich wäre beides.«

Ende Mai war die Wohnung fertig eingerichtet und die Möbel für das Kinderzimmer bestellt. Erst liefern, wenn das Kind auf der Welt ist, hatte Lizzi ihre Tochter beschworen. Den Vorwurf, sie sei abergläubisch, nahm sie kommentarlos hin, zumal sie sich mit Daniels Unterstützung durchgesetzt hatte.

Jetzt erst kam Amelie zu Bewusstsein, wie rapide und in welchem Ausmaß sich ihr Leben verändert hatte. Vor wenigen Monaten waren ihre materiellen Umstände verheerend und ihre berufliche Zukunft mehr als ungewiss gewesen. Heute war sie eine verwöhnte Frau ohne die geringsten finanziellen Sorgen. Aber auch ohne den gewohnten Wirkungsbereich.

Sie komme sich zuweilen vor wie eine Odaliske, sagte sie eines Abends zu Daniel. Es sollte scherzhaft klingen, gelang jedoch nicht ganz. Daniel spürte ihre innere Unruhe und nahm das Thema ohne Zögern auf. Warum nicht weiter im Geschäft bleiben, etwa als Agentin, was sowohl vom Salettl als auch von hier aus zu betreiben sei und sich wohl auch mit dem Kind vereinbaren lasse. Sie müsse sich ja nicht gleich entscheiden.

Bald nach diesem Gespräch suchte Amelie das Salettl auf. Sie war längere Zeit nicht dagewesen und hatte plötzlich das Bedürfnis, nach dem Rechten zu sehen. Es war ein warmer, sonniger Frühlingstag. Sie öffnete die Fenster und kramte in den Schränken. Dabei fiel ihr Ulis Weihnachtsgeschenk vom Vorjahr in die Hände. *Das Lola-Prinzip*. Ein Buch aus einem anderen Leben. Lesezeichen steckten zwischen den Seiten, ganze Absätze hatte sie unterstrichen. Sie nahm das Buch, ging nach draußen, setzte sich auf die Stufe vor der Eingangstür und wollte eben zu schmökern beginnen, als Josefine Zadrazil den Hof betrat.

»I hob Ihna scho kuman gseng«, rief sie Amelie aus

der Entfernung zu. »So wia Sie gengan wird des Kind a Bua!« Sie näherte sich mit breitem Lächeln und begründete ihre Prognose mit der Sicherheit einer erfahrenen Hebamme. »Weu vo' hint siacht ma Ihna goanix o und vuan kriagn S' an Spitzbauch.«

Als die Hausmeisterin vor ihr stand, klopfte Amelie mit der flachen Hand auf die Stufe neben sich. »Kommen S', Frau Pepi, setzen Sie sich ein bissl her zu mir.«

Ächzend ließ sich die Zadrazil neben Amelie nieder und blinzelte in die Sonne. »Ibanexte Woch'n ziagn mia aus«, sagte sie nach einer Weile. »Sie wissn eh, die Rentn …«

Amelie nickte. Dem Kind in ihrem Bauch schien die Sonne zu taugen, es begann zu strampeln, gedankenverloren zog Amelie sachte Kreise über ihm. »Wenn ich nur wüsste, was ich mit dem Salettl machen soll. Mein Mann meint, ich soll es behalten. Wenn ich möchte. Nicht zum Wohnen, nur zum Arbeiten …« Als die Hausmeisterin schwieg, fragte sie nach einer Weile: »Was würden Sie an meiner Stelle tun, Frau Pepi?«

Josefine Zadrazil wiegte den Kopf, offenbar dachte sie gründlich nach, ehe sie sich zur Antwort entschloss. »I was net, Fräu'n Lenz, i was net … Sie san jetz in an neichn Lebensobschnitt … Des Salettl is hoit mit so vü ondare Sochn varknipft. Mit den Marmeladinger, mit den Deutschn, den langen … Und mit den gschlecktn Offn, Se wissn scho wen i ma'n … den Hochnosatn … Na – wons mi frogn, I dad an Schnit mochn …«

Mein Gott, ja … Hermann der Cherusker … Und Gregor! Gregor Freytag, den sie im Laufe der letzten Monate gründlicher vergessen hatte, als die anderen Männer, die vor Daniel in ihrem Leben gewesen waren.

Am selben Abend eröffnete sie Daniel, dass sie sich entschlossen habe, das Salettl aufzugeben. Sobald das

Baby aus dem Gröbsten heraus sei, werde sie eine Agentur aufmachen, hier, zu Hause, wenn's ihm recht sei.

August Ulrich Richard Bartenberg wurde am 10. Oktober 2002, um 18.32 Uhr geboren. Er war dreiundfünfzig Zentimeter lang und 3,70 Kilogramm schwer und machte seiner Mutter – wenn man deren schmales Becken und sein eigenes beträchtliches Gewicht in Betracht zog – erstaunlich wenig Schwierigkeiten bei seinem Eintritt in die Welt.

Daniel war auf seinen eigenen Wunsch bei der Geburt dabei gewesen. Er hatte sich durchaus vernünftig verhalten, hatte zwischen den Wehen Amelies Nacken massiert und während der Wehen ihren Rücken gestützt und war beherrscht geblieben, bis man ihm seinen schmierigen, krebsroten Sohn in die Arme legte. Da erst ging er mit zittrigen Knien auf einen Stuhl nieder.

Die Familie hatte sich im Spital zusammengerottet. Lizzi und Josef waren in den nächsten Zug gestiegen, sobald sie vom Eintritt der Wehen verständigt worden waren. Auf Zehenspitzen näherten sie sich dem Bettchen ihres ersten Enkels, Lizzi betrachtete ihn selig lächelnd und brachte zunächst nur ein gestammeltes »Mein Engele, mein Engele« heraus, Josef zeichnete ihm ein Kreuzchen auf die Stirn. Leopold ließ ein sensationelles Blumenarrangement schicken und sah erst am Tag nach der Geburt bei Wöchnerin und Kind vorbei. Uli erschien täglich und gebärdete sich, als sei er Augusts Vater. Es regnete Telegramme, Blumen und Geschenke, Amelie erhielt Besuche von Menschen aus Daniels Freundes- und Bekanntenkreis, die sie kaum kannte, es gehörte offenbar zum guten Ton, dass man Bartenbergs zum Stammhalter gratulierte. Schließlich hielt es Amelie im Spital nicht mehr aus. »Nimm uns nach Hause, und mach die Tür hinter uns zu«, bat sie Daniel.

Es war an ihrem ersten Abend daheim. August lag friedlich schlafend im Kinderzimmer, neben seiner Wiege saß August der Bär in seinem Stühlchen.

Daniel und Amelie lagerten auf ihrem großen Bett. Daniel kraulte den Nacken seiner Frau. »Wir müssen uns über die Taufe unterhalten«, sagte er träge.

Das Thema Taufe war schon mehrfach besprochen worden. Nachdem die Hochzeit unter Ausschluss jeglicher Öffentlichkeit stattgefunden hatte, schien es den Männern des Hauses Bartenberg angebracht, die neue Familiensituation mit einem Fest zu begehen. Eine Haustaufe. Am ersten Sonntag im Advent. Es war Leopolds Idee gewesen. Auf die Taufpaten hatten sich Amelie und Daniel ebenfalls geeinigt: Uli und Daniels Tochter Anna. Das Mädchen würde am ersten Dezember in Wien ankommen und über Weihnachten bleiben.

»Also gut, Gästeliste«, seufzte Amelie und fischte Block und Bleistift vom Nachttisch.

Nachdem sie eine Weile daran gearbeitet hatten, begann Amelie zu zählen und legte ihre Stirn in Falten. »Weißt du was? Hier stehen schon mehr als sechzig Namen, darunter haufenweise Lenz und Co. Aber außer Leopold und Anna und uns sind keine Bartenbergs dabei. Du musst doch mehr Verwandte haben.«

»Muss ich?«, murmelte Daniel und liebkoste ihren Busen.

»Du musst«, beharrte Amelie. »Immerhin hat August der Ahne fünf Kinder gezeugt. Du kannst doch nicht die einzige Konsequenz seiner Bemühungen geblieben sein.«

Daniel drehte sich auf die Seite und zog Amelie an sich. »Einen gibt es tatsächlich noch«, seufzte er.

Zufrieden rieb sie ihren Rücken an seiner Brust. »Na bitte, wer sagt's denn. Wieso kenne ich den noch nicht?«

»Du kennst ihn«, sagte Daniel ruhig. »Es ist Gregor Freytag.«

Sie brauchte ein paar Sekunden, um zu erfassen, was er gesagt hatte. Ihr Körper hörte auf, sich unter seinen Händen zu bewegen und wurde vor Anspannung starr, Amelie schien nicht mehr zu atmen. Auch Daniel hielt die Luft an und wartete, was sie tun würde.

»Du hast es gewusst«, wisperte sie schließlich. Er bewegte seinen Kopf, sie spürte, dass er nickte.

»Wieso, von wem!« Es klang so verzweifelt, dass Daniel sich das Lachen verbeißen musste.

»Liebling, wir sind in Wien, in dieser Stadt wissen alle alles über alle. Julius Hofeneder ist einmal bei dir im Laden gewesen, als Gregor hereinkam und gleich wieder ging. Julius hat ihn an der Stimme erkannt.«

Sie lag eine Weile still, dann setzte sie sich mit einem Ruck auf, sah zu Daniel herunter und sprudelte los: »Bitte hör mich an, ich will, dass du es weißt: Dieser Mensch war der größte Irrtum in meinem Leben. Er ist ein krankhafter Lügner, eine windige Existenz, und ich will ihn nie wiedersehen müssen, ich ...«

Daniel haschte nach ihren Händen. »Amelie, hör mir zu, ich denke nicht daran, dich einer Begegnung mit Gregor auszusetzen. Ich habe ihn seit Jahren nicht mehr gesehen, wir hatten nie wirklichen Kontakt, er ist ja bloß ein Vetter zweiten oder dritten Grades.«

Amelie entzog ihm ihre Hände. »Ein Mensch wie er dürfte nicht dein Vetter sein. Wie kommt er dazu, dein Vetter zu sein?«, sagte sie patzig wie ein beleidigtes Kind. Daniel versuchte sachlich zu bleiben.

»Seine Großmutter Ida war eine Tochter von August dem Gründer. Sie heiratete einen Rittmeister von Freytag und hatte mit ihm eine Tochter namens Alma. Diese wiederum ...«

»Ich weiß«, unterbrach ihn Amelie, »das arme Luder hatte das Pech, sich in einen berühmten italienischen Operntenor zu verlieben, der Gregors Vater wurde und Gregors Mutter nicht heiraten konnte, weil er schon verheiratet war.«

Daniel grinste. »Hast du das Märchen von Gregor? Er ist bekannt dafür, dass er lügt, sobald er den Mund aufmacht. Gregors Vater war weder berühmt noch Tenor, er war Sänger in einer drittklassigen Bar und verschwand auf immer, sobald er wusste, dass er Alma geschwängert hatte.«

»Ha«, machte Amelie, »so ein Lump. Na, wie der Vater, so der Sohn.« Sie verfiel in Schweigen, nagte an ihrer Unterlippe, schien zu überlegen und sah schließlich entschlossen auf Daniel nieder. »Hör mir zu! Ich will dir erzählen, warum ich auf ihn reingefallen bin. Es war nämlich sehr seltsam… weißt du, wie ich ihm begegnet bin?«

Aber Daniel wollte es nicht wissen. Er gab ihr einen Schubs, legte sich mit seinem ganzen Gewicht über sie und grinste. »Mutter meines Sohnes, lass die Bekennermiene und hör mir zu: Deine vorehelichen Erfahrungen interessieren mich nicht, schon gar, wenn du sie mit Gregor Freytag gewonnen hast. Ich liebe dich, wie du bist, egal auf welche Weise du so geworden bist. Vergiss Gregor, und lass uns nie wieder von ihm sprechen.«

August Bartenbergs Taufe wurde ein Fest, von dem man in Wien noch Monate später sprach.

An die hundert Gäste waren geladen. Der mit Bartenbergs befreundete Abt eines Stiftes im Waldviertel war eigens in die Stadt gekommen, um das Kind zu taufen. Nur wenige wussten, dass er eine Stunde vor Beginn des Festes Amelie und Daniel kirchlich getraut hatte.

Ab 11 Uhr strömten die Gäste ins Bartenberghaus, man war sich einig: Wann war es je festlicher gewesen?

Um 12 Uhr mittags betrat Anna Bartenberg den großen Salon. Sie hielt den Täufling im Arm. Er steckte in dem langen Spitzenkleid, welches wie die meisten Kostbarkeiten des Hauses durch Gabriele von Fechter an die Familie gekommen war. Hinter Anna und dem Baby tänzelte der Pate Uli, sichtlich darauf gefasst, dass Anna das Kind fallen lassen könnte, und allzeit bereit, es aufzufangen. Die Zeremonie verlief würdig und ohne Zwischenfall, August schlief friedlich im Arm seiner Halbschwester, die wiederum machte ihre Sache gut und schien von dem kleinen Wesen entzückt.

Die letzten Gäste verließen das Haus gegen siebzehn Uhr. Die Familie lungerte erschöpft im Salon, August schlief, von August dem Bären und Anna der Schwester bewacht, in seinem Kinderzimmer.

»Sie ist völlig vernarrt in ihn, Gott sei Dank, das färbt auch auf ihre Einstellung mir gegenüber ab, wir kommen gut miteinander zurecht.« Amelie saß neben Uli auf der Stiege zum ersten Stock. Sie hatte ihre Schuhe ausgezogen und knetete ihre schmerzenden Zehen.

»Nettes Mädel, hat Daniels Augenfarbe, genau wie August«, bemerkte Uli und geriet gleich darauf ins Schwärmen. »Was für ein Fest, mein Hühnchen. Elegant, tolle Stimmung. Alle sind sie gekommen, die Reichen, die Feinen …«

»Und die Neugierigen und die Lieben und die Treuen«, unterbrach Amelie mit Nachdruck. »Lorenz und Susan, Burgi und Lilo, sogar Ludwig hat uns die Ehr' erwiesen.«

Sie saßen eine Weile in schweigendem Einverständnis nebeneinander. »Nicht zu fassen«, stieß Uli plötzlich hervor und schüttelte den Kopf.

»Was kannst du nicht fassen, Hähnchen?«, fragte Amelie und gähnte.

»Was dir in diesen letzten zwei Jahren widerfahren ist. Eine vulkanartige Schicksalsentwicklung.«

»Hm«, machte Amelie und versuchte, ihre Füße wieder in die Schuhe zu zwängen.

»Ich meine, wenn man bedenkt, dass heute vor zwei Jahren noch mein besonderer Freund der Cherusker aktuell war«, sinnierte Uli vor sich hin.

»Der gute Hermann.« Amelie lächelte matt. »Er hat mir erst unlängst sein Buch geschickt.«

»Und? Wie ist es?«

»Wie Hermann. Gescheit, sprachlich perfekt, total unsentimental.« Sie stand auf und strich freundschaftlich über Ulis Stoppelfrisur. »Sei nicht bös, Hähnchen, ich bin hundemüde, ich geh hinauf nach August sehen, und dann hau ich mich ein bissl hin.«

Uli schien ihren beabsichtigten Abgang nicht zur Kenntnis nehmen zu wollen. »Und dann deine fixe Idee mit dem Gamaschenmann! Der totale Wahnsinn...« Er schüttelte den Kopf.

Amelie nahm die erste Stufe.

»Ein unlauterer Mensch, dieser... wie hieß er noch?«

Amelie antwortete nicht und stieg langsam weiter.

»Freytag!«, sagte Uli laut. »Ein einziger Irrweg, dieser Freytag.«

Amelie blieb einen Augenblick stehen. »Irrweg?... Ich habe mich getäuscht, ja, aber Irrweg...«, sagte sie nachdenklich, stieg weiter bis ans Ende der Treppe, drehte sich um und rief zu Uli herunter: »Weil am End' macht doch jeder Weg irgendwie einen Sinn.«

17

Der ungewöhnlich heiße Sommer 2003.

Im Juni fuhr Amelie mit August und Lizzi an die nördliche Adria. Grado sei gut für das Kind, hatte der Familienrat beschlossen. Amelie litt unter der Hitze und anfallartig auftretender Sehnsucht nach Daniel. Beides zusammen führte dazu, dass sie sich halbe Nächte lang schlaflos in einem zu weichen Bett wälzte. Lizzi in ihrer totalen großmütterlichen Hingabe fiel ihr auf die Nerven. August wiederum wollte partout in den Sand, fraß selbigen, sobald er drin saß, und entwickelte einen Ausschlag, der erst verging, als sie wieder in Wien waren.

Der Aufenthalt im Jagdhaus war Leopolds Idee gewesen. Es sei einfach zu heiß in der Stadt, das Jagdhaus stehe leer, Daniel sei seit Jahren nicht mehr und Amelie noch nie da gewesen. Jagdhaus also.

August das Kind und August der Bär wurden bei den Großeltern in Anif geparkt. Wozu der Bär, dieses Trum, hatte Lizzi gemotzt und sich mit ihm erst abgefunden, als ihr klar wurde, dass August das Kind nur einschlief, wenn der Teddy neben seinem Bettchen wachte. Sie wartete ungeduldig darauf, dass die Eltern sich von ihrem Sprössling verabschieden würden, und war glücklich, als das Auto mit Amelie und Daniel um die Ecke bog.

Leopolds Jagdhaus lag im Toten Gebirge, in 1.500 m Höhe, am Ufer eines glasklaren kleinen Sees, knapp unter der Baumgrenze, und war eher eine Hütte. Stube, Küche, zwei Schlafkammern, Dusche, Plumpsklo, Dachboden. Ein Paradies, das mit dem Auto nicht zu erreichen war und an dem kein eingezeichneter Wanderweg vorbeiführte.

Zweimal stieg Daniel zwecks ausreichender Verproviantierung von dem weit unten geparkten Auto zur Hütte. Jeweils eine Stunde steil bergan. Schweißtreibend, denn selbst hier oben blieb die Hitze drückend. »Faun!«, rief Amelie zu ihm hinüber, als er nackt in den See stieg.

Die Betten knarrten, und die Sterne funkelten. »Du bist schön«, flüsterte Daniel, als er sie mit geschlossenen Augen liebte. Zum windlosen Rauschen der Nacht schliefen sie ein.

Es waren völlig abgehobene, unirdische Tage. Einmal erschien der Jäger, um anzufragen, wann der Herr Doktor auf die Pirsch gehen wolle. Gar nicht, sagte Daniel. Er wartete ungeduldig, bis der Mann so weit bergab gegangen war, dass man hinter der Buckelwiese nur mehr die Spitze seines Hutes sah, um Amelie ins Gras und sich auf sie zu betten.

In der Nacht, als der Mond voll wurde, liebte er sie am Ufer des kleinen Sees. Die Wasseroberfläche glitzerte, winzige Wellen bewegten die kleinen Steine am Grund, und die Mondscheibe spiegelte sich in Amelies Augen.

Zwei Tage später kam das Gewitter. Gegen Mittag tauchten erste weiße Wolken auf, am frühen Nachmittag begannen sie sich zu ballen und wurden grau, gegen siebzehn Uhr waren sie pechschwarz, der Wind, der sich erhoben hatte, hielt einen Augenblick inne, ehe er kippte und zum Sturm wurde. Blitze zuckten über dem Himmel, der Regen fiel waagrecht, die Donnerschläge kamen immer näher und erschütterten Grund und Haus.

Daniel sah fasziniert aus dem Fenster, Amelie kauerte auf der Herdbank und wartete mit zusammengekniffenen Augen auf den Donner, der den Blitzen folgte. Sie fror und begann mit den Zähnen zu klappern. Gewitter im Hochgebirge sei nicht ihr Ding, klagte sie, worauf Daniel umgehend seinen Fensterplatz verließ, Feuer machte,

Amelie auf den Schoß nahm und sie wiegte und beruhigte, als wäre sie ein Kind.

Die ganze Nacht lang blieb das Gewitter in den Bergen über der Hütte hängen. Es zog Kreise, wurde schwächer und leiser, kam wieder näher, gewann an Kraft und tobte sich von neuem aus. Amelie zog das blauweiß karierte Federbett über die Ohren, drückte sich fest an Daniel, hielt seine suchenden Hände jedoch mit der Begründung fest, sie dürfe sich nicht ablenken lassen, sie müsse auf die drohende Gefahr von Naturkatastrophen achten, um jederzeit fluchtbereit zu sein.

Gegen Morgen beruhigte sich das Wetter, aber es blieb nass und kalt. Regen fiel in grauen Schleiern, graue Nebel waberten um die Hütte, der Tag blieb grau in grau. Nachdem sie gefrühstückt hatten, verschwand Daniel in der Schlafkammer, Amelie hörte am Ächzen der Bettstatt, dass er sich auf selbige hatte fallen lassen.

»Komm ans Werk, Geliebte«, rief er nach draußen.

Amelie näherte sich kichernd. »An welches Werk, wenn ich fragen darf?«

»Jenes, das ich so erfolgreich mit August begonnen habe und das ich unbedingt fortsetzen möchte.«

Er hatte die Arme im Nacken verschränkt und betrachtete sie mit verhangenem Blick.

»Hör auf zu lachen und komm«, sagte er. Als sie nicht reagierte, richtete er sich blitzschnell auf, griff sie um die Mitte, holte sie ins Bett und rollte sich über sie. »Ich bin nicht mehr der Jüngste, Madame, an Ihrer Stelle würde ich jede sich bietende Gelegenheit nützen …«

Am Nachmittag ließ der Regen nach. Daniel tigerte rastlos durch die Hütte. Er müsse an die Luft, er brauche Bewegung, erklärte er. Nichts könne sie dazu bewegen, die Hütte zu verlassen, ließ Amelie ihn wissen und richtete sich mit den Auktionskatalogen, die Burgi Wechsler ihr zugeschickt hatte, auf der Ofenbank ein.

Daniel verließ den Raum und kehrte mit einer hölzernen Leiter wieder. »Ich muss auf den Dachboden, wasserdichte Kleidung suchen«, teilte er Amelie mit.

»Hmm«, machte sie und begann in den Katalogen zu blättern.

Daniel verankerte die Leiter an den beiden Haken, die neben der Falltüre zum Dachboden angebracht waren, und stieg hinauf. Als er die Türe in die Höhe stemmte, rieselte Holzstaub auf Amelie nieder. Sie wedelte ihn beiseite und achtete nicht weiter auf ihren Mann, der durch die Luke in der Decke verschwand. Mit halbem Ohr hörte sie ihn oben rumoren, dann wurde es still.

»Daniel?«, rief sie.

Keine Antwort.

Sie legte den Katalog beiseite, stand auf und trat an die Leiter. »Daniel, ist alles in Ordnung?« Oben gab es einen Krach, als wäre etwas gefallen.

»Daniel!?«

Sie hörte ein Scharren, dann segelte etwas Dunkles, Weiches auf sie nieder. Ein Lodenumhang. Gleich darauf erschien Daniel am oberen Ende der Leiter und machte sich an den Abstieg.

»Gummistiefel habe ich keine gefunden, aber die hier sind auch nicht schlecht«, sagte er und ließ etwas fallen, das in zwei Teilen vor Amelies Augen zu Boden ging.

Sie starrte auf die Dinger. Wortlos. Wie erstarrt. Sie waren schwarz. Grün umrandet. Sie beugte sich etwas vor, um zu sehen, ob auch das Wappen vorhanden war. Es war.

Die gleichen Gamaschen, die sie vor eineinhalb Jahren im Waschküchenfeuer der Josefine Zadrazil verbrannt hatte!

Daniel bückte sich, um die Gamaschen aufzuheben, als sein Blick auf Amelie fiel. »Fehlt dir etwas, du bist ganz blass?«, fragte er besorgt.

Sie deutete auf die schwarzen Schuhschützer. »Wo kommen die her, wieso sind die hier?«, sagte sie barsch.

»Wo sollten sie sonst sein?« Als er merkte, dass es der Anblick der Gamaschen war, der sie verstörte, versuchte er zu scherzen. »Hör zu, Liebling, die Dinger beißen nicht, sie gehören sozusagen zur Familie.« Amelie fuhr fort, die Gamaschen anzustarren, als wären sie eine Ausgeburt ihrer Phantasie.

»Amelie, hörst du mir zu?« Daniel hob die Gamaschen auf und betrachtete sie interessiert, als könnten sie ihm sagen, was an ihnen seine Frau aus der Fassung brachte. »Es sind Relikte aus der Zeit August des Gründers. Er hat sie in den fetten Jahren zu Dutzenden für die Dienerschaft anfertigen lassen. Als sein Vermögen tschari ging, blieb nichts als die Gamaschen, die keiner wollte.«

Amelie hörte nicht auf, sie anzustarren. »Aber wieso sind sie hier, auf dem Dachboden von Leopolds Jagdhütte?«, wiederholte sie, diesmal mit ganz kleiner Stimme.

Langsam verlor Daniel die Geduld. »Mach kein Theater wegen einem Paar Gamaschen, mein Herz«, sagte er entschieden. »Sie sind, wo Bartenbergs sind. Außer ihnen haben Augusts Kinder nichts geerbt. Die allerdings haufenweise. Du findest sie bei Leopold in Wien, du findest sie hier…«

Amelie nahm ihm eine der Gamaschen aus der Hand, drehte und wendete sie zwischen ihren Fingern und fragte: »Wer zieht so etwas an?«

»Zum Beispiel ich. Demnächst. Weil ich an die Luft will.« Daniel setzte sich auf die Ofenbank, nahm Amelie die Gamasche aus der Hand und begann sie über seinem Schuh zu befestigen.

»Hast du sie schon früher einmal getragen?« Amelies Stimme klang flach.

»Nicht, dass ich wüßte«, antwortete Daniel. Er mühte sich, eines der Dinger über seinen rechten Schuh zu ziehen, und als es ihm gelungen war, prüfte er zufrieden seinen Sitz und griff nach dem zweiten.

»Halt, doch!«, korrigierte er sich. »Es ist schon eine Weile her...« Er beugte sich vornüber, seine Stimme klang jetzt dumpfer. »Ich hatte mir beim Boxtraining den Knöchel verstaucht, und der schwoll derart an, dass ich kaum in einen Schuh kam. Von Zubinden keine Rede.«

Daniel richtete sich auf, sah nach draußen und seufzte. »Schau dir das an, es regnet noch immer.«

Er stand auf, nahm den Lodenumhang und warf ihn um die Schultern. Es war still in der Hütte. Nur das Trommeln des Regens auf dem Dach war zu hören.

»Jetzt fällt's mir wieder ein«, unterbrach Daniel die Stille und schien erfreut, dass es ihm eingefallen war. »Ich musste damals zu einer Besprechung ins Bundeskanzleramt. Undenkbar mit offenen Latschen.« Er grinste vergnügt. »Die Gamaschen waren Leopolds Idee. Er wusste, dass sie irgendwo in den Innereien des Bartenberghauses lagerten und buddelte sie aus. In meiner Not zog ich sie über. Und landete damit einen beachtlichen Erfolg bei den Beamten im BKA.«

Er wandte sich um, streckte die Arme aus und versuchte Amelie an sich zu ziehen. Sie stemmte die Arme gegen seine Brust und starrte auf seine Halsgrube während sie fragte: »Kannst du dich erinnern, wann das war?«

Daniel scherte sich nicht um ihren Widerstand. Er holte sie dicht an sich heran, drückte sie an seine federnde Brust und murmelte in ihr Haar: »Was weiß denn ich, mein Herz, ist doch egal. Ich glaube, es war Ende Oktober, bald zwei Jahre her, es gab Regen und Sturm, ein unbeschreibliches Sauwetter, ich bekam kein Taxi und ging zu Fuß über den Ballhausplatz und wurde von einer pudelnassen Frau gerammt, die mit ihrem Regenschirm kämpfte…« Er schwieg, als wollte er sich den Augenblick in Erinnerung rufen, seine Finger glitten zärtlich über Amelies Nacken, dann lachte er leise in sich hinein und flüsterte dicht an ihr Ohr: »Sie hat übrigens ganz besonders gut gerochen, diese Frau. Ich habe ihren Geruch lang nicht vergessen…« Seine Lippen glitten über Amelies Schläfen, er schnupperte an ihrem Haaransatz, hielt inne und raunte versonnen, »eigenartig, sie roch ein wenig wie du.«

Glossar einiger Ausdrücke des Wienerischen

amend: am Ende

auf d'Nocht: am Abend

betakeln: betrügen

Beisl: Beize, kleines Wirtshaus (ein Rotwelschwort)

Beuschl: Lunge; die tierische, geschnetzelt, ist eine beliebte Wiener Speise

Binkel: auch Binkerl; Traglast, die durch ein Tuch zusammengehalten wird

Dodl: einfältiger Mensch

Franzischkerl: schwarze, pyramidenförmige Räucherkerze, angeblich zum ersten Mal in der Wiener Franziskanerkirche im 1. Bezirk verwendet

Fratzen: unartige Kinder

Galoschen: Überschuh aus Gummi; ursprünglich aus dem Französischen, kam als Bezeichnung für lederne Überschuhe nach

Wien; nach der Erfindung der Vulkanisierung des Kautschuks durch Goodyear (1839) bekam die Galosche die Bedeutung Gummischuh, und die Wiener parodierten englisch: How do you do mit die Gummischuh, ohne Galoschen fallst auf die Goschn.

Gamaschen: knöpfbare Überschuhe, eigentlich Lederschuhe aus Gadames in Tripolis

Glumpert: wertloses Zeug

Gspusi: Liaison, Flirt; müsste eigentlich Gsposi heißen, da es vom italienischen *sposa*, die Verlobte, kommt; die Vokalumfärbung dürfte Textern zuzuschreiben sein, die zu dem Wort Musi dringend einen passenden Reim brauchten.

gustieren: kosten, ausprobieren

hatschen: hinken, schwerfällig gehen

klass: gut, angenehm, hervorragend; kommt von klassisch

Klopfbalkon: ein hofseitig gelegener, kleiner Balkon, der vorzugsweise zum Klopfen von Teppichen und anderen Textilien verwendet wird

latschen: langsam, schleifend gehen

Marmeladinger: wurde während des Zweiten Weltkriegs ein Spitzname der Norddeutschen, die als besonders gierig nach süßen Sachen galten

Maronibrater: Händler, der im Winter auf der Straße heiße Kastanien verkauft

Mazeltow: Glück mit dir (hebräisch)

meschugge: blöd, geistesgestört

mokieren: sich spöttisch oder tadelnd äußern, sich lustig machen

ojegerl: ein abgemildertes »Oh je«

Patscherl: oft für kleine Kinder gebrauchtes Diminutiv von Patschachter, i.e. gutmütiger, unbeholfener Mensch

Pawlatschen: offener Gang an der Hofseite eines Hauses, auch Bretterbühne

Piefke: (auch Pifkineser) der Deutsche, besonders in lautstark urlaubender Form, nach dem deutschen Militärmarschkomponisten

Pimpf: abwertende Bezeichnung für einen Jungen

plemplem: dumm, verrückt

Plumpsklo: ein in ländlichen Gegenden immer noch anzutreffender Abort ohne Wasserspülung; die Ausscheidungen gelangen im freien Fall, ergo plumpsend (Schallwort für fallend) direkt in die Senkgrube

Ruabnzuzler: ein anscheinend sinnloses Schimpfwort; verständlich erst, wenn man erfährt, dass die Senkgrubenausleerer früher so hießen, weil sie »die Gruabn auszuzelt ham«, richtig wäre also: Gruabnzuzler

Salettl: Gartenhäuschen

scharwenzeln: liebedienern, schmeichelnd umwerben

Schnackerl: Schluckauf

schnaxeln: koitieren

schusseln: übereilt, fahrig, unüberlegt handeln

sekkant: lästig, störend sein

sich einehängen: (im Text heißt es »er hängt sich ein«) sich engagieren

Soletti: dünnes Salzgebäck in Stangenform

Tacheles: Geschäfte, T. reden: Klartext reden (jiddisch *tachlit:* Verhandlungen)

Tepperl:	Diminutiv von Tepp, was soviel wie Idiot, Dummkopf bedeutet
teppert:	Adjektiv von Tepp
Tram:	Kurzform für Tramway, wie früher die Straßenbahn hieß
Trampel:	ungeschickte, dumme Weibsperson
Trum:	großes Stück
tschari gehen:	abhanden kommen, verloren gehen
Tschoch:	Mühe, schwere Arbeit
verbandelt:	liiert, befreundet